Three damn nights – Für drei Nächte mein
von Emily Key
Erstausgabe Juli 2019

https://www.facebook.com/pages/Emily-Key/422306107941504?fref=ts
Link für Trailer: https://youtu.be/9x5DLjrdi0o

Cover: Art for your books by Sabrina Dahlenburg
Satz und eBook: Anke Neuhäußer
Mitwirkende: Uschi Voglsinger
Presseanfragen: akreimendahl-a.p.p.verlag@freenet.de
Veröffentlicht beim:
A.P.P. Verlag
Peter Neuhäußer
Niederlassung Deutschland
Gemeindegässle 05
89150 Laichingen
Tel.: 07333-9545750
Email: info-a.p.p.verlag@gmx.de
www.a-p-p-verlag.de
Mobi: 978-3-96115-500-2
E-Pub: 978-3-96115-501-9
Print: 978-3-96115-502-6

Emily Key

THREE DAMN NIGHTS

Für drei Nächte mein

A.P.P.
Romance

Ich widme dieses Buch F.

Sei gesund.

Sei frei.

Lebe.

So, wie du es dir einmal erträumt hast.

Kurzbeschreibung

Skrupellos. Eiskalt. Und der begehrteste Junggeselle New Yorks.
Das ist Luke Brandon, der Mann, der keine Frau länger als drei Nächte in sein Bett lässt.
Bis er auf Eleanore York trifft, die sture Schönheit will nämlich um keinen Preis unter ihm liegen. Zumindest nicht, so lange sie für ihn mit ihrer Partnervermittlung eine würdige Verlobte suchen soll.
Dieses Unterfangen erweist sich als äußerst schwierig, denn der charismatische Anwalt hat seine ganz eigenen Vorstellungen davon, wie seine zukünftige Frau zu sein hat.
Wenn Leidenschaft auf Vorurteile trifft.
Wenn dein Pflichtgefühl über dein Verlangen bestimmt.
Wenn plötzlich nicht mehr du entscheidest, wen du lieben willst.
Wenn dem Schicksal dein Plan egal ist.
Bist du dann bereit, ALLES zu geben? Auch wenn es mehr als drei Nächte sind?
Three damn nights – Berauschend. Sinnlich. Atemraubend.

Prolog

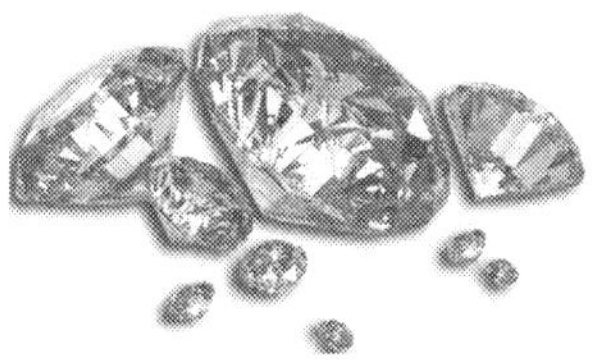

Luke

»Heilige, verdammte Scheiße!«, zischte ich, ließ mich auf den alten, klapprigen Holzstuhl fallen und fuhr mir mit beiden Händen über das Gesicht. Das Bier schwappte aus den fast bis zum Rand gefüllten Gläsern, und meine beste Freundin lachte.

»So schlimm?«

»Ja! Das, nimm es mal zehn und verdoppele. So schlimm war es.« Ihr breites Grinsen ließ mich noch einmal seufzen. »Du hättest mich warnen können.«

»Aber wo wäre dann der Spaß geblieben?«

»Hast du das mit ihr ausgeheckt?« Misstrauisch beäugte ich sie und nahm einen Schluck Bier.

»Aber, aber«, erwiderte sie und griff sich theatralisch ans Herz. »Wie könnte ich?«

»Nein«, ertönte es von links. »Ich war das.«

»Du Arschloch!«

»Ganz der Alte.«

»Fick dich!«

»Hach, hab ich euch beide vermisst«, sagte Amanda und setzte sich aufrecht hin. Sie nahm ebenso einen großen Schluck Bier.

»Du siehst uns fast jeden Tag.«

»Aber nicht hier. Nicht in eurem gewohnten Umfeld.«

»Oh Gott, gebt der Frau keinen Alkohol mehr«, stöhnte mein bester Freund Colby.

»Nein, Jungs«, begann sie und beugte sich in unsere Richtung. Die stickige Luft der Bar umrahmte ihr Gesicht so, als wäre sie in einer dieser 70er-Jahre-Kneipen. Das dunkle Holz im Hintergrund und der altmodische Song aus der Jukebox, zu welchem man 2-Stepp tanzen konnte, rundeten das Bild ab. »Es ist ein bisschen wie bei Affen. Klar kann ich sie zuhause in New York im Zoo ansehen, aber es ist nicht ihr natürliches Umfeld. Im Dschungel verhalten sie sich ganz anders, versteht ihr?« Fragend blickte sie in die Runde. Colby zog die Brauen zusammen, ich lehnte mich zurück und verschränkte die Arme vor der Brust. »Zuhause in New York seid ihr die großen Geschäftsmänner, die in irgendwelchen Zeitungen stehen, die eine nach der anderen abschleppen, die ausgemachte ›Fickfreundinnen‹ haben, und hier springt ihr, wenn die Mutter ruft.« Sie nickte aufgeregt und sah uns erwartungsvoll an. »Darum. Euer Zuhause hier in Idaho ist euer natürliches Umfeld. Also seid ihr ...« Sie überlegte kurz. »Schauspieleraffen.«

»Amanda?«, fragte ich besorgt und leerte mein Bier. »Bist du voll?«

»Lasst uns beten, dass sie das niemals als Abschlussplädoyer verwenden wird.«

Sie sah kurz nach unten und wirkte traurig. »Leider nein. Zu viel Zeit mit meiner Mom.«

»Verstehe.«

»Können wir jetzt wieder über mein Problem reden?«, fragte ich meine beiden besten Freunde und sah erwartungsvoll in deren Gesichter. »Wie soll ich eine Frau finden?«

»Eine, die du noch nicht gebumst hast?« Colby hob erwartungsvoll die Augenbrauen. »Dürfte schwierig werden.«

»Leck mich!«, spie ich in seine Richtung.

»Ich sag doch, ich hab euch vermisst.« Amanda strich sich eine Strähne ihrer langen blonden Haare hinters Ohr.

»Ich hasse Thanksgiving«, murmelte ich. »Wieso noch mal bin ich nach Hause gefahren?«

»Weil du deiner Mom etwas Gutes tun wolltest.«

»Und jetzt will sie mir etwas Gutes tun?«, fragte ich ironisch und schüttelte den Kopf. Mit meiner Hand bedeutete ich dem Barkeeper – Jonny –, dass wir noch eine Runde kriegen würden.

»Was hat sie denn gesagt?«

»Dass ich eine Frau brauche.«

»Eine feste?« Amanda grinste mich dreckig an.

»Sonst was?« Colby schien sich ein Lachen zu verkneifen. Der Drecksack!

»Sonst verkauft sie die Farm und kommt zu mir nach New York.«

»Heilige Maria Mutter Gottes.« Amanda war geschockt.

»Zieht sie das durch?«, erkundigte sich Colby skeptisch.

Ich nickte hektisch. »Erinnert ihr euch daran, wie wir das erste Mal auf dem Neujahrstanz waren und sie uns gedroht hat, sie würde uns, wären wir eine Minute nach Mitternacht nicht zu Hause, mit einem heißen Kakao von der Tanzfläche abholen?«

Sie schienen sich zu erinnern. »Fuck!«

»Richtig. Was tu ich jetzt?«, fragte ich und sah in ratlose Gesichter. »Ich bin am Arsch. Sowas von …!« Meine Mom hatte niemanden mehr, außer mich. Ich war Einzelkind und mein Dad vor einigen Jahren gestorben. Schweigend tranken wir unser nächstes Bier, bis Amanda das Wort ergriff.

»Der gefürchtetste Anwalt in Manhattan hat echt Schiss vor seiner Mutter?«

»Du hast sie nicht gesehen!«, jammerte ich und leerte mein Bier. »Sie ist echt furchteinflößend gewesen.«

»Ich hab's!«, rief Amanda, drückte den Rücken durch und hob den Zeigefinger. »Du datest ab jetzt! Und irgendwann sagen wir, dass die Tussi dein Herz gebrochen hat und du deshalb nie wieder jemanden willst, dann kannst du bis an dein Lebensende der beschissene, skrupellose und eiskalte Hurenbock sein, der du bist.«

»Danke für das Kompliment!«, zischte ich, lächelte aber. Ja, ich hatte einige Frauen gehabt. Und ja, ich hatte sie immer noch, aber ich spielte mit offenen Karten. Jede wusste von der anderen, jede wusste, dass ich keine Lust auf eine Beziehung hatte. Und jede wusste, dass unser Arrangement nicht auf Dauer sein würde. Es lag in meiner Natur als Anwalt, dass ich sehr diskret vorging. Ich posaunte meine Geschichten nicht herum, ich prahlte nicht mit ihnen. Sie waren einfach da, und jeder wusste, dass sie einfach da waren. Ich war Luke Brandon. Ich war *der* Scheidungsanwalt in New York City.

»Ich finde die Idee nicht schlecht. Du sagst doch schon seit Jahren zu deiner Mom, dass du niemanden hast, weil die alle so fies sind.« Ich nickte schwach. »Wie ein kleiner Jammerlappen.«

»Der Jammerlappen tritt dir gleich in den Arsch, Colby.«

»Der Jammerlappen wird nächstes Jahr an Thanksgiving wohl eine Frau brauchen, wenn er nicht will, dass seine Mommy bei ihm einzieht.«

Ich hob meine Hand und zeigte ihm den Mittelfinger.

»Ich kriege Tag für Tag mit, wie Frauen sind. Sie ziehen diese reichen Männer über den Tisch und denken, dass sie dann auch noch etwas abgreifen können. Aber nicht mit mir. Ich habe nicht so hart gearbeitet, Deals in Milliardenhöhe verhandelt und vor dem Obersten Gerichtshof noch nie verloren, nur damit ich mich jetzt ausnehmen lasse wie ein Truthahn.« Ich hob mein Glas und prostete ihnen zu »Wenn wir schon über Thanksgiving reden.«

»Und was willst du jetzt tun?«, fragte mich Colby.

»Ich finde deine Idee gar nicht so mies, Amanda. Ich will mich nicht binden. Nie. Ihr wisst warum.«

»Das ist Jahre her, Colby. Du warst ein Teenager.« Ich hätte wissen müssen, dass sie mir die »Stripperin nimmt reichen Mann-Scheidungsnummer«, nicht abkaufen würden. Meine besten Freunde kannten mich einfach zu gut.

»Trotzdem.«

»Blutet dein Herz noch immer?«

»Halt die Fresse, Colby!«, zischte ich.

Abwehrend hob er die Hände. »Dann starten wir, wenn wir nächste Woche in New York sind, und suchen dir eine Frau? Wie wäre das?«

»Gut! Gut! Gut!«, jauchzte Amanda und klatschte in die Hände. »Das wird toll!«

»Ja, total super wird das.«

»Ich freu mich.« Sie meinte das ernst. Colby grinste mich lediglich an.

»Oh ja, ich freu mich auch.«

»Jonny? Mehr Alkohol!«, rief ich durch den Raum und fuhr mir wieder über mein Gesicht. *Danke Mom*, sagte ich im Stillen. *Vielen, vielen Dank auch.*

Kapitel 1

Luke

Nachdem ich die ganze Nacht wach gelegen und nicht einmal durch den schweren Dunst des Alkohols in den Schlaf gefunden hatte, beschloss ich am nächsten Morgen, dass das so nicht funktionieren würde. Ich nahm mir vor, mit meiner Mom zu reden, ihr die Situation zu erklären und ihr zu sagen, dass ich einfach keine feste Partnerin wollte.

Als ich leise die große, helle Wohnküche betrat, bemerkte ich, dass sie telefonierte.

»Ich weiß, Doktor Norris. Aber ich brauche noch ein Jahr. Ich kann noch nicht ...« Sie ließ den Rest des Satzes in der Luft hängen. Er schien irgendetwas zu antworten. Ihre Mimik blieb mir verborgen, da sie mit dem Rücken zu mir stand.

»Aber ich kann jetzt noch nicht«, murmelte sie wieder und klang verzweifelt. Heilige Scheiße! Was konnte sie noch nicht? Wofür brauchte sie noch ein Jahr? War sie vielleicht krank? Bedrückte sie etwas? Musste sie sterben und wollte deshalb, dass ich unter die Haube kam, damit sie sich sicher sein konnte, dass ich nicht allein blieb? Oh mein Gott! Und ich egoistisches Schwein wollte ihr das verwehren. Ebenso wie Enkelkinder. Aus purem Egoismus. Weil ich mich nicht auf eine Frau festlegen wollte. Was war ich nur für ein Arschloch! Es kam mir plötzlich falsch vor, sie noch länger zu belauschen, und ich räusperte mich. Hektisch drehte sie sich um und lächelte nervös. Ganz so, als hätte ich sie ertappt.

»Na gut, Eva«, sagte sie und ich hob die Braue. Wieso sprach sie ihn jetzt mit falschem Namen an? Definitiv verbarg sie etwas. »Ich muss Schluss machen, mein Junge ist in der Küche.« Ich war Anwalt, mein Instinkt war geweckt.

»Guten Morgen, Mom«, sagte ich, ging auf sie zu und griff nach einem der frisch gebackenen Brötchen. Hier draußen in Idaho, auf der Ranch, buk man noch selbst.

»Guten Morgen.« Sie schien bester Laune zu sein.

»Bist du krank, Mom?«, fragte ich ohne Umschweife, denn ich war ein Mann der Taten.

»Warum?«

»Weil du mit einem Doktor Norris telefoniert hast«, erwiderte ich, setzte mich an den Küchentisch, an welchem ich schon als kleiner Junge immer gesessen hatte, und nahm den Teller entgegen, auf dem sich Rührei und knuspriger Speck türmten.

»Nun«, begann sie und setzte sich mit gegenüber. Sie trank von ihrem schwarzen Kaffee und ließ sich mit der Antwort Zeit. Meine Mom war mein Leben. Ja, ich wohnte weit weg von Idaho. Ich lebte nämlich in New York, aber würde sie mich brauchen, würde ich kommen. Damit sie nicht mehr die ganze Arbeit erledigen musste, hatten wir gemeinsam entschieden, einige Arbeiter anzustellen. Sie lebten in der Nähe des Farmhauses; ich bezahlte sie sehr gut, konnte ich es mir doch durch meinen beruflichen Erfolg als Anwalt leisten. Und meine Mom hatte Hilfe, konnte aber weiterhin ihr geliebtes Land erleben. Ich war mir immer sicher gewesen, dass sich meine Mom eher die Finger abhacken würde, als die Weiten dieser Idylle zu verlassen, um in der Stadt zu leben.

»Mom, wenn du krank bist, dann bin ich für dich da. Das weißt du. Du kannst es mir ehrlich sagen.«

»Also«, begann sie wieder und hob schließlich resigniert den Blick. »Der Grund, warum ich will, dass du eine Frau findest ...«

Sie schien sich zu quälen. Irgendetwas belastete sie. Was war ich für ein Schwein, dass ich sie das nun durchmachen ließ? Gott, hätte mich jetzt nur eine Gegenpartei gesehen, wäre ich erledigt gewesen. Schwach. Verletzlich. Meine Mutter war meine Achillesferse, und es war besser, wenn das niemals irgendjemand herausfand.

»Ich date ja bereits jemanden!«, platzte es aus mir heraus. *Sehr interessant, Kumpel. Sehr interessant.*

»Ja?«, ihre Augen weiteten sich leicht. »Das ist ... fantastisch!«

»Ja«, murmelte ich und schalt mich in Gedanken einen Idioten.

»Wie lange denn schon?«, fragte sie neugierig.

»Eine Weile?« Meine Aussage war eher wie eine Frage formuliert. Ich behielt problemlos mein Pokerface bei. Das war schließlich einer der Vorteile, wenn man das täglich üben musste.

»Oh«, sagte sie und klatschte euphorisch in die Hände. »Das ist zauberhaft!« *Oh ja, das ist es. Und wie!* »Wann lerne ich sie kennen?«, fragte meine Mom weiter, und ich sah ihre Augen leuchten. Schon in den letzten Tagen -- so lange ich hier war --, hatte ich gemerkt, dass sie etwas bedrückte, denn jetzt sah ich erst das Strahlen in ihrem Gesicht.

»Ähm«, erwiderte ich und überlegte, wie ich aus der Nummer nun wieder rauskam. »Bald?«

»Sehr schön«, erklärte sie und klatschte abermals in die Hände. »Und nun iss!« Ich kannte diesen Ton. Er besagte: *»Diskussion beendet!«*. Ich ließ niemanden so mit mir reden. Außer ... diese Frau.

Langsam schob ich mir eine Gabel aufgehäuft mit Rührei in den Mund.

Fuck!

In was für eine beschissene Situation hatte ich mich nun wieder gebracht?

Kapitel 2

Eleanore

Das Streichquartett leistete hervorragende Arbeit. Es war eine so stimmige Version des *Pachelbel* Klassikers *Canon in D,* dass ich eine Gänsehaut auf den Armen bekam. Es fühlte sich so unsagbar gut an, wie sich die Härchen in meinem Nacken aufstellten, wie es mich sanft vor Freude und Glück schüttelte, und meinen donnernden Herzschlag verstärkte. Der Weg vor mir war mit weißen Rosenblättern gesäumt und hob sich rein und sauber von dem saftigen grünen Gras ab. Links und rechts von diesem Teppich standen weiße Holzstühle, auf denen die Gäste saßen. Sie alle waren in wunderschönen Kleidern und teuren Anzügen gekleidet. Einige der Frauen trugen sogar Hüte, als wäre es eine royale Hochzeit. Dieser Anblick war zu viel für mich und ich senkte die Lider. Meine langen Wimpern, für diesen besonderen Anlass künstlich verlängert, warfen Schatten auf meine hohen, betonten Wangen. Diese absolute, reine Perfektion des Make-ups, das mir von der Maskenbildnerin, welche normalerweise in Los Angeles für die Warner Brother Studios arbeitete, aufgetragen worden war, und jede Locke meines Haares, die an ihrem perfekten Platz saßen, jagten mir fast ein wenig Angst ein. Mein Kleid schmiegte sich an meine schlanke Gestalt. Vorn mit Spitze hochgeschlossen, der Rücken frei bis fast zum Ansatz meines Hinterns. Meine Brüste wurden durch zwei dieser Klebepads an Ort und Stelle gehalten. Es fühlte sich komisch an. So ähnlich stellte ich es mir vor, wenn ein Mann ein Kondom über sein bestes Stück ziehen musste. Die langen Ärmel, gesäumt von champagnerfarbener Spitze, kratzten leicht auf meiner Haut, und dennoch genoss ich dieses Gefühl, denn es ließ mich atmen. Und dass ich es trotz allem schaffte, tief Luft zu holen, zeigte mir, dass ich am Leben war.

Am Leben war und tatsächlich heiraten würde.

Ich würde heiraten, würde unsere Liebe auch vor dem Gesetz bezeugen. Heiraten bedeutete für mich nicht nur, dass man unterschrieb und eventuell ein paar Steuern sparte, nein, heiraten bedeutete für mich ein offenes Zugeständnis seiner Gefühle. Es war nicht nur eine Beziehung, aus welcher man jederzeit entfliehen konnte. Oh nein, es war ein fester, unumstößlicher Bestandteil der Partnerschaft. Es war ein für viele Menschen lediglich logischer Schritt, eine Etappe in einer Beziehung zwischen Mann und Frau. Aber für mich ... für mich bedeutete es alles. Ich hatte von diesem Tag geträumt, seit ich ein kleines Mädchen war, seit ich das erste Mal das Hochzeitsbild meiner Eltern bewusst wahrgenommen hatte. Es ging mir nicht darum, ein weißes, wunderschönes und edles Kleid zu tragen. Oh nein ... wichtig war, eine Liebe zu besiegeln, vor allen Anwesenden, und eine lange und glückliche Ehe zu führen, wie es meine Eltern seit mehr als vierzig Jahren taten. Ich wollte, dass dieser Satz »Bis ans Ende unserer Tage ...« Wirklichkeit wurde.

Und mit wem würde ich das besser können -- und wollen – als mit dem Menschen, den ich am allermeisten liebte? Er war das, was Mister Big für Carry war. Er war das, was Mister Darcy für Elisabeth Bennet darstellte, und er war das, was Julia in Romeo gesehen hatte. Okay, ohne all das Sterben und so weiter ... Aber es sollte klar sein, was ich meine. Er war mein Gegenstück. Er war alles, was ich wollte und alles, was ich brauchte. Niemand, den ich kannte, zeigte so viel Verständnis für meine Arbeit, die sich nun einmal nicht auf acht Stunden am Tag reduzieren ließ. Niemand, den ich kannte, nahm mich auch ungeschminkt mit zerrupftem Haar und Jogginghose, weil ich krank war. Es war einfach so ... dass mich niemand, ohne dass ich ein Wort aussprechen musste, so verstand wie er.

Also, wenn einem Menschen eine große Liebe zustand, wenn es gerecht war, dass jeder Mensch eine finden konnte und durfte, dann war *er* meine. Eric Miller. Und ich war die zukünftige Misses Eric Miller.

Uns trennte nicht mehr viel, nur dieser Gang bedeckt mit Rosenblättern, den ich in seine Richtung gehen musste, während mich die Musik begleitete. All unsere Gäste, und es waren eine Menge, denn Eric hatte darauf bestanden, jeden einzelnen seiner dreiundsechzig Kollegen einzuladen, erhoben sich und drehten sich erwartungsvoll in meine Richtung. Die Musik wurde lauter, während sie in meine Ohren kroch. Mein Blick war fest auf meinen baldigen Ehemann geheftet, als ich langsam in den flachen Schuhen – ja ich trug flache Schuhe, da Eric nicht sonderlich groß gewachsen war – entlang ging. Unter der dünnen Sohle der Lederschuhe fühlte ich das weiche Gras, das durch mein Gewicht nach unten gedrückt wurde. Die lange Schleppe wurde von den vier Mädchen meiner besten Freundin Jody getragen. Ich hatte eigentlich gar nicht so einen langen Schleier gewollt, aber meine Mutter hatte darauf bestanden. Sie sagte mir, dass eine York nicht unter acht Metern heiraten dürfte. Wie auch immer, ich war so in meiner Euphorie und meiner Liebe zu Hochzeiten gefangen, dass ich zugestimmt hatte. Der Schleier wäre nach der Zeremonie sowieso Geschichte, und mein Kleid, das ich bei *Vivien Westwood* in Auftrag gegeben hatte, würde anschließend zur Geltung kommen.

Ich hörte, wie die Frauen aufseufzten, als ich an ihnen vorbei schritt. Sah aus dem Augenwinkel, wie Erics Mutter und auch die meine bereits ein weißes Taschentuch mit unseren eingestickten Initialen, welche wir extra für die Hochzeit hatten anfertigen lassen, in ihre Augenwinkel drückten.

Als ich bei Eric, meinem zukünftigen Ehemann, ankam, kreischten sämtliche Saiten der Violinen und Bässe auf. Wie, wenn man eine Nadel über Vinyl kratzen ließ. Großes Getümmel um mich herum brach aus, und in dem

Moment ... genau in dem Augenblick, als er es aussprach, sah ich es in seinem Gesicht.

»Ich kann dich nicht heiraten, Eleanore.«

Der Satz, der meine kleine perfekte Welt zerstörte.

»Erde an York. Erde an York.«

Ich drehte mich in meinem Schreibtischstuhl in den Raum meines Büros, ließ die wunderschöne Aussicht somit Aussicht sein und räusperte mich ertappt.

»Du hast es schon wieder getan, oder?« Mein Assistent, Ruben, tadelte mich allein durch seinen Blick.

»Was denn?«, stellte ich die dämlichste aller Fragen. Wir wussten es. Wir wussten es beide.

»Lass das endlich hinter dir!« Ruben, der hübsche Inder, Anfang zwanzig, ließ sich auf einen der beiden Stühle vor meinem großen Glasschreibtisch fallen. Locker, als hätten wir alle Zeit der Welt, schlug er ein Bein über das andere, und ich hätte geschworen, dass es für ihn bequemer war, als für manche Frau. Ruben war – so wie er es nannte – »eine heiße Sahneschnitte, die verflucht noch mal auf keinen Fall auf Frauen stehen will«.

»Was hinter mir lassen?« Um Fassung bemüht, wie ich es jedes Mal war, wenn mich irgendjemand dabei ertappte, während ich meiner Vergangenheit nachtrauerte, klopfte ich einige Papiere ordentlich zusammen.

Mein Assistent kannte mich gut. Zu gut. Er war seit fünf Jahren mein Mitarbeiter und selbstverständlich bei diesem Trauerspiel live dabei gewesen.

»Er ist ein Hurenbock«, seufzte er, verschränkte die Hände miteinander und legte sie in seinen Schoß. »Ein gottverdammter Hurenbock, der sein Würstchen in jedes Senfglas der Stadt tauchen wollte.«

Bitter lachte ich auf. »Du meinst wohl, getaucht hat.«

Der dunkelhäutige Mann zuckte die Schultern. »Spielt das eine Rolle?« Nun war es an ihm, sich zu räuspern. »Ich denke nicht«, Ruben senkte vertraulich die Stimme, obwohl uns hier drin sowieso niemand hören konnte, »denn da draußen«, jetzt deutete er hinter sich und verfiel in seinen Ich-war-ein-böses-Mädchen-Tonfall, »sitzt eine Zehn. Eine glatte, verdammte Zehn.«

»Eine Zehn?«, fragte ich verwirrt.

»Aber sowas von eine Zehn.« Er klatschte aufgeregt in die Hände. »Und die Zehn will zu dir.«

»Die Frage ist doch, die Zehn ... auf welcher Grundlage gibt es die?«

»Nun, also mein System geht eigentlich nur bis drei.«

»Was?«

Ruben beugte sich nun nach vorn und sah mich eindringlich an. »Ich sage es dir, Schätzchen, benutze noch mal Mundwasser, rücke den BH gerade und zieh dein Höschen aus ... denn dort draußen, da sitzt eine verdammte Zehn.«

»RUBEN!«, zischte ich.

»Höschen aus, Kleines!« Er war bereits an der Tür und warf mir einen verschwörerischen Blick über die Schulter zu.

»Wer sagt, dass ich überhaupt eines trage, mh?«

Kapitel 3

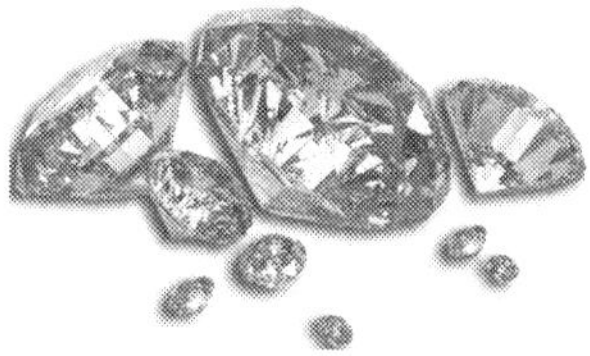

Eleanore

Eingebildet.

Arrogant.

Mit Sicherheit ein Narzisst.

Gepflegte Hände – geht womöglich zur Maniküre.

Designer Anzug oder sogar maßgeschneidert.

Athletische Figur, zumindest das, was man erkennen kann.

Azurblaue Augen mit silbernen Sprenkeln.

Strahlende weiße – womöglich gebleichte? -- Zähne.

Gebräunte Haut und das im Winter.

Weich aussehendes, für meinen Geschmack zu langes, dunkles Haar.

So lange Beine, dass Coco Chanel ihn persönlich als Model engagiert hätte.

All diese Dinge, die ich mit nur einem Wimpernschlag registrierte, setzte ich auf meine imaginäre Liste, welche sich in meinem Kopf bereits selbst notierte.

»Mister Brandon«, begann ich professionell, stand auf und reichte ihm die Hand. »Mein Name ist Eleanore York.«

»Colby hat nichts davon erwähnt, dass Sie so hübsch sind«, sagte er mit dem charmantesten Lächeln auf den Lippen, das ich jemals bei einem Menschen gesehen hatte. Seine warmen, starken Finger griffen nach meiner Hand und drückten sie mit einer Intensität, die auf jede Menge Selbstvertrauen schließen ließ.

»Ich denke nicht, dass Colby Sie zu mir geschickt hat, weil ich hübsch bin!«, stellte ich klar, bot ihm mit einer Handbewegung einen der Stühle vor meinem Schreibtisch an und nahm selbst hinter dem Glas Platz.

Mister Brandon sah mir einen Moment in die Augen, ehe er schließlich das amüsierte Funkeln in den blauen Iriden unterdrückte und nickte. »Da haben Sie vermutlich recht.«

Ich lehnte mich an das weiche Leder meines Stuhles, verschränkte die Hände in meinem Schoß und legte nachdenklich den Kopf schief. Aufmerksam betrachtete ich ihn und musste ihm zugutehalten, dass er, anders als die meisten Männer, die mich in meiner Agentur aufsuchten, meinem Blick standhielt. Meine Einschätzung, dass er eine gewisse Grundportion an Arroganz und Ehrgeiz mitbrachte, schien richtig zu sein. Selbstbewusstsein, Körpergefühl und Vertrauen strahlten aus jeder seiner Poren. Sein linker Mundwinkel zuckte ein wenig, als er versuchte, ein Grinsen zu verbergen. Aber auch wenn es nur zwei oder drei Sekunden waren, ehe er sich wieder unter Kontrolle hatte, registrierte ich es. Aus dem einfachen Grund, weil es zu meinem Job gehörte, so etwas zu sehen. Sein linkes Augenlid war einen Tick tiefer angesetzt als das rechte, was seiner absoluten Perfektion keinen Abbruch tat. Mister Brandon betrachtete mich, schien darauf zu warten, dass ich das Gespräch eröffnete, aber ich war noch nicht fertig. Seine Kieferlinie war fein gemeißelt und der Bartschatten, der deutlich auf seinen Wangen hervortrat, tat seinem gepflegten und tadellosen Äußeren keinen Abbruch.

»Also, Mister Brandon«, eröffnete ich das Gespräch erneut. »Weshalb sind Sie hier?«

»Weil Colby gesagt hat, dass Sie die Beste sind.« Ein schmales Lächeln schlich sich auf meine Lippen. Er hatte es aussprechen müssen, damit es wahr wurde.

»Und wie genau soll ich Ihnen helfen?«

Der großgewachsene Mann setzte sich aufrechter hin und sah mir direkt in die Augen. »Ich brauche eine Frau.«

»Wir sind hier kein Freudenhaus«, zischte ich, fühlte mich durch seine Arroganz angegriffen.

»Nein?«, sagte er, drehte sich halb in seinem Stuhl und sah zu meiner Bürotür aus dunklem Kirschholz. »Das ist jetzt echt blöd, denken Sie, Ihr Assistent gibt mir die fünftausend Dollar Diskretionszuschlag zurück?« Diesen »Ich habe Ihrem Assistenten Diskretionszahlungen gegeben« hörte ich dreimal die Woche. Nur meistens von Frauen.

»Nicht, wenn ich es vermeiden kann«, murmelte ich zynisch. Es fiel mir schwer, in diesem lockeren, erfrischenden Austausch nicht zu lächeln. »Versuchen wir es doch noch einmal.« Ich strich mir eine der Haarsträhnen aus dem Gesicht. »Weshalb sind Sie hier?«

»Nun, wie ich schon sagte. Ich brauche eine Frau.«

»Und wie ich Ihnen schon sagte, wenn Sie jemanden flachlegen wollen, dann werden Sie hier nicht fündig.«

Mit einem schelmischen Grinsen griff er sich an die Stelle, an welcher sein Herz war. »Was? Das denken Sie? Dass ich dafür bezahlen muss?«

»Nun, stille Wasser sind tief, nicht wahr?«

»Dreckig«, korrigierte er mich. »Vor allem sind stille Wasser dreckig. Ich bevorzuge es lieber klar, deutlich und exakt.«

Meine Geduld ging langsam flöten. Ihm war wohl nicht ganz klar, wie teuer meine Zeit war. »Nun, dann sind Sie doch einfach einmal klar, deutlich und exakt«, griff ich seine Worte auf. »Wie kann ich Ihnen helfen?«

Schließlich schien er zu erkennen, dass ich dieses Gespräch nicht ewig weiterführen würde, und er räusperte sich. »Ich brauche eine Frau, ich muss heiraten.«

»Müssen?« Skeptisch legte ich meine Finger aneinander und mir an die Lippen. Das Wort »müssen« hatte in meiner Agentur – ach was sage ich – in Bezug auf die Liebe nichts verloren.

»Meine Mutter ist schwer krank.« Autsch! Vielleicht konnte ich eine Ausnahme machen. In mir keimte Mitgefühl.

»Das tut mir sehr leid für Sie.«

»Ja, das ist alles ein wenig ... kompliziert.« Sein Blick senkte sich kurz auf seine Hände. Ah, anscheinend wollte er mir verheimlichen, warum es so kompliziert war. Wie auch immer, für den Moment würde ich das zulassen. »Sie wünscht sich auf jeden Fall nichts sehnlicher, als dass ich eine Ehefrau finde.«

Wieder legte ich den Kopf schief und meine Augen verengten sich zu Schlitzen. »Sie sehen nicht so aus, als bräuchte Sie Hilfe dabei, jemanden kennenzulernen.«

»Hat Colby Ihnen das gesagt?«

»Nein, Mister Brandon, darauf bin ich ganz allein gekommen«, erwiderte ich sarkastisch. »Ein bisschen was dürfen Sie mir schon zutrauen. Wie Sie bereits ganz richtig festgestellt haben, ich bin die Beste in dieser Branche.«

»Daran hege ich keinen Zweifel.«

Ich griff nach meinem Stift und notierte mir einen Stichpunkt. Anschließend sah ich ihn wieder an. Er war wirklich ein außergewöhnlich schöner Mann.

»Wieso kürzen wir das nicht ab, und Sie verraten mir, warum Sie keine der Frauen, die Sie dort draußen kennenlernen, heiraten wollen?«

Er zuckte mit den breiten Schultern. »Es war noch nicht das Richtige dabei.«

»Es war noch nicht *das* Richtige dabei?« Meine Stimme zitterte. »Sie wissen aber schon, dass Frauen keine Gegenstände sind?«

Er wähnte sich in Sicherheit, denn nun war es an ihm, sich zurückzulehnen, den Knöchel des einen Beines lässig auf dem Knie des anderen abzulegen und mich doch in den Genuss seines strahlenden Lächelns kommen zu lassen. »Glauben Sie mir, Miss York, dessen ist sich niemand mehr bewusst, als meine Wenigkeit.«

»Dann schreiben Sie sich hinter die Ohren, solche Formulierungen außen vor zu lassen!«

Er hob eine seiner schön geschwungenen Brauen. Vielleicht ging er auch in ein Kosmetikstudio und ließ sie sich in diese Form zupfen? Kein Mensch konnte so perfekt aussehen.

»Schreiben Sie sich das hinter die Ohren?« Er lachte zynisch. »Wie alt sind wir? Zwölf?«

»Ich gebe Ihnen zehn Sekunden, mir zu erklären, was dahinter steckt, ehe ich meinen Cousin Colby anrufe und ihn frage, ob er eigentlich bescheuert ist, mir jemanden wie Sie zu schicken.« Gleichgültig zuckte ich mit den Schultern. Normalerweise war ich nicht so arrogant zu potenziellen neuen Klienten, aber dieser Kerl wollte es doch genau so. Ich war nur ein Spiegelbild seines Verhaltens.

»Mein Geld.«

»Entschuldigung?«, fragte ich, sah von meinen Notizen auf und lehnte mich wieder an das weiche Leder. Es fühlte sich durch meine dünne weiße Seidenbluse kühl an. Dadurch wurde mir erst bewusst, dass meine Haut anscheinend erhitzt war.

»Das ist der Grund. Mein Geld.« Er ließ die arrogante Maske fallen und sah mich an. Gott bewahre, er war noch hübscher, als ich bis gerade eben geglaubt hatte. Verdammt, ich sollte wieder einmal ausgehen und flirten! »All die Frauen, die ich kennenlerne, wissen zu achtzig Prozent, wer ich bin. Sie wissen, was ich kann, und es ist kein Geheimnis, was man in meiner Position verdient und welche Deals ich abschließe. Das kann man in jeder verdammten Zeitung dieser Stadt nachlesen. Und deshalb werde ich keine von ihnen heiraten. Ich habe mir jeden beschissenen Cent hart erarbeitet. Das lasse ich doch nicht für irgendwelche Schuhe oder Handtaschen draufgehen, wenn ich es auch in Dauerkarten für die *Knicks* investieren kann. Apropos, stehen Sie auf Basketball?«

»Was können Sie denn so gut, Mister Brandon, dass jede Frau mit Ihnen ausgehen will?«, fragte ich ihn direkt. Das war eine meiner grundsätzlichen Regeln, ich googelte potenzielle neue Mandanten nicht oder befragte Kontakte – in diesem Fall Colby – zu ihnen.

»Was ich gut kann?« Er hob eine Braue. »Worin ich besser bin, als jeder andere Mensch, den Sie kennen?« Wieder legte sich diese Maske aus Arroganz und Narzissmus über seine Züge. »In Scheidungen.«

Fragend hob ich meine Brauen, und da wusste ich es plötzlich! Da wusste ich, woher ich ihn kannte. Meine Freundin Jody, die auf Promiklatsch stand, hatte mir davon erzählt. Zwar hatte ich bis gerade eben kein Gesicht zum Namen gehabt – Luke Brandon hieß in New York jeder Zweite, verdammt noch mal! – aber jetzt war es mir klar.

Ich wusste es genau in dem Moment, als er es aussprach, da stand es auf seinem Gesicht geschrieben.

»Ich bin Scheidungsanwalt.«

Kapitel 4

Luke

»Genauer gesagt, bin ich einer der drei Gründer der ›*Brandon York Lang*‹ Kanzlei.«

»Oh«, erwiderte sie, nun mit etwas mehr Ehrfurcht in der Stimme. »Ich verstehe.«

»Ich denke nicht, dass Sie das tun.«

»Glauben Sie mir, Mister Brandon, das tue ich.« Jedes Mal, wenn mein Name von ihrer Zunge rollte, zuckte mein Schwanz. Ich saß nicht zum Spaß so *zwanghaft* entspannt auf dem weichen Leder. Die Beine lässig übereinandergeschlagen. In dieser und sie in ihrer Position würde ihr der Blick auf meinen Schritt verwehrt bleiben. »Ich weiß, dass Sie zum Beispiel Brad Pitt bei seiner Scheidung vertreten haben, oder Madonna. Ich weiß, dass

Sie den Inhaber der Ölfirma *Oilsen* um mehrere Milliarden für seine Frau Cecilia erleichtert haben, und ich weiß, dass Sie noch nie einen Fall verloren haben.«

»Wieso haben Sie mich dann gefragt, was ich gut kann?«

»Weil ich nicht geglaubt hätte, dass so ein Mistkerl so gut aussehen kann.«

»Sie finden mich gut aussehend?« Oh, mit dieser Information konnte ich arbeiten.

»Nein, ich finde, dass Sie skrupellos sind!«

»Bin ich?« Unschuldig hob ich eine Braue. »Wie kommen Sie denn darauf?«

»Sie helfen Menschen, das zu trennen, was ich herbeizuführen versuche. Finden Sie es nicht ein klitzekleines bisschen«, sie zeigte mit ihren schmalen Fingern und den roten Nägeln – kein Ring an ihrer Hand – einen winzigen Abstand, »geheuchelt, dass Sie nun hier sitzen und mich um Hilfe bei der Suche nach einer Ehefrau bitten?«

»Ich finde, wir sollten stolz darauf sein, dass ich überhaupt jemanden um Hilfe frage.« Träge schüttelte ich den Kopf. »Eigentlich, Miss York, bitte ich nämlich nicht, sondern ich weise an. Ich befehle. Ich nehme mir, was ich möchte. Und wissen Sie, warum ich das tue?« Ich fügte eine kleine Pause ein. »Weil ich es *kann*. Weil ich der Beste in meinem Job bin, und weil ich keine Schwächen zulasse. Keine Fehler. Ganz einfach.«

»Sie sind arrogant!«, rief sie.

»Selbstsicher!«, konterte ich.

»Eingebildet!«

»Von mir überzeugt.«

Nun schnaubte sie und verschränkte die Arme vor der Brust. Kurz heftete sich mein Blick auf ihre appetitlichen Titten, die nach mir schrien. »Sagen Sie mir, warum ich Ihnen helfen sollte!«

»Weil wir eines gemeinsam haben.«

»Ach so?«, fragte sie spöttisch. »Und das wäre?«

»Colby ist uns beiden wichtig.«

»Das reicht nicht aus«, sagte sie, stand auf und stützte sich nun mit den flachen Händen auf der Glasplatte ab. Die langen Strähnen ihres Haares umrahmten ihr wunderschönes Gesicht in absoluter Perfektion.

»Dann machen Sie es, weil ich Sie gebeten habe.« Wieder lehnte ich mich zurück und schlug einen lässigen Ton an: »Oder glauben Sie etwa, Sie schaffen das nicht? Also ... dass Sie jemanden wie mich nicht unterbringen?«

»Ich bitte Sie! Selbst Sie egozentrischen, arroganten Narzissten würde ich unter die Haube bringen.«

Narzisst? Das dachte sie von mir? Nun dann. Challenge acceptet.

»Dann beweisen Sie es mir.« Träge lächelte ich. DA! DA war es! Ich hatte sie am Wickel. Ihre vollen, rot geschminkten Lippen öffneten sich einen Spalt, die Stirn legte sich in Falten und in ihre Augen trat Entschlossenheit.

»Und Sie werden das tun, was ich Ihnen sage?«

Augenrollend stimmte ich zu. »Wenn es sein muss.«

»Sie werden sich nicht wie ein irrer, herrschsüchtiger Anwalt aufführen, nur damit ich dann irgendwann anmerke: Ich habe es Ihnen ja gleich gesagt?«

»Nein, werde ich nicht.« Skeptisch beäugte sie mich.

»Ich gebe Ihnen mein Wort.«

»Woher weiß ich, dass Sie mich nicht anlügen?«

»Fragen Sie Colby. Wenn ich mein Wort gebe, stehe ich auch dazu.« Also wirklich! Ich sehe ja wohl nicht aus wie ein Mann, der nicht weiß, was er will. Na gut, von »eine Ehefrau *wollen*« konnte nicht die Rede sein. Eher ging es darum, dass ich sie halt »brauchte«. Wie auch immer. Das war gerade nicht Gegenstand des Gespräches.

»Dann helfe ich Ihnen.« Bingo! Nichts anderes hatte ich erwartet.

»Überlegen Sie doch nur mal, was das für ein Aushängeschild wird, wenn Sie mich unter die Haube bringen.«

»Ich sagte es bereits: Arrogant.« Miss York murmelte die Worte mehr vor sich hin, als dass sie mich direkt ansprach. Ich beschloss, es zu ignorieren. »Ich gehe mit meinen Kunden nicht hausieren, Mister Brandon. Ich bin diskret. So, wie sämtliche meiner Angestellten hier. Es gibt Referenzen, aber die posaunen wir nicht in die Welt hinaus.« Mit finsterem Blick sah sie mich an. Ohhh, das Kätzchen wurde zur Löwin. Sehr gut, sie sollte nämlich schon vollen Einsatz zeigen. Und wenn ich sie weiterhin so reizte und ärgerte, dann gäbe sie sich vielleicht doppelt Mühe und diese »Angelegenheit« wäre schnell von der Bühne. »Ruben?«, fragte sie, als sie mit immer noch finsterer Miene den Knopf der Gegensprechanlage betätigte, »Bitte begleite Mister Brandon hinaus, übergib ihm den Anmeldebogen und das Erste Analyse Formular.«

Keine zwei Sekunden später stand ihr indischer Assistent im Raum und wackelte mit den Augenbrauen.

Langsam, damit sie sich darüber im Klaren war, dass ich mich nicht drängen lasse, stand ich auf, schloss den einzelnen Knopf an meinem maßgeschneiderten dunklen Jackett, den ich beim Setzen geöffnet hatte, und reichte ihr die Hand. Ihre Finger waren warm und weich. Schlank und filigran. Ich war mir dennoch sicher, das erkannte ich an der Druckdosierung, mit der sie mir die Hand zur Verabschiedung schüttelte, dass sie sich ihrer vollkommen bewusst war.

Ich war mir ziemlich sicher, dass diese ganze Sache wirklich interessant werden würde.

Leise beschlich mich das Gefühl, dass ich Eleanore York dafür dankbar sein sollte.

Kapitel 5

Eleanore

»Wie schön, dass Sie kommen konnten, Eleanore«, begrüßte mich der Founder der Nicolas Stiftung, als ich den großen Saal betrat. Eigentlich hatte ich gar nicht hierherkommen wollen, aber dann hatte irgendwie eins zum anderen geführt ... Und jetzt war ich eben da. Von Vorteil war – und ich dankte Gott für diesen Zufall –, dass Nicolas vor mehr als fünf Jahren sein Glück bei uns in der Agentur gefunden hatte. Seitdem lud er mich zu sämtlichen Veranstaltungen die Stiftung betreffend ein. Und zur Taufe seiner Tochter. Nun ja, das hatte ich dann doch zu persönlich empfunden, um dort aufzutauchen. Auf jeden Fall kam es mir sehr gelegen, dass ich mir keine Gedanken über die Einladung machen musste.

Ich trug ein dunkelblaues Kleid, das weich über meine Hüften bis zum Boden fiel und sich um meinen Oberkörper schmiegte wie eine zweite Haut. Der herzförmige Ausschnitt war mit funkelnden Saphiren besetzt, und der zarte Stoff lief recht weit außen über meine Schultern. Ruben und ich hatten im Büro noch ewig mit doppelseitigem Klebeband improvisiert, damit mir der zarte Stoff nicht wirklich von den Schultern rutschte oder ich den ganzen Tag daran herum zupfen musste. Es gab nichts Unattraktiveres als wildes Herumgezappel. Das hatte uns doch Richard Gere schon in Pretty Woman beigebracht. Mein Job brachte mit sich, dass ich Menschen analysierte, und zwar vom ersten Moment an. Das erste Gegenüberstehen war für viele entspannt, denn sie wussten ja nicht, wer ich war oder welchem Job ich nachging. Man bemerkte aber auch eine deutliche Veränderung, wenn sie verstanden, womit ich mein Geld verdiente. Jeder versuchte, sich dann künstlich vollkommen professionell und perfekt zu verhalten. So, wie sie eben dachten, dass es perfekt wäre. Na ja, bis es so weit war, hatte ich mir schon ein Bild gemacht.

Durch meine Agentur, die in den höheren New Yorker Kreisen durchaus eine Hausnummer war, wurde ich öfter auf irgendwelche Wohltätigkeitsbälle oder zu Theaterbesuchen eingeladen. Anscheinend fühlten sich meine Klienten verpflichtet. Es geschah öfter ... aber, dass ich solche eine Einladung annahm, das kam nicht sonderlich häufig vor.

Meistens betreute ich jedoch ganz normale Menschen, die mit beiden Beinen fest im Leben standen und sich einfach eine Chance auf die Liebe erhofften. Diese Menschen luden mich zum Dank zu Barbecues oder irgendwelchen Baseballspielen ein.

Warum, also, war ich heute hier? Ich war hier, weil ich wusste, dass mein neuester Klient, Luke Brandon, ebenfalls anwesend sein würde. Heute Morgen hatte uns der unterschriebene Vertrag erreicht, mit einer Beilage aus feinem Pergament, das den Briefkopf von »Brandon York Lang« trug. Luke bat darum, alsbald zu starten, da er aus persönlichen Gründen Eile an den Tag legen musste. Ich würde ihn fragen, weshalb, aber dazu wäre weder heute noch morgen der richtige Zeitpunkt. Der erste Schritt in die richtige Richtung, und damit ich verstand, mit wem oder was genau ich es zu tun hatte, implizierte nämlich, dass ich meine Klienten in einem Umfeld beobachtete, in welchem sie sich wohlfühlten. Nun, da Luke Brandon sich eben hier wohlfühlte ... kam ich abends auch wieder einmal heraus.

»Danke für die Einladung, Nicolas.«

»Wir freuen uns, dass Sie endlich mal wieder eine annehmen.«

»Ich habe sehr viel zu tun«, sagte ich verhalten und legte den Kopf leicht schief.

»Sie sind beruflich hier?«, fragte er, und ich lächelte nun ehrlich, als seine Frau Victoria ihm die Fliege gerade rückte. Die beiden waren ein absolut stimmiges und wunderschönes Pärchen, wenngleich auch schon weit über fünfzig.

»Erwischt!«, sagte ich und zwinkerte ihm zu. »Aber Sie wissen doch, Sie dürfen mich nicht verraten.«

»Wer ist denn der Glückliche, den Sie im Auge haben?«

»Das wiederum darf ich nicht verraten«, sagte ich ehrlich.

»Lassen Sie sich nicht in die Enge treiben, Eleanore. Sie kennen ihn doch.«

»Ich weiß«, stimmte ich ihr zu. »Wir ignorieren ihn einfach!« Lachend nickte sie aufgeregt und legte ihre Hand auf Höhe seines Herzens ab.

»Ich wünsche Ihnen viel Spaß, Eleanore. Sie sollten uns mal wieder in der Firma besuchen, Sie würden unsere neuen Motivationssprüche in den Meetingräumen lieben.«

»Das werde ich bei Gelegenheit tun«, nahm ich die Einladung an und sah den beiden hinterher. Immer noch, nach all den Jahren, waren sie so verliebt ineinander, dass sie die Finger nicht voneinander lassen konnten.

Langsam schlenderte ich durch den Raum, begrüßte hier und da ein bekanntes Gesicht, welches ich schon öfter auf ähnlichen Veranstaltungen gesehen hatte, und griff nach einem Glas Champagner. Gerade als ich daran nippte und mich umsah, fühlte ich, wie sich die Stimmung in diesem riesigen Ballsaal änderte. Sie wurde plötzlich irgendwie düster. Der vormals hell erleuchtete Saal, das Klirren der Champagnerflöten, welche aneinanderstießen, und das Stimmengewirr um mich herum, gerieten in den Hintergrund.

Luke Brandon hob den Kopf, und auch wenn er fast am anderen Ende des Raumes stand, bohrten sich seine Augen, von denen ich wusste, dass sie von einem tiefen Blau wie der Ozean waren, in meine. Ein Schauer rieselte über meine Haut, und die kleinen Härchen in meinem

Nacken stellten sich auf. Meine Zunge strich über meine Lippen, als ich ihn weiterhin beobachtete. Er kam langsam auf mich zu, hielt hier und da an, um ein scheinbar bekanntes Gesicht zu begrüßen. Niemand verzog das Gesicht, weil er sich mit ihm unterhalten musste. Und niemand rollte die Augen. Anscheinend kam er wirklich gut an, was leider in Anbetracht seiner Arroganz an ein Wunder grenzte. Und wie sehr war ich eigentlich abgelenkt, dass ich erst registrierte, wie nah er mir gekommen war, als er sich mit einem älteren Mann unterhielt? Dass er eine Frau in einer wunderschönen roten Robe an seinem Arm hielt, bemerkte ich erst jetzt. Ihr langes, rotes Haar war in große Wellen gelegt und auf einer Seite zusammengesteckt. Ich hielt das filigrane Glas gefüllt mit Champagner fest zwischen meinen Fingern. Er sah schöner aus, als ich ihn in Erinnerung hatte. Der maßgeschneiderte schwarze Smoking mit der cremefarbenen Fliege um seinen starken Hals gebunden, saß perfekt. Es war ein wenig so, als würde man ein Modell in einer Zeitschrift betrachten.

Er sprach gerade mit einem älteren, angerauten Herrn, als er plötzlich den Kopf hob und mir direkt in die Augen sah. Ein langsames, träges Lächeln schlich sich auf seinen schönen Mund. In meinem Nacken stellten sich die Härchen erneut auf, und eine Gänsehaut wanderte über meine nackten Arme. Entgegen jeder Etikette fuhr ich mir erneut mit der Zunge über meine Lippen. Hatte ich mir das nicht mühsam abtrainiert? Mein Daumen und Zeigefinger drehten das Champagnerglas hin und her. Ich war eine wirklich selbstbewusste Frau, und doch war es nicht möglich, den Blick von ihm abzuwenden. Das Herz wummerte in meiner Brust, als er langsam und anmutig auf mich zu geschlendert kam.

»Eleonore«, sagte er mit geschmeidiger tiefer Stimme, »wie schön, Sie hier zu sehen.«

»Luke«, erwiderte ich gespielt freundlich. Er durfte um nichts in der Welt merken, was er in mir auslösen konnte. Woher kam das plötzlich? Eigentlich wollte ich ihn doch gar nicht als Klienten. Ich war immer gefasst, ich war immer reserviert, ich war mir immer darüber im Klaren, was es nach sich ziehen würde, wenn ich einen Mann, der in meine Agentur kam, um Hilfe zu finden, in einem anderen, als dem professionellen Licht sah. Gerade als ich noch etwas anfügen wollte, erschien an seinem Arm wieder diese wunderschöne, rothaarige Frau, mit der vorher schon vertraut gesehen worden war. Die grünen Augen mit den langen Wimpern, für die jede andere Frau gemordet hätte, die hohen Wangenknochen und die vollen roten geschminkten Lippen, ließen jede Frau vor Neid erblassen. Mir entging nicht, dass Luke meine Reaktion genau beobachtete.

»Eleonore«, begann er mit einem schelmischen Grinsen, »darf ich dir Jocelyn vorstellen? Jocelyn, das ist Eleonore.« Die rothaarige Schönheit, bedachte mich mit einem Blick, bei dem es mich schauderte. Aber, wer wäre ich, hätte ich mich davon einschüchtern lassen? Ich war nicht umsonst dort, wo ich war. Hätte ich mir mein Leben von anderen diktieren lassen, wäre ich ganz bestimmt nicht dort angekommen. Die Frau, welche an seinem Arm hing, legte den Kopf leicht zur Seite und nickte.

So willst du es also haben?

Ich war diesen Typ Frau gewöhnt. Es war jener, der sich durch das Tragen schöner Kleider, Diamanten und kleiner Abendtäschchen profilierte, die von der schwarzen American Express ihres Begleiters bezahlt worden waren. Und trotz allem waren diese Frauen so selbstsicher, dass sie einer weniger selbstbewussten Artgenossin Angst einflößen konnten. Ich ließ mich davon nicht beeindrucken. Jocelyn legte Luke die Hand auf den Arm, beugte sich vertrauensvoll in seine Richtung und flüsterte ihm etwas ins Ohr, das ich nicht verstand. Nachdem sie mir nicht einmal mehr einen Blick aus Höflichkeit geschenkt hatte, drehte sie sich um und ging davon.

Luke stellte sich neben mich an die Bar. Sein unvergleichlicher Duft nach Mann, Wald und einer seltsamen Frische, die ich nicht deuten konnte, kroch mir in die Nase. Nur ungern gab ich zu, dass sein Duft angenehm war. Der Mann neben mir, der mich mit Sicherheit um zwei Köpfe überragte, bestellte sich einen Drink. »Sagen Sie mir, Luke, weshalb kommen Sie in meine Agentur, wenn Sie doch scheinbar bereits vergeben sind?«

Er ließ sich Zeit mit seiner Antwort. Langsam drehte er sich um, stützte die Ellbogen auf den Tresen ab, und ließ zu, dass ein schiefes, sehr sinnliches Lächeln an seinem Mundwinkel zupfte.

»Denken Sie wirklich, dass ich mit so einer Frau eine feste Beziehung eingehen würde?«

Wenig damenhaft schnaubte ich. »Haben Sie das gerade wirklich gesagt?« Ich könnte das Entsetzen aus meiner Stimme nicht fernhalten.

»Was genau?« Er bewegt sich leicht, und wieder strömte mir seinen unvergleichlichen Duft in die Nase. »Den Teil mit so einer Frau, oder das Detail mit einer festen Beziehung?«

»Ich kenne wenig Menschen, die so arrogant sind wie Sie!«, zischte ich. Zurückhaltend lächelte ich ein Pärchen an, das soeben vorbei lief. Ein Außenstehender bekam nicht mit, dass Luke und ich eine Meinungsverschiedenheit hatten. Oder eben verschiedene Ansichten über Frauen.

»Wissen Sie, ich bin heute Abend hier, weil ich mir ein Bild von Ihnen machen wollte. Weil ich mich für meine Klienten interessiere. Ich wollte wissen, ob Ihre Arroganz in meinem Büro eine Ausnahme war. Aber wie ich gerade feststellen musste, war es das nicht. Sie denken, nur weil Sie Geld haben, können Sie sich alles erlauben. Und genau deshalb bin ich mir sicher, Sie werden auch ohne meine Hilfe die große, wahre, einzigartige Liebe finden.«

Ohne ein weiteres Wort drehte ich mich um und ließ ihn sprachlos zurück.

Ich hatte gesehen, was ich sehen wollte, und genau deshalb würde ich ihn nicht vertreten, das musste ich jetzt nur noch meinen Cousin vermitteln.

Luke Brandon wollte und brauchte keine Frau. Dieser Mann brauchte einen Spiegel, und bei dessen Auffinden würde ich ihm sicherlich nicht helfen.

Kapitel 6

Luke

»Colby«, schmetterte ich gut gelaunt von der Tür, die in sein Büro führte. »Du kleiner Drecksack!«

»Dir auch einen schönen guten Morgen«, sagte er, lächelte und lehnte sich in seinem Stuhl zurück. »Du hast ja blendende Laune.«

»In der Tat. In der Tat.«

»Herr schwülstiges Gerede ist ja auch da. Zusammen mit dem gut gelaunten Bastard Brandon.«

»Gehen wir heute gemeinsam Mittagessen?«

Mein bester Freund und Geschäftspartner hob bedeutungsvoll die Augenbrauen. »Du kommst den weiten Weg in mein Büro, um mich zu fragen, ob wir Mittagessen gehen?« Er grinste nun von einem Ohr zum anderen und spielte mit dem Stift zwischen seinen Fingern. »Ich habe bereits ein Lunch-Date.«

»Melissa?« Langsam wedelte ich mit meiner Hand. »Sag es ab!«

»Nein, sie hat zuerst gefragt.«

»Du klingst wie ein beleidigter Schuljunge.«

»Und du wie ein Idiot. Also, warum bist du hier, denn ich bin ziemlich sicher, es geht nicht um ein Mittagessen.«

Ich stützte meine Ellbogen auf die Knie auf und sah ihm direkt in die Augen. »Wieso hast du nicht erwähnt, wie hübsch deine Cousine ist?«

»Ich habe mich schon gefragt, wie lange es wohl dauern wird, bis du damit zu mir kommst.« Er nahm einen Schluck Kaffee. »Du hast dich also mit ihr getroffen.«

»Jepp.« Ich lehnte mich zurück und ließ ihn kurz warten. »Ganz schön harte Nuss, die Frau.«

»Ich dachte, ich überrasche dich mal ein wenig.«

»Du bist so witzig«, erwiderte ich sarkastisch.

»Konntet ihr euch einigen?«

»Ich dachte ja. Aber dann ist sie aufgetaucht, auf der Spendengala.«

Colby grinste. »Oh«, sagte er und nickte leicht. »Des Raubtieres natürliches Umfeld. Verstehe.«

»Was verstehst du?«

»Na ja, sie nimmt dich unter die Lupe. Seltsam, da ich eigentlich dachte, sie würde jeder verlorenen Seele helfen.«

»Ich bin keine verlorene Seele.«

»Nein, nein, auf keinen Fall.« Der Sarkasmus triefte ihm aus jeder Pore. Gerade wollte ich etwas erwidern, da betrat seine Sekretärin sein Büro. Sie hielt den Kopf gesenkt, den Blick auf ihre Unterlagen gerichtet, sprach sie bereits, als sie in den Raum kam.

»... und um elf haben Sie das Meeting mit ›Starlight Fusion‹. Ja, ich weiß, dass Sie sich um die Mittagszeit herum freihalten wollten für Ihren Lunch, aber das wird wohl nicht funktionieren, denn …« Sie hob den Kopf und als ihr Blick auf mich fiel, stammelte sie unverständliche Worte und lief rot an. So, wie sie das Büro betreten hatte, so verließ sie es rückwärts wieder. Ich grinste breit; mir war durchaus bewusst, dass ich diese Reaktion bei Colbys Sekretärin hervorrufen konnte, denn dass sie irgendwie in mich verknallt war, das wusste ich.

»Ich werde gleich gehen, Sandra, Sie können gern hierbleiben.«

Sie stoppte in ihrer Bewegung und öffnete die schmalen Lippen einen Spalt. »Ich«, begann sie und ihre Stimme brach. »Also ... nein ... ich wollte nicht …«

Colby, der kleine Arsch, half ihr auch nicht aus der Patsche, sondern ließ sie dort stehen. Manchmal war er einfach ein Idiot.

So wie ich auch.

»Hau jetzt ab, du eiskalter Anwalt! Meine Sekretärin braucht mich.«

»Mister York ... ich. Nein. Keine Sorge. Ich komme gut ohne Sie klar.«

»Kommen Sie?«, fragte ich und hob eine Braue. Sie schien unter meinem Blick zu versengen. Ich hatte gewusst, dass sie auf mich stand, aber dass ich ihr so sehr unter die Haut ging, das war mir nicht klar gewesen.

Sandra war rot bis unter die Haarwurzeln und ihre Hände zitterten leicht. Schließlich verließ sie das Büro und man hörte nur, wie sie die Unterlagen auf ihren Tisch donnerte.

»Was machst du nur mit meiner Sekretärin, mh?«, fragte mich Colby mit einem Grinsen; ich stand auf, knöpfte den Knopf an meinem dunkelblauen Jackett zu und straffte die Schultern.

»Sie steht eben auf mich. Da ist sie nicht die Einzige.«

»Du bist so arrogant.«

»Und du erinnerst mich an deine Cousine.«

»Wieso? Hat sie dir das auch gesagt?«

»Hat sie.«

Colby lachte laut auf. »Dann scheint es wohl wahr zu sein, nicht?«

Selbstsicher drehte ich mich herum und sah ihm lächelnd in die Augen. »Das, was du meinst, mein Lieber, ist nicht Arroganz. Ich bin eben von mir überzeugt. Berechtigt.«

»Hau ab, du Idiot!«, rief er mir nach, als ich sein Büro schon verlassen hatte. »Und lass Sandra in Ruhe!«

Gerade als ich auf Höhe seiner Sekretärin war, grinste ich sie an, zwinkerte ihr zu und genoss meine Wirkung auf sie. Sie war in der Kanzlei nicht die Einzige, die so auf mich reagierte. Und ich hätte gelogen, hätte ich behauptet, dass ich es nicht genoss.

»Luke«, begann meine Sekretärin und persönliche Assistentin. »Eine Miss York hat angerufen. Ich habe ihr gesagt, dass Sie an mir nicht vorbeikommen wird, wenn sie mir nicht sagt, worum es geht. Aber sie hat darauf bestanden, mit dir zu sprechen. Genauer hat sie sogar darauf bestanden, hierherzukommen.«

Ich hob meine Braue. »Sie kommt hierher?«, wiederholte ich und ging an ihrem Platz vorbei in mein Büro. Lizzy kam mir nach.

»Ich habe ihr gesagt, dass du einen vollen Terminkalender hast und sie mindestens zwei Wochen warten muss, aber sie hat darauf bestanden.«

»Interessant«, stieß ich hervor und ließ mich auf meinen Stuhl fallen. Mein Büro war komplett in Schwarz und Weiß gehalten. Lediglich die Fensterfronten mit Blick auf die New Yorker Skyline, und die Glasfronten, die mich auf die Geschäftigkeit der Kanzlei schauen ließen, tupften es mit Farbe. »Wann wollte sie denn kommen?«

»Sie meinte, sie würde sich direkt auf den Weg machen.«

»Okay, Lizzy.« Ich beugte mich vertrauensvoll in ihre Richtung, denn die Frau, die mein Leben organisierte, stand weiterhin vor meinem Glasschreibtisch. »Sobald sie auftaucht, erklärst du ihr, dass ich keine Zeit für sie habe und sie sich einen Termin geben lassen soll.«

»Wer ist das?«, erkundigte sie sich neugierig. »Eine neue Klientin?«

»Nein, sie ist eine Miss, also sicher keine Klientin von mir ... Aber ich lass es dich wissen, sobald es spruchreif ist.«

»Das klingt kryptisch.«

»Das klingt nach Arbeit.«

»Dann leg los! Du hast in zehn Minuten ein Meeting mit Mister Ross, der Panikattacken hat, dass seine Frau ihm das Haus in den Hamptons nehmen wird.«

»Wird sie nicht.«

»Ich weiß.« Lizzy zuckte mit den Schultern. »Aber weiß er das auch?«

Lizzy verließ mit einem Zwinkern mein Büro und setzte sich wieder an ihren Schreibtisch. Wenn Eleonore sich durch die ganze Stadt aufmachte, um mir persönlich zu sagen, dass sie mich nicht vertreten würde, dann hätte sie ihren Weg ganz umsonst gemacht.

Wie schade!

***

»Single Malt, bitte«, bestellte ich bei dem Kellner und setzte mich neben Amanda und Colby auf den Barhocker.

»Da ist er ja«, sagte Amanda grinsend.

»Ja?«, erwiderte ich und hob die Schultern. »Wo sollte ich sonst sein?«

»Vielleicht unter Amy? Oder Sandy? Oder Tiffany?«

Das tat ich mit einer Handbewegung ab. »Schnee von gestern.«

»Ach?«, fragte Amanda rhetorisch. »Und wie lange?«

Ich rollte nur die Augen und griff nach meinem Scotch. »Nur kein Neid, meine Lieben. Nur kein Neid.«

»Oh. Also ich für meinen Teil bin sicherlich nicht neidisch, ich habe morgen Abend ein Date.«

»Ach was?«, sagte Colby, riss die Augen auf, und ich grinste.

»Na endlich.« Ich nickte ihr zu. »Lass dich bitte flachlegen. Deine Laune ist langsam nicht mehr auszuhalten.«

»HEY!«, rief sie und boxte mich in die Schulter. »Du bist ein Penner!«

»Lass den armen Kerl, Amanda«, murmelte nun Colby. »Er ist auf Heiratskandidatinnensuche. Also, was kann ihn schlimmer treffen, als dass er hier mit seinen besten Freunden sitzt, anstatt bei seiner Verlobten einen Stich zu machen?«

»Du warst also bei dieser Dating-Frau?«

»Jepp. War ich.«

»Und das erfahre ich erst jetzt?«, rief Amanda und klatschte in die Hände. »Erzählt es mir!«

»Ich war da. Und sie hat mich ... na ja ... als arrogant bezeichnet?«

»Nun, das ist es, was du bist. Zumindest dann, wenn man dich nicht kennt und nicht versteht, was bei dir los ist.«

»Ich bin also arrogant?«, fragte ich und hob die Brauen. »Autsch!«

»Du weißt, dass das über dich erzählt wird. Also was genau ist das Problem?«

Nun war es an mir, das Gesicht zu verziehen. »Selbstsicher, wieso checkt das niemand? Ich bin einfach selbstsicher.«

»Elly sieht das anders.« Colby grinste.

»Du hättest mir sagen müssen, wie hübsch sie ist. Dann wäre ich zumindest darauf gefasst gewesen.«

»Was? Dachtest du, sie ist eine Schreckschraube, nur weil sie eine Agentur hat, die Menschen zusammenbringt?«

»Ich«, begann ich, brach aber ab, denn genau das war es, was ich gedacht hatte. Ich fuhr mir durch mein Haar.

»Was hätte es denn geändert, wenn du gewusst hättest, dass sie eine Schönheit ist?« Nun drehte sie sich Colby zu. »Ist sie eine Schönheit?«

»Oh ja.«

»Wieso ist sie dann single?«, fragte ich ihn und beobachtete ihn ganz genau.

»Wie kommst du denn darauf?«

»Kein Ring am Finger.«

Plötzlich ging alles ganz schnell, eine Blondine mit langen, in große Wellen gelegten Haaren und mit großen braunen Rehaugen stolperte gegen mich. Automatisch breitete ich meine Arme aus und fing sie auf. Ich würde lügen, würde ich nicht zugeben, dass mein Blick über ihren sinnlichen, perfekten Körper glitt.

»Hi«, wisperte sie, als sie sich gefangen und nachdem sie den Kopf gehoben hatte.

»Hallo«, antwortete ich, und ein Lächeln schlich sich auf mein Gesicht. »Alles okay?«

Ein strahlendes Lachen legte sich auf ihre vollen Lippen, die in einem dunklen Rot geschminkt waren. »Jetzt ja.«

Ich half ihr, wieder auf beiden Beinen zu stehen. Entschuldigend lächelte sie mich weiter an. »Die Schuhe, Sie verstehen?« Zweideutig zwinkerte sie mir zu und ließ sich nicht aus der Ruhe bringen. Aus der Ruhe bringen ließ sie sich auch nicht, als ich ihren Körper mit meinen Augen scannte, als hinge mein Leben davon ab. Manchmal kamen doch die schönsten Geschichten unverhofft.

»Ich verstehe vollkommen, was Sie meinen«, erklärte ich und bot ihr mit meiner Hand den freien Stuhl neben mir an.

»Darf ich Sie bitte auf einen Drink einladen?«, fragte sie mich, und hey, ich war auch nur ein Mann! Also erkannte ich die Anzeichen. Die Anzeichen, dass sie ihre Oberarme gegen ihren Körper drückte, damit ihre Titten besser zum Vorschein kamen. Sie öffnete den Mund einen Spalt und formte die Lippen zu einem dezenten Schmollmund. Ihre langen Beine mit den Schuhen, die Fantasien hervorriefen, ließen meine Mann-Frau-Antennen auf hoher Frequenz laufen. Ich erkannte eine sinnliche Frau, wenn sie vor mir stand. Und wenn diese Frau wollte, dass ich sie fickte, dann erkannte ich das auch. Ich war noch nie ein Mann gewesen, der jemandem etwas verwehrte, das dieser mehr als bereit war zu geben. Deshalb würde ich ihr natürlich geben, was sie wollte.

»Wieso gehen wir nicht wohin, wo es etwas ruhiger ist?«, fragte ich sie deshalb leise. Ja, dieser Satz war total billig und abgenutzt, aber er zog. Sie nickte, ich legte ein paar Dollar auf den Tisch und dirigierte sie aus der Bar.

Es wäre doch gelacht, wenn sich dieser Abend nicht endlich noch zum Guten wenden würde.

Kapitel 7

Eleanore

Ich beschleunigte mithilfe des Knopfes das Laufband, auf dem ich in regelmäßigen Schritten lief. Es war eine der besten Anschaffungen, die ich in den letzten Jahren getätigt hatte, denn ich hasste es, in Fitnessstudios zu gehen oder durch den bekannten Central Park zu laufen. Meiner Meinung nach, und ich wusste, dass dieser Park bei Sportlern extrem beliebt war, zeigten sich die Menschen dort nur, wenn sie gesehen werden wollten. So nach dem Motto: »Oh schaut mal, der und der läuft heute erst die zweite Runde.« Und dann wurde schön getuschelt. Während irgendwelche unterbelichteten Frauen, die noch nie in ihrem Leben auch nur einen Finger hatten krumm machen müssen, in ihren Leoparden-Leggins und den rosa

Stirnbändern steckten, die ihren Schweiß, der ja zwangsläufig beim Yoga in Strömen lief, aufsaugen sollte. Nun wie auch immer ... auf dieses Sehen-und-gesehen-Werden hatte ich einfach keine Lust. Ich ging nicht jeden Tag laufen, weil ich wollte, dass die Park Avenue-Prinzessinnen mich auf die Schlachtbank schleppten und über sämtliche Peinlichkeiten meines Lebens sprachen. Oh nein, ich ging laufen, weil es mich beruhigte. Dass es mich in Form hielt, war natürlich ein sehr positiver Nebeneffekt. Vor allem, weil ich Süßigkeiten einfach liebte. Alles, was mit diesen fiesen kleinen Kalorienmonstern zu tun hatte, stopfte ich in mich hinein, als gäbe es keinen Morgen.

Leider gab es sehr wohl einen.

Und wenn ich auf dem Laufband in meinem Wohnzimmer lief und lief und lief, dabei die Skyline betrachtete – denn ja, Mist, ich war auch eine dieser Park Avenue-Tussis –, dann konnte ich am besten denken.

Aktuell wollte ich zwar gar nicht wirklich einen Gedanken fassen, denn alles, was mich momentan beschäftigte, und das sah mir eigentlich gar nicht ähnlich, war, dass Eve im Einsatz war.

Eve war eine Dame, die ich ab und an buchte. Quasi ihre Dienste für die Agentur in Anspruch nahm. Und das tat ich, wenn mir zwar mein Herz sagte, dass sich ein neuer Klient oder eine neue Klientin tief in sich wirklich nach Liebe sehnte, dieser aber völlig widersprüchliche Signale vermittelte. Es war doch so: Wenn jemand zu mir kam, nahm ich ihn ernst. Normalerweise. Luke Brandon hatte es geschafft, dass ich mich verarscht und ausgenutzt fühlte, obwohl noch überhaupt gar nichts gewesen war. Und auch wenn ich öfter einmal neue Kunden hatte, die mir ein seltsames, vor allem wenig aufrichtiges Gefühl vermittelten, dann war es mit ihm doch anders.

Und genau das war der Grund, warum ich wieder einmal Eve beauftragt hatte. Eve arbeitete für einen sauberen Escortservice. Also ... es ging darum, dass sie die Männer reizte, bis zum äußersten Rand führte, aber nicht darüber schubste. Nun ... und das würde sie für mich tun. Es war nicht so schwer gewesen, herauszufinden, wo er heute Abend sein würde, denn Himmel, er war jeden Donnerstag in dieser komischen Bar mit seinen zwei Teilhabern. Einer davon war Colby, mein Cousin. Ich schüttelte immer noch den Kopf darüber, wenn ich nur daran dachte, dass er ihm wirklich empfohlen hatte, mich aufzusuchen. Mittlerweile hatte meine Recherche auch ergeben, dass die beiden nicht nur Geschäfts- und Gründungspartner einer unglaublich gut etablierten Anwaltskanzlei waren, sondern auch seit Kindestagen die dicksten Freunde.

Nachdem ich in seiner Vergangenheit geschnüffelt hatte, war mir sogar eine Situation eingefallen, die ich lieber vergessen wollte.

»Tante Marcy«, rief ich und rannte fröhlich lachend durch den Garten. »Tante Marcy!« Ich drehte mich schnell im Kreis und jagte anschließend einem Schmetterling hinterher, der in einer Leichtigkeit an mir vorbei flatterte, dass ich neidisch wurde.

»Elly, meine Süße!« Meine rothaarige Tante kam auf mich zu, und ich genoss das vertraute Gefühl nach Heimat. Meine Tante war die Schwester meiner Mutter, und ich

verbrachte manche Ferien hier. Meine Familie lebte in der Stadt, und für mich war es immer ein besonderer Urlaub, wenn ich hierherkommen durfte. Idaho war ländlich und genau das Richtige für ein Mädchen, das ansonsten immer adrett sein und der Etikette folgen musste.

»Ich habe im Zug die Minuten gezählt.«

Meine Tante mit den dunklen kurzen Haaren lachte. »Das dachte ich mir schon. Wo ist dein Onkel?«

»Onkel Alfred parkt das Auto«, erklärte ich in meinem kindlichen Überschwang. »Und er hat mir angeboten, dass er meinen Koffer nach oben trägt.«

»Und das hast du natürlich angenommen?«

»Natürlich. Mami sagt immer, Männer müssen sich gebraucht fühlen.« Ich zuckte mit den Schultern und deutete auf den Zitronenfalter. »Siehst du den? Wie schön er ist.«

»Das ist er, meine Süße!«

»Achhhhttttuuunnnnggggggg!«, hörte ich plötzlich die Stimme meines Cousins, und ich sah mich nach links und rechts um. Meine dunklen Locken flogen mir nur so um die Ohren; ich tat ein oder zwei Schritte zurück und lehnte mich an die dicke Eiche in dem schönen, malerischen Garten meiner Tante.

»Attaaackeee!«, dröhnte plötzlich eine zweite Stimme durch den Garten. Wie aus dem Nichts knatterte ein langes Geschoss neben mir, und schließlich blieb die Pfeilspitze in der Baumrinde stecken. Sie wackelte nach; mir stiegen Tränen in die Augen, so erschrocken war ich. Und nun sah ich auch den Besitzer des passenden Bogens zu dem Pfeil.

»Kannst du nicht aufpassen?«, fragte der Junge, der mich um zwei Köpfe überragte. Er rollte die Augen und stemmte die Hände in die Hüften.

»Ich soll aufpassen?«, wiederholte ich, und schon liefen die Tränen über. »ICH soll aufpassen? Du hast doch mich fast abgeschossen mit deinem Pfeil!«

»Du kannst froh sein«, murmelte er, griff mit seiner Hand an meinem Kopf vorbei und zog mit einem heftigen Ruck den Pfeil aus der Rinde, »dass ich dir nicht durchs Auge geschossen habe.«

Was meine Tränen nur noch schneller laufen ließ.

Gerade als er mit meinem Cousin, der herzlich lachte, davonging, hörte ich noch, wie der ungehobelte Kerl zu ihm sagte: »Was ist das denn für eine Heulsuse?«

»Ach ... das ist nur meine Cousine.« Die beiden lachten schallend und waren ums Eck, ehe ihr Lachen verklungen war.

Ich weinte an diesem Nachmittag bitterliche Tränen.

Kapitel 8

Luke

»Schließe deine Augen«, wies ich sie leise, aber bestimmt an. Eve nickte und ich legte ihr die Augenbinde aus Seide mit dem tiefroten Stoff an. »Du wirst heute nur fühlen. Nicht sehen.«

»Aber ...«, begann sie zu widersprechen, und ich legte ihr einen Finger auf den Mund.

»Du musst mit vertrauen«, sagte ich, küsste sie tief und ließ meine Zunge in ihren Mund gleiten. Eve küsste mich zurück. Zwar ein wenig zaghaft, aber sie öffnete sich mir. Genau in dem Moment, als sie mit ihren Händen in mein Haar fassen wollte, griff ich nach ihren Handgelenken und presste sie auf die mit seidigen Laken bezogene Matratze.

»Wieso kann ich dich nicht anfassen?«, fragte sie mich, und ich fuhr mit dem Mund über ihre Kieferlinie.

»Weil ich das nicht möchte«, erklärte ich, obwohl es überhaupt keine Erklärung war. »Entweder wir machen es auf meine Art ... oder wir machen es gar nicht!« Eve lehnte sich zurück, ging mit ihrem Rücken in ein Hohlkreuz und seufzte, während ich mit meinen Fingerspitzen über ihren Hals wanderte. Willig spreizte sie ihre Beine noch ein Stückchen weiter. Ihren Rock hatte ich ihr schon vor einiger Zeit ausgezogen und ihr Spitzenhöschen war bereits durchnässt. Dafür musste man kein Genie sein, um das zu merken.

Wieder hob sie ihre Hände und versuchte, in mein Haar zu greifen.

»Ich will dich anfassen«, murmelte sie zwischen einem Stöhnen und einem Seufzen. Meine freie Hand fuhr gerade in ihr Höschen, und das machte es ihr natürlich schwer, zu denken. Das verstand ich gut. Leise lachend schüttelte ich den Kopf.

»Und ich will, dass du artig bist.« Langsam setzte ich mich auf, kroch auf ihre Hüften; da sie die Maske trug und nichts sehen konnte, sondern sich vollends auf mich verlassen musste, wurde der Nervenkitzel noch gesteigert. »Halte still«, sagte ich, umfing ihr Handgelenk mit einer meiner Krawatten und knotete sie so fest, dass das Blut zirkulieren konnte, sie mir aber ausgeliefert war.

»Was tust du?«, fragte sie mich leise. Ich antwortete ihr nicht.

Erst als die zweite Krawatte um ihr zweites Handgelenk geschlungen war und perfekt saß, gab ich ihr einen Kuss.

»Entspann dich.«

»Ich habe das noch nie gemacht ...«, flüsterte sie und bäumte sich in dem Moment auf, als ich mit meiner Zunge über ihr Höschen fuhr. Himmel, sie roch so verdammt gut. Das war genau das Richtige, was mich jetzt ablenken würde. Was mir helfen würde, diese verdammt hübsche Planerin aus meinem Kopf zu bekommen. Das wäre es, was mir dabei helfen würde, wieder zu erden.

Ich brauchte die Kontrolle. Die volle Kontrolle über die zarten Konturen einer weichen, weiblichen Frau, die mich willkommen hieß. Ich brauchte es, dass ich ihnen zuerst Schmerz und dann Erfüllung schenken konnte. Und das alles im erträglichen Maße. Ich stand nicht drauf, eine Frau leiden zu sehen, oder richtig über den Abgrund zu drängen, aber sie am Abgrund entlang wandeln zu lassen, das liebte ich.

»Schhhh«, wisperte ich und blies mit diesem Laut kühle Luft über ihre verdammt feuchte, glänzende Pussy, die ich gerade freigelegt hatte. »Nicht sprechen.«

»Aber ...«

»Willst du einen Knebel?«, fragte ich scharf, und sie zuckte zusammen, nachdem meine Hand einmal auf ihre nackte Titte geklatscht war. »Willst du die Beine auch noch fixiert haben?«

Den Mund zu einem Stummen »O« geöffnet, schüttelte sie den Kopf.

»Braves Mädchen«, wisperte ich und strich in beruhigenden Kreisen über die Stelle auf ihrer Haut, die gerade den Schlag hatte abfangen müssen. Sie rötete sich bereits. Also hatte ich eine empfindliche Katze in mein Bett geholt. Das machte nichts, ich musste es nur vorher wissen, damit ich sie nicht zu hart ran nahm, damit ich ihr nicht zu viel abforderte und sie dabei unterging.

Ich vergrub meinen Kopf wieder zwischen ihren Beinen und strich mit meiner Zunge über ihre Schamlippen. Sie war von den wenigen Zungenschlägen, den wenigen Küssen, den wenigen Berührungen, aber den vielen Worten, was ich mit ihr machen würde, wenn wir erst in meiner Wohnung wären, extrem aufgeheizt gewesen. Als sie in der Bar auf mich gestolpert war, war ich mir nicht so sicher gewesen, ob das eine Nacht nach meinem Geschmack werden würde und ob sie nicht beendet wäre, bevor sie begonnen hatte ... Aber ... anscheinend hatte ich falsch gelegen.

Ihr Haar lag über den seidigen Laken, ihre Lippen waren mittlerweile blutrot, weil sie sich immer wieder auf die untere der beiden biss und stöhnte. Stöhnen war erlaubt, ich wollte hören, wie sie es genoss.

Nachdem ich erkannt hatte, dass die Muskeln an ihren Oberschenkeln schon zitterten und sie anscheinend kurz vor dem Kommen war, ließ ich von ihr ab, drehte sie und ließ meine Hand in schneller Abfolge fünf Mal auf die nackte Haut ihres straffen Hinterns klatschen. Ich traf immer wieder andere Stellen, und ihre kleinen Laute der Überraschung wandelten sich schnell in Laute der Lust. Sie drückte ihren Hintern in die Höhe, wollte mehr von diesem Ziehen, diesem sanften Federschlag des Brennens, ehe es in völliger Lust endete. Ich wusste das. Ich wusste, dass es so war, denn so war es immer. Und so würde es auch bei der kleinen Eve sein. Das war es, warum Frauen zu mir kamen, weil ich ihnen durch sanften Schmerz das ganze Spektrum eines Orgasmus' demonstrierte, ohne dabei abstoßend zu wirken.

Und dass diese Frauen süchtig nach dem Gefühl der Sehnsucht und der Explosionen wurden, war auch der Grund, warum ich nie mehr als drei Nächte mit der gleichen Frau verbrachte. Statistisch gesehen, und da glaubte ich einfach Doktor Freud, entwickelte man Gefühle, wenn man mehr als dreimal miteinander intim war. Gefühle, Anhänglichkeit, Kontrolle ... das waren Attribute, die mich bei Frauen so dermaßen abturnten, dass ich mir lieber in die Hand wichste, als in einer Frau zu kommen.

»Willst du mehr?«, flüsterte ich rau und betrachtete mein Werk auf Eves Arsch. Er war herrlich rot, glänzte, funkelte und schrie mich an, dass sie noch nicht genug hatte. Die Feuchtigkeit sickerte bereits aus ihr heraus, denn auf meinem Laken bildete sich ein feuchter Fleck. Ein Grinsen – eines dieser irren, besitzergreifenden Grinsen – schlich sich auf mein Gesicht. Das war es, was ich wollte. Was ich brauchte. Was mir so viel mehr gab als einfach nur zu kommen. Eve war schlau genug oder einfach schon so sehr in ihrer Lust gefangen, dass sie mir keine Antwort gab. Das war besser für sie und die Anzahl der Schläge. Mein Schwanz war hart und drückte beinahe schmerzhaft gegen die Knopfleiste meiner Jeans. Er wollte in die Freiheit und wollte rangenommen werden. »Willst du gefickt werden?«, fragte ich rau, und Eve nickte wie im Delirium. Sie war vollkommen gefangen in ihrem Sog aus Lust und Schmerz. Das war für mich der perfekte, absolut unwiderstehlichste

Augenblick. Das war es, warum ich Frauen so gern unter mir hatte. Nackt. Willig. Weich. Feucht ... vor allem feucht.

»Weißt du«, erklärte ich weiter. »Es ist mir eigentlich ziemlich egal, was du willst, denn ich werde mir jetzt nehmen, was *ich* will.« Während ich diese Worte sprach, zog ich mir mit einer geschmeidigen Bewegung das einfache Shirt über den Kopf und öffnete mit einer Hand die Knopfleiste an meiner tief sitzenden Jeans. Neben mir lag bereits ein Kondom, das darauf wartete, zum Einsatz zu kommen. Schnell rollte ich es mir über, ich war fast ein wenig ungeduldig, denn ich konnte es kaum erwarten, meinen Druck in ihr abzubauen. Ihn abzulassen und mich zu verausgaben.

Eve drückte den Rücken durch und ich sah auf sie herab. Sie war so sexy und sinnlich, genau das richtige Spielzeug für einen Abend Spaß. Langsam fuhr ich mit meinem Schwanz an ihrem Eingang entlang. Beobachtete genau, wie das Kondom glänzte, da es von ihrer Nässe überzogen war. Sie war so feucht, wie man es selten erlebte. Aber Lust und Schmerz lagen eng aneinander gekuschelt auf dem Bett. Das war schon immer so gewesen, und Eve schien sich dessen heute Nacht bewusst zu werden.

Sie lag wimmernd, stöhnend und seufzend auf dem Bett. Sie war mir und meiner Gnade vollkommen ausgeliefert, denn sie konnte nichts sehen. Sie konnte sich kaum bewegen. Sie war vollkommen auf ihren Hörsinn fixiert. Ich war mir sicher, dass sie überdeutlich wahrnahm, wie ihre feuchte Muschi schmatzte, sich für mich öffnete, als ich nun langsam und nur ein klein wenig mit meiner

Schwanzspitze in sie eintauchte. Als die Dehnung wieder nachließ, wimmerte sie lustvoll, und das war mein Stichwort. Ich konnte mich, selbst wenn ich gewollt hätte, nicht mehr länger zurückhalten.

Hart und heftig stieß ich in sie. Eve rutschte auf dem Bett bestimmt zwanzig Zentimeter höher, ihr Mund war zu einem großen stummen »O« geformt und ihr Körper war von solch sinnlicher Röte überzogen, dass ich nicht mehr an mich halten konnte. Ich stieß in sie wie ein Besessener. Ohne Rücksicht. Ohne ihr Zeit zu geben, sich an meine Größe zu gewöhnen. Ich trieb meinen steinharten Schwanz immer wieder in sie, um sie zu dehnen. Ich spürte, wie ich an ihren Gebärmutterhals kam, und grinste. Meine Hüften fuhren vor und zurück. Mit der einen Hand hob ich ihre Beine an und legte sie mir auf die Schultern, um noch tiefer in ihr sein zu können. Mit der anderen Hand kniff ich sie so fest in den Nippel, dass er ganz weiß wurde. Nachdem ich schließlich ruckartig losgelassen hatte, stöhnte sie laut meinen Namen. Ich wusste, dass es eine besondere Art von Schmerz war, wenn man mit den empfindlichen, bereits überaus gereizten Nippeln von Frauen spielte. Meine Eier klatschten gegen ihre Haut, es schmatzte, als ich sie wie ein Besessener bumste. Ich spürte, dass sie kurz davor war, zu kommen, denn ihre Muskeln zogen sich bereits um mich zusammen und entspannten sich wieder. Sie sollte dafür belohnt werden, dass sie mir vertraut und dass sie die Schläge auf ihren Arsch so gut weggesteckt hatte. Genau deshalb fickte ich sie noch härter, trieb meinen Schwanz in sie und kniff sie mehrmals nacheinander fest in den geschwollenen, deutlich hervortretenden Kitzler. Das war der Rest, den sie brauchte.

Eve kam.

Und kam.

Und kam.

Ich war mir nicht sicher, und das war selten der Fall, ob es ein extrem langer Orgasmus war, den ich mit einigen sanften, aber wohlplatzierten Schlägen auf die feine Haut ihrer Titten verlängerte, oder ob sie einfach mehrmals nacheinander das Ziel erreichte.

Ich wusste es nicht und es war auch egal, denn ich schoss meine Ladung in das Kondom und hörte erst auf, als auch der letzte Tropfen aus mir heraus war.

Kapitel 9

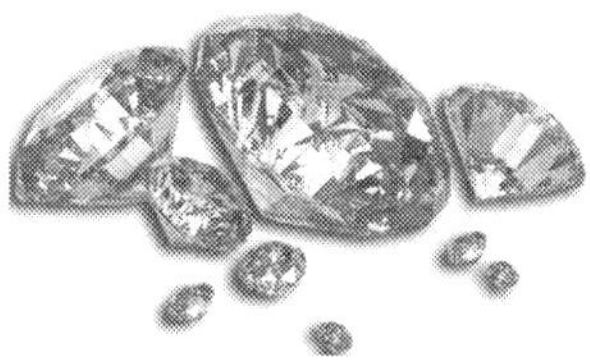

Luke

Es war ein übler Tag. Ein wirklich übler Tag.

Und dabei war es gerade zehn Uhr morgens.

»Luke?«, sprach meine Sekretärin mich an, »Misses Walker ist hier.«

»Bring sie in den Konferenzraum fünf.« Ich stand auf, griff mein Jackett von der Stuhllehne und zog es im Laufen an. »Das haben wir gleich.«

»Was hast du gleich?«, fragte Amanda neugierig und kam ebenso aus ihrem Büro.

»Ich habe eine Güteeinigung. Du?«

»Ich hab ein Date mit meinem Smoothie in der Partnerküche.«

»Dein Ernst? Dieses widerliche Spinatzeug?«

»Solltest du auch mal versuchen, Großkotz.« Amanda bog links ab, und ich ging weiter geradeaus. Güteeinigungen waren etwas, das sehr schnell vom Tisch war. Wenn sich beide Parteien einig waren, und das sollte hier kein Problem darstellen. Misses Walker war die Erbin eines großen Pharmazie-Konzerns, und ihr Mann wollte nun die Hälfte der Firma haben. Dummerweise hatte er nur rein gar nichts mit in die Ehe gebracht. Außer die Pinsel und seine Malereistaffelei.

»Misses Walker«, begrüßte ich die adrette Mittfünfzigerin.

»Na wenigstens mein Anwalt hat gute Laune.«

»Natürlich«, erwiderte ich, »Wieso auch nicht?«

»Weil mein Ex-Mann gleich hier auftauchen wird und die Hälfte meines Unternehmens haben will.«

»... die er nicht bekommen wird.« Ich warf die Unterlagen vor mir auf den Tisch. »Machen Sie sich keine Sorgen.«

»Das will ich hoffen, er kriegt nämlich nichts, außer den Dreck unter meinen Schuhen!«

»Wir bekommen das schon hin, Misses Walker. Aber Sie müssen Ruhe bewahren!«, wies ich sie noch einmal demonstrativ in ihre Schranken.

»Warum? Und das Offensichtliche ignorieren? Er hat mit diesem Flittchen geschlafen. Mehr als nur einmal.«

»Das wissen wir nicht sicher. Und solange wir das nicht sicher wissen, werden wir es nicht verwenden.« Meine letzten Worte flüsterte ich, da Mister Walker und seine zwei Anwälte, beides Frauen, gerade den Konferenzraum betraten. Oh. Nicht gut. Die eine der beiden Anwältinnen war Lisa Morgan und ich hatte mit ihr geschlafen.

Drei Mal.

Danach war sie ziemlich sauer gewesen. Und anscheinend, wenn ich den Blick, den sie mir gerade schenkte, richtig deutete, war sie es immer noch.

Nachdem wir die Begrüßung über die Bühne gebracht hatten, meine Mandantin mit den Zähnen knirschte und wir über den Tisch ein Angebot zugeschoben bekamen, konnte ich mir nur schwerlich ein Grinsen verkneifen.

»Ihr Angebot interessiert uns nicht.«

»Sind Sie sich da sicher?«, fragte Lisa Morgan und verengte die Augen zu Schlitzen. Der hektisch schlagende Puls an der dünnen Haut ihres Halses verriet sie.

»Absolut.«

»Was ist denn Ihr Angebot?«, erkundigte sich nun die andere Anwältin. Filipa Jones. Sie war ein Frischling, das Zittern ihrer Hände verbarg nämlich nichts.

»NICHTS!«, rief Misses Walker dazwischen, und ich warf ihr einen Blick zu, der hätte töten können.

»Sagen Sie nichts«, wies ich sie nochmals an. Es wäre besser gewesen, wenn ich diese Güteverhandlung ohne sie durchgeführt hätte. Sie war absolut irrational und verrückt, wenn es um diesen Mann ging. »Unser Angebot liegt Ihnen seit Mittwoch vor.«

»Dieses Angebot«, nun schob mir Lisa demonstrativ eine zweite Mappe über den Tisch, »interessiert uns nicht.«

»Das ist sehr schade«, erwiderte ich mit einem kühlen Lächeln. »Das ist nämlich alles, was Sie kriegen werden.«

»Mein Mandant will die Hälfte. Das steht ihm zu.«

»Nicht laut Ehevertrag.« Trocken und kalt blickte ich ihr direkt in die Augen. Ich verzog keine Miene, aber ich erkannte, dass Lisa gar nicht so professionell war, wie sie mir glauben machen wollte. Ganz im Gegenteil, sie schien diese Scheidung gerade zu etwas Persönlichem zu machen. »Wir sind sicher, Sie sind mit der Klausel vertraut, dass, sobald Ihr Mandant sich einen Fehltritt erlaubt …« Ich warf die zuvor aufgenommen Unterlagen zurück auf die polierte Holzoberfläche. »… nichts bekommt. Gar nichts.«

»Ich habe mir keinen Fehltritt erlaubt!«, rief Mister Walker.

»Du hast mit meiner Sekretärin geschlafen. Nicht nur einmal!«, schrie sie.

»Beweise das mal!«, brüllte er zurück und Lisa legte ihm beschwichtigend die Hand auf den Arm. Ich grinste lediglich. Ich hatte das, was ich wollte. Nämlich die Bestätigung, dass es sich lohnen würde, einen Privatdetektiv anzuheuern und mal etwas tiefer zu graben.

»Ich denke«, grätschte ich dazwischen, bevor die Frau neben mir noch einmal irgendeinen Wutausbruch hatte. »Wir sind hier fertig.«

»Es ist noch nicht vorbei!«, rief ihr baldiger Ex-Mann uns hinterher, als wir bereits dabei waren, den Konferenzraum zu verlassen.

Diese Güteeinigung war gut gelaufen, das musste ich zugeben.

»Und was machen wir jetzt?«, fragte mich meine Mandantin, als ich sie zu den Fahrstühlen brachte.

»Jetzt zügeln Sie endlich ihr Temperament, wie ich es Ihnen gesagt habe, und ich kümmere mich um den Rest.

Sie hören von mir, sobald ich etwas Neues habe.«

»Was werden wir jetzt tun?« Plötzlich stand nicht mehr Wut in ihren Augen, sondern pure und reine Verlustangst.

»Wir stellen sicher, dass Sie Ihr Unternehmen behalten.«

»Er hatte sie im Bett, ich weiß es!« Sie schien sich wirklich sicher zu sein und nicht nur irgendeine schwammige Aussage zu tätigen.

»Und das werden wir beweisen.« Eindringlich schüttelte ich ihre Hand und hielt ihren Blick fest. »Zügeln Sie sich nur bitte und verschießen Sie nicht unser Pulver.«

»Okay, Mister Brandon«, lenkte sie schließlich ein. »Aber er darf nichts bekommen.«

»Er wird nichts bekommen«, bestätigte ich noch einmal eindringlich.

Nachdem ich sie verabschiedet hatte, ging ich in mein Büro zurück und packte meinen Kram zusammen. Von einer Scheidung ging es jetzt direkt in die Partneragentur, die für mich eine Ehefrau finden sollte.

Was für ein schlechter Scherz war das eigentlich?

***

»Mom«, sagte ich ins Telefon, nachdem sich meine Mutter nach dem fünfzehnten Klingeln endlich gemeldet hatte. »Ich dachte schon, ich muss einen Suchtrupp schicken.« Es war mal wieder Zeit, sie anzurufen, und da ich irgendwie keine ruhige Minute dafür gefunden hatte, erledigte ich es jetzt, als mein Fahrer mich zu Eleanore Yorks Agentur brachte.

»Ich war im Garten, mein Junge.«

»Findest du den Ausdruck ›Garten‹ für eine Ranch nicht ein wenig ... untertrieben?«

»Nein, ich war wirklich direkt im Garten und habe die Sonnenblumen geschnitten.«

»Mom«, erwiderte ich und kniff mir in den Nasenrücken. »Dafür hast du Personal.«

»Luke«, erwiderte sie streng. »Ich habe dir doch bereits erklärt, dass es nun einmal Dinge gibt, die man selbst in die Hand nehmen muss.« Ja, das hatte sie. So wie den Mist mit der Hochzeit. »Du bist im Auto«, fuhr sie fort und wollte wohl von sich selbst ablenken. »Wohin fährst du?«

»Ich fahre zu Eleanore York.«

»Ich weiß nicht«, erklärte sie, »wer ist das? Sollte mir der Name was sagen?«

»Das ist Colbys Cousine.«

»Und was machst du bei ihr?«

»Wir haben ein Lunchdate.« Davon wusste sie zwar noch nichts, aber …

»Das klingt aber vornehm.« Meine Mutter sprach die Worte abwertend aus.

»Wir werden sehen, ob es das ist.«

»Ist das das Mädchen, das du kennengelernt hast?«, fragte sie mit schriller Stimme, und ich rollte die Augen, schloss selbige anschließend und legte den Kopf an das weiche Leder des Autos.

»Das ist sie.«

»Oh, das ist aber toll!«

»Mom«, begann ich erneut und schalt mich innerlich einen Vollidioten, es überhaupt erwähnt zu haben. Mein Leben wäre für die Zukunft leichter verlaufen, wenn ich einfach meine Klappe gehalten hätte. »Da ist nichts …«

Sie unterbrach mich jäh. »Nein, mein Junge, das klingt hervorragend.« In ihrer Stimme schwang Freude mit. Verdammt!

»Ja, das ist es«, ließ ich mich darauf ein und betete innerlich, dass das keine Auswirkungen auf irgendwas hätte, was mich den Hals kosten könnte. Ich war als Anwalt zwar dafür, keinen Meineid zu leisten, aber die Grenzen der Wahrheit etwas ausdehnen, das konnte man durchaus. »Wie geht es dir sonst?«, fragte ich sie direkt und hoffte auf eine ehrliche Antwort. Wenn sie jetzt wusste, dass ich dabei war, jemanden zu daten, auch wenn es eigentlich nicht Eli war, vielleicht würde sie endlich einmal mit der Wahrheit herausrücken.

»Sehr gut«, ihre Stimme überschlug sich fast. Das war auffällig. »Wirklich sehr gut.«

»Bist du sicher?«, fragte ich skeptisch und betrachtete die vorbeiziehenden Häuser und Geschäfte. Wir waren gleich an Eleanores Agentur.

»Absolut!« Ich kannte meine Mutter. Ich kannte sie seit fünfunddreißig Jahren und das hier war nicht die Wahrheit. Das war nicht natürlich. Das war einfach nur vollkommen übertrieben und vermutlich maßlos gelogen. Meine feinen Antennen wurden noch sensibler und ich wünschte, ich könnte ihr jetzt ins Gesicht sehen, um die Wahrheit in ihm zu lesen. Vermutlich würde sie diese aber wieder so hervorragend verstecken, dass da nichts zu erkennen wäre.

»Bist du wirklich sicher, Mom?«, fragte ich erneut und mein Fahrer hielt in zweiter Reihe vor dem Backstein

Gebäude, in dem die Agentur ihr Zuhause hatte. »Ich kann nach Idaho kommen und eine Zeit lang bleiben, wenn du möchtest.«

»Nein!« Wow! Das kam schnell. Zu schnell. Müde legte ich den Kopf erneut an das Leder. »Ich meine, nein«, jetzt klang sie wieder gefasster. »Es ist alles in bester Ordnung, mein Schatz.«

»Du würdest es mir sagen, wenn du irgendwelche Probleme hättest oder es Ärger mit der Ranch gibt?«

»Aber selbstverständlich.« Ihre Stimme klang nun matt. »Und jetzt auf auf zu deinem wundervollen Mittagessen mit der zuckersüßen Eleanore. Ich erinnere mich noch gut an sie als kleines Mädchen.«

Wuum! Das hatte gesessen! Ich hatte keine Erinnerungen an sie als kleines Mädchen, aber als erwachsene Frau ... Heilige Scheiße, da hatte ich einige richtig eindeutige Vorstellungen von ihr. Anstatt Erinnerungen. Aber das war ja vollkommen gleichgültig.

»Ich muss los, Mom«, sagte ich also, »ich melde mich die Tage wieder.«

»Pass auf dich auf, mein Junge, und grüße mir das Mädchen recht herzlich.«

Mädchen?

Ach Mutter, wo lebst du nur?

Sexy Femme fatale. Das traf es wohl eher.

Zumindest sah mein Schwanz das so.

Kapitel 10

Eleonore

Er war zu spät.

Ich konnte Menschen nicht ausstehen, die zu spät zu einem Termin kamen.

Und er war zu spät. Und zwar nicht nur eine oder zwei Minuten. Nein, unser Termin war bereits vor siebenundzwanzig Minuten gewesen.

Zu-spät-Kommen war etwas, das in meiner Welt wirklich mit einer Todsünde gleichzusetzen war. Deshalb ... nun ich würde ihm wohl sagen müssen, dass ich ihm das nicht verzeihen konnte und er deshalb in eine andere, weniger professionelle Agentur gehen sollte. Eine von denen, die tolerierte und akzeptierte, wenn man zu spät kam.

Die Stimme meines Assistenten erklang durch die Gegensprechanlage, und ich zuckte zusammen. Das lag daran, dass ich mich so hineingesteigert hatte.

»Eve ist am Telefon für dich!«, sagte er und stellte sie mir durch. Da ich ihn heute schon vier Mal gefragt hatte, wusste er, dass ich auf ihren Rückruf wartete. Immerhin hatte ich sie gestern Abend auf Luke Brandon angesetzt, der mich nun seit einunddreißig Minuten versetzte.

»Eve«, begann ich mit einem Lächeln und zwang mich, nicht ständig auf die Uhr zu gucken. »Wie geht es dir?«

»Ausgezeichnet, Eleonore. Guten Morgen!«

»Es ist fast Mittag«, erwiderte ich lachend. »Wie war's denn? Hast du ihn sehen können?«

»Oh ja«, begann sie und räusperte sich. Ich drehte mich in meinem Schreibtischstuhl zum Fenster und genoss den Ausblick. Vielleicht waren meine Räume nicht in irgendeinem hundertsten Stockwerk, sondern nur im zehnten, aber ich liebte es trotzdem, aus dem Fenster zu sehen. Auch wenn um mich herum nur andere Gebäude, höhere als unseres, zu sehen waren.

»Wie genau soll ich dein ›Oh ja‹ deuten?« Eve hatte nicht mehr gesprochen, außer diese zwei Laute. Meine Augenbrauen verengten sich zu Schlitzen.

»Also«, begann sie schließlich und hörte sich irgendwie nervös an. »Ich denke nicht, dass dieser Mann für eine feste Bindung geeignet ist, ich denke nicht, dass es gut wäre, ihn an eine Frau zu binden. So wie ich ihn kennengelernt habe, an diesem Abend, denke ich, ist es besser, er lebt so, wie er es bis jetzt tut.«

»Wie genau meinst du das?«

»Ich denke, es wäre Verschwendung, wenn man ihn an eine Frau bringt. Dieser Mann ...« Angesichts ihres wenig professionellen Tonfalls und ihrer schwärmenden Art, war mir klar, was passiert war.

Ich unterbrach sie. »Du warst mit ihm im Bett?« Meine Stimme klang selbst in meinen Ohren schrill. »Ich dachte, so etwas tust du nicht.«

»Na ja«, lenkte sie ein. »Nicht, dass ich dir Rechenschaft ablegen muss, mit wem ich in die Kiste hüpfe und mit wem nicht ... Aber, ja, ich hab mit ihm geschlafen.«

»Ich fasse es nicht!« Entnervt schüttelte ich den Kopf. »Bist du echt von allen guten Geistern verlassen?«

»Wieso?«, erwiderte sie locker. »Ich bin über achtzehn, du bist nicht meine Mom und single ... Also, wieso sollte ich nicht mit ihm ins Bett gehen?«

»Weil er ein Arschloch ist.«

»Na ja, das mag deine Meinung sein, Eleonore, warum auch immer ... Aber dieser Mann ist sicher kein Arschloch.« Wieder dieser schwärmende Singsang, in dem sie sprach. Das machte mich fast wahnsinnig. »Ich war sogar noch nie mit einem Mann zusammen, der so großzügig war und offen und mich an meine Grenzen ...«

»Stopp!«, grätschte ich dazwischen. »Es reicht!« Ich wusste, da Eve im Escort Service arbeitete, war das bei ihr irgendwo Tagesgeschäft ... Also Sex und Sex-Appeal und alles, was dazugehörte, aber bei mir war es das eben nicht. Ich sah Sex als etwas sehr Intimes, das zwischen Liebenden geschah und mit Romantik und Vertrauen zu tun hatte.

»Ehrlich, Eleonore, du hast keine Ahnung.«

»Die will ich auch nicht haben, was diesen Mann angeht.«

»Was hat er dir denn getan?«, fragte mich meine Geschäftspartnerin und irgendwie auf strange Art auch Freundin.

»Du meinst abgesehen davon, dass er ein egozentrischer, eingebildeter, zu spät kommender, arroganter, extrem von sich überzeugter Idiot ist?«

Ich zuckte zusammen, als es sich in meinem Büro räusperte. Schwungvoll drehte ich mich um, und da sah ich ihn. Genau den, den ich gerade am Telefon beschrieben hatte.

»Nun ... also«, erklärte ich ins Telefon und unterbrach somit den Redeschwall, den Eve gerade an den Tag legte. »Mein nächster Klient ist da, wir sprechen später.« Ohne ein weiteres Wort legte ich auf.

»Mister Brandon«, begann ich, schluckte die aufwallende Scham wieder hinunter und verhielt mich professionell distanziert. »Mein geplantes Zeitfenster für Ihren Termin ist bereits verstrichen. Dafür haben Sie doch sicherlich Verständnis.«

»Oh, ich habe mir erlaubt, mit Ihrem Assistenten Ruben zu sprechen, und er meinte, Ihr nächster Termin wäre erst um vierzehn Uhr. Also, was halten Sie von einem schnellen Mittagessen bei dem Chinesen am Eck?«

»Gar nichts«, entfuhr es mir und Bilder von ihm und Eve, wie sie sich küssten und zärtlich miteinander schliefen, schlichen sich in meinen Kopf. Ich schwöre bei Gott, ich wollte das nicht sehen. Ich wollte das nicht durch meinen Kopf zucken haben. Und doch geschah es. Was für eine verfluchte Scheiße!

»Kommen Sie, Eleonore.«

»Miss York!«, unterbrach ich ihn verstimmt; er rollte die Augen, setzte sich locker in den Stuhl und überschlug die Beine.

»Aber natürlich.« Der Sarkasmus triefte ihm aus jeder Pore. »Miss York.«

»Die Antwortet lautet trotzdem nein.«

»Na gut«, lenkte er schließlich ein. »Wie gut, dass ich Ihren Assistenten Ruben losgeschickt habe, ein paar verschiedene Gerichte zu besorgen. Dann essen wir eben einfach hier.«

Mein Kopf ruckte in Richtung Glaswand. Genau dorthin, wo Rubens volles Hinterkopfhaar mich eigentlich hätte anstrahlen sollen.

Nun, tat es nicht.

»Er ist ja wirklich leicht zu beeindrucken, Ihr Assistent.« Meine Augen verengten sich zu Schlitzen. Dieser Mistkerl. »Er kann sich selbstverständlich auch etwas mitnehmen. Ich bin ja kein Unmensch.«

»Nein«, erklärte ich durch zusammengebissene Zähne. »Sie sind ein Widerling, das trifft es eher.«

»Entschuldigung?« Sein Tonfall war dunkel und rau, meine Nackenhaare stellten sich auf und ich bekam eine Gänsehaut. »Ich habe dich anscheinend gerade falsch verstanden.«

Schwer schluckte ich. Was war denn das gerade bitte? Sein Tonfall schoss mir zwischen die Beine. Ich überschlug sie. Dann würde das Gefühl schon wieder aufhören.

»Sie haben mich schon verstanden«, wahrte ich die Höflichkeit der förmlichen Anrede. Ich wollte eigentlich nicht, dass er mich so vertraulich duzte, wie in seinem letzten Satz. »Sie tauchen einfach überhaupt nicht bei unserem Termin auf, Sie sagen nicht einmal ab. Dann platzen Sie während eines vertraulichen Telefonates in mein Büro, ohne sich auch nur von meinem Assistenten anmelden zu lassen, und anschließend verkünden Sie mir wie der Gönner vor dem Herrn, dass Sie meinen Assistenten, der Ihren Anweisungen in keinster Weise Folge leisten muss, losgeschickt haben, um Mittagessen für uns zu holen. Ein Essen, für das ich weder Zeit noch die Lust habe. Ich verbringe meine Mittagspause nämlich gern mit Menschen, die freundlich und nett sind und nicht wie Sie so ungehobelte Höhlenmenschen, die der Meinung sind, sie könnten alles haben, sobald sie nur durch eine Tür treten.« Luke Brandon mir gegenüber zuckte bei meinem gemeinen Worten keinen Millimeter zusammen. Er holte nicht einmal tief Luft. Nein, er saß weiterhin vollkommen entspannt auf seinem Stuhl und ein Lächeln zupfte an seinen Mundwinkeln.

»Sie können ja doch leidenschaftlich sein.« Das Lächeln, das eben noch irgendwie niedlich gewirkt hatte, war jetzt anzüglich.

Ich lehnte mich zurück und beschloss, ebenso unter die Gürtellinie zu gehen.

»Wieso sind Sie heute nicht aufgetaucht? Woran lag es?«

»Ich war einfach zu spät dran.«

»Sie wollen mir also weismachen, ein Anwalt, der Fristen, Termine und andere Dinge, die mit Terminen verbunden sind, einhalten muss, war spät dran? Spät dran für eine Sache, die ihm ja ach so sehr«, ich griff mir dabei theatralisch an mein Herz, »am Herzen liegt?« Nun stützte ich mich auf dem Tisch auf und beugte mich in seine Richtung. »Erzählen Sie diesen Mist irgendjemand anderem. Ich glaube es Ihnen nicht!«

»Wieso wollen Sie es unbedingt wissen?«, fragte er und legte dabei wieder diese raue, dunkle Stimme an den Tag, die mir direkt zwischen die Beine fuhr.

»Weil ich wissen will, mit wem ich es zu tun habe. Ganz einfach.«

Fest erwiderte er meinen Blick. Die Stimmung, die durch seine Augen floss, war so aufgewühlt, dass es wie eine raue, stürmische See wirkte.

»Ich werde Ihnen sagen, warum ich zu spät bin, Eleonore.« Er lehnte sich zurück und schlug nun einen lockeren Ton an. »Ich war gestern Abend aus, habe eine wunderschöne Frau kennengelernt und sie mit nach Hause genommen. Ich habe ihr das gegeben, was sie wollte, nämlich, dass ich sie in den Himmel ficke. Mehrmals. Sie kam und kam und kam, und ich wette, dass sie heute nicht einmal mehr laufen kann, vor lauter Muskelkater. Ich wette, dass sie sich in mein Bett zurückwünscht und ziemlich viel dafür geben würde, dass ich es noch mal mit ihr treibe. Und na ja, was soll ich sagen? Da musste ich heute Morgen einfach noch einmal in dieses feuchte Paradies der Weiblichkeit eintauchen. Ich konnte nicht anders. Es war zu verlockend. Also hab ich sie noch einmal genommen. Vollkommen nackt. Sinnlich. Leidenschaftlich. Und glauben Sie mir, Eleonore, sie hat geschrien vor Verlangen.«

Der Mund stand mir offen. Ich schnappte nach Luft. Dass er so deutlich werden würde, damit hatte ich nicht gerechnet, und waren wir einmal ehrlich, jeder Mann, der einen Funken Anstand im Körper besaß, hätte das nicht so gesagt. Nicht so formuliert. Oh nein, er hätte vielleicht genießerisch etwas angedeutet, sich aber nicht wie ein Idiot hingestellt. Und die Frau dazu – er wusste ja nicht, dass Eve von mir kam – als Hure dargestellt. Wann genau war er eigentlich zwischen seinen Worten aufgestanden und mir so unprofessionell nah gekommen? Ruckartig stand ich auf, was ihn zwang, seine gebückte Haltung ebenso zu verlassen.

»Ich kenne wenig Menschen, die solche Widerlinge sind wie Sie, Brandon.«

Er stieß nur einen verächtlichen Laut aus und grinste mich schelmisch an.

»Das denken Sie? Ich versichere Ihnen, eine Nacht mit mir und Sie würden das nicht mehr denken.«

Das.

Genau das war es, warum ich – ohne vorher großartig darüber nachzudenken – meine Hand hob und sie ihm mit voller Wucht auf die Wange donnerte. Der klatschende Laut hallte von meinen Bürowänden wider. Ruben blieb in der Tür stehen, den Mund weit geöffnet und haufenweise chinesische Pappschachteln in der Hand.

»Raus hier!«, wies ich ihn leise an, meine Stimme zitterte vor Wut. Und vor Scham. Und vor Verlangen. Aber das würde ich niemals zugeben. »Verschwinden Sie hier, Luke Brandon. Und kommen Sie nicht wieder.«

Er sah mich eindringlich an, hob seine Hand, als würde er mir über die Wange streicheln wollen, entschied sich anschließend anders und ging, die vollen Lippen zu einem Strich gepresst, zur Tür. Ruben wich ihm mit aufgerissenen Augen und den Mund zu einem verwunderten »Wow« geöffnet, sprachlos aus.

Als mein Assistent und ich allein im Büro waren, bemerkte ich, dass ich zitterte, und setzte mich.

Dieser Kerl brachte in mir das Schlechteste zum Vorschein. Und das konnte ich noch weniger leiden als irgendwelche Männer, die mit ihren Eroberungen prahlten.

Kapitel 11

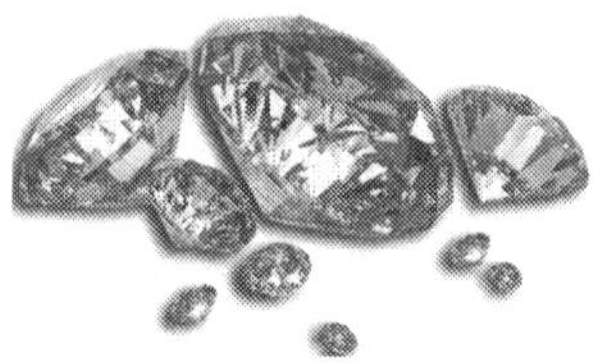

Luke

»Was hast du getan?«, fragte Colby von der Tür aus und betrat mein Büro, ohne dass ich ihn hereingebeten hatte. »Meine Cousine ist wirklich die netteste, ausgeglichenste, freundlichste Person, die ich kenne, aber du scheinst es zu schaffen, sie auf Hundertachtzig zu bringen!

»Ach?«, fragte ich und drehte mich zu ihm um. »Ich bringe sie auf Hundertachtzig?«, polterte ich los. »Soll das ein Scherz sein?«

»Was ist das da in deinem Gesicht?«, fragte er und grinste, als es ihm dämmerte.

»Der Handabdruck deiner ach so freundlichen, netten, ausgeglichenen Cousine. Ja.«

»Ach was?«, fragte er und lachte schallend los. »Eli hat dir eine gewischt?«

Ich nickte kaum merklich und ließ mich auf meinen Stuhl fallen.

»Du kannst dich jetzt wieder beruhigen, Arschloch.«

»Was soll ich sagen? Sie hat mir eine Frage gestellt, ich habe geantwortet und anscheinend hat ihr die Antwort nicht gefallen.«

»Was wollte sie denn wissen?«

»Wieso ich zu spät zu unserem Meeting kam.«

»Und wieso warst du zu spät?« Er grinste mich an und wackelte mit den Augenbrauen. »Wegen des scharfen Gerätes von gestern Abend?«

»Das geht dich einen Scheiß an, Colby.«

»Also ja.« Er lachte wieder. »Die Kleine war ja wirklich scharf.«

»Möglicherweise.«

Er wurde wieder ernst. »Trotzdem kenn ich sie so nicht.«

»Nun«, antwortete ich, und er ließ sich nicht einmal davon beirren, dass ich mittlerweile auf meinem Notebook herumtippte. »Sie hat ihren Standpunkt heute klar gemacht.«

»Und du hast akzeptiert?«

»Für den Moment. Aber das war es auch schon, denn ich bin nicht umsonst da, wo ich bin. Und genau deshalb werde ich das natürlich so nicht akzeptieren. Ein Nein gibt es in meiner Welt nicht, wenn ich nicht will, dass es ein Nein ist.«

»Du bist so ein Pisser.«

»Jepp. Darum bin ich da, wo ich bin. Noch mal.«

»Und was willst du jetzt tun?«

»Das, was jeder Mann machen würde.« Ich zuckte mit den Schultern. »Ich schicke ihr Blumen.«

»Das wird sie nicht beeindrucken. Da brauchst du schon etwas mehr, als ein paar Blumen.«

»Aber es ist ein Anfang, und selbst wenn sie mich anruft, um mir zu sagen, dass ich aufhören soll, ist das irgendwie Kontakt.«

»Du bist ein Mistkerl.« Er lehnte sich zurück. »Ich hätte dich nicht dorthin schicken sollen.«

»Hör mal, ich brauche ihre Hilfe. Ich habe auf diesen Dating-Mist sowieso keinen Bock, also was soll ich tun, außer zu versuchen, mich jetzt bei ihr einzuschleimen und mich dann irgendwie auf Knien zu entschuldigen?«

»Dass ich das erleben darf.«

»Was?«, zischte ich zwischen zusammengebissenen Zähnen. Mein bester Freund genoss die Show hier viel zu sehr.

»Dass du dich entschuldigen wirst.«

»Ich kann mich gut entschuldigen, wenn es angebracht ist.«

»Also hast du echt scheiße gebaut, was?«

»Nein, ich hab ihr die Wahrheit gesagt.«

»Vermutlich ist das das Problem«, erwiderte er gelassen.

»Also hilfst du mir jetzt?«

»Wie soll ich dir denn helfen?«

»Wo finde ich Eleonore, wenn sie nicht in der Agentur ist?«, fragte ich ihn. In meinem Kopf begann ein Plan zu reifen. Einer, für den ich sie allerdings in ihrer Freizeit erwischen musste. In Ihrem Kopf schien sich ein Bild gefestigt zu haben, das mich nicht in sonderlich gutem Licht erscheinen ließ. Okay, wenn man ehrlich war, ich war ein Mistkerl. Aber, das war ich nicht aus irgendeinem scheinbar gentlemenhaften Grund. Oh nein, ich hatte sehr wohl meine Gründe, ein Wichser zu sein. Oder keine Bindung zu jemandem aufbauen zu wollen. Aber das waren meine Gründe, das war meine Geschichte und die ging nun einmal niemanden etwas an.

»Ich bin nicht sicher, ob ich es dir verraten will.«

»Alter«, erklärte ich jetzt genervt. »Sag schon!«

»Also ich weiß, dass sie Freitagabend ziemlich regelmäßig ins Kino geht.«

»Allein?«

»Arschloch. Was ist so schlimm daran?«

»Hab ich doch nicht gesagt.«

»Dein Ton hat es klar gemacht, was du meinst.«

Ich rollte die Augen. War mein bester Kumpel schon immer so anstrengend gewesen?

»Ansonsten bist du doch auch nicht Typ ›Beschützer‹. Also was ist los?«

Er schien kurz zu überlegen, holte tief Luft, sagte aber nichts und schüttelte den Kopf. »Das soll Eleanore dir selbst sagen, wenn sie will, dass du es weißt.«

Wieder rollte ich die Augen. Verdammter Mistkerl. »Also, Kino. Allein. Welches? Und wann?«

Er seufzte tief und beugte sich in meine Richtung. »Sie geht ins Old Amsterdam. Freitags. In die Spätvorstellung.«

»Das Old Amsterdam?« Nachdenklich legte ich den Kopf schief. »Da laufen doch nur immer zwei Filme.«

»Richtig.«

»Da laufen nur immer Schwarz-Weiß-Schinken.«

»Ich weiß.«

»Oh man.«

»Du bist irgendwie süß, wenn du verzweifelt wirkst.«

»Leck mich!«

»Ich lehne dankend ab. Ich hatte am Wochenende das Vergnügen eine Frau kennenzulernen.«

»... Wieder einmal?«, fragte ich mit leicht gelangweilter Stimme. Colby lernte immer mal wieder Frauen kennen, legte sie flach und verliebte sich in sie. Dass diese Tussis allerdings auf sein Geld, seinen Ruhm und sein Aussehen scharf waren, das wollte er nicht sehen. Keine Ahnung, wieso er so verzweifelt auf der Suche war, anstatt, wie ich auch, sein Leben zu genießen ... Aber er war mein bester Freund, also würde ich ihn, wenn wieder einmal eine Frau sein Herz brach, einmal verarschen und anschließend das Ganze in Bier oder Whiskey ertränken.

»Diesmal ist sie es«, erklärte er und ich nickte.

»Wir werden sehen.«

»Du, mein lieber Freund, wirst erst einmal einen netten Schwarz-Weiß-Film gucken müssen, wenn du mit meiner Cousine sprechen willst.«

»Ja verdammt.« Oh Mann! Ich hatte wirklich keine Lust darauf, denn ein Schwarz-Weiß-Film war ganz und gar nicht mein Stil. Ich mochte lieber die modernen, Action animierten Streifen, wie James Bond, die Marvel Streifen beziehungsweise DC Comics. Ich konnte den Klassikern nichts abgewinnen. Vermutlich lag das daran, weil ich als kleiner Junge Samstag- und Sonntagabend immer mit meinen Eltern, damals, als mein Dad noch lebte, einen der alten Filme auf unserem kleinen Flimmerfernseher hatte ansehen müssen. Das war unser Familienevent gewesen. Klar, wir hielten uns die meiste Zeit draußen auf, aber da meine Eltern eine der größten Farmen besaßen, waren sie von früh bis abends auf den Feldern oder bei den Rindern. Nun ... da dachten sie wohl, mit diesen obligatorischen Klapptischen auf unserem alten, in Brauntönen karierten Sofa zu sitzen und während des Essens in den Fernseher zu schauen, wäre eine nette Familienaktivität.

Wie auch immer, mit einem Kopfschütteln vertrieb ich die Erinnerungen und den modrigen Geruch, den ich sofort wieder in der Nase hatte. Diese und noch viele, viele, viele weitere Erinnerungen und Gedanken aus meiner Kindheit und Jugend hatten mich überhaupt erst so weit gebracht, so ehrgeizig zu werden, wie ich es war.

Mittlerweile hatte meine Mom ein wunderschön renoviertes Farmhaus, mit neuen Möbeln, die nicht von Generation zu Generation weitergegeben wurden und in denen mehr Milben und Ungeziefer wohnten, als auf einer Müllhalde.

Im Grunde war es egal, denn durch meinen herausragenden Erfolg konnte ich ihr das Leben bieten, das sie verdient hatte. Und da das früher meiner Meinung nach nicht der Fall gewesen war, fragte ich mich ernsthaft, warum sich jemand uralte Schwarz-Weiß-Filme ansah, wenn es doch neue, moderne, bunte Blockbuster gab.

»Ihr könnt ja danach noch ins ›Punch‹ kommen und mit mir und Kate etwas trinken.«

»Kate?«, fragte ich und hob die Brauen. »Die Neue?«

Colby zog die Augenbrauen zusammen. »Tu mir einfach den Gefallen und begrüße sie nicht so.«

Ich winkte ab und sah wieder auf meinen Bildschirm. »Ich werde mir Mühe geben.«

»Aber jetzt raus hier, ich hab etwas Wichtiges zu tun.«

»Die ›Futur Oil‹ Fusion?«

»In etwa, ja.«

Mein bester Freund stand auf, grinste von einem Ohr zum anderen und machte sich auf den Weg aus meinem Büro.

»Wenn du mich schon anlügst, dann sorge doch wenigstens dafür, dass sich die Blumenstrauß-Fleurop-Seite nicht in den Fenstern hinter dir spiegelt, Luke.«

Mein gemurmeltes »Fuck!« hörte er mit Sicherheit nicht mehr, da er mit dröhnendem Gelächter bereits den Gang entlang lief.

Was war denn auch so schlimm daran, dass ich ihr Blumen schicken wollte?

Blumen sagten: Entschuldigung. Blumen sagten: Danke für die heiße Nacht, aber es wird keine weitere mehr geben. Blumen sagten: Ich will dich flachlegen. Blumen sagten: Du bist wunderschön.

Blumen waren also dankbare Geschenke, und genau deshalb wollte ich ihr einen Strauß zukommen lassen. Es war doch ein bisschen so, wie um eine Frau zu werben. Auch wenn ich nicht ihre weiblichen Dienste in Anspruch nehmen wollte, sondern ihre geschäftlichen. Aber manchmal musste man eben etwas weniger Ehrlichkeit walten und Blumen sprechen lassen.

Ich entschied mich für einen Strauß weißer Anemonen.

Kapitel 12

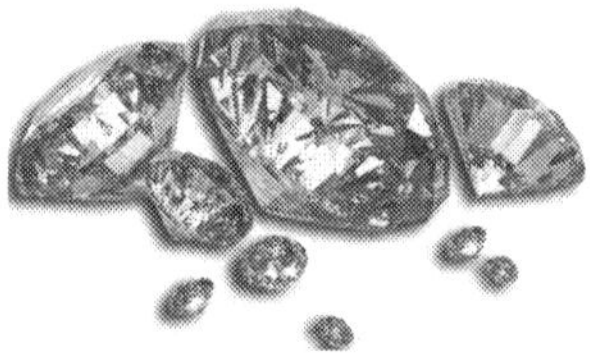

Eleanore

Ich liebte, liebte, liebte das.

Wirklich!

Ja, es war vielleicht ein wenig crazy, oder hatte etwas von einer alten Katzenlady, aber diesen inneren Drang, freitags ins *Old Amsterdam* zu gehen und einen der uralten Schwarz-Weiß-Filme zu gucken, war für mich so, als müsste ich jeden Tag aufstehen, um in die Arbeit zu gehen.

Es gehörte einfach dazu. Zu meinem Wochenabschluss.

Und heute freute ich mich ganz besonders, denn es lief Casablanca. Gedreht und erstveröffentlicht im Jahre 1942. Abgesehen davon, dass das noch authentische Filme, ohne großes Bämm Boom Bang und Action-Effekte waren, war ich einfach verliebt in Humphrey Bogart. Den

Hauptdarsteller. Zwar war er viele Jahre vor meiner Geburt schon gestorben, aber dieser Mann war ... er war der James Dean der 40er gewesen. Er war einer der besten und begehrtesten Schauspieler und mehrfacher Preisträger.

Wenn also in dem Kino, das ich jeden Freitagabend aufsuchte, einer der beiden alten Streifen mit ihm lief, brauchte ich gar nicht lange überlegen, welchen ich mir ansehen wollte.

So auch heute.

Mein Kino-Date mit mir selbst war nun seit zwei Jahren Routine und ich hatte Casablanca mit Sicherheit nun schon mehr als sechs oder sieben Mal gesehen. Das war nämlich die Krux an der Sache, ich liebte diese Filme im Kino, würde mir aber daheim keinen davon ansehen, das hätte mir das Flair genommen. Ich saß hier also, zusammen mit, ich glaube, es waren drei oder vier andere Menschen in dem alten Kino-Saal, stopfte mir schön entspannt und voller Vorfreude frisches Butterpopcorn in den Mund, hörte dem Rattern der Filmrolle hinter uns zu und blickte auf die altmodische, schwarz-weiße Anzeigentafel, die den Countdown bis zum Start herunter zählte ... als sich plötzlich jemand neben mich gleiten ließ.

In der Tat war die Person so leise, dass ich sie erst bemerkte, als sie bereits neben mir saß und mir der männliche Geruch in die Nase stieg. Dummerweise erkannte ich ihn sofort.

»Hi«, flüsterte er gleich darauf mit dieser tiefen, männlichen Stimme, an die ich immer wieder denken musste. »Was für ein Zufall.«

»Ja«, knurrte ich, »Unfassbar!« Was wollte er denn jetzt hier? War es denn nicht genug, dass er mich tagsüber nervte? Außerdem kannte ich jeden, der hier regelmäßig aufschlug, und er gehörte definitiv nicht dazu. Das hätte nämlich bedeutet, dass er auf meiner Ich-kann-dich-leiden-Skala Punkte gesammelt hätte. Das hatte er aber nicht. Ganz im Gegenteil, mit dem Mist, den er in meinem Büro verzapft hatte und meiner – zugegeben – wenig professionellen Antwort darauf, war doch eigentlich alles gesagt. Da war keine Sympathie. Und ich vertrat eben nur Menschen, die mir sympathisch waren.

»Haben Sie die Blumen bekommen?«, fragte er leise weiter, als der Film bereits zu laufen begann.

»Darum sind Sie hier? Weil ich nicht angerufen und mich artig bedankt habe?«

»Nein, ich ...«

»Gut«, fiel ich ihm ins Wort, in der Hoffnung, dass das Thema dann erledigt wäre und er mich in Ruhe lassen würde. »Danke.«

»Darum bin ich nicht hier«, erklärte er.

»Ich will es nicht wissen.«

»Doch, wollen Sie.«

»Okay, Brandon«, erwiderte ich und ignorierte die »Psch!« Einwürfe der anderen Gäste. »Was muss ich tun, damit Sie die Klappe halten?«

Luke Brandon grinste mich schelmisch an, ehe er antwortete. Er dachte nicht einmal mehr daran, die Stimme zu senken. »Gehen Sie danach mit mir ein Glas Wein trinken.«

Augenrollend nickte ich und deutete mit dem Zeigefinger auf ihn. »Aber dann halten Sie jetzt die Klappe, bis der Abspann durch ist.«

Er hob die Finger zum Schwur. »Ehrenwort.«

Ich drehte mich wieder nach vorn, war mir seiner Anwesenheit überdeutlich bewusst. Es war, glaube ich, das erste Mal, dass ich mich nicht wirklich auf meine große Liebe konzentrieren konnte. Zugegeben, Luke Brandon gab keinen Mucks mehr von sich, er raschelte nicht mit der Tüte M&Ms, die er auf dem Schoß hielt, er schlürfte nicht an seinem Getränk, das wie meines einen Strohhalm hatte. Im Gegenteil, er schien sich auf den Film einzulassen, er lachte an den richtigen Stellen, setzte sich aufrecht hin, wenn die Situation im Film es erforderte, und machte einen entspannten Eindruck.

Zur Mitte des Filmes, als sich unsere Unterarme auf der Armlehne zwischen den Sitzen schon eine ganze Weile berührten, wagte ich einen schnellen Seitenblick auf ihn. Er war in Freizeitkleidung. Bis dato hatte ich ihn nur in perfekt sitzendem Anzug, gebügelten und gestärkten Hemden und einer ordentlich gebundenen Krawatte gesehen. Ich war mir sicher, dass er nur Maßanzüge besaß. Das hatte ich übrigens bis zum Erbrechen mit Ruben diskutiert. Und er hatte mir recht gegeben, Luke Brandon war immer wie aus dem Ei gepellt in der Agentur aufgetaucht, aber ich musste ehrlich sagen, dass, ihn jetzt in einem dünnen, dunklen Pulli und einer Jeans zu sehen, auch nicht übel war.

Halt!

Stopp!

Was denkst du da?

Vermutlich lag es am Protagonisten des Filmes, dass ich solche Gedanken hatte. Zumindest hoffte ich das, alles andere wäre gegen meine Grundsätze gewesen. Also wirklich!

Genau in dem Moment, als Ilsa Rick wieder nicht erklären wollte, weshalb sie damals nicht mit ihm gekommen war, sah er mich von der Seite an und flüsterte: »Darf ich?« Zuerst, da ich ja gerade in meiner »Ist-er-heiß-Fantasie« war, dachte ich, dass er meine Hand halten wollte oder so etwas in der Richtung, aber nachdem ich wie in Trance genickt hatte – warum hatte ich genickt? –, bemerkte ich, dass er in meine Popcorntüte griff und sich eine Hand davon in den Mund warf.

Wir beide blickten auf die Leinwand. Und zumindest ich war mir seiner Anwesenheit mehr als deutlich bewusst. Sein Geruch stieg mir stetig in die Nase und ich hätte gelogen, hätte ich behauptet, dass er nicht unwiderstehlich gut roch. Klar, das tat nichts zur Sache, aber mein letztes Date war einfach schon eine Zeit lang her, auch wenn ich täglich von Liebe umgeben war. Ich sorgte dafür, dass schüchterne Menschen oder einfach jemand, der Hilfe brauchte, es schaffte, jemanden kennenzulernen. Viele Menschen waren schüchtern oder trauten sich nicht. Aber mein Motto war ...

Ein Nein hat man, ein Ja kann es werden.

Also würde ich nicht aufgeben, ehe alle, die einen festen Lebenspartner wollten, auch einen hatten.

Als der Abspann lief, registrierte ich, dass ich von meinem absoluten Lieblingsfilm nichts mehr mitbekommen hatte. Mann, das hatte es noch nie gegeben! Aber Luke hatte mich so abgelenkt, oder meine Gedanken waren durch Ihn abgelenkt gewesen, auch wenn er sich wie ein formvollendeter Gentleman an meine Bedingungen gehalten hatte.

»So«, sagte er schließlich, als die schwache Beleuchtung angeknipst worden war und der Saal mit den klassischen roten Samtsitzen in warmes Licht getaucht wurde. »Jetzt bin ich dran.«

Augenrollend bedeutete ich ihm, das er aufstehen sollte. »Dann gehen wir eben was trinken. Aber nicht lange. Es ist schon spät.«

»Ich will genauso lange den Drink und das Gespräch wie der Film gedauert hat.«

»Einhundertachtunddreißig Minuten? Ernsthaft?«

»Jepp.« Er lachte mich so strahlend an, zeigte dabei seine weißen Zähne, dass es mir ganz warm wurde. Er hatte eine wirklich betörende Wirkung auf mich, das musste ich zugeben.

Verflucht!

Kapitel 13

Luke

Ich wollte ehrlich sein.

Zu Beginn hatte ich wahrlich keine Lust auf diesen uralten Schwarz-Weiß-Mist gehabt ... Aber als ich dann da war, als ich an der altmodischen Kinokasse stand, in dem der Mitarbeiter noch in einem richtigen Häuschen saß, anstatt hinter einem Tresen zu stehen und gelangweilt dreinzublicken, nahm mich Stück für Stück das Flair gefangen.

Ich betrat das Foyer durch dunkelrote, schwere Samtvorhänge, und dahinter empfing mich der vertraute Geruch nach Popcorn und Nachos. Es waren nur wenige Leute in der Eingangshalle, was ich darauf zurückführte, dass die Filme ja gerade eben am Starten waren. Mein

Problem war gewesen, dass ich nicht wusste, in welchem der beiden Kinos Eleanore York saß. Deshalb hatte ich Karten für beide gekauft. Die alten Filmrollen, die noch älteren Geräte, die selbige abspielen konnten. Alte – wirklich alte Filmplakate, teilweise sogar mit Unterschriften, hingen hoch oben an den hohen Wänden des Raumes.

»Eine Tüte M&Ms, bitte«, sagte ich zu der jungen Dame, die, wie alle anderen hier, eine weiße Bluse und eine rote Weste darüber mit einem Namensschild trug.

Ich bezahlte, bedankte mich und machte mich auf den Weg.

Wenn Eleanore ein bisschen Geschmack hatte, dann würde sie in *Casablanca* sitzen. Zumindest hoffte ich das, denn der Film war immerhin Kult. Auch wenn sämtliche Neuverfilmungen eher mein Ding waren, als ... das hier.

Nachdem ich also den fast leeren Kinosaal betreten hatte, sah ich sie im Seitenprofil in der Mitte sitzen. Grinsend schlenderte ich auf sie zu und registrierte erfreut, dass sie mich wirklich erst wahrnahm, als ich langsam neben sie auf den Stuhl glitt. Sie erkannte mich sofort. Und das verbuchte ich als eindeutigen Pluspunkt. Es war ein bisschen wie mit Werbung. Auch wenn sie negativ war, war es doch Werbung. Man blieb im Gespräch. Und so war das hier auch.

Als sie dann schließlich dachte, ich wäre tatsächlich hier, weil sie sich wegen der Blumen nicht bedankt hatte, musste ich einen Lachanfall unterdrücken. Sie war so süß.

Sie war so unschuldig.

Sie wäre der perfekte Gegenpart im Bett.

Hör auf, das zu denken, schalt ich mich innerlich. *Ganz falscher Dampfer, Brandon. Ganz falscher Dampfer.*

Und na ja ... nachdem ich mich also darauf eingelassen hatte, weil ich wusste, ich hätte danach mein Gespräch mit ihr, konnte ich mich endlich entspannen.

»Wohin bringst du mich?«, fragte sie, als wir wieder an der frischen, warmen Nachtluft waren. Sie sah nicht so aus, als hätte sie wirklich Lust auf dieses Gespräch. Ich beschloss, es zu ignorieren.

»Zwei Blocks weiter ist eine ziemlich coole Cocktailbar«, begann ich, und sie unterbrach mich.

»Hier direkt im Gebäude nebenan, ist ein Stehimbiss.« Zuckersüß lächelte sie und deutete mit dem Finger in die Richtung. Ich spürte, wie ein Lachen in meiner Brust grollte und schließlich aus mir herausbrach. »Heißt das Nein?«, fragte sie mit dieser unschuldigen Stimme.

»Nein.«

»Heißt das Ja?«

»Eleanore«, erklärte ich mit etwas härterer Stimme. »Du hast das Kino ausgesucht, in welches wir gehen, ich die Bar, okay?«

»Ich habe nichts ausgesucht«, sagte sie energisch und ging dennoch neben mir her, ihre Sportschuhe kamen leise auf dem Asphalt auf. Es war irgendwie schön, sie in ihrer Freizeitkleidung zu sehen, anstatt dieses kühle gesittete vom Büro. Und, mal ganz ehrlich unter uns: Die Jeans, die sie trug, betonte ihren Arsch auf entzückende Weise, dass es mir in meinen Fingern kribbelte, sie dort herauszuschälen und es ihr zu besorgen.

Hart.

Richtig. Heftig. Hart.

»... und dann hast du ungehobelter Flegel dich einfach neben mich gesetzt. Ist ja auch nicht so die feine englische, oder?«

Shit, abgelenkt durch diese mega Beine und den knackigsten Hintern aller Zeiten, war wohl ein Teil des Gespräches an mir vorübergezogen. Es war wieder genau das passiert, was sie bei unserem letzten Zusammentreffen angesprochen hatte. Aber das würde ich bei einem Bierchen mit ihr klären.

»Wie auch immer, jetzt sind wir hier«, räumte ich mit einem Zwinkern ein, schob ihr die Tür auf und führte sie hindurch, während ich ihr eine Hand auf den unteren Rücken legte. Oh Mist, der Kontakt ließ meine Handflächen brennen. Ob ich wollte oder nicht, sie schaffte es, so etwas in mir auszulösen, obwohl sie weder nackt war noch meinen Schwanz zwischen den schönen vollen Lippen hatte. Auf der Suche nach einem freien Platz drehte sich Eleanore zu mir um, und ihr hochgebundener Zopf streichelte dabei über ihre Schultern. Das war zu schön.

Zu natürlich.

Es zog mich an.

Mist.

Fokus, Alter, Fokus!

»Was darf ich euch bringen?«, fragte der Barkeeper, während er mit einem Geschirrtuch, das all die guten Jahre anscheinend bereits hinter sich hatte, über seine Arbeitsplatte wischte. Die schöne Frau und ich hatten zwei Barhocker am Tresen ergattert.

»Was möchtest du, Eleanore?«, fragte ich und schob ihr die Karte entgegen.

»Ich nehme ein Bier, bitte.« Sie schenkte dem Bartypen ein Lächeln, das mich so anmachte, dass mir das Messer in der Hose aufging. Durfte das wahr sein? Sie war mit mir hier und flirtete? Mich räuspernd bestellte ich ebenso ein Bierchen.

»Also«, begann sie schließlich, »Warum dieser Kinoüberfall? Und warum zwingst du mich, mit dir was zu trinken?« Sie sah mich aufmerksam an, schien in meinem Gesicht lesen zu wollen, aber ich zog die Maske in die Höhe.

»Ich möchte mich entschuldigen.«

»Ach?«, fragte sie und hob eine Augenbraue. »Ich dachte, deine Blumen sollten sagen ›Ich bin ein Idiot, Entschuldigung?‹«

»So ungefähr, ja«, räumte ich ein.

»Also willst du dich für verschiedene Dinge entschuldigen?«

Tief holte ich Luft und sah ihr fest in die Augen. Ich war kein Mann, der wahllos mit den Worten, dass es ihm leidtäte, um sich warf, das auf keinen Fall, aber ich wusste, was sich gehörte, wenn man wirklich Scheiße gebaut hatte.

»Es tut mir leid, dass ich a) zu unserem Termin zu spät kam, und b) dich so provoziert habe.«

»Okay«, murmelte sie, einfach so. »Mir tut es wirklich nicht leid, dass ich dir eine gescheuert habe.« Sie zuckte die Achseln auf diese erfrischende Art und Weise, die ich von Frauen nicht kannte. Es schien ihr vollkommen gleichgültig zu sein, was ich von ihr dachte. Oder wie sie bei mir ankam.

»Sie war berechtigt.« Scheiße, hatte ich das gerade wirklich laut gesagt?

»Ja, war sie.« Sie stieß ihr Bierglas, das zwischenzeitlich vor uns abgestellt worden war, an meines. »Und ich würde das wieder tun, nur dass du Bescheid weißt.«

Laut lachend legte ich den Kopf in den Nacken und gab mich diesem Gefühl der ... Freude hin. Es war so etwas völlig anderes, wenn man wusste, dass man bei einer Person keine Chancen hatte oder landen wollte. Immerhin war sie ja die Frau, die mich unter die Haube bringen musste, nicht die Frau, die ich stöhnend unter mir und meinen Schwanz in ihr haben wollte. Oder?

»Ich versuche, es mir zu merken«, gab ich ihr zur Antwort und nahm ebenfalls einen großen Schluck des kühlen Getränkes.

»Also, schön, dass wir das geklärt haben, sagst du jetzt, warum wir hier sind?«

»Ich brauche deine Hilfe. Und ich habe dir gesagt, dass ich wirklich dringend Hilfe brauche.«

»Warum?« Skeptisch beäugte sie mich. »Du willst mir doch nach dem Auftritt in meinem Büro nicht wirklich weismachen, dass du keine Ahnung von Frauen hast, oder?«

Ein mildes Lächeln schlich sich auf mein Gesicht. Selbstverständlich hatte ich Ahnung von Frauen ... darum ging es gerade aber nicht.

»Nun, ich will aber nicht eine Frau für eine Nacht ...

sondern ich will etwas Festes.« Diese Worte »ich will« auszusprechen, kostete mich echt einiges. Wie auch immer. Ich musste sie davon überzeugen, dass ich es ernst meinte ... diese ganze Dating-Story. Ich musste ihr beweisen, dass ich wirklich Hilfe wollte und Hilfe brauchte, ansonsten würde sie sich nicht meiner annehmen. Brauchte jemand Tipps, wie man eine Frau ins Bett bekam, wie man eine abschleppte oder wie man es schaffte, dass die Tussis einem scharenweise hinterherliefen ... da konnte ich helfen, das war mein Fachgebiet.

»Und wieso kümmerst du dich nicht allein darum?«

»Na ja«, begann ich wieder, und mir war klar, dass ich denselben Text wie damals in ihrem Büro herunterleiern musste. Nur etwas weniger arrogant. »Man kennt mich in New York, man kennt mich vor allem in der High Society. Und man kennt mich bei den Frauen, weil ich Geld habe ... Also, wenn ich eine Frau, für eine Nacht suche, dann ist mir das egal, denn dann – und so ist es nun einmal – entscheide ich selbst, mit wem ich ins Bett gehe. Aber wenn ich jemand Festes suche ... dann habe ich einfach ...« Sie sah mich aufmerksam an und ihr Blick forderte mich fast heraus. Tief räusperte ich mich. »... dann hab ich einfach Schiss, dass es den Frauen nicht um mich geht, sondern um mein Geld.« Erst nachdem ich die Worte ausgesprochen hatte, erkannte ich die Wahrheit darin. All das, was ich besaß, war ich bereit zu teilen – das war ich wirklich –, aber ich wollte es nicht einfach verschleudern. Mein ganzes Geld, meine Wohnung, mein persönlicher Fahrer und mein Auto, das Haus in den Hamptons und alles, was dazugehörte und ich an materiellen Dingen mein

Eigen nannte ... besaß ich, weil ich mir den Arsch aufgerissen hatte. Und das immer. Tag und Nacht. Ohne ein Wochenende oder Urlaub zu kennen. Gottverdammt immer. Und ich wollte es nicht in eine Frau investieren oder mit ihr teilen, die all die Dollarscheine zum Fenster hinauswarf. Ich meinte nicht damit, dass meine Frau, so ich denn jemals wirklich heiraten würde, mich um Erlaubnis bitten müsste, bevor sie sich einen Rock kaufte ... Oh nein, aber sie sollte acht geben, mein Geld achten, mich achten, mich respektieren und nicht über Geldscheine definieren. So schnell man Geld besaß, so schnell konnte man es wieder verlieren. Und ich war noch nicht bereit, irgendwas zu verlieren.

Eleanore sah mich mit ihren großen Augen an und schien weiterhin in mir zu lesen. Schließlich, nach einer gefühlten Ewigkeit, schien sie das gefunden zu haben, wonach sie gesucht hatte. »Okay«, murmelte sie und ich verstand sie kaum, da in der Bar Musik lief und die Menschen um uns herum sprachen. »Ich verstehe.« Ihr Gesicht war mir zugewandt und ich erkannte keine Anzeichen einer Lüge darin. Es war das erste Mal, dass dieses warme weiche Gefühl, welches Vertrauen bedeutete, durch mich hindurchströmte.

»Dann verheimlichen wir den Part mit dem Geld am besten.«

»Du meinst lügen?«

»Nein«, erklärte sie gedehnt mit einem Grinsen, »Du sagst, du willst jemanden, dem es um dich geht, nicht jemanden, der nur an dein Konto will, richtig?«

»Richtig«, stimmte ich zu und lächelte. Sie schien mir zu glauben, dass ich wirklich heiraten wollte. Und das war ja das A und O, damit sie mir überhaupt half.

»Dann denke ich, sollten wir vermeiden, dass sofort raus kommt, wie viel du hast.«

»Wie willst du das anstellen?«, fragte ich neugierig, da ich mir beim besten Willen nicht vorstellen konnte, wie das laufen sollte. Ich würde mich ja auch mit niemandem treffen, der kein Foto auf seinem Profil hatte.

»Es gibt viele, die erst einmal anonym bleiben wollen, bis klar ist, das man matched. Wir erstellen ein Profil anhand eines Fragebogens, und wenn eine Frau darauf anspringt, es praktisch zu einem Treffen kommt, dann ist ja die erste Hürde schon genommen.«

»Was, wenn sich niemand meldet, anhand der Auswertung?«

Leicht spöttisch, was irgendwie sexy aussah, hob sie die Augenbrauen. »Denkst du, du bist charakterlich so ein Arschloch, dass man sich nur wegen deines Aussehens mit dir treffen mag?« Der Schalk blitzte aus ihren Augen. »Es ist eine große Versuchung, dir zuzustimmen.« Sie grinste jetzt und ich seufzte.

»Danke aber auch.«

»Du willst doch jetzt wohl nicht behaupten, dass du dich sonderlich edel, ritterlich oder auch nur einen Funken emphatisch in meinem Büro verhalten hast?«

»Dein Assistent hat das Essen bekommen.«

»War es für ihn gedacht?«

»Du weißt genau, für wen es gedacht war.«

»Dann ist die Frage beantwortet.« Sie hopste vom Barhocker und kam geschmeidig auf den Sohlen ihrer Turnschuhe auf. »Ich schicke dir den Bogen per E-Mail, sobald ich morgen in der Agentur bin.«

»Du arbeitest an Samstagen?«

»Die Liebe schläft nicht, Brandon. Die Liebe schläft nicht.«

»Du bist verrückt.«

»Du bist der Kerl, der mich aufgesucht und angefleht hat, dass ich ihm helfe ... Jetzt sag ich Ja, und du willst es dir wieder verscherzen. Ich geh wohl besser.« Lachend bedankte sie sich noch für das Bier und wurde sogleich von der Menschenmenge verschluckt.

Mein Nachgerufenes »Ich habe nicht gefleht!«, hörte sie schon gar nicht mehr.

Wie auch immer, so groß war mein Selbstbewusstsein, dass ich das schlucken und hinnehmen konnte. Eleanore York würde mir helfen ... das war alles, was zählte.

Kapitel 14

Eleanore

Ich arbeitete samstags. Natürlich tat ich das, außer es stand etwas wirklich Wichtiges auf meinem Plan, wie eine Geburtstags- oder Familienfeier ... oder gar eine Hochzeit. Ja, das kam nämlich gar nicht selten vor. Denn wenn ein Pärchen, welches ich zusammengebracht hatte, heiratete, dann war ich eingeladen. Meistens aber nicht als Partnervermittlerin, sondern als entfernte Cousine, Freundin, Arbeitskollegin, Bekannte ... Ich war schon so ziemlich alles gewesen, was man sein konnte, wenn es darum ging, zu vertuschen, wer man wirklich war. Diese Entscheidung ging natürlich nie von mir aus, sondern wurde immer von den jeweiligen Paaren getroffen, aber ich bestand auf Diskretion. Mir war es wichtig, dass es den

Menschen um mich herum gut ging, und wenn sie verdrängen wollten, wie genau sie sich gefunden hatten und mich eher als Freundin, die sie einander vorgestellt hatte, sehen wollten, dann bitte.

Ich hörte meine Schritte auf dem Asphalt, denn anders als von Montag bis Freitag war an Samstagen um sechs Uhr dreißig in New York noch nicht so viel los. Ja, die Stadt war immer voll und geschäftig und die Menschen gehetzt, aber in dieser Stunde während der Schließzeiten der Clubs und Bars, bevor die Modegeschäfte und kleinen Shoppingläden öffneten, war es hier ruhig. Das war mit meine liebste Tageszeit. Ich war glücklich, wenn ich einen doppelten Espresso mit einem Schuss Milch in einem To-Go-Becher vor mir hertrug, die Handtasche über der Schulter, und die Sonne in mich aufnahm. Das Wetter war wirklich ungewöhnlich schön, weil wir gerade erst auf den Sommer zusteuerten. Da im September noch einige Hochzeiten anstanden, hoffte ich, dass es nicht der Klassiker war: Im Mai und Juni schon so heiß, dass für die letzten Sommermonate nichts mehr übrig sein würde.

Ich liebte den Sommer.

Überhaupt schaffte ich es immer besser, mich an den kleinen Dingen zu erfreuen, das war so viel wichtiger, als sich zu ärgern und von Dingen auffressen zu lassen, die man nicht ändern konnte. Es brachte nichts, Vergangenem hinterherzutrauern, auch wenn man sich manchmal in die alten Zeiten zurückwünschte. Das wahre Leben spielte sich nämlich direkt vor unserer Nase ab ... und nicht irgendwo in alten Tagen.

Ich schloss das Büro auf und knipste die Lichter an. Das alles hatte ich erreicht. Aus dem Nichts. Damals, als ich verlobt gewesen war, als ich meinte, meine große Liebe heiraten zu können, dass er mein »Happilie ever after« war ... und schmerzhaft eines anderen belehrt wurde. Als mein Traum zerplatzte, ich von einem freundlichen Menschen zu einer bissigen Kuh geworden und nur mühsam wieder herausgekrabbelt war. Aus dem Loch, das mich zu verschlingen drohte.

Es war der Albtraum einer jeden Frau, sitzen gelassen zu werden ... aber wenn das vor dem Altar passierte, dann war es fast noch schlimmer. Und genau deshalb nutzte ich meine Gabe, zumindest versuchte ich es, die wahre Liebe zu erkennen. Bei mir selbst mochte es nicht geklappt haben, aber bei anderen schon. Und deshalb ... wenn Luke Brandon meine Hilfe brauchte, und bei Gott, das tat dieser Mann, auch wenn er so sicher war, dass er jede haben konnte, dann würde ich ihm helfen.

Denn, es war doch so: Nur weil ich verlassen worden war und beschlossen hatte, allein zu bleiben, musste er es mir doch nicht nachtun.

Oder?

Zwei Stunden später war ich mit den E-Mail-Anfragen, die über eine Dating Plattform kamen, durch und schickte dem Geschäftspartner meines Cousins den Fragebogen. Er bestand aus zwanzig Fragen, die sich durch allerlei Bereiche des Lebens zogen und sich nicht nur auf die Liebe und die Zukunft konzentrierten. Ich sandte es ihm an den E-Mail-Account seiner Arbeit – das konnte ich aus der

Adresse herauslesen – und bekam postwendend eine Antwort. Zwar bedankte er sich nur und wünschte mir einen schönen Arbeitstag, aber das war aufschlussreich. Es gab nicht viele Menschen, die am Wochenende arbeiteten, wenn sie nicht gerade in einer der Branchen tätig waren, die das erforderten. Er als Anwalt musste das mit Sicherheit eigentlich nicht, außer es passierten größere Dramen. Aber er tat es, und das zeigte mir, dass ich nicht der einzige Freak war, der sich wirklich in seinen Job stürzte. Zwischen meine Ex-Verlobten und mir war das immer ein heftiger Streitpunkt gewesen. Vermutlich lag es auch daran, dass er auf meinen Job und nicht zuletzt auf den Erfolg, wie die Agentur angenommen wurde, eifersüchtig reagiert hatte. Eric war so erzogen worden, dass ein Mann das Geld verdienen musste, ansonsten war er kein Mann. Ich hingegen war so erzogen worden, dass man miteinander eine Zukunft aufbaute und sich gegenseitig unterstützte und half. Dass man miteinander etwas Neues erschuf, und nicht der eine von dem anderen unterdrückt wurde.

Während ich in meiner Beziehung zu ihm war, war mir das alles gar nicht so aufgefallen. Ich hatte weder sein Augenrollen bemerkt noch, wie er mich dazu drängte, natürlich ohne Gewalt, zu Hause zu sein, wenn er von der Arbeit kam, und das Essen zeitnah bereitzustellen. An diesen Abenden hatte ich nicht erkannt, worauf das hinauslaufen würde. Natürlich nicht, wenn man selbst in solchen Situationen gefangen war, dann trug man eine Art Scheuklappen. Dann wiegelte man Dinge oft ab, statt die Wahrheit klar und deutlich vor sich zu sehen. Dann verlor man das, was man bei anderen feststellte und was man kopfschüttelnd sah, aus den Augen. Natürlich möchte man auch nicht hören, was die Freundinnen oder die Eltern dazu sagten. Auf keinen Fall! Der Mann war glücklich, also war man es selbst auch. Eigentlich hätte die rosarote Brille schon lange abgesetzt sein sollen ... aber irgendwie war sie das nicht. Sie hatte nach all den Jahren noch auf meiner Nase gehangen.

Das war sicherlich auch der Grund gewesen, warum ich nicht bemerkt hatte, dass ich mich viel mehr auf die Hochzeit freute, plante oder mich verausgabte, als Eric es tat. Ich wollte unbedingt Misses Eric Miller werden. Um jeden Preis. Und dafür nahm ich auch hin, etwas zu erdulden, was in einem normalen Leben nicht der Fall gewesen wäre.

Das Klingeln meines Telefons riss mich aus meinen Gedanken. Meine Eltern. Wie jeden Samstag.

»Hallo Mom«, sagte ich, nachdem ich den Knopf für den Lautsprecher gedrückt hatte. »Hallo Dad.«

»Kindchen«, begann meine Mutter in ihrer typischen Ich-will-dich-tadeln-Stimme. »Du arbeitest schon wieder.«

»Wie jeden Samstag, Mom.«

»Wie freue ich mich auf den Tag, wenn du das einmal nicht mehr machst.«

»Ich trübe deine Freude ja nur ungern ... aber ...«

Sie unterbrach mich, und ich lachte. »Wie geht es unserem Workaholic-Kind?«

»Sehr gut, danke.« Das war meine Standardantwort. Ich würde meine Eltern nie mit irgendetwas belasten. Nach der plötzlichen, schmerzhaften Trennung von Eric, als ich vorübergehend wieder bei den beiden gewohnt hatte, hatte ich ihnen zu sehr auf der Tasche gelegen und vor allem auf den Nerven, dass ich ihnen das nie wieder antun würde. Abgesehen davon, dass das die Wahrheit war. »Und euch?«

»Auch«, sagte sie, und ich hörte meinen Vater im Hintergrund motzen.

»Deine Mutter hat mich auf Diät gesetzt.«

Ich lachte auf. »Hat sie?«

»Ja, der alte Besen!« Meine Mom und mein Dad lachten, und es war kurz ruhig. Ich wusste genau, dass sie sich einen Kuss gaben. Und auch wenn ich selbst eine Närrin der Liebe war, fand ich das bei meinen Eltern dennoch irgendwie ekelig. Das würde sich wohl nie ändern.

»Wieso musst du denn Diät halten?«, fragte ich. Mein Dad kicherte, Mom räusperte sich.

»Weil wir eingeladen waren.«

»Okay, das verstehe ich natürlich«, erklärte ich sarkastisch. »Und was war da?«

»Dein Vater hat sich gesetzt und entspannt. Und während er sich entspannt, hat er zwei Knöpfe seines Hemdes abgesprengt.«

»Die waren eh schon locker«, warf er ein.

»Waren sie nicht, mein Schatz. Waren sie nicht.« Ich sah bildlich vor mir, wie meine Mutter ihm jetzt den Arm tätschelte.

»Das Hemd war alt«, rechtfertigte er sich weiter.

»War es nicht«, setzte meine Mom entgegen.

»Welches war es denn?«, fragte ich wieder.

»Ach«, wiegelte meine Mutter mich ab. »Das Hemd, das wir damals auf Hawaii gekauft haben.«

»Hawaii?«, fragte ich noch mal nach, um sicherzugehen, dass ich es auch richtig verstanden hatte. »Wart ihr da nicht zu eurer Hochzeitsreise?«

»Richtig, Schätzchen, richtig.«

»Mom«, rief ich und lachte. »Das ist fünfunddreißig Jahre her!«

»Dennoch war das Hemd in ta-del-losen Zustand.« Sie betonte das Wort tadellos und akribisch genau.

»Meine Güte, Mama«, lachte ich und lehnte mich in meinem Stuhl zurück. »Das Hemd war uralt. Der Stoff war vermutlich schon so dünn wie Seidenpapier und die Knöpfe nicht mehr fest angenäht.«

»So war es mein Kind!«, rief mein Vater dazwischen. »So war es!«

»Papperlapapp«, stellte meine Mutter klar, »er hat zugelegt.«

»Aber Rosie, das habe ich doch nur, weil du so gute Sachen kochst. Dein Apfelkuchen ist ein Gedicht.« Seine Worte waren relativ leise ertönt, denn er schien meine Mutter anzusprechen und nicht in das Telefon. »Du weißt doch, wie sehr ich ihn liebe.«

»Na ja«, kicherte meine Mom – meine Eltern waren wirklich wie Teenager. »Ich backe ihn dir morgen noch einmal.«

»Ich dachte, du willst, dass er abnimmt?«, fragte ich völlig unschuldig und erntete wieder dieses nervöse Gekicher.

»Ach, damit kann er ja übermorgen anfangen.«

»Danke, mein Mäuschen.« Mein Papa nannte meine Mutter Mäuschen, seit ich denken konnte.

»Aber was gibt es bei dir Neues?«, fragte mich meine Mom, und ich lächelte. Auch diese Frage stellte sie mir jedes Mal, wenn wir telefonierten. Meistens gab es nur nichts Neues. Ich war nämlich ziemlich langweilig, aber das machte nichts. Langeweile und Routine bewahrten mich vor Schmerz. Und einige Dinge hatte ich jetzt erst wieder auf die Reihe gebracht.

»Nichts Neues, glaube ich«, erklärte ich schließlich und dachte wirklich darüber nach. »Na ja, okay, Colby und ich hatten Kontakt.«

»Dein Cousin?«, meine Mutter klang ganz aufgeregt. »Wie zauberhaft!«

»Außer, du hast Ärger und brauchst einen Anwalt, dann ist da nichts mehr zauberhaft.«

»Nein, Dad«, antwortete ich lachend. »Keinen Ärger. Hat sich ergeben. Durch einen neuen Klienten.«

»Du hast einen neuen Klienten, den Colby dir vermittelt hat?« Mom klang aufgeregt. »Das muss ich meiner Schwester erzählen.«

»Du erzählst gar nichts, Mutter!«, erklärte ich. »Ansonsten kann ich dir diese Dinge nicht mehr erzählen.«

»Du nennst ja sowieso nie Namen.«

»Darf ich auch nicht.«

»Sag mir nur, ob Mann oder Frau?«

»Ein Mann.«

»Und?« Ihre Stimme klang nun übertrieben locker. »Ist er hübsch?«

»MOM!«

»Rosie!«

»Na, das kannst du mir doch sagen«, motzte sie beleidigt. Meine Mom war wahnsinnig theatralisch. Sie wäre, glaube ich, gern Schauspielerin geworden.

»Er sieht sehr gut aus, ja.«

»Dann dürfte es ja ein Leichtes sein, ihn an die Frau zu bringen.« Mein Vater lachte donnernd auf. »Also, wir damals, wir haben so etwas nicht gebraucht. Eine Agentur, um eine Ehefrau oder einen Ehemann kennenzulernen.« Er schnaubte. Ich wusste, dass er meine Berufswahl nicht abfällig sah, aber mein Dad betonte eben gern, dass früher alles besser gewesen war. »Wir hatten aber auch keine Handys oder Computer. Wir wussten einfach, wo man sich trifft. Und das war am Marktplatz.«

»Dad ... New York hat keinen Marktplatz.«

»Ja, aber unser wunderschönes Vorstädtchen schon. Apropos, du solltest mal wieder kommen. Der Nachbarsjunge, Jaydan, hat nach dir gefragt. Er wird seine Mutter nämlich bald besuchen.«

»DAD!« So war es immer mit den beiden. Sie erzählten mir tolle Sachen und versuchten, mich irgendwie zu verkuppeln. »Ich kann den Kerl nicht ausstehen.«

»Aber den Neuen – deinen Kunden – schon?« Da war sie wieder, die dramatische Theaterstimme der Mutter.

»Ja, ich mag ihn.« Verlegen räusperte ich mich, als mir klar wurde, dass dieses Eingeständnis irgendwie der Wahrheit entsprach. »Er wird sicher leicht zu vermitteln.«

»Dann schnapp ihn dir selbst!«, rief mein Dad.

»Er ist mein Klient. Er will eine Frau finden, er will heiraten, Familie und Kinder und all den Kram. Ich sagte euch doch bereits, dass so etwas für mich nicht mehr in Frage kommt.«

»Wegen des Miller-Jungen. Diesem Arsch.« Nun imitierte meine Mom die Serienkiller-Stimme.

»Ja, wegen des Miller-Jungen.« Meine Eltern hatten ihn nie Eric genannt. »Wie auch immer. Ich muss weiterarbeiten.«

»Kommst du die Tage mal raus zum Essen?«

»Nächstes Wochenende, okay? Die Woche ist ziemlich voll.«

»Na gut, dann werden wir grillen. Und ich mache Kuchen!«, erklärte meine Mom. Das war keine Seltenheit, das tat sie immer.

»Ich dachte, Dad muss ab übermorgen Diät halten?«, bohrte ich wieder in die Wunde.

»Ja. Wir grillen und essen Kuchen. Dein Vater bekommt Salat. Oder Tomaten. Gegrillte Tomaten sollen sehr lecker sein.«

»Rosie!«, rief der Mann, über den wir eben sprachen, aus dem Hintergrund. »Ich werde meine Scheibe Schweinebauch essen. Sonst verlass ich dich.«

»Ach Liebling«, kicherte meine Mom wieder. Sie kannte diese *Drohung* von meinem Dad. »Du findest ja nicht mal deine Unterhosen im Schrank.«

»Na, du wirst mir schon meinen Koffer packen, oder?« Wieder das Kichern.

»Mom? Dad? Ich bin raus, wir sprechen die Tage noch mal wegen dem nächsten Wochenende, okay?«

»Okay, Liebling. Dickes Küsschen in die Stadt.«

»Hab euch lieb!«, rief ich noch und schon wurde aufgelegt.

Die wichtigsten Menschen für mich waren meine Eltern. Schon immer, auch vor dem Desaster mit »dem Miller-Jungen«. Und ich kannte niemanden – wirklich absolut gar niemanden, nicht einmal ein Pärchen, das frisch verliebt war – der sich so benahm wie meine Eltern. Dieses liebevolle Necken, das Gekicher, das Händchenhalten und das ewige Geküsse.

Die beiden liebten sich wie am ersten Tag, und in einem war ich mir sicher, sie würden sich niemals trennen oder einander aufgeben. Das war eine Art von Liebe, die konnte sich heute niemand mehr vorstellen.

Kapitel 15

Luke

Warum genau ich wirklich versuchte, den Fragebogen, den mir Eleanore geschickt hatte, wahrheitsgetreu auszufüllen, war mir ein echtes Rätsel. Es ging doch gar nicht wirklich darum, eine passende Frau zu finden, nein. Es war doch nur für den Schein. Niemand weiter, außer Colby und meine beste Freundin Amanda wussten das. Und ich war mir absolut sicher, dass sich die beiden lieber eine Hand abhacken würden, ehe sie mich verrieten. Genau darum brauchte ich mir doch eigentlich gar nicht solche Mühe geben, oder?

Ich saß in meinem Büro, hatte das Radio an und war wie immer erstaunt, dass an einem Samstag doch so viele Menschen hier waren, um zu arbeiten. Gut den ganzen

Junganwälten wollte ich das auch geraten haben, ansonsten hätten sie ihre Anstellung in unserer Kanzlei vergessen können, aber meine Sekretärin Lizzy, zum Beispiel. Sie war die Beste von allen und ich kannte sie schon extrem lange. Ich würde sie niemals hergeben, und wenn ich sie bestechen musste, dass sie blieb. Diese Frau organisierte mein Leben. Sie wusste alles über mich, sie kannte mich so gut – nein, was sagte ich da, sogar noch besser, als ich mich selbst –, und wir beide wussten das. Ich bezahlte ihr ein großzügiges Gehalt, weil ich der Meinung war, wenn jemand die entsprechende Leistung brachte, dann sollte man es auch entsprechend anerkennen.

Es war zwar oft von Vorteil, wenn sie mich so gut kannte – zum Beispiel, wenn es um Geschenke oder eine Abendveranstaltung und die Restaurantwahl ging – aber aktuell war es doof. Sie warf mir nämlich immer wieder Blicke zu, die ganz klar sagten: *Ich weiß du tust hier etwas, das du nicht magst.* Und mir war klar, sie würde mich fragen, sobald sich ihr die Gelegenheit bot.

Wie auch immer.

Seufzend blickte ich wieder auf den Bildschirm meines Laptops. Die ersten Fragen waren ja wirklich leicht zu beantworten gewesen. Irgendwie ... intim, aber easy.

Wie ich hieß, woher ich kam, wann ich geboren worden war, wie groß ich war, was ich wog. So Kram eben ... jetzt auf Seite zwei des Bogens, und umso weiter ich nach unten kam, wurde es spezifischer.

13) Welche Eigenschaften sollte Ihre Partner/in vorweisen können?

Na ja ... das war ja wohl klar. Ehrlichkeit, Treue, Humor, Intelligenz, Charme, all solche Dinge. Ich befand meine Antwort für gut und schrieb das so hinein.

13a) Welche der oben aufgelisteten Eigenschaften ist Ihnen am wichtigsten.

Ähm ... okay? Alle? Wie sollte ich mich hier auf ein Attribut beschränken? Das war doch gar nicht machbar! Oder wurde es eben erwartet und fertig? Obwohl ich eigentlich ein gewiefter Anwalt war, der mit Worten gut umgehen konnte, fiel es mir bei diesem Bogen schwer. Also schrieb ich wirklich das hinein, was mir in den Kopf kam. Dummerweise war es das Wort »alles«. Dass Eleonore diese Antwort nicht gefallen würde, davon ging ich aus ... Aber wie auch immer, ich war ehrlich. Es konnte mir also keiner vorwerfen oder unterstellen, ich nähme die Sache nicht ernst.

13b) Warum haben Sie sich für diese Eigenschaft entschieden?

Hallo? Weil sie alle wichtig sind? Deshalb? Ich schüttelte den Kopf und ließ die Frage aus.

14) Mit welchen Charakterzügen könnten Sie gar nicht leben?

Mh, das war schon schwieriger. Ich wollte mir ja nicht irgendwelche potenziellen Kandidatinnen vergraulen, wenn ich jetzt irgendwas ausfüllte. Aber um ehrlich zu sein, war das eh alles nur Fake. Also konnte ich doch auch einfach angeben, was mir in den Kopf kam, oder?

Nach einem Schluck Kaffee tippte ich los: Lügen, Untreue, keine Loyalität, Egoismus, Narzissmus, Unverständnis für meine Arbeit, Profilieren, Arroganz,

Aggressivität. Hoppla, da war die Zeile zu Ende. Ich fuhr mir mit der Hand über die Stirn. Vielleicht war ich auch einfach ein Idiot, weil ich so viele negative Eigenschaften auflisten konnte. Oder zu anspruchsvoll. Oder wählerisch. Oder ... Ich hatte keine Ahnung was alles, aber ich beließ es dabei, dass all die Worte, die mir noch einfielen, in mir verborgen bleiben mussten. Weiter zur nächsten Frage:

14a) Welche Eigenschaft davon könnten Sie eventuell akzeptieren?

Keine. Und das schrieb ich auch. Wenn es anders wäre, hätte ich sie nicht aufgezählt.

Ich bearbeitete den Bogen bis zum Ende. So gingen die Fragen nämlich weiter. Als wir bei dem Punkt »Sexualität« waren, konnte ich mir ein Grinsen nicht mehr verkneifen. Sie wollte das schließlich wissen. Ich antwortete lediglich ehrlich. Nun so ehrlich, dass ich doch noch eine Frau kennenlernen konnte, so sie mich denn wollte, mit meinen ... Fantasien. Na ja, okay, es ging nicht nur um Fantasien, es waren schon tiefe innere Zwänge, weil ich es ausleben musste, eine Frau auch mal härter ranzunehmen. Es brachte ja nichts, wenn es 0-8-15 war und man zwar kam, aber nicht diese volle, lebendige, Tage in einem nachhallende Befriedigung verspürte.

Ehe ich meine Antworten noch einmal überfliegen konnte, speicherte ich und schickte das Dokument zurück.

Nach einem schnellen Blick auf die Uhr stellte ich fest, dass es bereits weit nach Mittag, eher später Nachmittag geworden war. Hatte ich wirklich fast sechs Stunden gebraucht, um einen verkackten Fragebogen auszufüllen? Das durfte ja wohl nicht wahr sein! Es ging um eine beschissene Fake-Freundin ... Hochzeit ... erst einmal Verlobte. Was auch immer. Und doch beschäftigte ich mich so intensiv damit, als wäre es echt? Real? Oder lag das einfach an der zauberhaften Frau, die dahinter steckte? Was zur verdammten Scheiße ...? Hatte ich gerade das Wort *zauberhaft* gedacht?

Gerade als ich meinen Computer ausschalten wollte, schon im Heimgehen befindlich, klingelte mein Telefon. Es war nicht mein Handy, sondern das Festnetz auf meinem Schreibtisch.

»Brandon«, bellte ich, weil meine Pläne unterbrochen worden waren. Durchkreuzte Pläne konnte ich nicht sonderlich gut leiden.

»Eleanore York«, meldete sich meine Partnervermittlerin.

Oh, vielleicht waren Unterbrechungen doch nicht immer scheiße. Ein Grinsen schlich sich auf mein Gesicht, und ehe es meine Assistentin, die immer noch an ihrem Schreibtisch war, sehen konnte, drehte ich mich in meinem Stuhl und betrachtete die Fensterfront.

»Du arbeitest noch«, stellte sie fest, und ich hob eine Braue.

»Du sagst das, als würde es dich wundern.«

»Ich hätte nicht gedacht, dass du es nötig hast.«

»Du arbeitest doch auch noch?«

»Ich habe es auch nötig.«

Ein Lächeln schlich sich auf meinen Lippen. »Weißt du, warum ich so reich bin?«

Sie gluckste, und der Laut fuhr mir direkt in meinen Schwanz. »Weil ich nicht aufhöre. Weil ich nicht nachlasse.

Weil ich mir weiterhin jeden verdammten Tag den Arsch aufreiße.«

»Das ist ein sehr gutes Argument, Luke«, erwiderte sie ernst. »Solltest du aber beim ersten Date nicht erwähnen.«

»Dann eben beim zweiten.«

»... und zuletzt begraben wir die Arroganz.«

»Hey!«, rief ich dazwischen und senkte sofort meine Stimme. Eleanore schaffte es, dass ich vergaß, wo ich mich befand. Dass ich mich vollkommen auf sie konzentrierte. Das war neu für mich. Nun, wenn beide Parteien angezogen waren, dann war das neu für mich. »Wie komme ich zu der Ehre deines Anrufes?«, fragte ich, um davon abzulenken, dass der Kommentar wirklich arrogant gewesen war. Auch wenn ich dazu stand ... Eleanore mischte die Karten einfach komplett neu, bewirkte, dass ich mich für Dinge rechtfertigte, über die ich früher nicht einmal nachgedacht hatte.

»Dein Fragebogen«, erklärte sie und ihre Stimme klang dunkel. So, als würde sie mich tadeln wollen. »Wir müssen darüber sprechen.«

»So?« Ich hob, auch wenn sie mich nicht sah, eine Braue. »Müssen wir das?«

»Ja, das geht so nicht.«

»Okay. Das trifft sich gut, ich wollte gerade das Büro verlassen und eine Kleinigkeit, sagen wir, ein frühes Abendessen zu mir nehmen.«

Ehe sie antworten konnte, fuhr ich fort, ein Blick auf die Uhr zeigte mir, es war fast fünf. Bis ich und mein Fahrer bei ihr wären, würde es mit Sicherheit halb sechs und wirklich

Zeit zu essen sein. »Ich komme und hol dich ab, in Ordnung?«

»Also«, begann sie und ich grätschte dazwischen, damit sie nicht absagen konnte.

»Ich denke, du hast heute auch noch nichts außer Kaffee gehabt, und da kann man das Angenehme doch mit dem Nützlichen verbinden.«

»Aber«, versuchte sie es erneut, ehe sie schließlich einlenkte. »Okay, ich bin dann bereit.«

»Bis gleich, Eleanore«, verabschiedete ich mich mit seidenweicher Stimme. Nachdem ich aufgelegt hatte, musste ich noch einige Minuten sitzen bleiben, damit Lizzy oder irgendeiner meiner anderen Kollegen nicht den steifen Schwanz in meiner engen Jeans sah. Fuck, was machte diese Partnervermittlerin nur mit mir?

»Lizzy? Ich bin weg. Joseph soll mich bitte abholen.« Meine Assistentin nickte lächelnd und ich war mir fast sicher, dass sie gelauscht hatte. Wie sie es so oft tat. Ich war ihr nicht böse, denn sie war ein Buch mit sieben Siegeln, egal was sie von mir oder über mich wusste.

»Okay, Luke. Bis Montag. Und lass mich am Wochenende bloß in Ruhe.« Ich lachte und salutierte vor ihr, ehe ich zielstrebig in Richtung Aufzüge weiterging. Auf dem Weg dorthin wurde ich nur einmal angehalten, aber der Anwalt im ersten Jahr war daran gewöhnt, dass ich nicht stehen blieb, sondern lediglich meine Schritte verlangsamte. Er konnte ja neben mir herlaufen und dabei erzählen. Es ging um den Pro Bono Fall, welchen wir übernommen hatten, und ich vertröstete ihn auf Montag.

Jetzt gerade hatte ich andere Prioritäten.

Kapitel 16

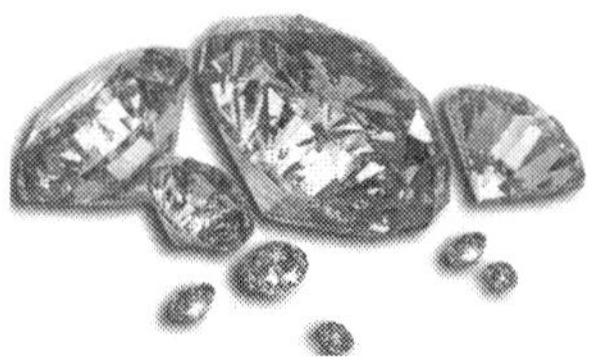

Eleanore

Okay.

Er bedeutete wirklich Gefahr.

Mühsam schluckte ich und versuchte das deutliche Grinsen, welches sich auf mein Gesicht schleichen wollte, als ich ihn sah, nicht zuzulassen. Er war ein Klient. Und die Antworten auf seinem Fragebogen mehr als ... dreist? Fragwürdig? Wie auch immer. Und jetzt zu denken, dass ich ihn scharf fand, war falsch. So vollkommen falsch.

Er lehnte an einem Auto, das so auf Hochglanz poliert war, dass ich mich darin spiegelte, während ich auf ihn zulief. Es war ein teurer, riesiger Schlitten und ich musste ehrlich zugeben, dass es extrem heiß aussah, die langen, muskulösen Beine, die in gut sitzenden Jeans gehüllt waren und das Longsleeve, welches in dem beigefarbenen Ton seine gebräunte Haut betonte. Meine Güte, jede Haarsträhne saß perfekt, und doch war es dieser Frisch-aufgestanden-Look, der Frauen die Knie weich werden ließ. Er trug eine Sonnenbrille auf der Nase und eine dunkle Lederjacke über dem Oberteil. Heilige Scheiße, er war ... er war wirklich der perfekte Mann. Was das Äußere betraf. Und natürlich auch nur, wenn man auf diesen Typ stand. Und, wenn man seine Charakterschwächen ausblendete.

»Hallo.« Himmel. Dieser geschmeidige, verfluchte Sex-Tonfall, der mich seit Freitagabend begleitete, fuhr mir direkt zwischen die Beine. Heute Abend würde ich meinen Vibrator bemühen. Dringend.

»Hi«, erwiderte ich und schulterte meine Handtasche neu. Eigentlich saß sie perfekt, aber ich wusste nicht, wohin mit meinen Händen.

»Bereit?«

»Na ich wurde ja nicht großartig gefragt, oder?«

»Immer gleich am Meckern, was?« Er sagte es mit einem Lächeln im Gesicht, während er die Sonnenbrille abnahm und mir einen Blick aus seinen Augen schenkte, der dieses verfluchte Höschen-Gefühl noch verstärkte. Verdammte Hacke, das lief hier alles nicht so, wie ich es mir vorgenommen hatte. Und genau das war auch der Grund, warum ich immer sofort los meckerte. Er verunsicherte mich. Halt nein. Nicht er. Die Wirkung, die er auf mich hatte, die verunsicherte mich.

»Wohin fahren wir?«, fragte ich, während ich in den Wagen stieg. Ganz der Gentleman öffnete er mir die Tür. Zwei ebenmäßige weiße Zahnreihen blitzten mir entgegen und es schoss ein Gedanke durch meinen Kopf, der da nicht hätte sein dürfen. Nämlich, dass ich wünschte, wir wären uns einfach so begegnet. Nur ... das waren wir nicht.

»Ich dachte an einen kleinen Japaner, Ecke Madison.«

»Und was, wenn ich kein Sushi esse?«, fragte ich mit kecker Stimme, und damit hatte ich mich bereits verraten.

»Doch tust du.«

Augenrollend nickte ich. »Na gut, ich habe auch wirklich Hunger. Ich habe heute noch nichts gegessen.«

»Wie ich.«

»Das ist aber nicht gesund«, erklärte ich ihm, und als er nicht antwortete, aber mich angrinste, schüttelte ich über mich selbst den Kopf. »Touché.«

»Nur, Spaß beiseite, gesund ist das wirklich nicht, was wir da machen.«

»Ach« winkte ich ab und genoss seinen Geruch, der mir in die Nase stieg, obwohl der mittlere Platz im Wagen zwischen uns frei war. »Das ist Schokolade auch nicht.«

»Wie gut, dass ich keine esse, oder?«

»Doch«, rutschte es mir heraus. »Tust du.«

Fragend hob er die Brauen und ich überschlug in dem riesigen Innenraum des Wagens meine Beine. Ich bemerkte, wie sich sein Blick darauf heftete. »Im Kino. Die M&Ms.«

»Oh«, lenkte er ein und nicke. »Erwischt!«

»Ich beobachte gern.«

»Und ich dachte, meine Anwesenheit war dir so zuwider, dass dir gar nichts aufgefallen ist, an jenem Abend. Außer dem Film.«

»Nichts gegen Casablanca!«, rief ich dazwischen und hob meinen Zeigefinger. »Da versteh ich keinen Spaß!«

»Das würde ich mich nie erlauben«, erwiderte er mit ernstem Blick, und für einen Moment versank ich wirklich in seinen Augen. Waren sie schon immer so blau gewesen? Das hatte ich bis jetzt nie so richtig bemerkt.

»Wie auch immer«, lenkte ich das Gespräch wieder weg vom Flirten in sichere Bahnen. »Ich habe deinen Fragebogen dabei.«

Luke warf einen demonstrativen Blick nach vorn in Richtung Fahrer. Auch wenn er nichts weiter dazu sagte oder erklärte, wusste ich, dass er sich seiner Loyalität sicher, das aber dennoch kein Thema war, welches er vor ihm besprechen wollte.

Wenige Minuten später kamen wir am Restaurant an. Lukes Fahrer ließ uns direkt vor der Tür heraus, wir bedankten uns und er fuhr davon.

»Ein persönlicher Fahrer also, was?«, fragte ich, und er nickte, während er mir zeitgleich die Tür aufhielt. Manieren hatte er, das war schon mal gut.

»Ja, Joseph arbeitet schon sehr lange für mich. Ich vertraue ihm blind. Dennoch gibt es einige Themen, die ich einfach nicht vor anderen bespreche. Das ist entgegen meiner Natur. Hi«, sprach er schließlich die für New York typische Dame hinter dem Stehpult an, »für zwei bitte.« Ohne großartige Worte wurden wir zu unserem Tisch geführt, die Stühle zurechtgerückt und Karten vor uns abgelegt.

Ich hatte gar keine Zeit mich für die Geste zu bedanken, so schnell war die kleine zierliche Japanerin in dem seidigen Kimono wieder verschwunden.

»Luke«, sprach ihn einer der Kellner an. »Wie schön, dass du wieder einmal hier bist.«

»Besondere Dates erfordern besondere Umstände, das weißt du doch, Phong.« Die beiden Männer begrüßten sich mit einem Handschlag. »Darf ich dir Eleanore vorstellen?«

Der für einen Mann kleine Mensch drückte meine Hand und nickte aufgeregt. »Dass ich das erleben darf!«

Ich verstand seine genuschelten Worte kaum, was der Grund war, warum ich ihm nicht antwortete, und stellte dann Luke die Frage. »Was meint er damit?«

Der Angesprochene hob fragend eine Braue. »Dass ich das noch erleben darf.«

»Das hat er gesagt?«

»Ich schätze schon.«

»Dann meint er wohl, dass ich hier noch nie mit einer Frau war.«

Sprachlos starrte ich ihn an. Das hätte ich jetzt nicht erwartet. Aber okay, es war wichtig für mich, ihn in seinem privaten Umfeld kennenzulernen. Und wenn das keiner seiner Ich-schleppe-Tussen-ab-Schuppen war, dann war das nur gut für meine Analyse.

»Was nimmst du?«, stellte er abwesend eine Frage, die ich total hasste. Ich konnte mich sowieso nie entscheiden und wollte dann zu 99% das haben, was der Mann oder die Frau mir gegenüber aß. Um das zu vermeiden, schloss ich mich meistens meinem Gegenüber an.

»Ich weiß noch nicht«, erklärte ich vage und schielte über meine Karte, er würdigte seine keines Blickes. »Du?«

»Was hältst du davon, wenn wir eine große Sushiplatte für zwei nehmen?«

Ich scannte die Karte und las, was dort dabei war. »Es ist von allem etwas drauf«, ergänzte er und ich nickte.

»Klingt gut«, erwiderte ich und legte die Speisekarte zur Seite. Beim letzte Mal, als ich mit jemandem essen gewesen war und von einem »Gericht für zwei« profitiert hatte, war meine Mom bei mir in der Stadt gewesen, weil mein Dad im Krankenhaus gelegen hatte. Und davor? Nun ... sagen wir so, mein Ex, Eric teilte nicht so gern. Na ja ... außer mit seiner Sekretärin, wie ich herausgefunden hatte. Aber das war ein anderes Thema.

Luke bestellte ziemlich leise und orderte nach einem kurzen Blick auf mich eine Flasche Wein und eine Flasche Wasser. Für mich war das in Ordnung. Gegen ein Gläschen Wein sprach ja nichts, oder?

»Also«, sagte ich und zog den ausgedruckten Bogen aus meiner Handtasche. Ich musste wieder geschäftlich werden, nicht dass ich hier noch irgendwas hineininterpretierte, das es gar nicht gab. »Der Bogen.«

»Ja.« Er legte seine schönen, gebräunten Hände aufeinander und betrachtete mich aufmerksam. »Was ist damit?«

»Die Antworten sind teilweise wirklich fragwürdig. Ich meine, wie soll ich da eine Frau finden, die matched?«

Er grinste dieses unwiderstehliche Höschengrinsen. »Ich habe da vollstes Vertrauen in dich.«

»Weißt du, Luke«, begann ich erneut und sah ihm fest in die Augen, damit er erkannte, wie ernst es mir war, »Das hier ist kein Witz. Das hier ist ein sorgfältig ausgearbeiteter Fragebogen, der durchaus seinen Sinn hat.«

Er lehnte sich zurück, verengte die Augen zu Schlitzen und verschränkte die Arme vor der Brust. *Warum so abwehrend, Luke?*

»Was ist das Problem?«, fragte ich erneut und versuchte, so eine Antwort aus ihm heraus zu bekommen.

»Ich bin Anwalt«, erklärte er, als würde das alle Fragen beantworten.

»Das weiß ich.«

Er hob eine Braue. »Ich mag Logik. Gesetze. Feste Regeln.«

»Die Liebe hat keine festen Regeln, Luke.«

»Dein Fragebogen auch nicht. Ich erkenne da durchaus Lücken im System.«

»So?«, fragte ich und machte eine Sprechpause, während der Kellner uns Wein eingoss. »Und zwar welche?«, führte ich die Frage fort, nachdem wir die Gläser aneinandergestoßen hatten.

»Cheers«, sagte er, wieder mit diesem intensiven Blick aus dem strahlenden Blau seiner Augen. Zusätzlich setzte er diese Höschen-Stimme ein. Das war so fies.

»Prost«, murmelte ich. »Zurück zum Thema.«

»Na ja, also, wieso muss ich erst Eigenschaften, welche ich nicht mag, aufzählen, um mich dann auf eines zu beschränken?« Verwirrt sah ich ihn an. »Wenn mich etwas an einem Menschen stört, dann doch nicht ohne Grund.

Also, wieso soll ich mich dann plötzlich auf eines begrenzen? Das kann ich nicht.«

»Was genau meinst du?«, fragte ich und blätterte durch den Bogen.

»Frage 14 und 14a«, ließ er mich wissen, und ich hob das Blatt, um mir die beiden durchzulesen. Ja, ich wusste natürlich, was darin stand, immerhin hatte ich den Bogen konzipiert, aber ich konnte mit seiner Logik nichts anfangen.

»Daran störst du dich?«

»Nein, nur, dass du von mir willst, dass ich mich beschränke.«

»Es geht darum, mir zu sagen, welche Eigenschaften du zwar generell nicht leiden kannst an Menschen, aber mit welcher du leben könntest, wenn du verliebt wärst.«

»Keine Ahnung.«

»Also, Luke«, sagte ich. »Bitte gib dir doch ein bisschen Mühe.« Unser Essen kam und er sah mich finster über den Tisch hinweg an. »Bitte«, ergänzte ich, nachdem wir wieder allein waren und er nach seinen Stäbchen gegriffen hatte. »Schau. Ich kann es nicht ausstehen, wenn jemand unordentlich ist. Aber trotzdem würde ich deine Socken, die du mit Sicherheit jeden Abend herumliegen lässt, ohne Murren aufräumen.«

»Woher willst du wissen, ob ich meine Socken rumliegen lasse?«, fragte er und schob sich eine Makirolle in den Mund.

Ich nahm mir ebenso einige der gemischten Sushiröllchen auf meinen Teller, tunkte sie in die Sojasoße mit Wasabi und kaute genüsslich, ehe ich dem scheinbar mürrischen Mann neben mir antwortete.

»Ach komm schon. Konzentriere dich.«

»Keine Ahnung«, brummte er wieder.

»Dann streng dich mehr an.«

»Ich weiß es nicht.« Jetzt knurrte er die Worte fast.

»Da muss es doch eine Eigenschaft geben, die dich stört, mit der du aber zurechtkommen würdest, wenn es ernst werden würde.«

»Hartnäckigkeit.«

»Bitte?«, fragte ich, nur um ihn zu reizen. Luke Brandon in die Enge zu treiben, könnte zu meinem Hobby werden. Er wand sich nämlich sichtlich wie ein Aal auf dem Trockenen. Warum auch immer. Vielleicht hatte er ein solches Gespräch schon einmal mit einer seiner Ex-Frauen führen müssen.

»Hartnäckigkeit. Damit könnte ich leben«, lautete seine mürrische Antwort.

Zuckersüß lächelte ich ihn an. »Na siehst du, Luke. War das denn so schwer?«

»Überspann den Bogen nicht, Eli.«

Eli? Was war das denn? Dieser Kosename, der aus seinem Mund so verrucht, dunkel und gleichzeitig sinnlich klang, jagte mir Schauer über den Rücken. *Eli* ... diese Silbe aus seinem Mund ... am besten gestöhnt, während ich ...

Was?

Nein.

Halt.

Zurück zum Thema.

»Hartnäckigkeit also«, wiederholte ich räuspernd und war mir durchaus darüber im Klaren, dass ich gerade rot wurde. »Das ist ein Anfang.«

»Und wie geht es jetzt weiter? Nachdem du den Bogen hast?«, fragte er zwischen zwei Röllchen.

»Ich werde morgen mal die Datenbank durchforsten, wer mit dir kompatibel ist.«

»Das klingt wie ein Puzzle.«

Ich nickte. »So ähnlich funktioniert das auch.«

»Und dann?«, fragte er weiter.

»Dann gibt es ein Date.«

»Bist du da dabei?«

»Also wenn ihr hier essen geht, dann ja, denn das ist mit Abstand das beste Sushi, das ich jemals gegessen habe.« Genießerisch schloss ich die Augen. Es war wirklich verdammt gut. Und frisch, das schmeckte man einfach.

Luke sah mich an, anscheinend hatte er das ernst genommen, was ich eben gesagt hatte.

»Das war ein Witz. Dein erstes Date wird sicher nicht bei einem Abendessen sein. Zumindest würde ich dir das nicht empfehlen. Trefft euch lieber im Park, trinkt Kaffee und esst Eis.«

»Ein Date, das kein Kino oder Abendessen ist?«

»Ja«, sagte ich lachend. »Nachmittags. Bei Tage. Im Sonnenlicht ...« Die letzten Worte flüsterte ich so, als wäre es total abwegig.

»Aber ...«, begann er und sah mich unschuldig an. »Keine Ahnung, wo man Kaffeetrinken geht.« Fragend hob ich die Brauen. Ich hatte gerade ein Sumi-Röllchen im Mund und konnte nicht antworten. »Also essen, romantisch, locker, lässig, geschäftlich. Alles kein Problem.« Er nickte »Aber Kaffee trinken? Und was machen wir da?«

»Wie das Wort sagt, ihr trinkt Kaffee und geht im Park spazieren.«

»Können wir das vorher üben?«

»Das kannst du unmöglich ernst meinen!«

»Doch«, erklärte er in einem Tonfall, als wäre ihm gerade der Einfall seines Lebens gekommen, »das meine ich.«

»Und das ist sicher kein Vorwand, mich zu treffen?« Bescheuert war ich ja auch nicht. Und lieber die Frage ehrlich raus, als hinterher zu spekulieren.

»Nein, auf keinen Fall, oder würdest du etwa laut meinem Fragebogen mit mir matchen?«

»Himmel!« Entsetzt richtete ich mich gerade auf. »Auf keinen Fall!«

»Siehst du?«, erklärte er, als wäre es die logischste Sache der Welt. »Sieh es doch einfach als große Schule der Dates.«

»Ich glaube, das kannst du.«

»Die Schule der *sauberen* Dates, die nicht irgendwo mit heruntergelassenen Hosen enden.« Ich begann zu kichern wie ein kleines Teenagermädchen und registrierte, dass er ebenso grinste. »Also abgemacht? Sobald du jemanden hast, mit dem ich mich treffen könnte, zeigst du mir vorher, wie man normal Kaffee trinkt?«

»Na gut«, lenkte ich ein und genoss das warme Gefühl in meiner Bauchgegend. »Aber du zahlst.«

»Vielleicht weiß ich nicht, wie Dates bei Tage ablaufen ... aber ich weiß, was sich gehört.«

»Ein Gentleman durch und durch«, flüsterte ich, und erst, als seine Antwort kam, wurde mir klar, dass ich es wirklich laut ausgesprochen hatte.

»Mehr, als du dir wünschen wirst«, wisperte er und sah mir tief in die Augen.

Dieser Mann war ein Klient.

Einer der arroganten, üblen Sorte. Das durfte ich unter keinen Umständen vergessen.

Komme, was da wolle.

Vor allem, eine passende Klientin aus meiner Kartei.

Kapitel 17

Eleonore

»Wie kommt es, dass du dich doch dafür entschieden hast, mich zu vertreten?«, fragte Luke, als ich neben ihm im Auto saß. Unser Essen war beendet, der Abend war wirklich schön gewesen, das musste ich ehrlich zu geben ... und hin und wieder hatte ich sogar vergessen, dass er wirklich ein Klient war.

»Ich weiß nicht«, antwortete ich in ebenso lockerem Ton. »Du hast mir leidgetan.«

»Aus Mitleid?« Fassungslos sah er mich an. »Du hast mich aus Mitleid als deinen Klienten angenommen?«

Ich zuckte mit den Schultern und grinste. »Das und weil ich bei deinem Verdienst ohne schlechtes Gewissen das doppelte Honorar verlangen kann.«

»Du bist also auch eine von denen, die nur auf mein Geld aus sind, oder?« Er zwinkerte mir bei diesen Worten zu.

Neckisch legte ich den Kopf schief, so als würde ich überlegen. »Dein Geld und deinen Körper!« Als die Worte ausgesprochen waren, starrten wir uns an. Luke schien auf eine Reaktion oder irgendetwas meinerseits zu warten, aber ich konnte sie ihm nicht geben. Meine Augen weiteten sich und ich fuhr mir vor Nervosität über die Lippen. Letztendlich räusperte sich Luke und ich ergriff das Wort.

»Ich habe das ...«, fing ich an, wusste aber nicht so recht, wie ich den Satz beenden sollte. »Also, das war jetzt nicht so gemeint, wie es bei dir ankam.«

»So?«, fragte er mit seidenweicher, tiefer Stimme. »Wie sollte es denn bei mir ankommen?«

»Nun ... also ...« Mühsam schluckte ich, wand mich wie ein Aal auf dem Trockenen. »Ich habe für einen Moment vergessen, dass wir keine Freunde sind, sondern Geschäftspartner.« Fest sah er mir in die Augen und ich hätte schwören können, darin einen Sturm wüten zu sehen. Nach außen war er vollkommen ruhig, gelassen, man merkte ihm nichts an ..., aber ich sah es. Ich war gut darin, Emotionen von Menschen zu deuten, da konnten sie noch so sehr versuchen, sie vor mir zu verbergen.

»Da wären wir«, erklärte ich überflüssigerweise und war mir gar nicht sicher, wie lange das Auto eigentlich schon vor meinem Wohnhaus parkte.

Luke stieg aus, umrundete das Auto und öffnete mir ebenfalls die Tür. Ein Gentleman. Wie ich es bereits sagte: Er wusste, was sich gehörte.

Ich ergriff bei Aussteigen seine Hand, und natürlich war mir bewusst, dass es gar nicht nötig gewesen wäre ... Aber ich würde mich selbst belügen, wenn ich mir einredete, dass es sich nicht unfassbar toll anfühlte. Diese warmen, weichen Finger. Vielleicht ging er zur Maniküre? Oder stieg mir gerade der Wein zu Kopf? Puh! Seine Hand hielt meine viel zu lange. Und es fühlte sich viel zu gut an. Das Kribbeln, das durch mich hindurchfuhr, hätte ich eigentlich schon eher bemerken müssen. Es kribbelte in mir nach, in meinen Zehen, Fingerspitzen, bis in die Haare hinauf. Es war etwas Besonderes. Seine blauen Augen bohrten sich in meine braunen. Niemand sagte ein Wort, aber es wurde in mir richtig warm, mein Herzschlag beschleunigte sich. Es kribbelte nun nicht mehr nur leicht in mir nach, sondern bei diesem intensiven Blick, der so viel mehr versprach, als nur eine Fahrt nach Hause, wurde mir heiß. Das Blut rauschte in meinen Ohren und mein Herz schlug doppelt so schnell wie noch wenige Sekunden zuvor. Der Moment, als er meine Hand losließ, fühlte sich falsch an. Ich konnte nicht genau deuten, weshalb, aber ich sah keine Notwendigkeit, dass er nicht mehr meine Hand halten sollte. Erstaunt musterte ich kurz meine Finger, die sich plötzlich kalt anfühlten, und blickte wieder zurück in seine Augen, die weiterhin auf mich gerichtet waren. Er hielt mich gefangen. Um mich herum trat alles in den Hintergrund. Außer Luke Brandon.

»Es war ein schöner Abend, Eleonore.« Rau fuhr seine Stimme durch mich hindurch und breitete sich in wohliger Wärme in mir aus. Natürlich war es falsch, aber in dem Moment, als es so weit war und ich wusste, dass es passieren würde, wollte ich es. Ich wollte es aus tiefstem Herzen. Fast konnte ich sagen, dass ich etwas noch nie so dringend wollte, dass ich es mir aus tiefstem Herzen, mit jeder Faser meines Körpers wünschte.

Ich wollte es nicht nur ... ich hatte das Gefühl, ich würde sterben, wenn ich es nicht gleich bekam.

»Ich werde dich jetzt küssen, Eli«, wisperte Luke, als sein Duft mir durch die Körpernähe die Sinne vernebelte. Ohne ein Wort hob ich ihm mein Gesicht entgegen, denn er war mehr als einen Kopf größer als ich. Nachdem ich diesem Drängen in mir, von dessen Existenz ich bis zu diesem Moment nicht einmal gewusst hatte, nachgegeben hatte, fühlte ich den Himmel. Warm und weich, mit genau dem richtigen Druck küsste er mich. Luke legte seine Hand in meinen Nacken, hielt mich an Ort und Stelle. Nicht so, dass ich mich eingeengt fühlte, oh nein ... er tat es auf die sinnliche und sexy Art. Er zeigte mir, wer der Mann war. Wer das Sagen hatte ... wer die Macht über meinen Körper besaß. Sämtliche Geräusche der New Yorker Nachtwelt gerieten in den Hintergrund und meine Ohren sausten, denn alles, was ich fühlen konnte, war Luke Brandon. Als wäre das nicht unser erster Kuss, sondern einer von tausenden, harmonierten wir miteinander. Ich öffnete meine Lippen genau in dem Moment einen Spalt, als er mit seiner Zunge hineinglitt. Gezielt und fest, aber nicht mit dieser blinden Wut, die immer in Büchern beschrieben wurde, massierte seine Zunge die meine. Es war ein angenehmer, sinnlicher Kuss. Meine Nippel wurden steif, der großen Hand in meinem Nacken war ich mir überdeutlich bewusst, während ich mich ihm entgegen drückte.

Als seine Hand langsam nach vorn an meine Wange und meinen Hals wanderte, lösten wir uns schwer atmend voneinander. Er lehnte seine Stirn an meine und grinste. Ich schloss die Augen wieder und spürte, wie die Röte meine Wangen entlang kroch.

»Wirst du gerade rot?«, flüsterte er, die Stimme nach Verlangen und Sex klingend.

»Womöglich.« Brüchig. Das war das erste Wort, das mir zu meiner Stimme einfiel.

»Schockiert?« Er hielt immer noch meine Wange fest, und ich registrierte, wie ich mich in diese Liebkosung schmiegte.

»Wir sollten das nicht tun«, sprach ich das Unausweichliche aus. »Du bist mein Klient.«

Er schloss die Augen. Nachdem er tief eingeatmet hatte, trat er einen Schritt zurück und sah mich ... irgendwie traurig an. »Du hast recht, ... wir sollten das nicht tun«, stimmte er mir zu. Ich klammerte mich an meine Tasche, fühlte den kühlen Lufthauch, der über die warme Haut an meiner Wange strich nun umso deutlicher.

»Ich gehe dann jetzt mal hoch«, murmelte ich und zwinkerte mehrmals. »Ich«, mit der Hand deutete ich auf das Auto hinter mir. »Danke für den schönen Abend, Luke.«

»Schönen Abend, Eli.« Seine leisen Worte gingen mir durch Mark und Bein. Er lehnte sich in der gleichen Pose, wie zuvor, als er mich an der Agentur abgeholt hatte, an den schwarzen polierten Wagen und betrachtete mich. Ich drehte mich nicht um, aber ich fühlte seinen Blick auf mir. Er brannte sich in meine Rückansicht und ich fühlte ihn noch lange, nachdem ich bereits in meiner Wohnung war.

Luke Brandon hatte mich geküsst.

Oder ich ihn.

Oder wie auch immer.

Auf jeden Fall hatte ich Regel Nummer eins gebrochen.

Kapitel 18

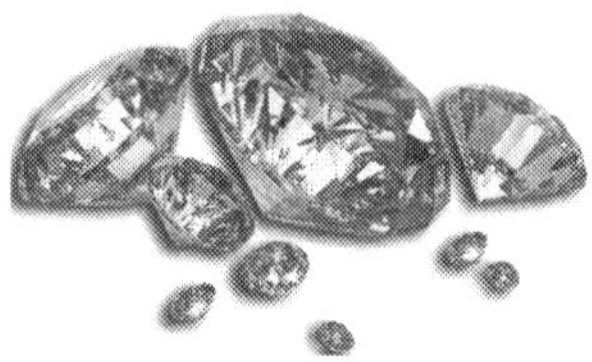

Eleanore

Es war ein bisschen wie nach einem Trauma. Nach einem positiven Trauma wohl gemerkt. Okay, das Wort beinhaltet ja schon, dass es negativ war ... Aber wie sonst sollte ich diesen geschockten, benebelten, neben mir stehenden Zustand beschreiben, wenn nicht damit? Ich erinnerte mich nicht mehr, wie ich in meine Wohnung gekommen war, wie ich Schuhe oder Tasche abgelegt, geschweige denn, mich ausgezogen hatte. Ich war immer noch voll geschminkt und mit ungeputzten Zähnen in mein Bett gegangen. Glaubte ich zumindest, da ich keine Idee hatte, wie genau ich hierher gekommen war. Ich war nackt zwischen den weichen Laken, und ich wusste nicht einmal, wieso, denn ich hasste es, wenn ich nackt in meinem Bett lag. Also zum

Schlafen. Wie auch immer, ich musste mich ja nicht rechtfertigen, was genau oder wie genau ...

»Was zur Hölle war das?«, fragte ich beinahe tonlos in den dunklen leeren Raum. Ich hatte nicht einmal die Gardinen zugezogen, wie ich nach einem Seitenblick bemerkte. Es war ... »Was habe ich getan?«, wisperte ich weiter. Meine Gedanken fuhren Achterbahn.

Also gut. Tief holte ich Luft, mehrmals nacheinander und bewusst. In meinem Kopf nahm ich mir kurz die Zeit und versuchte, all meine Körperteile nacheinander zu spüren. Das half mir immer ein bisschen, meine innere Mitte zu finden. Als ich das Gefühl hatte, wieder bei mir zu sein, zog ich mir die Decke über den Kopf und versuchte zu »erdenken«, was genau da eben passiert war.

Mal abgesehen davon, dass das mein erster Kuss seit über einem Jahr gewesen war, von einem Mann, der ein Womanizer und Klient war, mit dem ich keinerlei Gemeinsamkeiten hatte, wie ich anhand seines Fragebogens festgestellt hatte, hatte er sich unfassbar gut angefühlt. So ... intensiv? Als würden wir uns ständig küssen, als wüssten wir genau, mit welchem Druck, welcher Seitenwechsel wann stattfinden musste. Das hatte ich noch nie gehabt. Klar hatte das Küssen bei Eric und mir funktioniert, wobei das nur am Anfang richtiges Küssen gewesen war ... Später hatte ich mich nicht einmal mehr daran erinnern können, wie sich seine Zunge eigentlich anfühlte. Wir gaben uns nur noch irgendwelche Küsschen, bei denen sich unsere beider Lippenpaare kaum berührten. Dann war da dieses eine Date nach der geplatzten Hochzeit gewesen, bei dem ich dachte, ich würde einen

Seelöwen küssen. Natürlich hatte ich keine Ahnung, wie genau ein Seelöwe küsste, aber so in etwa, wie es dieser Kerl getan hatte, stellte ich es mir vor. Na ja und dann ... war da jetzt Luke Brandon.

Perfekte Lippen.

Perfekter Druck.

Perfekte Zunge.

Das mit den Köpfen und dem Luftholen, Dinge, die Frauen eigentlich totschwiegen, war kein Thema ... es war ... es hatte sich so angefühlt, als müsste es genau so sein, als wäre das mein erster letzter Kuss gewesen.

»Ich bin soooo am Arsch«, flüsterte ich wieder und schlug frustriert die Decke zurück. Ich konnte es nicht leiden, wenn ich keine Luft mehr bekam.

Wie sollte ich ihm nur jemals wieder in die Augen sehen? Ich konnte ja selbst jetzt, wo er nicht einmal in meiner Nähe war, den unsichtbaren Abdruck, welchen seine Hand auf mir hinterlassen hatte, nicht vergessen. Was hatte ich mir nur gedacht? Na gut, um die Wahrheit zu sagen, hatte ich mir gar nichts gedacht. Das war das eigentliche Problem. Ohne auch nur eine Sekunde darüber nachzudenken, hatte ich mich den Gefühlen hingegeben, die er in mir hatte auslösen können. Jetzt musste ich irgendwie damit klarkommen.

Ich würde ihn nämlich wiedersehen, das war ja kaum zu vermeiden. Nur ... »Mist«, flüsterte ich wieder. »Mist. Mist. Mist!«

Frustriert, ob über mich selbst oder über die Tatsache, dass Luke sich einfach mal so nahm, was er eben wollte, griff ich nach meinem Handy und rief Jody an. Sie nahm nicht ab, also versuchte ich es noch mal.

Und noch mal.

Das war ein Notfall.

»Ich hoffe, es ist wirklich wichtig, Eleanore!«, sagte meine beste Freundin in mürrischem Tonfall.

»Selbstverständlich. Denkst du etwa, ich würde ansonsten anrufen?«

»Was ist passiert?«

»Wir haben uns geküsst!«, platzte ich heraus.

»Ich wusste nicht, das du datest.«

»Ich date auch nicht.«

»Also bist du zu einem wildfremden Mann auf der Straße gegangen und hast ihn geküsst.«

»So ähnlich.«

»Eleanore, es ist mitten in der Nacht. Sag einfach!« Ich hörte Neugierde aus ihrer Stimme.

»Luke Brandon«, erklärte ich also und schloss die Augen. Es war ein bisschen so, als wäre ich dann nicht da und müsste mich nicht schämen. »Einer meiner Klienten.«

»Ich kenne Luke Brandon. Das ist der Anwalt, der sich um Fusionen und auch Scheidungen kümmert, richtig?«

»Genau der.«

»Oh spannend!«, rief sie. »Der hat Brad Pitts Scheidung durchgebracht.«

»Das ist mir ziemlich egal.«

»Schade, der hat sicher ein Autogramm von ihm. Meinst du, er kann mir auch eines besorgen?«

»JODY!«, grätschte ich dazwischen. »Wir haben uns geküsst.«

Sie schien kurz zu überlegen. »Ich verstehe nicht, was an einem Kuss schlimm ist? Der Kerl sieht heiß aus.«

»Er ist mein Klient.« War sie schon immer so begriffsstutzig? Oder lag es daran, dass ich sie geweckt hatte?

»Und du hast in deinen Verträgen stehen, dass man dich nicht küssen darf.«

»Nein, aber es ist einfach nicht angebracht.«

»Küsst er gut?« Anscheinend war sie doch wach.

»Jody. Bitte. Nimm mich ernst.«

»Das tue ich.« Sie seufzte. »Also? Küsst er gut?«

»Ja, verflucht. Sehr gut.«

»Mh.« Ihre Stimme klang nachdenklich. »Vielleicht meinst du das aber auch nur, weil du schon ewig eine Dürreperiode hast.«

»Nein Jody. Er. Küsst. Fantastisch.«

»Wirst du es wieder tun?«

»Nein!«, rief ich. »Na gut, ich *würde* es gern wieder tun, aber ich *werde* es nicht wieder tun.«

»Dann ist doch alles in Ordnung.«

»Was mach ich denn jetzt?«

»Gar nichts. Du machst einfach gar nichts. Du behandelst ihn ganz normal, wie jeden anderen Klienten, und vielleicht gehst du ihm fürs Erste ein bisschen aus dem Weg?«

»Um uns diese Peinlichkeit zu ersparen?«

»Denkst du denn, es war ihm peinlich?«

»Nein, ich denke, er hat es ziemlich genossen. Nach seinem dreckigen Grinsen zu urteilen.«

»Übrigens«, lenkte sie ab. »Er ist der New York Sexiest single man 2019. Wusstest du das?«

»Ist mir egal.« *Okay, ist es nicht. Ich muss das unbedingt googeln.*

»Da bist du sicherlich die Einzige.«

»Vermutlich. Eva ist auch auf ihn reingefallen.« Ich legte meinen Arm über meine Augen.

»Was? Deine Testerin?«

»Jepp!«

»Autsch!«

»In der Tat. Ich werde sie nie wieder engagieren können.« Ich zog mir meine Bettdecke über das Gesicht. »Nie wieder.«

»Jetzt testest du lieber selbst?«, scherzte Jody, und ich rollte die Augen.

»Du bist keine großartige Hilfe.« Meine Stimme klang bitter.

»Hake es ab, Eleanore. Wenn es dir nichts bedeutet hat und ein Ausrutscher ist, dann mach einen Haken dahinter und sei normal. Mach einfach so weiter, wie bisher. Zeig ihm, dass du professionell bleiben kannst, auch wenn es so einen Ausrutscher gab.«

»Du hast recht.«

»Natürlich habe ich das«, erwiderte sie.

»Wir sind beide erwachsen. Wir können das. Das ist alles kein Problem.«

»Das ist mein Mädchen!«

»Ich bin am Arsch, oder?«, seufzte ich, und Jody lachte.

»Nein, bist du nicht. Ein Kuss ist doch kein Weltuntergang. Das wird dich ja auch in deiner Vermittlungstaktik nicht beeinflussen, oder?«

»Auf keinen Fall.«

»Dann ist alles bestens, Süße.« Sie gähnte. »Schlaf jetzt.«

»Okay, ich schlafe jetzt.«

»Sehr gut, Baby. Sag Bescheid, wie es läuft, ja?«

»Wird erledigt.« Ich gähnte ebenso. »Danke fürs Zuhören.«

»Immer, Darling. Immer.«

Damit legten wir auf.

Okay, York. Genau so, wie ihr es eben vereinbart habt. Du verdrängst das jetzt. Es war schön, es hat Spaß gemacht, aber jetzt ist es auch wieder gut und du kommst damit zurecht. Das ist kein Problem für dich. Du bist erwachsen. Das schaffst du.

Das schaffst du.

Das schaffst du.

Das schaffst du.

Nicht.

Verflucht noch mal! Was wäre die Alternative? Dass ich ihm sagte, wie herausragend der Kuss für mich gewesen war? Auf einer Skala von eins bis zehn eine Fünfzig? Er würde mich auslachen, der Mann, der immer wieder irgendwelche Frauen abschleppte. Für ihn war sicherlich jeder Kuss so, denn er hatte ja genügend Erfahrung damit. Er wurde sicherlich alle Nase lang so geküsst. So ... »Welt aus den Angeln hebend«, aber ich nicht.

Nein. Okay, nein. Es war besser, ich würde ihm das nicht sagen. Diese Blöße und die Kommentare von seiner Seite, die wollte ich mir jetzt nicht reinziehen. Ich wollte, dass alles wieder so wurde wie zuvor. Ich wollte diesen Kuss auslöschen. Also müsste ich ihn verdrängen. Und zwar so intensiv und tief, dass er nie wieder ans Tageslicht kam. Nie verdammt noch mal wieder!

Mit diesem Gedanken schlief ich ein, denn es klappte ja ganz gut, dass ich den Kuss, aka das schwarze Loch, zur Seite schob.

... dachte ich jedenfalls.

So lange, bis ich wach wurde.

Die Hand an meiner Klitoris und sie heftig reibend.

Ja, ich hatte einen Sextraum, in dem Luke eine entscheidende Rolle spielte, und konnte mich gerade nicht mehr erinnern, was falsch war an dem Gedanken von ihm, wie er mich küsste, streichelte und vor allem seinen Schwanz – der in meinem Traum natürlich extrem groß war – in mich schob.

Beinahe konnte ich die gestählten Muskeln unter meinen Fingerspitzen fühlen, und ich stöhnte laut auf. Meine Finger waren nicht mehr genug, also ließ ich widerwillig von mir ab, griff nach dem Vibrator in meinem Nachtisch und schaltete das Ding an. Vertrautes Summen durchbrach die nächtliche Stille, und ich konnte die Erleichterung in Form seines gestöhnten Namens nicht zurückhalten, als ich mir das riesige, pinke Ding hineinschob. Ich war feucht. Okay, nein ... ich war wirklich klatschnass. Ich war ... Ich schaltete eine Stufe nach oben, während ich mich an den dominanten, festen Griff seiner

Finger erinnerte. Fast war es so, als wäre er wirklich da. Sein Geruch verfing sich wieder in meiner Nase, laut seufzte ich, und während meine eine Hand den auf voller Stufe laufenden Vibrator hinein und hinaus bewegte, kreiste der Zeigefinger meiner anderen um meine Klit. Ich war bereits angeschwollen, ich sehnte mich nach seinen Händen, seinem Mund und seinem heißen Körper, der mir das Gefühl gab, dass ich nicht vollkommen übergeschnappt war.

»Luke«, stöhnte ich laut, als die erste Welle der absolut atemraubenden Gefühle über mich hinweg schwappte. In meinem Kopf hörte ich ihn, der in dieser dunklen, rauen, Befehls-Sex-Stimme mit mir sprach. Ich wusste nicht, ob er sie wirklich benutzte, aber so stellte ich es mir eben vor.

»Ich will, dass du dich fallen lässt, Eli. Ich will, dass du für mich kommst.« Das Kosewort, und wirklich, noch nie hatte jemand meinen Namen so abgekürzt oder sinnlich ausgesprochen, fuhr mir durch Mark und Bein. Ich stellte mir vor, wie er über mir thronte mit diesem sexy Grinsen, das ihn noch unwiderstehlicher machte, als er sowieso schon war. Und genau in dem Moment, als ich den Vibrator vollständig aus mir heraus zog, nur um ihn anschließend wirklich fest in mich zu stoßen, stellte ich mir vor, es wäre sein Schwanz. Sein dicker, mächtiger Penis, der mich zum Zittern brachte.

Genau in diesem Moment kam ich.

Ich stürzte über die Klippe.

Fiel in den Abgrund.

Und begrüßte die vollkommene Erschöpfung, die matte Dunkelheit um mich herum.

Schwer hallte mein Atem von den Wänden wider und durchbrach die Stille.

Plötzlich irgendwie ängstlich, dass es jemand hören könnte, schaltete ich den Vibrator aus und verstaute ihn. Ich wollte ihn nicht einmal reinigen, denn dazu hätte ich Licht machen und in den Spiegel im Bad sehen müssen. Ich hätte mir selbst in die Augen blicken müssen, und nach diesem intensiven Sextraum, von dem ich sagen musste – wüsste ich es nicht besser, hätte ich gesagt, Luke war wirklich hier bei mir – wollte ich mich selbst nicht sehen.

Hatte ich mir nicht eben geschworen, dass ich den Kuss verdrängen würde? Nie wieder darüber sprechen und mich voll und ganz auf die Suche einer Klientin konzentrieren würde? Hatte ich das nicht gesagt?

Wie lange hatte das angehalten? Eine Stunde? Zwei?

Ich wusste nicht, wie lange ich geschlafen hatte, ehe ich aufgewacht war und masturbiert hatte, aber ich wusste, es war einer der besten Orgasmen gewesen, die ich jemals bekommen hatte.

Ja, Eric eingerechnet.

Meine Klitoris pochte immer noch und meine Muschi zog sich nach wie vor zusammen. Körperlich entspannt drehte ich mich zur Seite, auch wenn meine Gedanken keine Ruhe geben würden. Vermutlich, und das musste ich wirklich nicht weiter analysieren, war es das Beste, wenn ich nicht nur den Kuss von heute Abend totschwieg, sondern auch diese Fantasie.

Sie war nicht besonders oder anders als meine anderen gewesen ... anders war nur gewesen, dass Luke Brandon Bestandteil davon gewesen war.

Ein Mann, der für mich definitiv tabu war.

Aber das würde ich vermutlich erst in meinen Kopf bekommen, wenn mich auch die Einladung zu dieser Hochzeit ereilte.

Ein Hoch auf das Schicksal.

Ein Hoch auf die Partneragenturen.

Kapitel 19

Luke

Fuck.

Einfach nur Fuck!

»Alles in Ordnung?«, fragte Lizzy von ihrem Platz aus an meinem Büro und drehte sich leicht in meine Richtung. Ich winkte ab.

»Alles bestens.«

Aber FUCK! Nichts war bestens. Es war ein Desaster. Wirklich.

»Deine Mutter ist in der Leitung!«

»Stell sie durch«, wies ich Lizzy an. Ich hatte zwar überhaupt keine Zeit, mit ihr zu telefonieren, aber das interessierte meine Mom leider recht wenig. Auch wenn sie mir im nächsten Atemzug immer sagte, dass ich nicht so viel arbeiten dürfte.

»Du bist immer bei der Arbeit, Luke«, begann sie das Gespräch. Was hatte ich gesagt?

»Natürlich Mom, damit verdiene ich mein Geld.«

»Aber wie willst du dann unter die Haube kommen?«

»Mom!«

»Nein!« Sie blieb energisch. »Wie willst du eine Frau kennenlernen?«

»Ich sagte dir doch bereits, dass ich schon eine Frau kennengelernt habe.«

»Eleanore.« Sie fragte nicht. Sie stellte fest. Vermutlich hatte Colbys Mutter beim sonntäglichen Kirchenbesuch meiner Mutter erzählt, dass ich mich mit ihr traf. Dass sie mir Dates besorgen und nicht meine Frau werden sollte, ließ ich wohlweislich aus. Ich hatte dadurch meine Ruhe. »Ich habe das Kind schon ewig nicht mehr gesehen. Wie sieht sie aus?«

»Mom!«, stöhnte ich wieder genervt.

»Lass deiner alten Mutter doch ihren Spaß.« Sie klang traurig. Oh nein, das wollte ich sicherlich nicht. Meine Mom hatte es schon schwer genug im Leben.

»Sie ist ziemlich klein, hat aber immer hohe Schuhe an, ich vermute deshalb. Sie hat lange dunkle, leicht gewellte Haare und ein Gesicht wie das einer Puppe.«

»Oh«, unterbrach sie mich. »Sie scheint hübsch zu sein.«

»Das ist sie«, erwiderte ich leise, schloss die Augen und bemerkte, wie wahr meine Worte waren. Trotz der Tatsache, dass ich mit meiner Mutter telefonierte, wollte mein Schwanz keine Ruhe geben und beharrte darauf, weiterhin steif zu bleiben. Das war wohl das Eleanore-Phänomen. Immer wenn ich nur kurz an sie dachte, was momentan wirklich oft vorkam, oder wenn ich, wie jetzt gerade, über sie sprach, war er nicht gewillt, zwischen meinen Beinen sein Schläfchen zu genießen.

»Ich freue mich schon sehr, das Mädchen wieder zu sehen.«

»Bitte, Mom«, versuchte ich es erneut. Irgendwann, wenn ich eine wirkliche Partnerin gefunden hatte, müsste ich ihr wohl sagen, dass sie da etwas fehlinterpretiert hatte. Zugegeben, durch meine großzügigen Erzählungen.

»Ach komm schon, Luke, gönn deiner armen alten Mutter doch ein wenig Spaß.«

Ruhig holte ich Luft. »Wie geht es dir?«, fragte ich sie.

»Gut!« Überschwänglich brach das Wort aus ihr heraus. »Sehr gut.« Skeptisch schloss ich die Augen. Es stimmte irgendwas nicht. Das merkte ich doch. Vielleicht sollte ich nach Hause fahren und sie überraschend besuchen?

»Es ist viel zu tun, aber wir helfen alle zusammen. Übermorgen hat Mary Geburtstag, dort bin ich eingeladen. Ich bringe Kürbiskuchen mit.«

»Das klingt aber schön.«

»Ach, das wird es auch werden. Da bin ich mir sicher.«

»Ist wirklich alles gut?«

»Natürlich, mach dir mal um mich keine Gedanken. Arbeite du lieber weniger, damit du endlich sesshaft werden kannst.« Hatte ich nicht gewusst, dass das kommen würde?

»Na ja ... eigentlich arbeitet mein neues Date in einem Bereich, der mir eher Arbeit verschafft, als sie zu reduzieren.«

»Oh«, ich hörte das Lächeln aus ihrer Stimme, und automatisch schlich sich auch eines auf meine Lippen. »Was meinst du damit?«

»Na«, erklärte ich und nahm einen Schluck Kaffee, der bereits kalt geworden war. »Eli bringt die Menschen zusammen und ich sorge dafür, dass sie wieder ihre Ruhe voreinander haben.«

»Eli?« Wieder bemerkte ich, wie glücklich es meine Mom machte, wenn ich von ihr als meine Freundin erzählte, auch wenn das eine knallharte Lüge war. »Du nennst sie Eli?«

»Ja«, räumte ich nun grinsend ein. »Das tue ich wohl.«

»Das ist aber niedlich.«

»Mom!«

»Ja ja«, sagte sie lachend. »Ich lass dich jetzt weiter arbeiten. Und denk daran, regelmäßig zu essen.«

»Okay, Mom.«

Meine Mutter schmatzte noch zwei Küsschen durch das Telefon und legte dann auf.

So ein Mist, was hatte ich jetzt nur wieder getan? Ich verstrickte mich immer tiefer in eine Geschichte, die es gar nicht gab. Zumindest gegenüber meiner Mutter. Aber sie würde schon darüber hinwegkommen. Ich brauchte nur schnellstens Ersatz, um wirklich eine Freundin zu haben, wenn sie das nächste Mal fragte. Das schlechte Gewissen nagte an mir.

Wenn man ehrlich war, dann war ja Eleanore so etwas wie ein Date, oder? Immerhin hielt sie meine Gedanken beschäftigt. Also mal abgesehen davon, dass ich seit dem Abend vor zwei Tagen mit einem Dauerständer durch die Gegend rannte, war das alles ein Desaster. Und wie gesagt, ich sprach hier nicht über irgendein Date, über das sie mich gerade eben informiert hatte. Oh nein. Ich sprach auch nicht über einen meiner aktuellen Fälle, die ich weiterhin sorgfältig aufarbeitete, denn das war verflucht noch mal mein Job. Nein. Ich sprach davon, dass ich ein Date mit einer Frau sausen ließ, die ich gestern zufällig in unserer Kantine kennengelernt hatte, weil ich an niemand anderen als an Eleanore York denken konnte. Die Frau, die mich geküsst hatte wie eine Hure und eine Heilige zugleich. Und seitdem konnte ich an nichts anderes mehr denken, als an ihre seidigen Schenkel zwischen denen ich mich vergrub und sie – auf meine Art – fickte.

Dummerweise war das nicht drin. Das hatte sie mir ja ganz deutlich klargemacht. Aber, verdammt noch mal, ich wusste, dass der Kuss sie ebenso berührt hatte wie mich. Es war einer dieser ... scheiße, sie schmeckte schon an den Lippen so gut, also wie wäre es erst, wenn ich mich in ihrer süßen Pussy vergraben dürfte? Heilige Scheiße!

Und das war der Grund, warum ich an nichts anderes mehr denken konnte, als daran. Und wie süß sie war.

Wie unschuldig.

Wie unpassend für mich.

Ich starrte wieder die E-Mail von ihr an, die nichts mit meiner Arbeit zu tun hatte ... Oh nein, darin stand lediglich, dass sie mir eine passende Kandidatin vorstellen wolle und ob es immer noch so war, dass ich mich mit ihr zu Übungszwecken im Park treffen wollte, um herauszufinden, was genau ein normales Kaffeedate war.

Um ehrlich zu sein, wusste ich das natürlich. Selbstverständlich, ich war doch kein Vollidiot. Aber wenn ich sie in dem Glauben ließe, ich hatte keine Ahnung, dann würde sie sich mit mir treffen.

»Fuck«, flüsterte ich wieder, fuhr mir mit beiden Händen über das Gesicht und warf den signierten Baseball eines Profis, dessen Scheidung ich erfolgreich über die Bühne gebracht hatte, immer wieder hoch. »Verfluchter Scheißdreck!«

Ich wusste genau, wie schlimm es für mich werden würde, wenn ich sie jetzt auch noch sah. Es war ja schon reine Folter, wenn ich sie nicht sah und mich nur an ihren Geruch und ihre weiche Haut und das Haar erinnerte. Nicht zu vergessen, dass ich diese Tussi nicht abgeschleppt hatte, obwohl sie mir mehr als deutlich signalisiert hatte, bereit zu sein. *Nein, was macht der große Luke Brandon? Er schaut auf seine Uhr und lässt sie wissen, dass er los müsse.*

Der normale Luke, den, den ich liebte, hätte das nicht getan. Oh nein, der hätte seine Assistentin informiert, sich spontan den Nachmittag frei zu nehmen, hätte die rothaarige Schönheit mit zu sich nach Hause genommen, um es ihr zu besorgen, als gäbe es keinen Morgen. Aber der neue – anständige – ätzende Luke, den Eli aus mir machte, tat das nicht. Der fühlte sich so, als hätte er zu Hause eine Frau sitzen, die auf ihn wartete. Nur ohne das unregelmäßige Geficke, das eine Beziehung mit sich brachte. Zumindest glaubte ich, dass eine Beziehung automatisch bewirkte, dass der Sex irgendwann aufhörte.

Ich würde es ja bald herausfinden. Haha! Ironischerweise dachte ich langsam wirklich so, als wäre es mir ernst, obwohl ich doch wusste, dass das nicht der Fall war. Meine Fresse, diese Partnerfrau nahm eine heimliche Gehirnwäsche an mir vor.

»Hey«, sagte meine beste Freundin und erschreckte mich über meine Gedanken. »Woran arbeitest du?«

»Daran, dass mein Schwanz nicht mehr steif ist.«

»Das ist ekelhaft!«, erklärte sie und hob sich die Hand vor die Augen.

»Meine Güte, Amanda, du bist verdorbener als ich.«

Sie hob lachend die Schulter. »Bei dir weiß man nie.«

Ich drehte mich in meinem Stuhl, sah ihr in die Augen, stellte beruhigt fest, dass sie die Tür geschlossen hatte, und presste mir Daumen und Zeigefinger auf den Nasenrücken.

»Eli hat ein Date für mich«, ließ ich die Katze aus dem Sack.

»Eli?« Fragend plumpste sie mit ihrem Hintern auf den Stuhl, der vor meinem Schreibtisch stand.

»Eleanore.«

»Ahhh, die Cousine von Colby.«

»Jepp.«

»Du nennst sie Eli?«

Lächelnd antwortete ich: »Ja. Irgendwie besser als Eleanore.«

»Da kannst du ja gleich *Schatz* sagen.«

»Auf keinen Fall. So ist das nicht.«

»Natürlich nicht«, murmelte sie sarkastisch. »Also, warum nun die Nummer mit deinem Ding?«

»Mein Schwanz?«

»So du willst.« Wieder sah sie mich aufmerksam an. »Ich denke, du hast ein Date?«

»Ja, übermorgen.«

»Das ist doch gut, oder?«

»Ja«, murrte ich.

»Und du bist nicht begeistert, weil das noch so lange ist, die Tussi heiß ist und dein ›*Ding*‹«, sie deutete auf meinen Schritt, »Ärger macht?«

»Ich hab keine Ahnung, wie die Frau aussieht, darum geht es auch nicht. Mein *Ding* macht Ärger wegen Eli.«

»Dein *Ding* macht Ärger wegen Eli«, wiederholte sie. »Das ist interessant.« Amanda verschränkte die Arme vor der Brust.

»Was ist interessant?«, fragte Colby und betrat ebenso mein Büro.

»Was ist das hier? Hab ich ein Memo übersehen?« Meine Stimme klang genervt. Denn Scheiße, ich *war* genervt. Ich wollte einfach nur arbeiten und meine Ruhe haben und ... über Eli nachdenken ...

»Wir wollten mal gucken, wie es dir so geht«, stellte mein Freund schulterzuckend fest.

»Er kämpft mit seiner Anakonda in der Hose.«

»Anakonda?«, rückversicherte er sich nach einem schnellen Seitenblick auf Amanda. »Du meinst wohl eher sowas wie das kleine Stöckchen, das Chester letzte Woche im Park zerknackt hat?« Chester war sein Hund. Ein Dackel.

Amanda lachte laut, und auch ich schüttelte grinsend den Kopf. Wenigstens hatten sie es geschafft, mich kurz abzulenken. »Was wollt ihr?«

»Was ist mit deinem abgeknickten, verkümmerten Stock?«, fragte Colby und zog die Brauen zusammen. »Nicht, dass es mich eigentlich sonderlich interessiert.«

»Ich denke, wir sollten uns Sorgen machen.«

»Warum?«

»Heeeyyyyy?«, warf ich ein. »Ich bin hier!«

»Was ist los, Großer?«, fragte mein Kumpel, und ich rollte die Augen.

»Eli?«, formulierte ich die Antwort als Frage.

»Ohhhh«, säuselte er scheinbar wissend. »Eli.«

»Ja, Eli.«

»Wer ist Eli?« Er sah bei dieser Frage Amanda an. Amanda besaß das Talent, sich jeden Frauennamen zu merken, den ich jemals erwähnte. Und da Colby Eli anscheinend nicht mit seiner Cousine in Verbindung brachte ... nun.

»Eleanore.«

»Du hast jemanden kennengelernt, der wie meine Cousine heißt?« Er lachte dröhnend. Nachdem er bemerkt hatte, dass außer ihm das niemand tat, wurde er wieder ernst. »Du hast mit meiner Cousine rumgemacht?«

»Na ja.«

»Das kannst du nicht ernst meinen, Brandon!«

»Hat er nicht«, verteidigte mich Amanda. »Oder?« Jetzt blickte sie mich schnell von der Seite an.

»Nicht wirklich«, räumte ich ein und bemerkte, wie es mich eigentlich störte. »Nein.«

»Gut!« Colby deutete mit einem Finger auf mich. »Dann belasse es dabei.«

»Was ist dein Problem?«, fragte ich und provozierte ihn absichtlich ein bisschen. Es machte Spaß, ihn zu ärgern.

»Mein Problem ist, dass meine Cousine zu gut ist, um eine deiner Nummern zu werden.«

»Aber sie dürfte drei Nächte bleiben«, warf Amanda fröhlich ein. Der Witz verfehlte seine Wirkung. Meine beiden besten Freunde hielten nicht sonderlich viel von meiner Drei-Nächte-niemand-wird-sich-verlieben-Theorie.

»Das ist nicht witzig Amanda«, zischte Colby. »Fuck, Luke! Ich hätte sie dir niemals empfehlen dürfen.«

»Einspruch!«

»Wir sind hier nicht bei Gericht!«

»Sorry«, murmelte ich und fuhr mir mit der Hand übers Gesicht.

»Beruhigt euch, Jungs«, sagte Amanda mit ihrer Autoritätsstimme, welche die Angeklagten im Gerichtssaal regelmäßig erzittern ließ. Sie stand auf und schenkte uns allen ein wenig von der bernsteinfarbenen Flüssigkeit ein.

»Da war nichts.«

»Du hast gesagt ›nicht wirklich‹. Was genau bedeutet denn ›nicht wirklich?‹«, fragte er nun, nahm einen Schluck von seinem Drink und zog die Brauen zusammen. Aus dem Augenwinkel sah ich, wie Jackson, einer unserer Anwälte aus dem ersten Jahr, gerade zu mir kommen wollte. Ich schüttelte den Kopf und er drehte wieder ab, um davon zu gehen.

»›Nicht wirklich‹ bedeutet, dass da nichts war.«

»Na also!«, rief Amanda dazwischen.

»Nichts, außer ein Kuss.«

»Ein Kuss?« Skeptisch beäugte mich mein Kumpel.

»Vielleicht ein sehr langer Kuss. Aber ... nur ein Kuss.«

»Du Arschgesicht.«

»Hey!«, versuchte es Amanda erneut. »Ihr benehmt euch wie Teenies.«

»Lass die Finger von ihr. Sie ist viel zu gut für dich.«

»Sagtest du bereits«, stimmte ich ihm mit Spott in der Stimme zu und nahm ebenso einen Schluck von dem Whiskey, den mir einer meiner Klienten hatte zukommen lassen. »Außerdem habe ich bald mein erstes Date.«

»Ach was?«, fragte Amanda, verzog das Gesicht, da sie so scharfe Alkoholika eigentlich gar nicht mochte, und lächelte mich dann an. »Dein erstes Date, das nicht im Bett stattfindet.«

»Wer den Schaden hat ...«, begann ich.

»... braucht für den Spott nicht zu sorgen!«, führte sie den Satz zu Ende.

»Und was werdet ihr machen?«

»Eli ...«, begann ich erneut, zügelte mich aber sofort, als ich die finstere Miene von Colby sah. »Eleanore meint, es sollte an einem Nachmittag stattfinden und wir sollten Kaffee trinken.«

Amanda strahlte. »Das klingt zumindest so, als wäre es wirklich mal ein echtes Date, das nicht im Bett endet.«

»Glaube mir«, erklärte Colby zynisch. »Der Mann braucht für Sex kein Bett.«

»Woher willst du denn das wissen?« Unsere beste Freundin lachte laut auf.

»Woher ist doch egal, sagen wir so ... Colby liegt verdammt richtig mit seiner Einschätzung. Ich brauch dafür kein Bett.«

»Du solltest das ernstnehmen, Luke!«, wies mich die Frau vor meinem Schreibtisch zurecht. »Du hast ja jetzt auch nicht ewig Zeit, oder?«

»Damit hat sie recht, Alter!« Colby schien unseren Disput wegen seiner Cousine vergessen zu haben. »Ich hab gestern nämlich mit meiner Mom telefoniert und die hat von Miss Croks«, die Dame, welcher der Gemischtwarenladen im Ort gehörte, »gehört, dass deine Mom ihr gesagt hat, du wärst nun ernsthaft auf der Suche und bereit, sesshaft zu werden und dass du eigentlich schon jemanden hast.« Amanda lachte laut los und ich riss meine Augen auf.

»Mann, bringe mich bitte um!«

»Nein, Mann, das hast du selbst verkackt.« Colby grinste »Aber, das ist ja noch nicht alles. Man sagt, dass Doktor Norris öfter bei ihr gesehen wurde. Zu Hause. Nicht sie in seiner Praxis.«

Himmel! Ging es meiner Mutter schlechter und sie sagte mir nichts, weil sie nicht wollte, dass ich mir Sorgen machte? Ich würde sie gleich heute Abend anrufen. Oder ich rief am besten bei Doktor Norris in der Praxis an, der konnte mir sicherlich mehr dazu sagen. Er wusste ja, dass ich ihr Sohn war und nicht irgendein Verrückter, der ihn ausquetschen wollte.

»Deiner Mom gehts sicher gut, Luke. Ansonsten hätte sie dich oder Doktor Norris schon angerufen.« Amanda las anscheinend meine Gedanken.

»Warum ist dann Doktor Norris ständig bei ihr?«

»Das erzählt eine Frau aus einem Gemischtwarenladen, den sie nie verlässt, vermutlich wird sie da drin mal das Zeitliche segnen, die sich auf Hören-Sagen-Geschichten stürzt wie Aasgeier auf einen Kadaver. Gib da nichts drauf.«

»Richtig«, stimmte Colby ihr zu. »Ich wollte dir ja auch nur den Druck nehmen, indem ich dir sage, dass sogar meine Mom mich gestern schon angesprochen hat, ob ›der wahnsinnig hübsche Luke schon ein nettes Mädchen kennengelernt hat‹.« Er machte Würgegeräusche.

»Ich ruf heute Abend meine Mom an, ist eh längst überfällig. Und dann sehen wir ja weiter, wie ihre Laune und ihr Befinden ist.« Ich drängte den Gedanken zur Seite, weil ich genau wusste, dass ich heute ansonsten nichts mehr auf die Reihe bringen würde. »Aber dass ich ein wahnsinnig gut aussehender Kerl bin, damit hat deine Mom recht.«

»Leck mich, Brandon.« Colby grinste und verschränkte die Arme vor der Brust.

»Nur kein Neid. Nur kein Neid.« Ich trank meinen Whiskey in nur einem Zug aus. »Ich muss jetzt los. Ich treffe mich mit El…« Als ich Colby finsteren Blick auffing, korrigierte ich mich gerade noch. »Eleanore.«

»Warum denn das?«, fragte er skeptisch. Amanda schwieg und grinste mich an. Es schien ihr sichtlich Freude zu bereiten, dass ich mich durch dieses Gespräch wand wie eine Schlange.

»Sie will mir zeigen, wie das mit den Dates tagsüber funktioniert. Und sieh mich nicht so an«, fügte ich hinzu, nachdem ich seinen finsteren Blick gesehen hatte. »Das war ihre Idee.«

»Kann ich fast nicht glauben.« Er kniff die Augen zusammen.

»Sind wir doch mal ehrlich«, ergriff Amanda wieder das Wort mit ihrer Anwaltsstimme, nachdem sie die Flüssigkeit in ihrem Glas ausgetrunken hatte, »Luke ist vielleicht ein guter Liebhaber …«

»Ein ausgezeichneter Liebhaber«, grätschte ich dazwischen.

»Ein guter Liebhaber«, griff sie die Worte nochmals auf, »aber das mit dem Daten … Mit dem *echten* Daten, das klappt so nicht. Ich würde sogar so weit gehen und sagen, du bist ein ›Date-Legastheniker‹!«

»Bin ich nicht!«, rief ich, und Colby verschluckte sich fast vor Lachen.

»Doch, das ist er. Das trifft es hervorragend.«

»Du brauchst nicht lachen, du bist nicht sonderlich besser.«

»Was?«, rief er nun entsetzt, und jetzt war es an mir, zu lachen. »Du spinnst doch. Ich bin mega gut im Daten!«

»Ach so?« Mittlerweile waren wir alle drei aufgestanden und Amanda verschränkte die Arme vor der Brust, während ich meinen Kram bereits zusammenpackte, da ich wirklich losmusste. »Und was war das mit dem Ausflug ins New York Sea Aquarium, wo ein Delfin ein Baby auf die Welt brachte, deine Begleitung kurz vor dem Heulen war und du es als nerviges, Anhängsel und Blockade der freien Menschheit bezeichnet hast?«

»Nun«, begann er, ganz der Anwalt, und wollte sich verteidigen. »Das war ... spontan und ehrlich formuliert.«

»Ich würde sagen, du bist einfach ebenso ein ›Date-Idiot‹ wie Luke.« Amanda grinste uns beide an, ging zur Tür, öffnete sie und winkte uns. »Heute Abend Drinks im ›Melbourne‹? Gehen auf euch.«

»Was?«, riefen wir beide gleichzeitig. »Warum?«

»Weil ich kein *Date-Legastheniker* bin und euch heute Abend ein paar Tipps geben werde.« Sie grinste noch mal, genoss bei ihren Worten den geschockten Ausdruck einer Rechtsanwaltsgehilfin, die vorbei lief, und nickte. »Gratis, versteht sich.«

Ohne dass Colby und ich noch irgendetwas dazu sagen konnten, verschwand sie ums Eck und ließ uns beide allein.

»Bis heute Abend«, sagte mein bester Kumpel und sah mir eindringlich in die Augen. »Und lass deine Finger bei dir, Brandon. Ich schwöre es dir, ansonsten brech ich jeden einzeln.«

Dröhnend lachend ging ich in Richtung Aufzüge. Das alles würde noch so richtig amüsant werden, wenn ich die Lage richtig einschätzte.

Kapitel 20

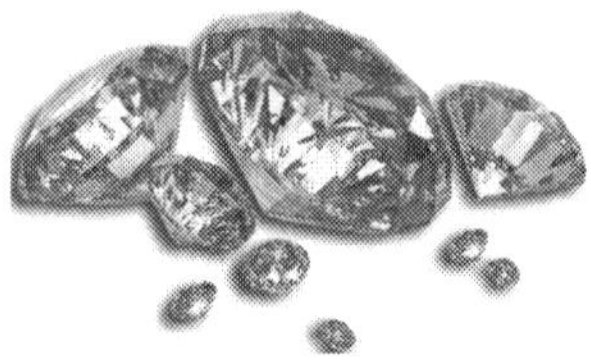

Luke

Pünktlich lieferte mich mein Fahrer vor dem Haupteingangstor des Central Parks ab. Es sah eher unscheinbar aus, wenn man bedachte, dass dieser Park so groß war, wie manch andere Stadt auf diesem Kontinent. Aber doch war es unumstößlich eines der bedeutendsten Wahrzeichen der Stadt New York. Riesige, immergrüne Bäume säumten die diversen Wege, die von Joggern, Müttern, die spazieren gingen, Verliebten und einfach nur Ruhe suchenden Menschen genutzt wurden. Der Park war eher so was wie eine Vergnügungsstätte, denn auch wenn es mitten am Tag war, waren viele Grüppchen von Jugendlichen auf den Weiten der Wiesen verteilt, die Frisbee spielten, zusammensaßen, lachten und Musik hörten, die ihren Hunden hinterherjagten oder einfach nur einen Hotdog aßen. Der Park hatte so viele verwinkelte und versteckte Wege, die dennoch anscheinend liebevoll angelegt waren, dass man auch hier ein Bei-Tag-Date‹ haben konnte. Außerdem gab es diverse Essens- und Getränkestände, mehrere Brunnen und Cafés und natürlich das allseits berühmte Boatshouse, in dem mehr Hochzeiten im Jahr stattfanden, als im *Plaza*.

»Hi«, erwiderte Eleanore, und ich erschrak fast ein wenig, als sie so plötzlich vor mir zum Stehen kam. »Entschuldige die Verspätung. Die U-Bahn.«

»Du bist mit den Öffentlichen hier?«, erwiderte ich entsetzt, statt einer Begrüßung.

»Na klar, schon mal versucht, nachmittags ein Taxi direkt nach Manhattan zu bekommen?«

»Nein«, räumte ich ein. »Ehrlich gesagt nicht.«

»Na gut, sieht man ja!«, sagte sie lachend und klemmte sich ihre Handtasche unter den Arm. Sie hatte eine dieser Dinger dabei, die keinen Henkel besaßen. Aber sie war in einem schönen Gelbton und passte perfekt zu ihrem gelben Oberteil, das große Punkte und kurze Arme hatte, und der weißen Hose, die ... die nichts von ihrer Figur meiner Fantasie überließ. Heilige Scheiße! Sie erwischte mich dabei, wie ich ihr auf den Arsch sah. Oh mein Gott, ich hatte schon gesagt, wie dringend ich diese Frau in meinem Bett haben wollte, oder?

»Dein Fahrer noch da?«, fragte sie mich, ignorierte mein offensichtliches Gestarre und sah sich um, ehe sie anscheinend entdeckte, was sie sehen wollte. Selbstverständlich war mein Fahrer noch da, und er würde hier auch warten, bis ich wieder so weit war und mich in meinen Wagen setzte. »Dann zieh mal die Krawatte aus und das Jackett ...« Sie knöpfte es bereits auf. »Und meine Fresse hast du echt einen Dreiteiler an?« Sie schüttelte den Kopf. »An einem Donnerstag? Zu einem Kaffeedate?« Ich nickte.

»Du willst ja wohl nicht abstreiten, dass das gut aussieht.«

»Das will ich nicht«, erwiderte sie, und ich hätte schwören können, dass ihre Wangen plötzlich von einer zarten Röte überzogen waren, »Aber es ist etwas overdressed für das erste Date und für einen Kaffee, Luke.«

»Okay, okay«, murmelte ich und legte alle drei Teile ab. Sie ging zur hinteren Tür meines Wagens, öffnete sie, wechselte ein paar Worte mit meinem Fahrer und kam gut gelaunt auf ihren hohen Sommersandalen wieder auf mich zu.

»Und nun roll dir noch die Hemdärmel bis über die Ellbogen auf.«

»Aye, aye Chef.«

»Siehst du?«, fragte sie rhetorisch und stieß mich in die Seite. »Geht doch. Mach nur noch den obersten Knopf deines Hemdes auf«, wisperte sie und hatte ihre Finger bereits an der Leiste meiner Knöpfe. Was sie tat, wurde ihr anscheinend erst richtig bewusst, als ihre Fingerkuppen die Haut an meinem Hals berührten. »Ich«, begann sie murmelnd, »sorry.«

»Schon okay.« Ich drehte mich einmal um die eigene Achse. »Zufrieden?«

»Wenn du mir versprichst, am Samstagnachmittag in Jeans und T-Shirt aufzutauchen ... dann ja.«

»Wird gemacht.«

»Na dann mal los!«

Wir betraten den Park und wurden sofort von diversen Gerüchen und Eindrücken verschlungen. Eine Inlineskaterfamilie fuhr um uns herum und still sahen wir ihnen hinterher, während wir den Weg entlang liefen. Mir war bis gerade eben gar nicht klar gewesen, dass erstens Inlineskates noch in Mode waren und zweitens, dass an einem Nachmittag unter der Woche so extrem viele Menschen Zeit hatten, den Park zu besuchen. Mussten die nicht alle arbeiten?

»Also«, begann Eleanore schließlich während sie ganz locker und anscheinend guter Laune neben mir herlief. »Jetzt machst du das alles mal so, wie du es auch bei einem echten Date machen würdest okay? Hinterher können wir dann drüber sprechen. Wie wäre das?«

»Wenn es sein muss.«

»Hey«, erwiderte sie und hob abwehrend die Hände. »Du wolltest das hier machen.«

War das wirklich so? Dass ich das wollte? »Na gut.«

Sie schwieg wieder und ich ebenso. Ich kam mir bescheuert vor, ich war doch kein Idiot, was Daten anging. Also was zur Hölle sollte das denn alles? Ich war ein eingefleischter Profi-Dater. Dafür sprach ja wohl meine Frauenstatistik. Es war so extrem gekünstelt, was wir hier versuchten, dass ich mich dennoch wirklich unwohl fühlte. Ich begann in meinem Kopf immer wieder einen Satz zu bilden, verwarf ihn dann jedoch, weil ich mir sicher war, das würde eine Frau, bei einem Kaffee-Date nicht hören wollen und schalt mich dann innerlich einen Volldeppen, dass ich mir überhaupt darüber Gedanken machte. Das hier war die Vermittlerin meiner Partneragentur, das war kein echtes Date. Auch wenn es sich so anfühlte.

So anfühlen wollte.

»Ich komme mir bescheuert vor.« Überrascht sah mich Eli von der Seite an.

»Weshalb?«, fragte sie mich, und ich zuckte die Schultern, deutete etwas weiter nach vorn, wo ein kleines Café war. Sie nickte. Und betrachtete mich weiterhin. Ich fühlte es überdeutlich und das konnte ich nicht ausstehen. Überhaupt konnte ich Gefühle wirklich nicht leiden.

»Weil ich mir im Kopf dauernd überlege, was ich sagen kann und was nicht.«

»Du kannst alles sagen«, meinte sie und lächelte. »Entspann dich.«

»Wieso brauch ich das dann?«

»Du hast das vorgeschlagen!«, erinnerte sie mich noch mal. »Also, ganz locker und in Ruhe ... Und jetzt hast du die große Ehre, mich hier zu einem Kaffee einladen zu dürfen.«

Wir standen vor den ohne System angerichteten Bistrotischen und Stühlen, von denen die meisten bereits besetzt waren. Aber wir fanden einen Platz und setzten uns. Selbstverständlich – ich war nicht nur im Bett ein Gentleman – rückte ich Eli den Stuhl zurecht. Auch wenn es in dem Sinne kein echtes Date war.

»Hi«, sagte der Kellner und wirkte gelangweilt. »Was kann ich euch bringen?«

Wir hatten noch nicht einmal einen Blick in die kleine Karte geworfen, aber wenn man in New York das Glück hatte, sofort bedient zu werden, dann tat man einen Teufel und beschwerte sich.

»Ich bekomme einen Cappuccino, bitte«, bestellte Eleanore zuerst und ich nickte.

»Da schließe ich mich gern an, danke.«

Der Kellner verließ ohne ein weiteres Wort unseren Tisch und war bereits bei den nächsten Gästen. Ein bisschen wie am Fließband, aber das war ein ungezwungenes Kaffee-Date, anstatt ein Essen mit anschließender Führung in mein Bett. Wie auch immer.

»Also, Eleanore«, begann ich und räusperte mich. »Wie geht es dir heute?«

Die wunderschöne Frau mit den langen Haaren mir gegenüber schmunzelte. »Es geht mir sehr gut, und dir?«

»Na ja«, erklärte ich und versuchte ehrlich zu sein, ohne wie ein Weichei zu wirken. »Das ist mein erstes Date.«

Sie hob die Brauen und lächelte mir aufmunternd zu. »Erste Dates sind immer scheiße, oder?«

»Das sind sie!« Lachend lehnte ich mich zurück. »Dieses ganze alberne ›Was machst du so, wie alt bist du so‹ ... das ist doch alles echt beschissen.«

»So kann man es auch sagen. Aber trotzdem interessiert mich, was du arbeitest, wie du dein Geld verdienst.«

Ich wusste, das war ihr erster Test, denn ich wollte und musste ehrlich sein, sollte aber nicht verraten, wer oder was genau ich war. Das war die Krux an der Geschichte. Ich wollte das Geld ja geheim halten.

»Ich arbeite in einer Art Hilfsstelle«, gab ich also an, während der Cappuccino serviert wurde, »Wenn Menschen zu uns kommen, stecken sie meist in Schwierigkeiten und brauchen ein wenig Unterstützung.«

Lobend sah Eleanore mich an. Mein Schwanz wurde steif, als sie ihr Haar zurückwarf und sich auf die Lippe biss. »Was für Schwierigkeiten?«, fragte sie weiter, und ich grinste.

»Na, wenn sie mit dem Gesetz in Konflikt geraten.«

»Ahhh verstehe, also eine Art Anwalt?«

»Eine Art, ja«, erwiderte ich vage. »Und was machst du so?«

»Ich helfe Menschen ebenso. Ich bin Krankenschwester.«

»Oh wow. Verantwortungsvoller Beruf«, antwortete ich. Aber in meinem Kopf formte sich ein Bild von Eli mit weißen Strapsen und einem superkurzen, knackig eng sitzenden weißen Kittel. Ihre Titten würden natürlich fast die Knöpfe sprengen. Eine Fantasie, wie sie jeder Mann hatte. Nun. Zumindest ich eben.

»Ist er in der Tat.«

»Da siehst du sicher auch einiges, was schllmm ist, oder?« Eleanore hatte mir ja vor einiger Zeit schon mal den Tipp gegeben, den Fokus von mir auf andere zu lenken, wenn ich wenig über mich und meine finanziellen Verhältnisse preisgeben wollte. Also spielte ich Interesse an ihrem Job als »Krankenschwester« vor. Also ... ich hatte Interesse daran, allerdings, waren wir in meiner Fantasie nicht in der Öffentlichkeit.

»Daran darf man nicht denken«, erklärte sie. »Ich versuche, mich an den positiven Dingen zu orientieren. Und meinen Fokus darauf zu richten, wie viele wieder gesund werden, wenn wir ihnen helfen.

»Ich verstehe«, erklärte ich und nahm einen Schluck meines Getränkes. »Das klingt auf jeden Fall aufregend.« Eli sah mich an und nickte. Sie schien auf etwas zu warten. Es war ein komisches Gefühl, das sich in meinem Magen breitmachte. »Dann arbeitest du also Schicht?«

»Ja, das ist der Nachteil.«

»Welche magst du denn am liebsten?«

»Nachtschicht.« Überrascht, also, ehrlich überrascht, hob ich die Brauen.

»Ehrlich? Warum? Ich hätte dich eher so eingeschätzt, dass du weniger Nachtmensch bist.«

»Ja? Wie kommst du denn darauf?«

»Na ja«, erklärte ich und war plötzlich überrascht, wie leicht es war, sich mit Eleanore zu unterhalten. »Du reckst dein Gesicht bei jeder Möglichkeit den Sonnenstrahlen entgegen. Du wirkst eher wie der Typ Frau, der früh aufsteht, ein ordentliches Frühstück macht und davor vielleicht noch laufen geht ...«

Sie nickte langsam und sah mich skeptisch an. »Ich denke nicht, dass du so perfektes Make-up hast, dass man deine Augenringe, die eine Nachtschicht unweigerlich mit sich bringt, nicht sehen würde, und ich glaube, du magst es lieber, wenn du die morgendliche Stille und Dämmerung anstatt die dunkle und kalte Nacht hast.« Lässig zuckte ich die Achseln.

Die Frau mir gegenüber beäugte mich skeptisch, als könnte sie nicht fassen, was ich gerade vom Stapel gelassen hatte. Als wäre sie vollkommen fasziniert davon, dass ich gerade eine Kurzanalyse über sie gestartet hatte, die auch noch der Wahrheit entsprach.

»Ich muss sagen ...« Sie machte eine Kunstpause. »Ich bin schwer beeindruckt.«

»Als Eleanore oder als Date?«, fragte ich noch einmal mit Amüsement in der Stimme nach.

»Zugegeben? Beides!« Sie lächelte und entblößte dabei zwei Reihen gerader, weißer Zähne. Sie war eine wunderschöne Frau, an der alles perfekt zu sein schien. Wir tranken beide von unserem Cappuccino und beobachteten einen Moment lang die Leute.

»Weißt du, was ich ehrlich nicht verstehen kann?«, fragte ich plötzlich, und sie sah mich aufmerksam an. »Ich frage mich, was diese Menschen, die nachmittags einfach so entspannt im Central Park sitzen können, arbeiten. Ich meine ... normalerweise stecke ich um diese Uhrzeit in Meetings, bin bei Gericht oder so ... Aber auf keinen Fall sitze ich entspannt im Park und lass mich überraschen, was der Tag so bringt.«

»Na ja«, sie nickte lächelnd. »Es ist fast Fünf.«

»Wir sind schon zwei Stunden hier?«

»Ja!«, stimmte sie mir zu. »Die Zeit rast, oder?«

»Und ich trinke immer noch an meinem ersten Kaffee?«

»Der mittlerweile kalt ist.« Sie hatte recht, das war mir zuvor überhaupt nicht aufgefallen. Und das von einem Anwalt, der eigentlich die Kontrolle in Person war. Sehr seltsam.

»Du hast recht!«, stimmte ich zu und nahm den letzten Schluck. »Wollen wir zahlen und noch eine Runde laufen?« Meine Augen weiteten sich überrascht. Ein normales Date zu haben, war anscheinend doch nicht so schwer. Niemals hätte ich gedacht, dass ich das hinkriegen würde, aber anscheinend ... oder lag es an Eli, dass es sich so leicht anfühlte? Dass es so easy war, mit ihr zu sprechen, Dinge zu erzählen oder zu hinterfragen? Ja, natürlich wusste ich, dass sie nicht in einem Krankenhaus arbeitete und dass sie nicht Nachtschichten am liebsten mochte ... das war Teil ihrer Fassade ... Aber das war nur der Einstieg in unser Gespräch gewesen, zwischendrin hatten wir uns über vollkommen alltägliche Dinge, wie die besten Restaurants in New York, das Lieblingsessen oder die beste Sehenswürdigkeit als New Yorker, ausgetauscht. Ich hatte ihr erzählt, dass ich aus Idaho stammte, was sie natürlich schon wusste ... Aber dennoch wollte ich es nochmals erwähnen. Ich erzählte, dass mein Dad vor einigen Jahren gestorben war, und wie sehr das an meinen Nerven gezerrt hatte ... wie leid mir meine Mom tat ... und das war neu für sie. Das hatte sie weder von ihrer Tante noch von ihrem Cousin Colby erfahren. Es war ... es fühlte sich ein bisschen so an, als würden wir uns schon ewig kennen. Also so richtig gut kennen ... ja, wir hatten uns als Kinder natürlich gesehen. Aber hatte man sich wahrgenommen? Also *wahr-genommen*? Als Mann und Frau? Ich denke nicht, das wäre doch etwas sehr früh gewesen.

»Hörst du mir zu?«, fragte Eli und lachte. »Du warst gerade meilenweit entfernt, oder?«

»Das kann man so sagen!« Der Kellner kam neben uns zum Stehen, ich bezahlte und gab ein großzügiges Trinkgeld, ehe wir aufstanden und uns in das Innere des Parks aufmachten.

Eine Stunde später, waren wir wieder am Ausgangspunkt angekommen und sahen uns in die Augen. Dieser Moment war komisch. Noch nie war ich mir bei der Verabschiedung eines Dates so bescheuert vorgekommen wie gerade eben. Noch nie. Heilige Scheiße, was machte diese Frau aus mir? Ich verweichlichte komplett.

Wie auch immer. »Dürfen wir dich nach Hause bringen?«

Sie sah mich aufmerksam an und strich sich eine der langen Haarsträhnen aus dem Gesicht. Innerlich schien sie kurz abzuwägen, äußerlich sah man ihr das aber kaum an. Schließlich nickte sie.

»Okay, sehr gern.«

Wir gingen zu dem großen schwarzen Wagen. Während ich ihr die Tür aufhielt, streifte ihr Arm meinen und ich musste ehrlich zugeben, dass ich nichts gegen eine Runde Körperkontakt mit ihr hatte. Auch wenn mir klar war, dass das jetzt nicht passieren würde. Aber ... irgendwie ... war es so in mir verankert, denn Eli war ja auch das Sinnbild einer sexy und heißen Frau, dass ich mich räuspern musste.

»Das gehört wohl eigentlich nicht zu deinem echten Date, oder?«, fragte ich, als ich mich neben sie auf den Sitz fallen ließ. »Nach Hause zu Miss York bitte.«

Mein Fahrer nickte und fuhr die Trennwand hoch.

»Nein«, erklärte sie schließlich. »Um deine Frage zu beantworten, das schickt sich eigentlich nicht für das erste Date.«

»Wir können das Date ja offiziell für beendet erklären und einfach wieder Eleanore und Luke sein?«

»Nicht mehr der Mann, der für eine Hilfsorganisation arbeitet, und die Krankenschwester?«

»Oh man, du hast gemerkt, was dieses Krankenschwester-Ding in mir ausgelöst hat.«

Sie zuckte die Schultern. »Das, was es in jedem Mann auslöst. Fantasien.«

»Darum hast du das gewählt? Als deinen Fake-Beruf? Ehrlich? Weil du mich auf die Probe stellen wolltest?«

»Na ja, das, und weil dein echtes Date wirklich Krankenschwester ist und du nicht lossabbern solltest, wenn sie es dir sagt.« Sie grinste mich an.

»Erwischt!«

»Ganz normal für euch Kerle.«

»Darum bist du single?«, fragte ich.

Ihr fröhlicher Ausdruck wandelte sich zu einem verschlossenen, gekränkten. Es kam mir vor, wie eine Ewigkeit, ehe sie mir antwortete. »Nein, deshalb bin ich nicht single.« Mehr gab sie mir nicht. Mehr erklärte sie mir nicht. Nur das. Nur, dass das nicht der Grund war, weshalb so eine Frau, wunderschön und mit einem unfassbar interessanten Charakter gesegnet, alleinstehend durch die Gegend lief. Als Chefin einer Partnervermittlung.

Unser Schweigen hielt an, als das Auto vor dem Block anhielt, in welchem sie wohnte. Ich stand auf, hielt ihr die Tür auf und wurde weiterhin ignoriert.

Sie bedankte sich mit knappen Worten, murmelte eine Verabschiedung und ging zur Tür. Wie gelähmt, wie ein Idiot stand ich an meinem Auto und starrte ihr hinterher. Sie war bereits seit mehreren Minuten verschwunden, als mir klar wurde, dass ich das mit ihr nicht so stehen lassen konnte. Ich hatte sie offensichtlich verletzt und das war etwas, was mir eigentlich egal war, auch wenn es mich wie ein Arschloch aussehen ließ ... Aber ... ich wollte es bei ihr nicht so lassen. Nicht bei Eli. Nicht bei der ersten Frau, die irgendwie mehr in mir sah, als nur den reichen Schnösel-Anwalt. Bei der ersten Frau, die sich – unsere anfänglichen Schwierigkeiten beiseitegeschoben – ehrlich für mich zu interessieren schien. Auch wenn es dabei ums Geschäft ging.

Ich bedeute meinem Fahrer, auf mich zu warten, stellte zufrieden fest, dass der Portier, der eigentlich hinter dem Tresen sitzen sollte, gerade in einem Kämmerlein verschwand, und stahl mich vorbei zu den Aufzügen. Ich hatte keine Ahnung, in welchem Stockwerk sie wohnte, was der Grund dafür war, weshalb ich, sobald sich die schweren Türen schlossen, nach meinem Handy griff und Colby anrief.

Er würde mir schon verraten welches Stockwerk und welches Apartment ihres war.

Schließlich ging es um Leben und Tod!

Oder?

Kapitel 21

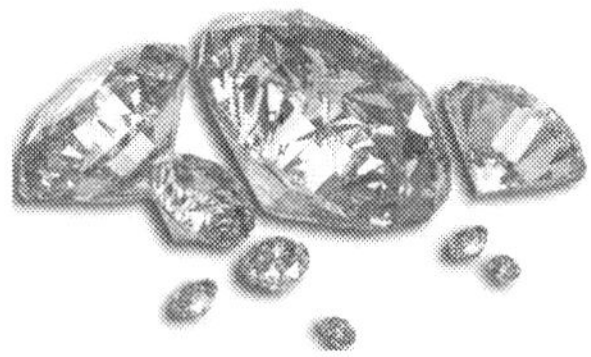

Eleanore

Okay, es war kindisch sich zu verhalten wie ein kleines, dummes Mädchen. Er wusste ja nicht, was er Schlimmes oder eben nicht Schlimmes gesagt hatte. Luke hatte ja keine Ahnung, was genau er mit seinem Satz in mir ausgelöst hatte.

Aber ich fühlte es.

Sofort.

Anscheinend war das, von dem ich dachte, es längst verdaut zu haben, noch nicht einmal wirklich heruntergewürgt. Mir war natürlich klar, dass er es einfach nur so dahin gesagt hatte, dass er es nicht wusste, weshalb ich single war ... Aber das änderte nichts daran, dass es mich getroffen hatte.

Ich war gerade dabei, mir ein Glas Wein einzuschenken, als ich überrascht das Klingeln an der Tür vernahm. Normalerweise würde mich der Portier anrufen, wenn ein Besuch sich bei mir anmeldete, aber mein Telefon war stumm geblieben. Na gut, vielleicht war es meine Nachbarin, der – wie jede Woche einmal – die Milch ausgegangen war. Ich tapste barfuß zur Tür, weil ich meine Schuhe bereits ausgezogen hatte, trank im Gehen einen Schluck des perfekt temperierten Weißweines und öffnete.

Was ich dann sah, erstaunte mich.

»Ich kann das nicht so stehen lassen«, erklärte Luke ohne Umschweife. »Darf ich reinkommen?«

»Wie bist du am Portier vorbei gekommen?«

»Ich glaube, der macht eine Pinkelpause.«

»Verstehe«, erwiderte ich und nickte langsam. »Und was kannst du nicht stehen lassen?«

»Darf ich bitte reinkommen?«

Ich warf einen kurzen Blick in das Innere der Wohnung. Noch eine Regel, die ich brechen würde. Noch nie war einer meiner Klienten in meinen persönlichen vier Wänden gewesen. Und das nicht ohne Grund. Es war sicherer, Regeln zu haben, anstatt immer impulsiv zu handeln.

»Zehn Minuten.«

»Das genügt mir.«

Er betrat meine Wohnung und wirkte in dieser weiblichen Umgebung irgendwie fehl am Platz.

»Hübsch«, erwiderte er grinsend und sah sich demonstrativ um.

Meine Wohnung war rosa.

Und pink.

Und weiß.

Und grau.

Ja, sie war sehr mädchenlike ... Aber ich war nun mal eine Frau und hier wohnte kein Mann. Also konnte ich mich endlich ausleben, wie ich es wollte.

»Komm zum Punkt, Brandon!«, begann ich erneut, lief voran in die offene Küche und den Wohnbereich.

»Wow, hier geht es ja weiter mit dieser Zuckerwatte.«

»Nur kein Neid, Luke. Was willst du hier?«

Er lehnte sich gegen den Küchenblock in der Mitte und dominierte sofort den Raum. Luke Brandon tat es auf jene Art und Weise, die Frauen anzog. Als wüssten sie, er ist ein Raubtier und tut einem nicht gut und dennoch ... kommt man nicht umhin, ihn zu bewundern und auf seine Aufmerksamkeit zu hoffen.

»Ich habe das Gefühl, ich bin dir zu nahe getreten.«

Ja, das bist du!, brüllte es in mir. Nach außen blieb ich ruhig.

»Komm schon, Eleanore. Ich habe es nicht so gemeint. Ich wollte dir mit meiner Frage nach dem Grund für dcin Singleleben nicht auf die Füße springen.«

»Gibst du gerade zu, dass du einen Funken Empathie im Körper hast?«

»Ich habe sogar richtig viel Empathie im Körper«, erklärte er leise, und nachdem er seinen gesenkten Kopf wieder hob, warf er mir einen Blick auf glühenden Augen zu. Genauso hatte er mich schon einmal angesehen. Genau dieses Gefühl, das ich jetzt in mir trug, hatte ich verspürt, als er meine Hand hielt, während ich aus dem Auto ausstieg. Genauso ... ich konnte den Gedanken nicht zu Ende denken und ich wusste auch nicht, wie es passiert war, aber plötzlich fiel mir das Glas mit dem kühlen Wein aus der Hand, kam krachend auf dem Boden auf und ich spürte seine Lippen auf meinem Mund. Seine Frage hatte mich getroffen, sogar, wenn ich ehrlich war, ein wenig verletzt, auch wenn er das nicht wissen konnte. Nun aber seine warmen, vollen Lippen auf meinen zu fühlen, ließ mich all das vergessen. Ich erwiderte den Kuss, genoss, dass er mit seiner Zunge in meinen Mund eindrang und mich stürmisch küsste. Der perfekte Druck, die perfekte Süße ... sie ließ mich vergessen, dass das hier vollkommen falsch war. Dass das hier nicht sein sollte und mir eine Menge Ärger einbringen würde. Und dennoch ... dennoch krallte ich meine Hände in seine Haare und zog ihn noch enger an mich. Luke schien ein ähnlich heftiges Verlangen in sich zu fühlen, denn er griff unter meinen Hintern, hob mich hoch, setzte mich auf die Kücheninsel und verschlang meinen Mund.

Hastig nestelte ich an den Knöpfen seines Hemdes. Aber es ging mir nicht schnell genug. Ungeduldig fingerte ich daran herum und versuchte, irgendwie an die Haut darunter zu gelangen. Unsere Küsse wurden hastiger, fieberhafter. Als müsste man schnell agieren, ehe man es sich anders überlegte. Seine großen Hände lagen an meinem Gesicht und ich presste mich ihm entgegen. Nachdem ich endlich die Knöpfe geöffnet und das Hemd abgestreift hatte, stellte ich fest, dass er noch ein weißes Shirt darunter trug; entnervt stöhnte ich auf, trennte meinen Mund von seinen sinnlich verlockenden Lippen und zog es ihm über den Kopf. Nachdem ich endlich seinen Körper unter meinen Fingerspitzen fühlen konnte, wurde aus den entnervten Lauten ein wohliges Stöhnen.

Luke grinste an meinem Mund, während er seine Hand in meinen Haaren vergrub und meinen Kopf nach hinten bog.

»Du hast keine Ahnung, wie lange ich mir das schon vorstelle, Eli ...« Bei seinen Worten öffnete ich meine Beine automatisch noch etwas weiter.

»Oh doch«, wisperte ich, als er meinen Hals küsste. »Die habe ich.« Er lachte leise, biss mich in die zarte Haut und fuhr an meinen Seiten entlang, um den Saum meines Oberteils nach oben zu schieben.

»Deine Haut ist so weich ...«, flüsterte er weiter, zog das Oberteil über meinen Kopf und ließ seine Lippen zurück zu meinem Mund wandern. Meine fiebrigen Hände wanderten über seine definierte Brust. Die Haut war ebenmäßig glatt, nichts störte den perfekten Anblick. Meine Hände glitten über die Erhebung seiner Muskeln, ehe sie an dem Gürtel und dem Bund seiner gut sitzenden Bundfaltenhose stoppten.

»Darf ich?«, fragte ich leise und konnte es kaum erwarten. Ich spürte, dass meine Nippel hart waren und mein Höschen war feucht. Man sah durch meinen dünnen spitzen BH in Hellblau deutlich, wie erregt ich war.

»Unbedingt«, antwortete er mir mit rauer Stimme, beugte sich nach unten und hob eine meiner Brüste aus dem Körbchen. Er senkte den Kopf und saugte so erotisch an meiner Haut und der Brustwarze, dass mich ein Schauer überkam. Dieser Mann wusste genau, was er tat.

Nachdem er mit meiner Brust fertig war, fuhr er mit seinen Fingerspitzen über meine nackte Haut. Dort, wo er mich berührte, hinterließ er eine Gänsehaut. »Du bist so schön, Eli«, murmelte er zeitgleich, als er seine Hände an den Knopf meiner Hose legte. Er bat stumm um Erlaubnis, und damit, dass ich mich abstützte und meinen Hintern anhob, war ihm klar, dass es in Ordnung war, mir den Stoff abzustreifen. Ich dankte mir im Stillen, mich heute Morgen rasiert zu haben. Sowohl zwischen den Schenkeln als auch an den Beinen.

»Du machst mich verrückt«, murmelte er, als wir beide nur noch in Unterwäsche in meiner Küche und kurz davor waren, es zu treiben. Anders konnte ich das hier nicht interpretieren. »Meine Güte, bist du feucht«, fuhr er heiser fort, als er mit einer Hand in mein Höschen glitt. »Das mache ich mit dir.«

»Das machst du mit mir«, wiederholte ich seine Worte, legte den Kopf in den Nacken und genoss seinen Daumen, der über meine Klitoris strich. Genauso mochte ich es, woher wusste er das? Er grinste mich schief an und bückte sich, sodass er seinen Kopf zwischen meine Beine senken konnte, während ich auf dem kühlen Marmor des Tresens saß. Er packte mit beiden Händen die Naht meines spitzen Slips und zerriss ihn mit einem heftigen Ruck. Ein dunkles, animalisches Knurren kam aus seiner Kehle, und er beugte sich nach vorn, um mich zu verschlingen. Laut stöhnte ich, denn auf diese Wucht seiner Zunge und seiner Finger war ich nicht gefasst gewesen. Er kniff mich immer wieder in den Kitzler, und diese süße Mischung aus sinnlichem Schmerz und heftiger Lust trieb mich schnell auf die Spitze.

Und vermutlich die Tatsache, dass ich schon lange keinen Mann mehr zwischen meinen Beinen gehabt hatte.

Gerade als ich mich beschweren wollte, weil der Schmerz übermächtig wurde, ließ er ihn wieder los und ich genoss das Gefühl. Ich fühlte, wie ich so heftig feucht war, vor lauter Erregung, und kurz dachte ich daran, dass vermutlich alles auf die Arbeitsplatte tropfte. Gerade als ich mir sicher war, ich würde es keine Minute mehr länger aushalten, gerade als ich zu betteln beginnen wollte, zog er mich an den Rand der Platte, schob mit einer Hand seine Shorts nach unten und entließ den schönsten Schwanz, den ich jemals gesehen hatte, in die Freiheit.

»Er ist ... groß«, sagte ich überrascht, und er schenkte mir ein Grinsen, das aussah wie: *Hast du das bezweifelt?*

»Wir brauchen ein Kondom«, erklärte er mir umsichtig, bückte sich nach seiner Hose, fluchte, weil sie in die Pfütze aus Weißwein gefallen war und griff in seine Gesäßtasche.

Ich genoss den Anblick, denn er hatte den schönsten Rücken und den knackigsten Arsch, den ich jemals bei einem Mann, der nicht gephotoshopt war, gesehen hatte. Gebräunte Haut über gestählten Muskeln. Kein Gramm Fett zu viel. Kein Makel. Zumindest kein offensichtlicher. Er war der lebende Adonis in New York, und er stand nackt mit einem Gummi in der Hand vor mir, den er sich gerade über seinen riesigen, harten Penis streifte. Ich war – und das war nun keine Übertreibung – kurz davor zu sabbern. Um irgendetwas zu tun, das Kribbeln zwischen meinen Beinen ein wenig abzumildern und mich abzulenken, um abzukühlen, öffnete ich meinen BH, entließ meine – wie ich fand – zu großen Brüste in die Freiheit und genoss, wie er sich auf die Unterlippe biss.

»Du bist vollkommen, Eli«, wisperte er, als er sachte über die Rundungen strich. Der Gummi war prall gefüllt und er trat wieder zwischen meine Beine.

»Ich kann nicht versprechen, sanft zu sein.«

»Dann sei es nicht!«, stöhnte ich in dem Moment, als er einen sanften Klaps auf meinen Nippel rieseln ließ. Im selben Moment schob er sich in mich. Ohne Vorwarnung. Ohne, dass ich vorgedehnt war. Ja, ich war feucht ohne Ende, aber in mir war schon lange kein Mann aus Fleisch und Blut mehr gewesen, sondern immer nur ein Vibrator.

»FUCK!«, rief er und hielt still. Den Kopf hatte er in den Nacken geworfen und die Linie an seinem Kiefer war angespannt. Anscheinend biss er die Zähne zusammen. »Du bist ... so eng.« Die Worte kamen abgehackt.

»Es tut nicht weh«, sagte ich, um ihn dazu zu bringen, weniger rücksichtsvoll zu sein und einfach loszulegen. Jetzt war sowieso schon jede Grenze überschritten, die es gab, es war also egal.

Er lachte gequält. »Ich bin kein Gentleman im Bett, Darling ... ich halte nur gerade still, weil ich sonst auf der Stelle komme. Du hast keine Ahnung, wie lange ich schon in deine süße Pussy eintauchen will.«

Ich grinste ihn an und umspannte ihn mit meinen inneren Muskeln. »So in etwa?«

»Mach nur weiter, wenn du willst, dass es vorbei ist, ehe es richtig begonnen hat.« Ich kicherte und er rollte die Augen. »Du Hexe.«

»Was denn?«, fragte ich unschuldig, während ich mir über den Nippel strich. »Geht es jetzt eigentlich mal los?«

»Wie Madame befehlen«, knurrte er und zog sich vollständig aus mir zurück. Sofort fühlte ich mich leer und einsam. Luke positionierte sich wieder an meinem Eingang und drückte sich hart in mich. Er begann, sich vor und zurück zu bewegen. Wie er mit diesem dicken Schwanz an meinen inneren Wänden vorbei schrammte. Er ... er trieb mich in kürzester Zeit an den Rand der Lust. Ich hörte, wie mein lautes Stöhnen durch die Küche hallte, wie die Schale hinter mir auf den Boden krachte, weil er mich so heftig anpackte, dass er mich immer weiter zurück schob. Der Zug um seinen Mund war verkniffen und doch so voller Leidenschaft, dass ich fast davon kam. Er war riesig.

»Du bist so eng«, brummte er, während er sich immer wieder mit einer Geschwindigkeit in mich drängte, von der ich mir sicher war, sie würde ihn zu einem Herzinfarkt treiben.

Die harten Muskeln seiner Brust und die an den Armen – hatte ich schon erwähnt, wie wunderschön seine Arme waren? – spannten sich immer wieder an und lösten sich.

»Nicht aufhören«, krächzte ich, lehnte mich zurück auf die Platte, und genau in diesem Moment wurde er langsamer. Hatte er nicht zugehört? Ich war kurz davor, meine Beine kribbelten, mein Kitzler pochte, und ich war mir sicher, würde er mich nun einmal dort berühren, würde ich kommen. Und kommen. Und kommen. Und kommen.

Aber er tat nichts. Er hielt sich regungslos in mir, dehnte mich, aber da er die Hüften nicht mehr vor- und zurückwarf, fehlte mir der letzte Gipfel, um wirklich meinen Orgasmus erleben zu können.

»Bitte«, wimmerte ich, und er lachte dunkel. Und leise. Ich war so empfindlich, dass ich jede seiner Regungen in mir genau spürte. Das Herz schlug mir bis zur Brust. Da hatte ich das erste Mal seit Jahren richtigen echten Sex und der Kerl würde mir den Orgasmus vorenthalten? Auf keinen Fall würde das so ablaufen! Ich stützte mich nur noch auf eine Hand, umgriff mit der anderen meine Hüfte und strich über meinen Kitzler. Ich schwöre es, ich wollte ihn beobachten, ich wollte seine Reaktion auf meine Aktion sehen und doch konnte ich es nicht. Meine Lider fielen zu. Plötzlich wurde mein Handgelenk hart umklammert. So fest, dass es kurz vor der Schmerzfrequenz war. Geschockt riss ich die Augen wieder auf und sah einen Luke, der über mir thronte.

»Habe ich dir erlaubt zu kommen?«

»Was?«, fragte ich verwirrt und eine Spur zickig, weil ich ja kommen wollte.

»Habe ich dir erlaubt zu kommen?«

»Mir war nicht klar, dass ich deine Erlaubnis brauche.«

»Du willst von mir gefickt werden, richtig?« Er beugte sich nach vorn, flüsterte die sexy Worte in mein Ohr und biss in mein Ohrläppchen. Ich stöhnte wieder. »Und wenn du willst, dass ich dich ficke, dann spielen wir nach meinen Regeln. Sei froh, dass wir nicht in meiner Wohnung sind, sonst wärst du längst an Armen und Beinen gefesselt und ich würde mir nehmen, was ich will.«

»Würdest du nicht«, hauchte ich erregt, auch wenn in mir eine innere Stimme sagte, dass mich das jetzt nicht anmachen sollte. Das sollte mich eigentlich abturnen und anekeln oder ... wie auch immer. Immerhin wollte er mich anscheinend auf ziemlich sinnliche Art und Weise benutzen. Und benutzt werden, das war doch falsch, oder? Darum sollte es mir gegen den Strich gehen. Oder mich dazu bringen, ihn von mir zu schieben. Alles, aber nicht mich anmachen.

»Oh ja, das turnt dich kleines Biest an, nicht wahr? Das findest du heiß. Ich spüre, wie deine enge Muschi pulsiert, wie sie immer noch feuchter wird, weil du dir vorstellst, wie ich die Kontrolle über dich habe. Wie ich dich benutze.«

Er schien keine Antwort zu erwarten, denn er umgriff mit seiner freien Hand meinen Hals, drückte ganz leicht zu, sodass ich aber immer noch weit weg von einer Panik war. Er fuhr mit seiner starken, gebräunten Hand, die sich deutlich von meiner Haut abhob, weiter nach unten, zwickte mich in meinen Nippel und gab mir anschließend einen Klaps auf selbigen. Ich habe nicht damit gerechnet, dass mich statt Schmerz eine erneute Welle der Lust überfallen würde. Aber Luke erkannte es. Ob an meinem Wimmern, an diesen kehligen Lauten und den gebettelten Worten nach mehr, oder einfach, weil er immer so Sex hatte, das wusste ich nicht. Und darüber wollte ich auch nicht nachdenken.

Aber es machte mich an.

Sehr.

»Oh ja«, knurrte er wieder, beugte sich nach vorn und küsste mich kurz. »Das macht dich an.« Er schien sich bestätigt zu fühlen, und ich griff mit meiner freien Hand in seinen Nacken, zog ihn zurück an meinem Mund und genoss, wie er mich mit festen Lippen küsste. Dieser Mann wusste genau, was zu tun war. Während seine Zunge meinen Mund eroberte, drang er wieder in mich ein. Einem inneren Zwang folgend, riss ich meinen Mund von ihm los, umklammerte seinen Hintern mit meinen Beinen und versuchte, ihn noch tiefer in mich zu ziehen. Luke warf den Kopf in den Nacken, pumpte in mich, erhöhte das Tempo und den Druck, als würde es ihn kein bisschen anstrengen, und plötzlich ... obwohl ich dachte, seine Pause hätte meine Erregung abklingen lassen, stürzte ich in den tiefen Abgrund. Gefangen in einer Spirale aus Lust, überschüttet von Wellen, die durch mich hindurch schwappten und meinen Körper zu einem Spielball der Lust erklärten. Ich kam.

Und kam.

Und war dankbar, dass Luke mich hielt.

Wie durch einen Nebel vögelte er mich durch diesen Orgasmus und schaffte es mit seinem riesigen Schwanz, meine Lust erheblich in die Länge zu ziehen. Ich wusste nicht mehr, wo oben und unten war, ehe er seine Hand in meinen Nacken legte, sich sämtliche Muskeln in seinem sowieso schon gestählten Körper anspannten und er ebenso seinen Orgasmus erlebte. Fest drückte er sich in mich, sodass ich beinahe glaubte, er würde mich aufspalten wollen oder in mich hineinkriechen.

Minute um Minute verging, die Stille unseres schweren, gestöhnten Atmens zwischen uns hin und her schwingend, zerfielen wir beide in unsere Einzelteile und wurden neu zusammengesetzt.

Es fühlte sich so an, als wären wir ab jetzt irgendwie miteinander verbunden. Als hätte dieser Sex, dieser alles verändernde Sex, uns so zusammengeschweißt, als wären wir ein Paar.

Und Himmel, das durfte nun wirklich noch weniger passieren.

Kapitel 22

Luke

Es tutete und tutete und tutete.

Langsam verstand ich, dass Eleanore einfach nicht an ihr Telefon gehen wollte, denn egal, wann ich bei ihr in der Agentur oder auf ihrem Handy anrief, sie ging einfach nicht ran.

Es lag mit Sicherheit an diesem Wahnsinns-Sex, den wir gehabt hatten.

Was danach passiert war? Als wir endlich wieder beide auf unseren Beinen stehen konnten? Es war das passiert, was ich mit nur sehr wenigen Frauen tat. Ich strich ihnen behutsam, so sie denn noch Kleidung am Körper hatten, den Rest von der Haut und trug sie in ihr Badezimmer.

So auch mit Eli. Ich ließ uns ein Vollbad ein. In die

wunderschöne, große Wanne, die auf Krähenfüßen stand, gab etwas von dem Badeöl dazu, welches in einer filigranen Glaskaraffe auf dem Sims stand, und wartete, bis das Wasser die perfekte Temperatur hatte. Niemand sagte ein Wort, aber ich genoss den Anblick dieser Frau, die versuchte, durch zarte Röte und gesenkte Lider zu vergessen, was gerade passiert war.

Waren wir einmal ehrlich: Dass es zwischen Eleanore und mir zum Sex kommen würde, war von Anfang an unsere Bestimmung gewesen. Die Funken waren ja nur so hin- und hergeflogen. Aber dass es noch vor meinem ersten echten Date mit einer Dame aus ihrer Agentur dazwischen funken würde, das hatte selbst mich überrascht.

Als sie sich widerstandslos von mir in die Wanne heben ließ, ich mich anschließend hinter sie setzte und ihr den Körper wusch, wie damals schon Richard Gere Julia Roberts in Pretty Woman, sprach ich das Thema offen an. Sie war so zart und so seidig nach außen. Aber im Inneren eine Wildkatze. Auch wenn sie es niemals zugegeben hätte, hatten meine Worte sie angemacht. Und zwar so sehr, dass sie fast tropfte vor lauter Saft und dem Gedanken daran, dass ich sie gleich ficken würde. Ich wusste, dass die meisten Frauen auf diese versaute Sprache standen, auf den einen oder anderen Klaps, aber dass sie wirklich dazugehörte, dass sie einen Platz in meiner Welt aus Lust und zartem Schmerz finden würde, damit hatte ich nicht gerechnet.

Es traf mich an diesem frühen Abend, an dem es eigentlich viel zu warm war, um ein Vollbad zu nehmen, wie ein Vorschlaghammer. Ich wollte gar niemanden daten, ich wollte eigentlich Eleanore. Sie war hübsch, klug, erfolgreich, wusste, wer ich war, vermittelte Werte und stand auf dreckigen, animalischen Sex, wie ich auch. Wir passten perfekt zusammen, mein Schwanz fügte sich in ihre enge Muschi, als wäre sie um ihn herum geformt worden. Es war absolut perfekt ... es war einzigartig, und ich erkannte Perfektion, wenn ich sie vor mir sah. Und wenn ich sie fühlen konnte.

Wir sprachen nicht darüber, was wir getan hatten, und ich ließ Eli gewähren. Ich wusste, dass sie vollkommen ihrer Kräfte beraubt war, und nachdem ich sie gewaschen und ihr die Haare eingeseift und abgespült hatte, trocknete ich sie ab und trug sie in ihr Bett. Ohne auch nur ein Wort oder gar ein Widerwort ließ sie es geschehen.

Es dauerte an jenem Abend keine Minute und sie war eingeschlafen.

Ich erlaubte mir ebenso, mich zu duschen und meine Haare zu waschen, zog mich an und verließ ihr Apartment. Ich war nicht der Typ Mann oder die Art Liebhaber, die über Nacht blieb. Nein, bei mir konnte man unter Garantie einen Orgasmus bekommen, aber nicht mehr.

So war es auch bei ihr.

Und jetzt? Drei Tage nach diesem einzigartigen Erlebnis erreichte ich sie immer noch nicht. Morgen war mein Date. Ich hatte von ihr alle weiteren Einzelheiten, die noch gefehlt hatten, per E-Mail bekommen und wusste, mit wem ich mich treffen würde, wann, wo und was das Erkennungszeichen war. Aber dass ich eigentlich mit

Eleanore besprechen wollte, was genau da passiert war, das ignorierte sie. Ich sah auch, dass sie die Nachrichten, welche ich ihr schickte, las, aber sie antwortete mir nicht. Um dieses Thema allerdings in einer geschriebenen Nachricht zu besprechen, war ich erstens zu alt und zweitens wäre es nicht das Richtige gewesen. Es war sensibel.

Eli war sensibel, das hatte ich erkannt.

Außerdem schlich ich um Colby herum. Aus irgendeinem Grund schien es ihm nicht aufzufallen, aber ich drückte mich in seiner Nähe herum, wollte rausfinden, ob sie vielleicht doch irgendwas erzählt hatte. Anscheinend negativ.

Er schien nichts zu wissen.

Seufzend widmete ich mich wieder der Akte, die neben mir auf dem Sofa in meinem Büro lag und zwang mich, den Gedanken an diese Frau und ihren wunderschönen Körper einfach zu verdrängen. Es brachte ja nichts, wenn ich mich weiterhin verrückt machte.

Wenn heute Abend mein Date vorbei wäre, dann würde ich mich noch mal bei ihr melden. Dann ging sie sicherlich davon aus, dass sie Feedback bekam, wie oder was stattgefunden hatte. Aber ich würde sie überraschen. Ich würde ihr Feedback zu unserem Date geben.

Und ansonsten gar nichts.

Zumindest war das die aktuelle Strategie.

***

Zwei Stunden später, denn ja, ich war wie ein braver Kerl zu Hause gewesen und hatte mich geduscht und umgezogen, stand ich in Freizeitkleidung vor dem Eingang des Central Parks. Ein paar Tage zuvor hatte ich auf Eleanore gewartet und war nervöser gewesen als heute, wo ich mein echtes Date treffen würde.

Veronica. 32. Geschieden.

Unser Erkennungszeichen war einfach ein Taschentuch, welches wir in der Hand hielten, damit wir es beide dann wegstecken oder wegwerfen konnten.

»Hi«, sagte es plötzlich neben mir und ich wandte mich erstaunt zur Seite. Die Stimme klang eher so, als gehöre sie einem kleinen Mädchen, anstatt einer erwachsenen Frau.

»Hallo«, begann ich und wedelte mit dem Taschentuch herum. »Veronica?«

»Die bin ich«, erwiderte sie fröhlich, entblößte zwei weiße Zahnreihen bei ihrem Grinsen. Kurzer Check.

Sie war recht klein, aber das störte mich nicht. Sie trug sowieso flache schwarze Schuhe und eine rote Hose. Figur war gut. Nicht so knackig und sexy wie die von Eli, aber sie war nicht schlecht. Dazu ein einfaches schwarzes Shirt mit Rundhalsausschnitt, das ein wenig gebräunte Haut entblößte. Man sah sofort, dass es keine Sonnenbräune war, sondern dass sie aus dem Solarium stammte. Wie auch immer, das war im Grunde ja gleichgültig. Victoria trug einen kurzen schwarzen kinnlangen Haarschnitt und jedes Haar saß genau so, wie es sollte. Ich war mir nicht sicher, ob die Farbe so glänzte, weil das Haar so gesund war, oder weil sie es mit Spray und diversen anderen Beauty-

Produkten nochmals irgendwie in Form geklebt worden war. Keine Ahnung. Der adrcttc Style sah allerdings nicht nach den weichen, seidig langen Strähnen von Eleanore aus. *Lass den Gedanken, Idiot!* Ihre Augen waren von einem Silbergrau und sehr stark geschminkt. Gar nicht so, als wäre das hier ein Nachmittagsdate, sondern eher, als würden wir gleich in einen Club gehen oder eine Bar. Eine sehr verruchte Bar. Außerdem trug sie einen Lippenstift in der Farbe ihrer Hose. Normalerweise – das musste ich ehrlich zugeben – lösten rote Lippen etwas in mir aus ... Ich stellte mir vor, wie die Frau vor mir auf den Knien hockte, meinen Schwanz zwischen in ihrem seidigen Mund und sie mich blies, als hinge ihr Leben davon ab. Nun ... diesmal war da ... nichts.

Wenn ich auch nur kurz versuchte, auf die entspannte Fantasie in meinem Kopf zu reagieren, wollte sie mein Gehirn nicht abspielen. Ich würde mich wohl später damit beschäftigen müssen, wenn ich mir einen herunterholte. Das war nämlich die Regel Nummer eins. Die absolute Regel unter den Regeln, die die wirklich unumstößlich war. Die, die unter keinen Umständen – nicht mal unter Lebensgefahr – gebrochen werden durfte. Kein Sex oder irgendein anderweitiger Körperkontakt beim ersten Date. Und ich hatte definitiv vor, mich daran zu halten.

»Hallo?«, fragte es wieder von dort unten an meiner Seite. »Können wir?«

»Ja«, erwiderte ich und schüttelte kurz den Kopf, um sämtliche Erinnerungen meines letzten sexuellen Erlebnisses, welche auf mich einströmen wollten, zu verdrängen. »Wir können.«

Gemeinsam betraten wir den Park und wurden von einem Inlineskater geschnitten, wie damals auch schon mit Eleanore.

»Du bist also in einer Hilfsorganisation tätig?«, fragte sie mich, während wir den breiten Weg in dem wunderschönen Park mit den vielen grünen Bäumen entlang gingen. Wir wussten beide, dass unser Ziel das Café war, in dem ich auch mit Eli gewesen war.

»Ja, das kann man so sagen«, erwiderte ich und lächelte sie schief an. Ich bemerkte, wie sie mich verstohlen von oben bis unten scannte. Veronica war so klein, sie ging mir nicht einmal bis zu meinen Schultern. Irgendwann zwischen Ellbogen und Schulter hörte sie auf, was bedeutete, dass sie den Kopf richtig in den Nacken legen musste, um mir ins Gesicht zu sehen. Da könnte man nicht einmal »schnell« gucken, da spionierte man schon deutlich. »Und du bist Krankenschwester?«, stellte ich die Frage, wie sie sehr wohl von mir einstudiert war.

»Genau, ich arbeite im New York Hospital auf der Entbindungsstation.«

»Wow«, murmelte ich und bedeutete ihr, an einem der freien Tische Platz zu nehmen. »Auf der Entbindungsstation.«

»Ja, ich liebe Babys.«

»Möchtest du denn einmal Kinder?«, platzte die Frage aus mir heraus, die ich laut meiner Partnervermittlerin eigentlich nicht stellen sollte.

»Nein. Auf keinen Fall.«

Ich lachte auf und gab dem Kellner ein Zeichen, er kam sofort an unseren Tisch und wir bestellten uns etwas zu trinken. Veronica nahm einen Kaffee und ich – wie neulich auch schon – einen Cappuccino.

»Du arbeitest auf einer Station mit neugeborenen Babys und möchtest aber selbst keine Kinder?«

Sie nickte wieder. »Ganz sicher nicht.«

»Magst du deinen Job nicht?«

»Doch, ich liebe ihn sogar.«

»Aber«, fragte ich weiter und sah sie offen interessiert an. Dass eine Frau wirklich sagte, sie wolle keine Kinder, aber gleichzeitig auf der Station arbeitete, auf der haufenweise Babys geboren und von den Schwestern versorgt wurden, das verstand ich nicht. Somit interessierte mich wirklich, was sie nun vorbringen würde.

»Ich mag die Schichten. Ich mag es, dass man immer wieder andere Menschen sieht, mit denen man arbeitet und um die man sich kümmert. Ich mag es, wenn ich jemandem helfen kann, weil er etwas allein nicht schafft oder eben momentan nicht schafft. So etwas mag ich ... Kinder hingegen sind mir ziemlich egal.« Sie zuckte die Schultern. »Die geben mir nichts. Im Gegenteil, eigentlich finde ich, dass sie ziemlich laut sind und stinken.«

Eleanore wollte, dass ich mich mit einer Frau traf, die keine Kinder wollte? Hatte ich nicht klar und deutlich bei Familie und Kinder ein Kreuz gemacht auf ihrem verdammten Fragebogen? Dachte sie eigentlich, sie konnte mich verarschen? Ich vergeudete hier meine Zeit mit jemandem, der sich erstens null für die Menschen in seiner Arbeit interessierte und zweitens nicht dieselben Werte, wie ich vermitteln wollte, geschweige denn teilte?

Aber das ist doch alles nur Show ... du willst doch eigentlich gar nicht heiraten, flüsterte eine kleine weise Stimme in meinem Kopf. Ich verdrängte sie, das stand nämlich gerade nicht zur Debatte. Zur Debatte stand aktuell, dass Veronica ganz andere Dinge wollte, als ich.

»Wieso?«, fragt sie mich, nachdem der Kellner den Kaffee abstellte. »Willst du etwa Kinder?«

»Ich denke schon, ja.« Wahrheitsgetreu sah ich ihr in die Augen. Auch wenn diese Hochzeit eigentlich ein Fake war, so war es doch eine Tatsache, dass ich Kinder wollte. Natürlich. Ich wollte irgendwann nach Hause kommen und kleine Beinchen auf mich zutapsen sehen. Eine Frau haben, die vielleicht kochte oder schwanger auf dem Sofa lag und sich bei mir beschwerte, weil sie nicht mehr konnte. Selbstverständlich wollte ich das. Nun ja, anscheinend nicht mit ihr.

»Na ja, darüber können wir uns ja ein anderes Mal Gedanken machen, nicht wahr?«, erwiderte sie salopp, lächelte und wechselte das Thema zum Inlineskaten. Gerade fuhr nämlich eine ganze Gruppe auf solchen Dingern vorbei.

»Nein«, abwesend beantwortete ich ihre Frage. »Das habe ich schon viele Jahre nicht mehr getan.«

»Dann sollten wir es ausprobieren. Vielleicht beim nächsten Date dann?«

Schwach und irgendwie verbissen lächelte ich. Ich ignorierte den Drang, auf meinem Handy nachzusehen, ob Eleanore mich endlich zurückgerufen hatte. Wieso war ich nicht so weitsichtig gewesen und hatte mit meinem besten Freund oder meiner besten Freundin eine Uhrzeit vereinbart, zu der sie mich anriefen, wenn sie nichts hörten? Ein Notfallplan? Frauen hatten doch immer einen Notfallplan, weshalb also hatte ich nicht daran gedacht? Verdammte Scheiße! Jetzt saß ich hier mit einer Frau fest, die keine Kinder wollte, stattdessen aber mit mir Inlineskaten gehen. Veronica erzählte über sich. Wo sie aufgewachsen war (Kansas), dass sie vier Geschwister hatte (zwei Brüder und zwei Schwestern. Davon waren die Jungs Zwillinge). Dass ihre Eltern immer noch zusammen waren und in Kansas lebten. Dass sie vor fünf Jahren, nämlich nach ihrer Scheidung, nach New York gekommen war. Dass ihr Ex-Mann ein verkorkster Hund war und sie nach der Trennung eben der ländlichen Idylle hatte entfliehen müssen. Dass ihr Ex-Mann sie mit der Kellnerin aus dem örtlichen Diner betrogen hatte, weil er wegen ihrer Nachtschichten einsam gewesen war. Dass sie nie Verständnis für sein Klempnerunternehmen gehabt hatte und dass sie im Grunde froh war, ihn los zu sein. Sie erzählte, dass ihr Ex der Klassiker einer Highschool-Legende war, der danach einfach den Absprung nicht geschafft hatte, um wirklich etwas aus seinem Leben zu machen. Ich ließ sie erzählen, meine Tasse war schon lange leer und bei einem Blick, den ich auf meine Armbanduhr schielte, stellte ich fest, dass erst dreißig Minuten vergangen waren, ich aber jetzt ihr komplettes Leben kannte. Es war gar nicht so schwer, wie ich dachte, mich bedeckt zu halten. Denn diese Frau, plapperte ununterbrochen. Sie hatte ihren Kaffee noch nicht einmal angerührt, aber mir war es egal. Ich hörte ihr zu, warf hier und da eine Frage ein und schürte meine Gedanken über das absolute Unverständnis, wie Eleanore auch nur ansatzweise auf die Idee gekommen war, dass ich mit dieser Frau ›matchen‹ konnte. Verstand ich nicht. Ich würde sie das aber fragen. Ich meine, Himmel, der Punkt mit Familie und Kinder, der war nicht als Option gedacht gewesen.

Mein Handy klingelte und wie ein Irrer zog ich es aus meiner Hosentasche. Es war ein Klient, und normalerweise hätte ich in einer solchen Situation nicht darauf reagiert, aber nun kam es mir gelegen. Verständnisvoll nickte Veronica, als ich sie kurz unterbrach und darüber informierte, dass ich hier rangehen würde.

»Misses Olsen«, erklärte ich freundlich. »Was kann ich für Sie tun?«

»Mister Brandon. Es tut mir wahnsinnig leid, dass ich Sie in Ihrer Freizeit störe, aber hier war gerade ein Bote mit einer neuen Klage.«

»Sie kennen mich doch, ich habe keine Freizeit«, erwiderte ich charmant. »Was steht denn in dem Schreiben?«

Kurz umriss sie es in ein paar Stichpunkten und ich hörte ihr aufmerksam zu. Veronica scannte mein Gesicht, aber das war mir egal. Wir beide würden uns heute das erste und das letzte Mal sehen. Ich wollte nämlich niemanden näher kennenlernen, für den eine Familie zu haben absolut gar nicht im Raum stand. Das wäre ja noch mehr geheuchelt, als meine angeblichen Absichten zu heiraten.

»Beruhigen Sie sich, sagen Sie nichts, egal, wer kommt. Ich mache mich auf den Weg, okay?«, erklärte ich der aufgeregten Klientin und schob mein Telefon zurück in meine Hosentasche.

»Veronica«, begann ich. »Ich muss leider zu einer ... Freundin und ihr helfen.«

»Ich verstehe«, erwiderte sie vorsichtig. Skeptisch beäugte sie mich. »Sicher, dass es nur das ist?«

»Selbstverständlich«, erwiderte ich und schalt mich selbst einen Idioten, weil ich ihr nicht die Wahrheit gesagt hatte. Es brachte aber doch auch nichts, wenn ich ihr jetzt wehtat. Der Kellner trat auf mein Zeichen hin an unseren Tisch und ich bezahlte unsere beiden Getränke. Veronica hatte ihren Kaffee immer noch nicht angerührt.

»Kann ich Sie noch irgendwo hinbringen?«

»Nein, nein«, winkte sie ab und schulterte ihre Handtasche neu. »Ich werde noch einige Zeit im Park bleiben, mir diese Inlineskate-Sache ansehen und gleich mal einen geeigneten Startpunkt für unser nächstes Date suchen.« Zuversichtlich grinste sie mich an, und ich nickte lediglich.

»Bis dann«, rief ich und machte mich schnellen Schrittes auf den Weg in Richtung Parkausgang. Mein Fahrer wartete dort und würde mich zu Misses Olsen bringen. Es war keine Ausrede gewesen, nachdem sie mir die Klageschrift vorgelesen hatte, in der stand, dass man ihr ab morgen früh um sechs Uhr sämtliche Pipelines abdrehen würde, galt es keine Zeit zu verlieren. Das würde nämlich ihren Ruin bedeuten.

Mit ruhigerem Herzschlag atmete ich auf, als ich im Inneren des Wagens saß und den feinen Ledergeruch inhalierte. Wenn ich ehrlich war, dann verspürte ich

Erleichterung, dass dieses Date – dieses überaus schreckliche Date – beendet war. Mich hätte schon noch interessiert, weshalb eine Frau wie sie, die ja wirklich ganz manierlich aussah, zu einer Partnervermittlung ging, anstatt ihr Glück einfach in den Clubs der Stadt zu versuchen. Aber mit dieser Einstellung, dass sie Kinder nicht ausstehen konnte, würde sie vermutlich in unserem Alter auf Granit beißen. Ich selbst war in keiner Beziehung oder an einer Beziehung dran, wusste aber, dass Mitte dreißig die Hochburg derer war, die heiraten und eine Familie gründen wollten. Auch wenn ich heute eine willkommene Ausrede gehabt hatte, keimte dennoch das Gefühl in mir, mir darüber klar werden zu müssen, ob ich wirklich Familie und Kinder wollte. Denn wenn ich diese Frage wahrheitsgetreu mit einem Ja beantworten konnte, dann würde es unweigerlich eine ernsthafte Beziehung mit sich bringen.

Dafür gab es keinen Ausweg.

Kapitel 23

Eleanore

Ich saß auf heißen Kohlen. Also buchstäblich.

Ich wusste, dass er heute sein Date hatte. Ich wusste ebenfalls, dass er hingehen würde, denn auch wenn ich sämtliche seiner Anrufe ignorierte – ich weiß, nicht sonderlich erwachsen – dann las ich doch jede seiner Nachrichten und E-Mails mehrmals.

Ich hatte die Reißleine gezogen, hatte sie ziehen müssen, denn der Nachmittag mit ihm und der anschließende Körperkontakt hätte fast alles zerstört, was ich mir aufgebaut hatte. Er war mein Klient. Wir hatten einen Vertrag. Und der beinhaltete nicht, dass ich ihn vorher mal unverbindlich testete. Wie das hatte passieren können? Ich verstand es nicht, aber es erschütterte mich.

Das, was er mit mir machte. Was er in mir auslöste und dass ich es nicht vergessen konnte. Genauer gesagt, selbst jetzt, als ich das erste Mal seit Wochen meinen Freitagabend Schwarz-Weiß-Film ausfallen ließ und stattdessen in Leggins und Shirt auf meinem Sofa gammelte, war es mir nicht möglich, abzuschalten. Immer wieder erlebte ich unseren Nachmittag.

Immer wieder erinnerte ich mich an seine Haut und wie er sich in mir angefühlt hatte. Wie er mich zum Orgasmus gefickt hatte. Wie ich ... ich wurde schon wieder feucht. Die kontrollierte, erfahrene Eleanore York hatte offensichtlich den Verstand verloren. Ich stopfte mir eine ganze Handvoll Chips in den Mund, häufte einen Löffel mit Eiscreme auf und schob ihn direkt hinterher. Schmeckte irgendwie widerlich, aber war das Einzige, was mich gerade davon ablenkte, nicht auszurasten. Im Fernseher lief *Pretty Woman* und das nur, weil er mich seit diesem gemeinsamen Bad, nach diesem atemraubenden Sex so überrascht und daran erinnert hatte, dass ich mir den Film gerade jeden Abend ansah. Vollkommen bescheuert und irre.

Um mich abzulenken, hatte ich alles erledigt. Die Wäsche gewaschen und sogar gebügelt. Meine Wohnung geputzt und aufgeräumt, ich war einkaufen gewesen und hatte mir etwas gekocht. Wohl gemerkt wie an all den anderen Abenden momentan auch. Bevor ich ins Bett ging, legte ich mir an jedem Abend heraus, was ich am nächsten Morgen im Büro tragen würde. Ich nahm mir Unterlagen mit nach Hause, die ich während des selbstzubereiteten Abendessens durchackerte. Ich flitzte von A nach B, um meine Hände und meinen Kopf zu beschäftigen. In irgendeinem tollen Ratgeber hatte ich nach der Hochzeit – oder eben der NICHT-Hochzeit – gelesen, dass man sich, wenn man das Gefühl hatte, von seinen Gedanken erdrückt zu werden, Routinearbeiten zuwenden sollte. Was bedeutete, dass man Dinge tat, bei denen man nicht sonderlich viel nachdenken musste. Der Kopf schaltete ab und die Gedanken kamen zur Ruhe. Und das war etwas, was ich dringend brauchte. Ich brauchte eine Auszeit von meinen Gedanken. Ich trank einen riesigen Schluck Fanta direkt aus der Flasche und schob mir wieder eine Handvoll Chips in den Mund. Gerade küsste sich Edward an ihrem Bauch entlang, während der Flügel komische Geräusche von sich gab. Spöttisch schnaubte ich. »Das ist doch alles Humbug. Kein Mann schafft es, solche Gefühle in einem zu wecken.«

Sehr schön, ich war wieder so weit wie an den letzten Abenden auch. Ich sprach mit mir selbst. Und ich wusste, wenn ich ganz ehrlich zu mir selbst war, dass es ein Mann sehr wohl schaffen konnte, solche Gefühle in einem zu wecken. Immerhin hatte es Luke Brandon geschafft. Und darüber war ich irgendwie sauer. Okay, eigentlich war ich sauer auf mich selbst, weil ich ein schwaches, schwaches Ding war, das sich ernsthaft mit ihm eingelassen hatte, obwohl sie wusste, wie das ausgehen würde. Dann war ich echt angepisst, eben weil er so gut im Bett war und weil er sich danach so liebevoll um mich gekümmert hatte. Ich hasste ihn (und auch ein bisschen mich) weil ich mich am nächsten Morgen herrlich gesättigt gefühlt hatte. Aber, selbstverständlich hatte ich das Gefühl nicht zugelassen, hatte es verdrängt und mich ausgeschimpft, weil ich überhaupt in dieser Lage war. Und jetzt war ich irgendwie echt angenervt, weil er doch tatsächlich zu dem Date gegangen war. Nach diesem absolut unfassbaren Nachmittag!

Dass ich ihn dazu gedrängt hatte und es darum ja eigentlich ging, daran wollte ich nicht weiter denken.

Ich griff nach dem Litereimer Schokoladeneis und schob mir einen aufgehäuften Esslöffel von der angetauten Masse in meinen Mund. Schokoladeneis machte glücklich, denn das blieb bei mir. Schokoladeneis war es nämlich scheißegal, ob wir gute oder schlechte Zeiten miteinander hatten. Schokoladeneis war nicht egoistisch und wollte sich selbst glücklich machen. Oh nein, diesem Liter-Becher war es nur wichtig, wie es mir ging. Wie ich mich fühlte. Wie ich mich machte und wie zur verdammten Hölle ich jemals damit zurechtkommen sollte. Ich würde mich nie wieder mit weniger zufriedengeben, als dem, was Luke Brandon alles mit mir gemacht hatte. Diese dreckigen, versauten Dinge, die mir allerdings so viel Spaß beschert hatten, dass ich mich fragte, ob ich jemals davor guten Sex gehabt hatte.

Der Mann war ein Gott. Wie Edward, der es gerade Vivian besorgte. Natürlich im Film auf die romantische Art. Im Bett. Zwischen die weißen, reinen Laken gewälzt. Und kein Dirty Talk, wie ihn Luke bei mir an den Tag gelegt hatte. Einfach so. Es hätte ja auch vollkommen nach hinten losgehen können. Ich hätte ja auch sagen können, dass mich das abturnt. Was ja leider nicht der Fall gewesen war. Seine Worte hatten mich noch mehr angeheizt und ich schämte mich nicht dafür, ihn wie eine läufige Hündin angebettelt zu haben. Wie auch immer. Ich war mit dem Tresen meiner Küche ganz zufrieden gewesen. Anklagend sah ich hinüber, und bei der schnellen Kopfdrehung löste sich der Haargummi, den ich nachlässig um meine Haare geschlungen hatte. Zumindest so, dass sie mir nicht in mein Eis hingen. Mein Arm schloss sich fester um die Eisverpackung, während ich wieder schnaubte. Alles Humbug. Diese ganzen Geschichten, reine Fantasie-Produkte aus Hollywood. Und hey, diese negative Einstellung zur Liebe von einer Frau vorgetragen zu bekommen, die Chefin einer Partnervermittlung war, das war irgendwie bitter. Aber ich konnte gerade echt nicht aus meiner Haut.

Mit Tränen legte ich den Kopf an die Rücklehne meines Sofas. »Das muss aufhören.« Ich griff nach meinem Handy, warf einen schnellen Blick auf die Uhr. Es war bereits nach Mitternacht, das Date war also vermutlich schon beendet. Oder wurde eben fortgesetzt. Klar hatte ich ihm – und auch ihr! – eingeschärft, beim ersten Date nicht miteinander in der Kiste, auf einem Schrank, dem Sofa, dem Boden oder gegen die Wand gepresst zu enden, aber wer wusste es schon, ob sie sich wirklich daran hielten.

Ich hatte es ja selbst nicht getan.

Verdammte Doppelmoral!

Wieder schob ich mir einen aufgehäuften Löffel Eis in den Mund. Es klebte etwas an meiner Wange, aber das war mir gerade vollkommen egal. Ich war traurig. Irgendwie. Halt nein. Das, was ich empfand, war nicht Trauer. Trauer kannte ich, getrauert hatte ich, nachdem Eric mich auf unserer Hochzeitsfeier sitzen gelassen hatte.

Traurig war ich nach dem Tod meiner Granny gewesen und als ich Chester – unseren Hund – begraben musste. Nein, das Gefühl, das ich nun in mir hatte, hieß anders. Es hieß Eifersucht.

Rasende, brennende Eifersucht.

Ruckartig richtete ich mich auf, schenkte dem Film keine Beachtung mehr. Wieso, bitte, war ich eifersüchtig? Es hatte nichts damit zu tun, dass ich an vergangene Tage erinnert wurde, oder dass ich mich wie eine Idiotin verhielt und mich so fühlte ... Nein, das, was in mir so brodelte, was meine Gedanken immer und immer wieder in dieselbe Richtung trieb, war schlichtweg Eifersucht.

Ich wollte nicht, dass er sich mit Veronica – der überaus perfekten Krankenschwester – traf. Ich wollte nicht, dass er mit ihr ein Date hatte. Er hätte nach diesem Nachmittag zu mir sagen müssen, dass wir uns wiedersehen würden.

Okay. Nachdenklich legte ich den Kopf zur Seite und schob mir noch mal Eis in den Mund. Er hatte mich ja mehrmals angerufen, aber ich wusste nicht, was er wollte. Und außerdem stand ja ein erneutes Treffen überhaupt nicht zur Debatte, denn es war gegen den Vertrag – abgesehen von meinen ethischen Grundsätzen –, dass wir uns nochmals außerhalb seiner Anliegen zur Partnerfindung trafen. Na gut, über den Nachmittag bei mir zu Hause wollte ich dennoch nicht nachdenken. Ob er es ihr genauso besorgte wie mir? Ob er sie auch leicht auf den Nippel schlug und ihr dabei schmutzige Dinge ins Ohr flüsterte, so wie mir? Ob er sie auch so sehr dehnte wie mich? Ich hasste Veronica. Ich hasste, dass sie sich heute mit ihm traf und ich ihm all diese Tipps zum normalen

Dating gegeben hatte. Ich hasste, dass er sie angenommen und vermutlich wirklich gut riechend seinen heißen Arsch in einer perfekt sitzenden Jeans und seinen muskulösen Oberkörper in einem Shirt vergraben hatte, das man ihm wunderbar vom Körper reißen konnte. Er roch wahrscheinlich wie immer so unfassbar frisch, als käme er gerade eben aus dem Bad, und trug seine Haare so zerzaust, als wäre er bis eben der Gast in seinem eigenen Bett gewesen. Ich wusste nicht, wen ich gerade mehr hasste. Ihn oder die Pagenschnitt-immer-perfekt-gestylte-Krankenschwester Veronica. Es war ja auch egal, denn ich wollte sie alle beide nie wiedersehen.

Ich bemerkte erst, wie zornig ich dreinblickte, als mich der Ton meiner Türglocke aus der Starre riss. Wer war das bitte? Mir stand es nach vielem – eigentlich nach gar nichts! – aber am allerwenigsten nach Besuch. Also wieso musste dann jetzt jemand hierherkommen und mich nerven? Sicherlich war es Ruben, der mich in den letzten Tagen immer wieder gefragt hatte – fast schon penetrant –, weshalb ich Lukes Anrufe ignorierte und was zur Hölle mit mir los war. Aber ich konnte es ihm nicht sagen, ich *wollte* es ihm nicht sagen. Die Scham, meine eigenen Regeln gebrochen zu haben, überwog einfach.

»Was willst du, Ruben?«, fragte ich, während ich versuchte, mit der einen Hand den Türknauf zu drehen und mit der anderen den Literbecher Eis zu balancieren.

»Also, was Ruben will, weiß ich nicht, aber ich kann dir sagen, was ich will.«

»Luke!«, rief ich schockiert, leckte mir automatisch mit der Zunge über die Lippen und erinnerte mich an meine

Vogelscheuchen-Erscheinung. Rasch stellte ich das Schokoladeneis auf das Schuhregal neben mir – morgen würde ich sowieso wieder putzen –, und wischte mir über den Mund und die Wange. Wenig damenhaft, wohl gemerkt. Ich spürte überdeutlich wie meine langen Haare an sämtlichen Seiten aus dem unordentlichen, sehr hohen Dutt auf meinem Kopf geflogen waren, und dass ich mit meinen hautengen Klamotten vollkommen ungeschminkt vor ihm stand.

»Darf ich bitte reinkomme?« Er formulierte es als Frage, aber wir wussten beide, dass es keine war. Ich kannte mittlerweile seinen Anwaltston, der keinen Widerspruch zu ließ.

»Was willst du hier?«

»Zum Beispiel erfahren«, er griff nach dem Eisbehälter und folgte mir ins Wohnzimmer, »warum du meine Anrufe ignorierst.« Er sah sich um. »Wow.« Mit demonstrativem Blick betrachtete er mein Chips / Eis / Fanta Gemetzel.

»PMS, okay?«, knurrte ich und ließ mich aufs Sofa plumpsen. Edward rettete gerade seine Vivian aus ihrem schäbigen Apartment. Der Lärm der Straße drang durch das geöffnete Fenster zu uns herauf, wie im Film das Hupen seiner Limousine in die Wohnung von Vivian. Ich fühlte unter meinen dünnen Leggins, wie sich der Stoff des Sofas bewegte, als er sich neben mich setzte.

»PMS, also?«

»Japp.« Zwanghaft versuchte ich, meine Stimme belanglos klingen zu lassen. »Damit kennst du Weiberheld dich ja sicherlich aus.«

»Tu ich?« Man hörte das Lächeln aus seiner Stimme.

Im Augenwinkel sah ich, wie er sich einen Löffel des matschigen Eises in den Mund schob. »Ich dachte mir, ich seh mal nach dir, nachdem du ja die ganze Woche meine Anrufe ignoriert hast.«

»Hab ich doch gar nicht.«

»Nach unserem Date am Dienstag hast du das.«

»Das war kein Date, das war Fake.«

Luke rollte die Augen, ich verschränkte die Arme vor der Brust. Er sah gut aus, natürlich tat er das, wie ich es vorhin in meiner verfluchten Fantasie durchlebt hatte, sah er aus. Sexy. Unwiderstehlich männlich. Mit diesem Geruch, der einen dazu brachte, das Höschen ausziehen und sich mit weit gespreizten Beinen vor ihn setzen zu wollen.

»Dann nach dem Fake-Date.«

»Ich habe zu tun.«

»Ach so!« Die Ironie tropfte aus jeder seiner Poren, so zog er das Wort in die Länge. »Verstehe ich natürlich.«

»Du wirst es nicht glauben, du bist nicht mein einziger Klient.«

»Ja, weiß ich. Ich habe mich ja heute mit einer deiner Klientinnen getroffen.« Er lächelte fröhlich, und ich wollte ihm das Grinsen aus dem Gesicht wischen. »Veronica ist wirklich der Hammer. Du hast ein gutes Gespür.«

»Hab ich das, ja?«, murrte ich und gab endlich dem Drang nach, meine unordentlichen Haare neu zu binden. »Und dafür bist du hier? Um mich zu loben und mir zu sagen, wie unfassbar toll das Date war? Das hätte am Montag in einem offizielleren Rahmen auch genügt.«

»Jepp. Das war mir einen Besuch wert.«

»Ging ja ganz schön lange, eure Verabredung.«

»Ach, eigentlich nicht. Wir waren nicht lange im Central Park.« Natürlich waren sie da nicht lange gewesen, denn er hatte sie mit zu sich genommen, oder sie ihn mit zu sich, und dann war es ab gegangen wie bei einem Rodeoritt. Ich hatte es doch gewusst! Innerlich kochte ich. Ich war so wütend. Und eifersüchtig. Und konnte es, verfluchte Scheiße noch eins, nicht kontrollieren. Mit rationalem oder logischem Denken kam ich nicht mehr weit. Ich wollte ihr die Augen auskratzen und ihn kastrieren. Hoppla! Das waren aber wirklich fiese Gedanken.

»Ich freue mich total«, erwiderte ich daraufhin und fuchtelte mit meinen Händen durch die Gegend. Luke aß ganz in Ruhe die Schoko-Matsch-Brühe aus dem Becher. »Ich schätze, wie diskret du bist.«

»Bin ich das?«, fragte er wieder mit einem Zwinkern. Ich nickte.

»Klar, ein Gentleman schweigt und genießt.«

»Und du bist ja der Inbegriff des Gentlemantismus'.«

»Ich bin nicht sicher, ob es das Wort gibt«, warf er ein, und ich zuckte mit den Schultern.

»Selbstverständlich gibt es das Wort.«

»Aha.«

Ich zickte: »Nur weil du es nicht kennst, bedeutet das nicht, das es nicht existiert.«

»Sag mal, Eleanore«, begann er nachdenklich und griff nach dem leeren Glas auf dem Tisch. Ursprünglich hatte ich es mir für die Fanta mit rüber genommen, aber ich hatte beschlossen, aus der Flasche trinken. War genauso gut. Luke hingegen füllte sich das Glas nun mit meiner Fanta. Meine Zuckerfanta, die ich mir gekauft hatte, weil ich seinetwegen ziemlich miese, abgefuckte Laune hatte. Und er ... ich war noch wütender als sowieso schon.

»Sag mal, Eleanore!«, äffte ich ihn nach und handelte mir einen bösen Blick ein. Es war mir egal. Ich griff wie ein beleidigtes, nicht sonderlich erwachsenes Kind nach der Schüssel mit den Chips und stopfte mir welche in den Mund, damit ich nicht antworten musste.

»Bist du sicher, dass es hier um dieses PMS-Zeug geht?«

»Natürlich.« Mir bröselten einige der Chips aus dem Mund. »Um was denn bitteschön auch sonst?«

»Ich weiß nicht, ich würde den Eindruck gewinnen, dass du wütend bist.«

»Warum, bitte, sollte ich wütend sein?« Wieder der Sarkasmus, den ich nicht aus meiner Stimme fernhalten konnte. Aber ich war so sauer. So-o-o-o-o sauer. Und eifersüchtig.

»Ich finde es einfach seltsam, dass du die ganze Woche nicht an dein Telefon gegangen bist, als ich versucht habe, dich zu erreichen.« Nachdenklich legte er den Kopf schief und trank einen Schluck Fanta. »Und jetzt komme ich hierher und sehe dich, wie du dir Chips und Eis in den Bauch stopfst. Und ... Fanta trinkst. Ich meine, das ist irgendwie ekelhaft, oder?«

»Ich liebe Fanta nun mal.« Nein, eigentlich nicht. Eigentlich mochte ich dieses süße Zeug nicht einmal, aber Süßigkeiten und Zucker setzten Endorphine frei, und diese sorgten wiederum dafür, dass man glücklich war. Und wenn ich glücklich war, würde ich ihm und ihr – dieser dummen Kuh – nicht an die Gurgel springen. »Du solltest dir lieber mal überlegen, ob du Veronica nimmst. Ich werde sie ansonsten aus meiner Kartei entfernen.« Oh wow! Jetzt überschritt ich ja schon wieder sehr professionell eine Grenze, von der ich bisher nicht mal gedacht hatte, dass sie existierte.

»Aber mein Vertrag besagt doch, dass ich mehrere Dates Zeit habe, mich zu entscheiden!«, warf er ein. Wieder dieser sexy Anwaltston, der mich eigentlich echt wütend machte. Arschloch!

»Mag ja sein, aber für sie sieht das anders aus.« Tat es nicht. Aber zum rationalen Denken war ich leider nicht mehr in der Lage.

»Das darfst du mir eigentlich gar nicht sagen, oder?« Luke kratzte sich an seinem Kinn, das von einem Bartschatten überzogen war. Vermutlich trug er ihn immer perfekt getrimmt, sodass er stets diesen sexy Bastard-Look zur Schau stellte, anstatt ordentlich und adrett zu sein. Und mit so jemanden war ich im Bett gewesen. Pah! Ich war halt auch manchmal echt bescheuert.

»Wie auch immer«, erwiderte ich, stand zielstrebig auf und brachte die Schüssel, die Fanta und den leeren Eispott in die Küche. Luke kam mir hinterher, und plötzlich stellte ich fest, dass es eine saudumme Idee war, sich in der Küche aufzuhalten, wenn er dort auch war ... und wenn da so viele Erinnerungen waren und wenn ... Mist! »Du musst jetzt gehen.« Energisch brachte ich die Worte heraus und verschränkte die Arme vor der Brust. Sofort fiel sein Blick auf meinen Busen, der dadurch nach oben gedrückt wurde, und ich änderte die Position. Dass er das bemerkte, musste ich nicht extra erwähnen, oder? Ein anzügliches Grinsen schlich sich auf seine Lippen.

»Hab ich irgendwas gemacht? Verpasst? Irgendwas, das ich nicht mitbekommen habe?«

Ich drehte mich weg, um die Spülmaschine einzuräumen. »Nein«, erklärte ich schließlich. »Alles bestens.«

»Aha«, murmelte er, und in dem Moment, als es zu spät war, bemerkte ich, dass es seine Bauchmuskeln waren, die ich an meinem Rücken spürte.

Keinen Millimeter bewegte ich mich. Nicht einen einzigen. Und doch keilte er mich links und rechts zwischen seinen Armen ein. Diese wunderschönen, gebräunten Arme, deren Muskeln unter der Haut spielten, als er sein Gewicht ein wenig verlagerte. Mühsam schluckte ich.

»Lass das, Brandon!«, erklärte ich und konnte das Zittern aus meiner Stimme nur schwerlich verbergen. Sein reiner, männlicher Geruch strömte in meine Nase und ließ mich beinahe ohnmächtig werden.

»Was genau?«, wisperte er von hinten in mein Ohr. Seine vollen Lippen berührten beim Sprechen meine zarte Haut.

»Du solltest mir nicht so nahe kommen«, flüsterte ich und schloss die Augen. Meine Hände krallten sich an der Arbeitsplatte fest. Mir war klar, da ich mich mit meinem Hintern und meinen Schultern sogar leicht an ihm lehnte, dass meine Körpersprache eine völlig andere war, als mein Mund formulierte.

»Wieso nicht?«, fragte er wieder, löste eine Hand und fuhr mir über den nackten Arm, immerhin trug ich ja nur ein

Shirt, über die Haut, hinterließ einen Schauer und fuhr an meinen Hals. Er drückte mich sanft zurück und ich genoss das Gefühl, gegen seinen warmen Körper gedrückt zu werden. »Du verheimlichst mir etwas, Eli ...« Dunkel und sinnlich sprach er die Worte aus. »Es ist in Ordnung, wenn du noch nicht so weit bist, es mir zu sagen ... Aber halte mich nicht für blöd. Ich habe untrügliche Instinkte für so etwas.« Meine Lider fielen zu, mein Mund öffnete sich einen Spalt und ich fühlte, wie er an meinem Hintern hart wurde. Ein Laut, der verflucht nach einem leisen Wimmern klang, verließ meinen Mund. Aber ich konnte und ich wollte es nicht kontrollieren. Seine warmen Finger um meinen Hals zu spüren, war so erregend, dass ich tropfte. Er schaffte es ein ums andere Mal, ob ich wollte oder nicht ... er war besitzergreifend und ich genoss es. Dieser Mann war Sex pur. Er war ein Alphatier. Er war ein verdammter Höhlenmensch. Und er war derjenige, ... dem es gelang, dass ich sofort feucht war und ihn wollte. Er war derjenige, ... für den ich sofort alle Regeln brechen würde.

Noch einmal.

Kapitel 24

Luke

Es war das vierte Mal in den letzten vierundzwanzig Stunden, dass ich mir einen herunter holte. Etwas, das normalerweise eine schöne, weiche Frauenhand erledigte oder ein Mund, in den ich stoßen konnte. Aber Luke Brandon war normalerweise nicht dafür zuständig, selbst sein Zepter in der Hand zu halten. Er hatte jemanden, der das für ihn tat. Und weil dieser Job verantwortungsvoll war, ließ er ihn nur von ausgesuchten Frauen erledigen.

Na ja ... bis vor einigen Tagen.

Bis er von der verbotenen Frucht gekostet hatte und jetzt süchtig war.

Das ging so nicht mehr weiter! Frustriert schlug ich die Decke zurück und machte mir in Gedanken eine Notiz, meiner Putzfrau zu sagen, sie müsse heute mein Bett frisch beziehen. Schon wieder. Das zweite Mal dieses Wochenende und das vierte Mal diese Woche. Verdammte Scheiße!

Aber ich wurde sicher nicht wie ein Penner in meiner eigenen Wichse schlafen. Auf keinen Fall!

Ich stand auf, ging nackt in das angrenzende Bad und duschte. Es war Montag in der Früh um fünf, und ich wollte in einer Stunde im Büro sein. Ich hatte heute eine wichtige Verhandlung, auf die ich mich noch etwas mehr vorbereiten wollte, als ich es Freitag und gestern Nachmittag geschafft hatte. Ja, wie immer hatte ich das Wochenende ebenfalls zum Arbeiten genutzt. Und scheiße, es war so extrem schwer gewesen, nicht dem Drang nachzugeben sie anzurufen, eine E-Mail zu schicken oder irgendwie eine verfluchte Reaktion von ihr zu provozieren, aber ich hatte es geschafft, mich zu kontrollieren. Ich shampoonierte mir die Haare und genoss für einen Moment, wie das Wasser in Bächen über meine Schultern lief. Es fühlte sich so normal an, wie schon lange etwas nicht mehr.

Colby war, so dachte ich zumindest, angepisst. Normalerweise war es unser Männer-Ding, Samstagabend in eine Sportsbar zu gehen, uns dort mit ehemaligen Studienkollegen zu treffen, während wie einen kippten. Ab und an interessierten wir uns wirklich für die Sportsendungen und diversen Spiele, die auf den Monitoren live übertragen wurden, aber die meiste Zeit unterhielten wir uns einfach nur oder flirteten mit den wenig weiblichen Besuchern. Ich hatte dort schon öfter eine heiße Braut herausgezogen, die von ihrem Bruder oder einem

Kumpel mitgebracht worden war. Vorzugsweise die, die nicht gerade an Liebeskummer oder Ähnlichem litten.

Bei Liebeskummer versagte nämlich meine Drei-Nächte-Regel grandios.

Liebeskummer oder das Gefühl, das ihn auslöste, wie auch immer man das nennen wollte, hatte seine eigenen Gesetze. Wenn man mit so einer Frau flirtete, knutschte, sie trockenfickte oder sogar vögelte, war der Ärger vorprogrammiert. Nicht, weil der Kerl es sich anders überlegt hatte – oh nein, es gab ja einen Grund, warum er sie verlassen hatte – nö. Der Knackpunkt war, dass das Liebeskummer-Ding sich einbildete, wenn sie sich mit diesem Mann hinwegtröstete, sich neu verliebte, gewannen die Endorphine die Oberhand und sie musste nicht mehr leiden. Und dann? Dann hatte man die Scheiße hochgradig am Dampfen, denn man wurde diese Tussis nicht mehr los. Und wenn man dann das Maß an Genervtheit, das man irgendwie versuchte zu ertragen, ohne einer anderen Frau wehzutun, voll hatte, dann musste man knallhart sein und ihnen sagen, dass es ein »verkackter One-Night-Stand« gewesen war. Die Frau drohte dann mit Selbstmord oder irgendeiner anderen Scheiße, die nicht mal ein Mann wie ich auf dem Gewissen haben wollte, und man saß in der fetten Kacke. In diesem mega fetten Haufen Scheiße. Und die Tussi hatte wieder Liebeskummer.

Also nein, an all meinen Artgenossen dort draußen konnte ich nur den Rat geben: Lasst die Finger von Liebeskummer-Trullas, die Sex und Gefühle nicht trennen können. So hielt ich es auch und ich fuhr gut damit.

Okay, bei meinem Frauenverschleiß, mit dem ich diskret umging, war natürlich mal die eine oder andere Ausnahme dabei. Da war es aber so, dass ich die Anzeichen erkannte und mich sofort distanzierte. Ich hatte als Anwalt genug hysterische, berechnende, wütende Frauen um mich herum, da brauchte ich nicht auch noch eine Geliebte, die nicht wusste, wo ihr Platz war. Umso seltsamer war es für mich, dass ich mich Elis zickiger Art sowohl im Park als auch Freitagnacht bei ihr zu Hause stellte. Oder gewillt war, mich ihr zu stellen. Dieses typische Gefühl nach Flucht, an das ich gewöhnt war, weil es sich ansonsten sofort einstellte, blieb aus. Im Gegenteil, ich wollte eigentlich sogar, dass sie es aussprach. Ich war ja nicht vollkommen verblödet, sondern erkannte, dass sie eifersüchtig bis in die Haarspitzen war.

Und bei ihr ... fand ich es irgendwie süß.

Als sie mir dann in diesen verdammt engen Hosen die Tür geöffnet und sich das Shirt um ihren Körper geschmiegt hatte wie eine verfluchte zweite Haut, ich ihre steifen Nippel sehen konnte ... da war wirklich jeder Gedanke an »das ist mir zu stressig« nicht existent gewesen.

Ich stieg aus der Dusche, schlang mir das weiche, weiße Badetuch um die Hüften und stützte mich mit den Armen auf dem Waschtisch ab. Ich war wie gerädert. Seit Freitagnacht nämlich lief ich a) mit einer Dauerlatte herum und b) stürzte ich mich in Arbeit, damit ich wirklich an nichts anderes denken konnte. Es war mir bei all den Frauen, die ich in all den Jahren gehabt hatte, noch nie passiert, dass ich mich ablenken ließ. Und doch, bei dieser einzigartigen, extravaganten Frau wanderten meine Gedanken immer wieder zu ihr zurück. Ich musste teilweise Briefe in der Klageschrift der Gegenpartei viermal lesen, bis deren Inhalt wirklich bei mir ankam. Es war kompliziert gerade. Vor allem deshalb, weil ich dieses Gefühl nicht kannte. Nicht ein Stückchen. Ich war immer derjenige gewesen, der den Frauen sagte, dass sie nichts investieren sollten, dass ich mich melden würde, wenn ich zeitmäßig wieder frei war ... dass ich auf heulende Anrufe und weinerliche Nachrichten gar nicht antworten würde ... Und jetzt war ich selbst einer dieser gottbeschissenen Jammerlappen, die ich so sehr hasste.

Ehrlich. Mein Kopf fiel zwischen meinen Schultern und ich ließ ihn hängen. Wo waren meine verfickten Eier? Außer nah an meinen Körper gezogen, weil ich ständig kam, wegen dieser Frau? Ich musste mir dringend überlegen, wie ich weitermachen sollte, ehe ich noch einen riesen Fehler beging. Vielleicht war es aber auch so, kam mir der Gedanke, dass ich meine drei Nächte mit ihr brauchte, anschließend wäre ich gereinigt und geheilt und könnte mich wieder auf andere Dinge, als ihre Voodoomuschi konzentrieren. Das war doch eine Möglichkeit! Das war etwas, von dem ich glaubte, dass es klappen könnte. Nur, und mittlerweile war ich schon dabei, meine Zähne zu putzen, wie konnte ich sie dazu bringen, mir noch einmal nachzugeben? Sie zu reizen bis aufs Blut war ja anscheinend keine Alternative.

Wobei ich sagen musste, ich erkannte die Anzeichen. Und Freitagnacht, als ich sie eingekeilt zwischen meinen Armen, die Lippen an ihrer zarten Haut hinter dem Ohr gehabt hatte, wusste ich, dass sie es wollte. Oh ja, sie wollte das so sehr. Genau wie sie wollte, dass ich sie dominierte. Sie brauchte und wollte Anweisungen im Bett. Sie wollte sich fallen und gehen lassen dürfen. Sie wollte ganz Frau sein. Wie die meisten, die ich kannte. Ganz egal, wie selbstbewusst sie waren, wie erfolgreich, wie fest mit beiden Beinen im Leben, ganz egal, dass sie mit Sicherheit ab und an auch die Zügel festhalten wollten ... so wusste ich doch, dass sie diese auch gern abgaben. Die sprichwörtliche Prinzessin sein wollten, die mit den Füßen nicht auf den Boden kam, wenn sie auf dem Schoß eines Mannes saßen. Woher ich das wusste? Ich war einfach kein verdammter Anfänger.

Ich zog das weiche Handtuch von meinen Hüften, schmiss es über den Rand der Badewanne, die ich selten nutzte, und ging nackt in meinen Kleiderschrank. Mein Ankleidezimmer grenzte an mein großes Schlafzimmer. Bad, Schrank und Bett waren wie eine eigene Wohnung. Man betrat es durch das Schlafzimmer. Für Gäste gab es ein extra WC, das vom Flur zugänglich war. Aber mein Bad ... das war wirklich nur für mich bestimmt. Wenn ich eine Frau zu Besuch hatte, achtete ich darauf, dass die Tür geschlossen war, und sie weiterhin das Gäste-WC nutzte. Irgendwann, das wusste ich, würde allerdings eine Dame kommen, bei der es mir egal wäre, ob sie mein Badezimmer sah oder eben nicht.

Da ich heute zu Gericht musste, wobei das vollkommen gleichgültig war, entschied ich mich für einen dunkelblauen Dreiteiler mit einer Krawatte in der gleichen Farbe und einem weißen, gestärkten Hemd. Braune Schuhe und ein brauner Gürtel sollten es tun. Wenn ich in der Kanzlei war, außer wenn es nachts einen Zwischenfall gab oder am Wochenende, trug ich immer einen Anzug. Das war ... wie wenn man bei einem Friseur war und die Haare in fettigen Strähnen vom Kopf hingen. Es ging nicht. Leider dachten Menschen in Schubladen, auch wenn die meisten immer schön das Gegenteil von sich behaupten würden. So war es nun einmal. Ergo, wenn eine Friseurin oder ein Friseur nicht auch Schönheit vermittelte, wieso sollte man dann in den Laden gehen? Wieso sollte ich bei einem Maßkonfektionär für Herrenanzüge einen Anzug schneidern lassen, wenn der Konfektionär in kurzen Hosen und American T-Shirt herumrannte? Es gab tausende dieser Beispiele, aber ich denke, es war klar, was ich sagen wollte: Menschen verbanden ein gewisses Bild mit etwas.

Eleanore tat sich sicherlich auch leichter, weil sie eine wunderschöne Frau war, und wenn nun ein Mann zu ihr kam, war die Sache so gut wie abgewickelt. Denn eine Frau, die Schönheit vermittelte, gab jedem das Gefühl, das es genau das wäre, was sie für einen selbst aussuchen würde. Schönheit. Etwas, das einem gefiel, das einem etwas bedeutete.

Wie auch immer. Schon wieder waren meine Gedanken bei Eli und ich ging augenrollend, komplett angezogen, die Haare gerichtet und einparfümiert in die Küche. Ich brauchte noch einen Kaffee. Während mein Vollautomat die perfekte, aromatische brasilianische Bohne mahlte, öffnete ich meine Haustür und hob die *New York Times* davor auf. Jeden Morgen genoss ich den Service, dass der Portier der Nacht mir die Zeitung vor die Haustür legte, damit ich nicht nach unten musste. Wie genau ich es angestellt hatte, dass das klappte, wusste ich nicht, aber ich würde es sicherlich nicht infrage stellen. Ganz gewiss nicht. Ich war dankbar, dass ich nicht extra nach unten fahren musste. Im Laufen schlug ich sie bereits auf, griff blind und sehr routiniert nach der Milch und gab einen Schuss in die Tasse, in der mein Kaffee bereits dampfte. Ich umgriff sie mit meinen Fingern und nahm den ersten Schluck auf der Dachterrasse, als ich mich kurz auf die teuren Teakholzmöbel setzte.

Das war mein Ritual.

Das war meine Stunde.

Und das würde ich mir von niemandem nehmen lassen. Vermutlich war auch das einer der Gründe, warum eine Frau, wenn sie über Nacht blieb, immer noch in der stetigen Dunkelheit des Morgengrauens verschwinden musste. Ich erzählte dann immer, dass ich einen frühen Flug hätte, ein frühes Meeting oder zu Gericht müsste, weil es einen Notfall gegeben hätte. Wie auch immer. Die Menschen glaubten es mir. Ich war ja, wie ich vorher schon erzählt hatte, kein Anfänger, denn dieses frühe Aufbrechen nach einer gemeinsamen Nacht, läutete ich schon am Vorabend ein, wenn ich die Frau einlud, mit zu mir zu fahren. Es war natürlich immer besser, wenn wir uns bei ihr in der Wohnung trafen, denn dann konnte ich einfach gehen, ohne lästige Erklärungen oder doofe Fragen. Jedoch blieb zu sagen, dass dieser Trick immer funktionierte. Die Menschen hatten Respekt vor meiner Arbeit. Und sie hatten, das musste ich auch erwähnen, Respekt vor mir, denn ich war doch eine Hausnummer in der Branche der Verteidiger.

Ich blätterte die Zeitung durch, blieb hin und wieder bei einem Artikel hängen, trank nebenbei meinen Kaffee, und genau siebenundfünfzig Minuten nach dem Weckerklingeln, öffnete meine Haushälterin die Haustür und ich verließ nach einem kurzen Gespräch – gerade weil sie ja meine Bettwäsche wechseln musste – die Wohnung.

Kapitel 25

Eleanore

Lieber Luke,

nach dem letzten Wochenende …

Nein, das war Kacke.

Noch mal:

Lieber Luke,

nachdem du mich letztes Wochenende zu Hause besucht hast …

Wieder zerknüllte ich das Blatt. Das war alles Kacke.

Luke,

ich muss dir sagen, dass so etwas wie das am vergangenen Wochenende nicht mehr möglich ist.

Der Stift fiel aus meinen Fingern. Das war das Problem. Ich *wollte*, dass so etwas, wic das am vergangenen Wochenende möglich war. Dass wir uns sehen konnten und dass wir etwas miteinander ... machten. Wieso also sollte ich ihm sagen, dass es Scheiße war, als er mich besucht hatte?

»Weil es sich so gehört«, flüsterte die Stimme in meinem Kopf.

Frustriert kaute ich auf meinem Nagel herum. Es nervte mich. Unwahrscheinlich. Also was genau, das hatte ich den ganzen Samstag und den ganzen Sonntag, als ich nämlich einmal nicht arbeiten war, analysiert. Mich nervte, dass er sich auf das Date eingelassen hatte, danach in meine Wohnung gekommen war und mich ... um den beschissenen Verstand gebracht hatte. Es machte mich wahnsinnig. Es machte mich vollkommen irre, und ich war so unsagbar wütend, dass ich ihm am liebsten in die Eier getreten hätte.

Er betrat meine Wohnung, als hätte er irgendein Recht dazu, machte sich breit, aß mein Eis leer und keilte mich zwischen seinen Armen ein, als würde ich ihm gehören. Gottverdammter Höhlenmensch! Das durfte echt nicht wahr sein! Und genau deshalb hatte ich beschlossen, ihm eine Lektion zu erteilen. In Form eines offiziellen Briefes, dann könnte er nicht sagen, dass er ihn nicht bekommen hätte. Er könnte nicht behaupten, nicht lesen zu können und sonstige wirren Geschichten, die in seinem Kopf als Anwalt herumspukten. Wie auch immer. Ich musste die Grenzen deutlich ziehen, wenn ich meinen Auftrag erfüllen und ihm eine Frau vermitteln wollte. Er machte es mir nur nicht leicht.

Nachdenklich kaute ich auf meinem Fingernagel. Vielleicht sollte ich ihm keinen Brief schicken mit den Hinweisen, was er alles falsch gemacht hatte. Vielleicht sollte ich ihm die Woche mit Dates einfach so dermaßen vollplanen, dass er gar keine andere Wahl hatte, als sich darauf einzulassen und eine der Frauen zu nehmen. Vielleicht hätte er dann so die Schnauze voll, sich ein klitzekleines bisschen verstellen zu müssen, dass er sich fragte, wie er es schnellstens zu einem Abschluss bringen könnte.

Ja, ich glaubte an die Liebe und ich wollte, dass die Menschen, die bei mir zusammenfanden, auch zusammenblieben. Natürlich. Ich wollte nicht einfach, auf Teufel komm raus oder schnell, schnell, etwas abhandeln ... aber Luke Brandon ließ mir keine andere Wahl.

»Du siehst aus, als würdest du so einen bösen Plan schmieden, dass ich ganz wuschig davon werde.« Ruben grinste mich an, und ich versuchte, meine in Falten gelegte Stirn zu entspannen.

»Nein, nein«, erklärte ich, winkte dann aber ab und war ehrlich. »Ja, ich plane etwas.«

Mein Assistent klatschte in die Hände. »Darf ich mitmachen?« Ich verzog das Gesicht. »Ich liebe es, wenn ich Trouble machen kann.« Seine Stimme klang wie die eines kleinen Mädchens.

»Wenn du mir versprichst, artig zu sein!«

Er ließ sich auf den Stuhl vor meinem Schreibtisch plumpsen, setzte sich aber sofort aufrecht, als wolle er höchste Aufmerksamkeit signalisieren. »Was soll ich für dich Gemeines tun?«

Ich rollte die Augen. »So gemein werden wir auch wieder nicht.«

»Schade. Sehr schade« Ruben klang kurz enttäuscht. »Um wen oder was geht es?«

»Luke Brandon.«

»HA!« Er klatschte wieder in die Hände vor lauter Aufregung. »Ich wusste das diese Sahneschnitte deine Gedanken beherrscht.«

»Nicht im positiven Sinne glaub es mir.«

»Wieso?«, fragte er. »Was tut er?«

»Er nervt mich. Statt dass er sich einfach an die Dates hält.«

»Also brauchen wir mehr Frauen?« Ruben winkte ab. »Das ist doch nicht wirklich gemein für einen Mann seines Kalibers.«

»Doch.« Nun grinste ich. »Wir brauchen so viele Frauen, dass er täglich ein Frühstücksdate, ein Lunchdate und vielleicht sogar ein Dinnerdate hat.«

»Für wie viele Tage?« Mein Assistent schien bereits in seinem Kopf eine Liste anzufertigen.

»Die ganze Woche.«

»Die ganze Woche?« Nun waren seine Augen unnatürlich geweitet. »Haben wir momentan so viele single Frauen in der Kartei, die mit ihm matchen?«

»Das nicht, aber ...« Verschlagen grinste ich.

»... wir könnten sein Spektrum an verschiedenen Typen etwas erweitern?«

»Genau das denke ich.« Kurz überlegte ich noch einmal. »Wir weihen die Damen auch ein. Wir spielen die ›verlassen und der Mann ist ein Idiot‹-Karten aus.«

»Sehr gut«, stimmte er mir zu. »Das glaubt uns bei diesem arroganten, besserwisserischen ... unfassbar sexy Mann« bei den letzten drei Worten rollte ich die Augen, »jede.«

»Eben.«

»Quasi helfen sie uns, wo wir doch ihnen immer helfen.«

»So werden wir das hindrehen.« Wir grinsten beide von einem Ohr zum anderen. Es mag nicht sonderlich nett sein, aber waren wir einmal ehrlich. Luke Brandon hatte für seine dreiste Art mir gegenüber verdient, dass wir das mit ihm machten.

Er wollte Dates? Die konnte er haben.

Kapitel 26

Luke

Ich traute meinen Augen kaum.

Weshalb? Ich bekam eine E-Mail von Eleanore York, die die nächsten beiden Tage mit Dates vollgestopft hatte.

War der Frau etwa nicht klar, dass ich arbeiten musste? Dass ich einen Job hatte, bei dem ich nicht einfach so zu einem Frühstücksdate oder zu einer Lunchpause gehen konnte? War ihr eigentlich klar, dass es für mich keine Lunchpause gab? Also, was zur beschissenen, verkackten Hölle hatte sie geritten, dass sie mir das antat?

Es war Montagmittag. Ich war seit sechs Uhr morgens hier und sauer. Ehrlich. Ich war sauer. Vor Gericht lief es nicht so gut, da die Klägerpartei mit Infos um die Ecke gekommen war, die mir nicht bekannt gewesen waren.

Deshalb hatte ich mir in der letzten halben Stunde meine Mandantin zur Brust genommen und war erst jetzt zurück im Büro.

Und das war anscheinend ein großer Fehler, denn ich regte mich noch mehr auf.

Ich hätte nämlich vor – ich warf einen schnellen Blick auf die Uhr – knappen zwanzig Minuten in Luis Lunchhouse am Madison Square Garden sein sollen. Finster lachte ich auf. Das war fast am anderen Ende Manhattans. Oh nein, Eli, so lief es nicht zwischen uns.

Heute Abend hatte ich ein Cocktaildate mit einem kleinen Snack, so hieß es in ihrer Beschreibung mit Jennifer. Wer auch immer Jennifer war, war mir scheißegal, wenn ihr Nachname nicht Aniston lautete, die ich übrigens ebenfalls einmal vertreten hatte. Wie auch immer. Eleanore konnte vergessen, dass ich nach ihrer Pfeife tanzen und hier ihre Bambule über mich ergehen lassen würde.

Ich drückte auf meinem Handy herum und war froh, dass es sofort zu klingeln begann, ansonsten wäre ich vermutlich ausgerastet.

»York?«, meldete sie sich mit fröhlicher Stimme, und ich räusperte mich erst einmal, ehe ich ausflippte.

»Brandon.«

»Oh«, sie säuselte etwas zu sehr. »Hallo Luke. Meine E-Mail erhalten?«

»In der Tat, liebe Eleanore. In der Tat.«

»Solltest du dann nicht«, sie machte eine kurze Pause, vermutlich warf sie einen Blick auf ihren Timetable, »in Luis Lunchhouse sein? Oder schon wieder zurück?«

»Ich habe die E-Mail gerade erst gesehen. Abgesehen davon, dass der Laden am anderen Ende von Manhattan ist.«

»Ich weiß.« Sie seufzte. »Aber Kate ist wirklich eine zuckersüße Frau und schafft es leider mit ihren Arbeitszeiten nicht anders. Sie ist Ärztin«, fügte sie bedeutsam hinzu.

»Ich bin Anwalt.«

»Was du niemandem verraten möchtest, also was genau hätte ich ihr denn sagen sollen?«

»Dass ich für ein Lunchdate keine beschissene Zeit habe?«

»Ist dir diese Dating-und-Frau-finden-Geschichte nun ernst, oder möchtest du gern zurückziehen?«

Wütend biss ich die Zähne zusammen. Meine Kiefer mahlten aufeinander. Eleanore fuhr unbeirrt mit dieser Klein-Mädchenstimme fort. Ich wusste genau, was sie im Schilde führte. Sie wollte mich unter die Haube bringen, damit sie mich los war. Dachte sie denn, ich war ein Idiot? Dass ich einer der Typen war, die keinen Plan hatten? Oh nein, in der Tat nicht. Ich war nicht umsonst der Jahrgangsbeste in Harvard gewesen. »Wenn du zurückziehen willst, dann ist das ehrlich kein Problem, Luke. Weil du Colbys Kumpel bist, entlasse ich dich gern aus dem Vertrag. Das ist kein Problem.«

»Du willst mich verarschen, oder?«, fragt ich leise. Tödlich leise.

»Eigentlich nicht, nein«, informierte sie mich weiterhin fröhlich. »Ich möchte dich nur in guten Händen wissen. Und ich möchte, dass ein Mann deines Formates natürlich

Auswahl hat. Du sollst dich ja nicht in deiner Persönlichkeit eingeschränkt fühlen.«

»Und deshalb hast du mir für jede beschissene Mahlzeit des Tages eine andere Frau aufs Auge gedrückt?« Ich kniff mir mit Daumen und Zeigefinger in den Nasenrücken.

»Die Mädchen freuen sich sehr darauf, dich kennenzulernen, Luke.« Wieder diese ätzende Säuselstimme, die ich bei Frauen so sehr hasste. »Du solltest dankbar sein, dass du so viele Matches hast.« Es war unnötig zu erwähnen, dass sie anscheinend grinste.

Ganz im Gegensatz zu mir. Das konnte sie nicht ernst meinen. »Sag, dass das ein Witz ist.«

»Oh nein«, erklärte sie weiter. »Auf keinen Fall. Mir ist nichts ernster, als meine Klienten glücklich zu wissen.«

»Wir werden noch darüber sprechen, Eleanore.«

»Na klar, wenn du deine Wahl getroffen hast, wirst du mir dankbar sein.«

»Oh Baby ...«, flüsterte ich. »Sei gewiss, dass ich dir vorher schon einen Besuch abstatten werde.«

»Das ist wirklich ungünstig«, grätschte sie sofort dazwischen. »Ich bin die ganze Woche voll mit Terminen für neue Klienten. Sehr eng getaktet. Deshalb habe ich dir ja nicht tageweise, sondern gleich für den Rest der Woche deine Termine geschickt.« Sie schlug weiterhin einen lockeren Ton an. »Tut mir wirklich außerordentlich leid, Luke.« Ich glaubte ihr kein Wort. Einen Scheiß tat ihr leid oder bereute sie oder war nicht genauso geplant, wie sie es getan hatte.

***

»Ich bin zu spät, entschuldige. Bist du Jennifer?«

»Du bist«, sie warf einen Blick auf ihre Armbanduhr – es war eine dieser Anfang 90er Swatch Modelle – »sieben Minuten zu spät. Und ja ich bin Jennifer. Dann bist du offensichtlich Luke.«

»Der bin ich.« Ich lächelte und versuchte, mich nicht davon ablenken zu lassen, dass sie in ihre Haare eine riesige Sonnenblume gesteckt hatte, die ... oh Wunder, zu ihrem Sonnenblumen-Shirt passte. Ich schluckte. »Ich komme direkt aus dem Büro.«

»Nun, das ist eigentlich keine Entschuldigung, wenn man jemanden warten lässt, denn dann muss man eben einfach früher losfahren, aber ich will mal nicht so sein. Miss York meinte schon, dass du vermutlich auf den ersten Blick keinen guten Eindruck hinterlassen wirst.«

»DAS meinte sie?«, fragte ich und riss die Augen auf, während ich mich auf den Barhocker setzte. Der Laden, irgendein Upper-East-Cocktailschuppen, von dem ich noch nie gehört hatte, war komplett in Holz eingerichtet, es gab nur Stehtische, von denen einige mit Hockern ausgestattet waren. Jennifer war offenbar zeitig genug gewesen, um einen davon zu ergattern, auch wenn jetzt alles bereits voll war.

»Also, Jennifer«, begann ich wieder, versuchte ihr Nicken auf meine Frage zu ignorieren und unvoreingenommen und nett zu sein. »Du hast uns einen Sitzplatz ergattert.«

»Ja«, erwiderte sie, »ich warte auch erst vor circa zwei Stunden hier.«

»Vor zwei Stunden?« Was war mit dieser Sonnenblumen-Frau los? Zwei Stunden zu früh? Oh. Mein. Gott!

»Ich bin gern pünktlich.« Ihre Stimme klang vorwurfsvoll.

Die Kellnerin trat an unseren Tisch, warf mir eindeutige Blicke zu, die ich aber ignorierte. Sie sah nicht einmal zu meiner Begleitung und ihrem leeren Glas ... was auch immer darin gewesen war.

»Was darf ich Ihnen bringen?« Ihre Stimme säuselte eher so, als hätte sie mir gerade den Blowjob meines Lebens versprochen, wenn ich nur auf ihren Feierabend warten würde.

»Ich nehme einen Scotch. Zwei Finger breit. McCallan, wenn Sie haben. Ohne Eis und pur. Danke.«

»Dieser Mann weiß, was er will«, flirtete sie ungeniert weiter und zwinkerte mir sogar zu. Mühsam hielt ich mich davon ab, darauf einzusteigen, normalerweise war ich nämlich kein Kostverächter, der ein schickes Date ablehnte ... aber ... Jennifer war sowieso schon angepisst und das, weil ich sieben Minuten zu spät gewesen war. Und ich wollte sie nicht noch mehr verärgern.

Okay, sagten wir es so: Ich wollte sie nicht noch mehr verärgern, damit sie einen Grund hatte, zu Eleanore zu laufen und sich zu beschweren. Oh nein, nach unserem Telefonat heute hatte ich beschlossen, das durchzuziehen. Und zwar jedes einzelne, beschissene Date. Ich würde es verfickt noch mal durchstehen. Ohne, dass man mir irgendwas nachsagen konnte.

Gerade als die Kellnerin ihren Blick von mir loseisen konnte und sich umdrehen wollte, hielt ich sie auf. »Sicherlich wollten Sie gerade noch mein zauberhaftes

Date fragen, was sie zu trinken möchte?«

Jennifers Augen weiteten sich und sie sah mich beeindruckt an. Sicherlich hatte sie mich im Geiste bereits in eine Schublade sortiert, in welche ich offensichtlich gerade nicht mehr passte.

»Ich nehme noch mal ein kleines Wasser. Ohne Zitrone. Still bitte.«

»Aber selbstverständlich«, erwiderte die blonde Kellnerin, biss auf ihrem Stift herum, als wäre sie ganz, ganz unartig gewesen, und verließ unseren Tisch.

»Unfassbar! Was ist nur mit den Frauen in dieser Stadt los?«, nahm ich Jennifer, der Sonnenblumen-Frau sofort den Wind aus den Segeln. Sie hob fragend ihre Brauen und knetete die Hände auf dem Tisch. »Na«, erklärte ich weiter, »ich bin mit dir hier. Sie hat doch gesehen, dass du nicht meine Schwester bist. Und mich dann einfach so anzuflirten, ist nicht sonderlich nett.«

Überrascht weiteten sich ihre Augen. »Das habe ich mir auch gedacht.«

»Ja, ein unmögliches Verhalten!«

»Stimme ich dir voll und ganz zu.« Jennifer schien kurz abzuwägen, ob sie mir meine Verspätung nicht doch noch vergeben wollte, und anscheinend entschied sie sich dafür, denn der weitere Verlauf des Abends, war für mich zwar anstrengend, da ich Interesse heuchelte (Floristik war mir nun einmal scheißegal, außer, ich musste eine Frau bezirzen), und ich konnte mich auch nicht sehr lange darüber aufregen, dass es immer noch acetonhaltigen Nagellack-Entferner zu kaufen gab. Was für eine komische Frau. Was für eine – für mich vollkommen ungeeignete

Frau! Aber ich ließ es mir nicht anmerken, ich zog es durch. Drei Stunden lang.

Drei Stunden meiner Lebenszeit, die vergeudet waren und die ich nie wieder zurückbekommen würde. Aber ich wusste, Jennifer war, als ich sie in ein Taxi setzte, ein Luke Brandon Fan, und ich war mir wirklich nicht sicher, ob Eli die Frauen nicht alle bestochen hatte, damit sie sich auf ein Date mit mir einließen.

Runde eins in diesem Kampf, ging dann wohl an mich, Miss York.

***

Ich war k o.

Und dabei war gerade einmal Freitagmittag und ich war zu einem Lunchdate verabredet mit einer Frau ... die ... nun sagen wir, sie trug noch weniger Empathie im Leib, als ich. So etwas Kaltes hatte ich noch nie getroffen, und ich musste ehrlich sagen, wäre ich nicht verrückt nach Eleanore gewesen und hätte ich ihr nicht etwas beweisen wollen und wäre das hier mein ganz normales Leben gewesen, wie ich es noch vor drei Wochen gehabt hatte, dann hätte ich natürlich versucht, diese Nuss zu knacken. Aber es ging nicht. Also musste ich wohl da durch. Ich war mir sicher, dass diese dunkelhaarige, strenge Frau nackt unter mir aufgeblüht wäre. Wie auch immer.

Sie war noch eine der wenigen, die mich äußerlich ansprach.

Versteht mich nicht falsch, das Aussehen war nicht alles, bei Weitem nicht, aber ich sollte mich zumindest von einer Frau angezogen fühlen. Mittwochmorgens, als ich pünktlich bei meinem Frühstücksdate ankam, wurde mir klar, dass Eleanore und vermutlich ihr Assistent versuchten, mich zu reizen. Woher ich das wusste? Ich bekam schon seit gestern Mittag Frauen vorgesetzt, die nicht einmal ansatzweise in mein Profil passten. Also entweder funktionierte ihr Programm, mit dem sie die Matches auswerteten, nicht so wirklich ... odeeeerrrr, was ich eher vermutete, die beiden versuchten, mich zu provozieren. Zum Explodieren zu bringen. Oder in den Wahnsinn zu treiben.

Wie auch immer, sie würden es nicht schaffen. Ich würde die Oberhand behalten. Genau darum blieb ich zu der Mittwoch-Frühstücks-Date-Gothic-Frau freundlich und nett. Ich denke, sie hatte Abstand von mir genommen, als sie bemerkte, dass ich weitaus älter als ihre zarten achtzehn Jahre war. Ehrlich, dass es in diesem Land überhaupt erlaubt war, sich unter einundzwanzig bei einer Dating-Agentur anzumelden, war mir als Anwalt ein Rätsel. Genau wie die Dame, und ja, ich musste wirklich Dame zu ihr sagen, die ich am Donnerstagabend traf. Sie war knappe siebzig, und wirklich süß, das musste ich ihr lassen. Anfänglich war sie auch echt zickig und übel gelaunt, aber als ich mich auf das Date einließ, natürlich nicht, ohne im Hinterkopf zu behalten, wie ich Eleanore alles heimzahlen würde, ging es besser.

Ging es mir besser.

Ich versprach Mary, sie einmal sonntags in Brooklyn zu besuchen und mit ihr in dem kleinen Park bei ihr zu Hause um die Ecke die Tulpenausstellung zu bewundern. Das war das Mindeste, was ich für sie tun konnte. Und ich setzte sie in ein Taxi mit dem Wissen, dass sie, wäre sie vierzig Jahre jünger, durchaus eine Frau gewesen wäre, für die ich mich sehr interessiert hätte. Noch nie hatte ich einen Menschen kennengelernt, der so ein interessantes Leben hinter sich hatte. So viele Jahre voller Liebe (ihr Ehemann, mit dem sie fünfundvierzig Jahre verheiratet gewesen war, war vor Kurzem an Krebs verstorben), so viele Reisen (die Frau musste Zeit gehabt haben ohne Ende), und so viele Storys von ihren Kindern (drei Jungs und zwei Mädchen), dass ich mich so fühlte, als würde ich sie kennen. Mir waren die Namen ihrer siebzehn Enkelkinder vertraut, auch wenn ich sie mir nicht merken konnte, und ich wusste, das Georgie ihr heimlicher Liebling war, weil er das erste Enkelkind gewesen war. Georgie war aber mittlerweile fünfundzwanzig und hatte ihr bereits zwei Urenkelkinder beschert. Außerdem lebte er in Mexico mit seiner Latina Frau. Ich wusste also alles über Mary, und ich musste ehrlich sagen, wenn es ein Ranking bei diesen schrecklichen – und das waren sie irgendwie alle – Dates gab, dann war sie meine Nummer eins. Mary hätte ich genommen.

Wie von mir angekündigt, versuchte ich nicht, Eli zu erreichen oder ihr einen Besuch abzustatten. Oh nein, ich war genauso gut im Schweigen wie sie. Sie brauchte nicht davon auszugehen, dass ich ihr dieses Verhalten durchgehen ließ, aber sie sollte ruhig noch ein wenig weiter in der Hölle schmoren. Der echte Löwe ... der, der nicht gezüchtet oder eingesperrt in irgendeinen Käfig vegetiert, der pirscht sich ruhig und geschmeidig an seine Beute ran, ehe er zubeißt und sie zerfetzt.

Ich würde natürlich Eleanore nicht körperlichen Schaden zufügen ... aber ich würde sie quälen, auf meine ganz eigene Luke Brandon Weise. Auf die private. Nicht auf die, die sich im Rahmen der Gesetze bewegte oder vor einer Jury, die ich überzeugen musste. Oh nein. Ich würde es ihr heimzahlen. Na ja ... aber wie gesagt, all die Dates, die ich in den letzten Tagen gehabt hatte, überstand ich nur, weil ich eben Rachepläne schmiedete. Dunkle, fiese Pläne, die von Bestrafung über Ignoranz bis dahin, ihr meinen Willen aufzuzwingen, gingen. Ich spielte ihr Spiel mit. Ich gab mir Mühe, nicht auszurasten und jedes der beschissenen dreizehn Dates wahrzunehmen ... und doch machte ich drei Kreuzzeichen und schickte an beschissenes Stoßgebet nach oben, als es Freitagabend war und ich zu meinem letzten Date musste.

Annemarie. Siebenundzwanzig und Jurastudentin.

Eigentlich hätte es mir auffallen müssen, schon als ich den Namen las und das Alter sah. Ich hätte es bemerken müssen. Tat ich aber nicht.

Und so kam es, dass ich mit einer unserer Anwältinnen aus dem ersten Jahr in einer beschissenen Bar saß und mich über ihren aktuelle Pro Bono Fall unterhielt. Ich ließ sie nicht wissen, dass ich ihr Date war. Auf keinen Fall, ich ließ sie nicht wissen, dass sich nicht durch Zufall hier war und einfach nur ein wenig Gesellschaft suchte ... und ich ließ sie nicht wissen, wie unfassbar wütend ich auf Eleanore war. Das war eine Grenze. Eine Grenze, die sie jetzt überschritten hatte. Und sie sah mit Sicherheit in der Akte der Klientin, in welcher verschissenen Kanzlei sie arbeitete.

Das war ein Schritt zu weit. Das war über das Ziel hinaus. Das machte mich nun so richtig wütend, auch wenn Annemarie nichts dafür konnte.

Dafür würde Eleanore leiden.

Und das nicht zu knapp.

Kapitel 27

Eleanore

Es war merkwürdig, dachte ich für mich, als ich mit lockeren Schritten auf dem Weg in die Freitagabend-Spätvorstellung des Kinos war. Ich hatte direkt nach der Arbeit mit meinem Cousin Colby telefoniert, hatte mir einen Grund aus den Fingern gesogen, denn ich wollte eigentlich wissen, wie es um Luke Brandon bestellt war.

Nach seiner Ankündigung, dass er mich diese Woche aufsuchen, oder mich zumindest anrufen würde, war mir ein wenig mulmig, ob ich nicht doch zu weit gegangen war. Aber ... er tauchte nicht auf, meldete sich auch nicht. Und das war der Punkt, an dem ich bemerkte, dass es seltsam war, was vor sich ging.

Ich bekam von den Damen immer direkt nach den Dates Feedback. Das war eine der Bedingungen und dass es Frauen waren, die nicht in sein Profil passten ... Aber jede der Klientinnen, die ich quasi um diesen Gefallen gebeten hatte, ihm eines auszuwischen, war nach dem Date maßlos begeistert von ihm gewesen. Ich war mir sogar sicher, dass Kiara und auch Melanie ein wenig zu sehr von ihm schwärmten und sich in ihn verschossen hatten. Selbst der stille Goth Lucy war von ihm so angetan, dass sie mich fragte, ob ich nicht herausfinden konnte, ob er sich ein zweites Mal mit ihr treffen würde. Nein, das konnte ich selbstverständlich nicht herausfinden, denn diese ganzen beschissenen Dates, waren einfach nur gefaked. Und doch war er anscheinend- zu allen Frauen freundlich und zuvorkommend gewesen, ganz der Gentlemen, wie ich ihn kannte, denn es war durch die Bank nicht eine dabei, die auch nur ein negatives Wort über ihn verlor.

Ich war Mittwochabend so frustriert, dass ich selbst ausging, und versuchte zu flirten. Na ja, es lief mehr schlecht als recht, und den ersten Fehler beging ich schon damit, dass ich, rein zufällig natürlich, in die Bar gehen wollte, in der er saß. Aber da er mit seinem Date gerade tuschelte, machte ich kehrt und verließ den Laden, obwohl ich gerade auf der untersten Stufe stand und noch nicht einmal die Tür geöffnet hatte. Ich ging zu McDonalds, stopfte mir zwei große Milchshakes in den Rachen und versuchte zu vergessen, wie sehr mich das alles aufregte.

Und jetzt war Freitag. Freitagabend, er hatte noch ein Date.

Ein *Todesstoßdate*, wie Ruben und ich es nannten.

Es war ein Date mit einer jungen Anwältin, die in seiner Kanzlei arbeitete.

Ich wusste, und ja, ich war mir dessen wirklich bewusst und hatte ein schlechtes Gewissen, dass es fies war und ihn in Teufelsküche bringen könnte, aber ... Herrgott, es war doch überhaupt nicht klar gewesen, ob er das echt bis zum Ende durchziehen würde. Das hatte ich doch nicht wissen können. Es war etwas völlig anderes, so was zu planen und dabei an jedem neuen Tag zu denken, dass er aufgeben würde. Woher hätte ich denn einen Schimmer haben sollen, dass er es echt bis zum bitteren Ende durchzog? Es musste ihm doch klar gewesen sein, dass da einiges dabei sein würde, was definitiv nicht mit ihm matchen konnte.

Na ja, aber jetzt, da ich weder eine Nachricht, einen Anruf, noch eine E-Mail von einem der beiden erhalten hatte, ging ich davon aus, dass sie sich wirklich getroffen hatten und ihre Verabredung genossen.

Pff!

Vielleicht war er mir sogar dankbar und das schlechte Gewissen, das momentan an mir nagte, war völlig umsonst. Vielleicht wollte er immer etwas mit ihr anfangen und hatte sich nicht getraut (klar du Idiotin!), etwas zu ihr zu sagen, und dass ich ihnen jetzt diese Annäherung erleichterte, ließ die beiden in Dankbarkeit aufgehen.

Vielleicht war das so ... vielleicht war es aber auch eine totale Katastrophe und er übte sich gerade in Schadensbegrenzung für seinen Ruf und seine Karriere. Vielleicht hatte ich ihn wirklich mit meinem Absatz über den

Rand der Hölle gestoßen und in die ewige Dunkelheit geworfen.

Vielleicht.

Ich kaute auf meiner Unterlippe, als ich mir bei Joe das obligatorische Ticket für einen der alten Schinken und Popcorn mit Cola kaufte. Dieses Brennen in meiner Brust, das auch mit einem festen Reiben nicht vergehen würde, kannte ich sehr gut. Ich fühlte mich mies. Ich wusste, dass ich eine Grenze überschritten hatte und das auch noch vollkommen skrupellos und mit einem Grinsen. Auf seine Kosten. Nun, egal auf wessen Kosten, es ging auf die Kosten eines anderen Menschen und das war schlicht und einfach nicht in Ordnung. Das war nicht ich. Und das war ein perfektes Beispiel dafür, das man sehen konnte, was er mit mir machte. Wohin er mich trieb.

Nein, beschloss ich in Gedanken, ließ mich auf meinen Sitz in der Mitte plumpsen, stellte fest, dass ich – wieder einmal – allein im Saal war und switchte den Schalter zum Verdrängen. Colby hatte auch kein einziges Wort verlauten lassen, nur dass ich seinen Freund die Woche ja ganz schön vom Arbeiten abhielt. Und hey! Damit hatte er nun einmal recht. Dating war zeitaufwendig. Aber, er war zu mir gekommen und wollte eine Frau finden, die er heiraten konnte. Nicht ich hatte ihn angequatscht und bearbeitet. Geschah ihm recht.

Der alte Schwarz-Weiß-Film begann und ich freute mich ein wenig. Ich liebte den Film *Manche mögens heiß* mit Marylin Monroe. Sie würde mich sicherlich ablenken.

Ich war gerade vertieft und der Film war schon fast bei der Hälfte, als die Tür des Kinosaales sich öffnete, ein

Lichtkegel hereinfiel und eine hochgewachsene Person hereinkam. Wobei nein, sie stürmte eher herein. Überrascht registrierte ich, dass bei all den freien Plätzen – ich war nämlich wirklich allein in dem Kino gewesen – der Mann – dass es einer war, erkannte ich jetzt – sich genau meine Reihe aussuchte.

»Das war eine Grenze zu viel, Eleanore!«, sagte eine mir durchaus wohlvertraute, raue Stimme. Eine Gänsehaut zog sich über meine Arme und kroch in meinen Nacken. Zu lange war ich nicht in den Genuss seiner Stimme gekommen. Zu lange hatte ich ihn nicht ansehen dürfen. Doch er ließ mir keine Zeit. »Was dachtest du dir dabei?«, wetterte er weiter, und da auf der Leinwand gerade eine ruhige Liebesszene gezeigt wurde, konnte ich ihn – mit seiner erhobenen Stimme – überdeutlich hören.

Reflexartig stand ich auf, um ihm wenigstens einigermaßen auf Augenhöhe zu begegnen.

»Was willst du hier?«

»Ach komm schon!«, rief er und breitete die Arme aus, »nach deinem Freitagabendversuch willst du mich wohl verarschen, wenn du dachtest, ich würde nicht hierherkommen.«

»Das ist meine Zeit. Keine Kinozeit.«

»Soweit ich weiß, ist das ein öffentlicher Kinosaal, und ich hab mir extra eine Karte gekauft.«

»Warum bist du hier?«, schrie ich zurück, da er mich wutentbrannt anbrüllte. »Ich lasse mich von dir nicht anschreien!«

»Nun«, erklärte er und es klang fast wie ein Knurren. »Wirst du aber wohl müssen, ich bin nämlich stinksauer auf dich, Eleanore.«

Piks. Stich. Aua. Mir fiel gerade auf, er nannte mich Eleanore. Nicht Eli. Er war sauer. Und wenn ich nach meinem Gewissen ging, sogar zu Recht.

»Wieso?« Spöttisch verschränkte ich die Arme vor der Brust. »Weil ich meinen Job mache und dir Dates vermittle?«

»Weil du zu weit gehst!« Er raufte sich die Haare. »Und ich habe keine Ahnung, was dein Problem ist.« Schwer atmend standen wir beide voreinander. Der Film flackerte über die Leinwand, aber es war uns egal.

»Was mein Problem ist?«, brüllte ich weiter und stieß ihn mit meinen Fingerspitzen gegen die Brust. Oder den Bauch. Wie auch immer. Auf jeden Fall gegen Muskeln. »Mein Problem ist, dass du dich nicht entscheiden kannst, wen du haben willst.«

»War ja genügend hervorragende Auswahl dabei!« Oh. *Wenn* er diese Bemerkung sarkastisch meinte, hatte er wohl vergessen, den Sarkasmus in die Stimme zu legen.

»Dann nimm doch Annemarie«, erklärte ich mit Spott und immer noch zu laut. »Ihr ergänzt euch mit Sicherheit sehr gut. Das war nämlich ein *echter* Match.« Hoppla. Ich hatte ihm gar nicht sagen wollen, dass die anderen alle Fakes waren. Scheiße!

»Ach interessant!«, zischte er und packte mich um die Oberarme. Er sah mich eindringlich an. »Also gibst du zu, dass du mich diese Woche stressen und in den beschissenen Höllenwahnsinn treiben wolltest?«

»Pff«, machte ich wenig damenhaft und sah zur Seite. Genau in dem Moment, als ich ihm sagen wollte, dass er sich in sein Knie ficken könne, wo auch immer der Drang dazu herkam, presste er seine hungrigen Lippen auf meine und drang mit seiner wütenden Zunge in meinen Mund ein. Unser Kuss hatte nichts Zärtliches. Nichts, von diesem weltverändernden Gefühl, das immer in jeder Frauenzeitschrift beschrieben wurde. Oh nein, unser Kuss war bitter und wütend und sehr, sehr zornig. Seine Hände krallten sich unter meinen Hintern, und er hob mich in dem Moment hoch, als ich meine Finger in seinen Haaren versenkte. Er knurrte, was ich nicht hören, sondern lediglich an meinen Lippen fühlen konnte. Und wir küssten uns. Heiß.

Sinnlich.

Leidenschaftlich.

Als gäbe es keinen Morgen. Als müsse jemand unbedingt aus diesem Kuss als Sieger hervorgehen. Als würde einer von uns sterben, wenn wir uns nicht genug küssten.

Als ich vermutlich auch ein bisschen schwer wurde und Luke seine Hände nirgendwo anders, als an meinen Hintern bringen konnte, setzte er sich mit mir auf den Hüften auf einen der breiten Stühle. Ich musste mich etwas mehr aufrichten, damit wir gemeinsam Platz hatten und weiterknutschen konnten. Nach wie vor fochten unsere Zungen einen Kampf, den Worte gar nicht hätten austragen können. Der Film war vollkommen vergessen. Ort, Zeit und Raum waren vollkommen vergessen. Luke wanderte nun, da er seine Hände frei hatte, unruhig über meine Arme nach oben, löste sich kurz von mir und riss meine lockere Bluse auf, sodass die Knöpfe zu allen Richtungen absprangen. Er grinste mich kurz an, zuckte mit den Schultern und verschlang meinen Mund wieder hungrig mit seinem. Zum Glück trug ich ein Top darunter, sodass ich nachher nicht vollkommen entblößt nach Hause gehen müsste. Aber ... das war mir wirklich scheißegal. Ich fühlte an meiner Mitte, die von nichts weiter als meinem Höschen und einer Leggins bedeckt war, dass er hart wurde. Und zwar ... so hart, dass ich mich an unsere gemeinsamen Aktivitäten erinnerte und mein Höschen durchnässte.

Ich fuhr mit meinen Fingerspitzen durch sein Haar, verstärkte den Kuss und begann ihn trocken zu reiten. Der Film drang in den Hintergrund, die Stimmen nahm ich schon lange nicht mehr wahr. Eigentlich war kein Raum mehr für irgendwas, außer unserer beider, abgehackter Atem, Luke, der dunkel knurrte, und sich immer wieder ruhelos auf mich stürzte. Es knabberte gerade an meiner Lippe, als er seine Hände zur Unterstützung an meine Pobacken legte und meinen Rhythmus dirigierte.

»Du fickst mich trocken«, erklärte er heiser und lehnte den Kopf an dem weichen Samt des Kinosessels ab. Ich fühlte durch den dünnen Stoff jeden einzelnen seiner Finger, die sich in meine Pobacken krallten. Lächelnd warf ich den Kopf zurück und fühlte, wie meine langen Haare über seine Hände streichelten. Ich wusste, dass es ihn anmachte. Gerade Frauen, die längere Strähnen hatten und in deren Haaren er sich festkrallen konnte. Mein Becken kippte ich in stetigem Rhythmus vor und zurück. Meine Küsse an seinem Mund wurden fieberhafter. Ich brauchte etwas, um meine Erlösung zu finden. Um runter zu kommen. All die aufgestaute Wut, die ich für ihn empfand – für ihn und seine verdammten Dates. Für ihn und seine Dreistigkeit, hierher zu kommen und mich anzufahren, mich zu behandeln, als wäre ich sein Eigentum. Seine Hände wanderten nun unter mein Top, umgriffen durch den dünnen spitzen BH meinen Busen und rieben die Nippel. Ich schwöre, kein Mann konnte so gezielt und perfekt mit seinen Fingern umgehen wie er. Ich war am Ende, bevor es überhaupt begonnen hatte, drückte mich fest nach unten, schrammte mit meiner dünnen Hose über die feste Naht seiner Jeans. Ritt ihn mit einer Hingabe, die mich selbst schwindelig machte.

»Du machst mich verrückt«, knurrte er und biss mich in die Unterlippe. Ich stöhnte laut, da er genau den richtigen Punkt traf. »Lass mich dich zum Kommen bringen«. Auch wenn es im Kino laut und wenn es unanständig war, nickte ich eifrig, stützte mich mit den Händen an seiner Brust ab und ließ ihm so viel Spielraum, dass er in meine Hose greifen konnte. Es bedurfte nur drei/vier feste Kniffe in meinen geschwollenen Kitzler und ich kam. Hart ritt ich ihn weiter. Vögelte diesen Mann, obwohl er überhaupt nicht in mir war. Ich verkrampfte mich, krallte mich an seinen Hals und bohrte meine Fingernägel in die feine Haut an seinem Haaransatz. Ohne jede verdammte Hemmung stöhnte ich in sein Ohr wie eine Besessene und ließ die Wellen des wundervollen Orgasmus über mir zusammenschlagen. Luke hielt mich. Er führte mich mit fester Hand durch diesen freien Fall und kannte kein Erbarmen. Er ließ nicht locker. Nicht, ehe ich schlaff in seinen Armen hing. Vage nahm ich wahr, dass bereits der Abspann des Filmes lief, und ich seufzte tief, kuschelte mich noch einen Moment an ihn und lauschte seinem schnellen Herzschlag. Ich fühlte an meiner Mitte, dass er immer noch hart war.

»Du bist gar nicht gekommen«, stellte ich leise fest, lehnte mich zurück und verließ die vertraute Wärme seiner Arme.

»Ich bin fünfunddreißig Jahre alt, Darling. Ich komme sicher nicht mehr in meinen Shorts.«

Ich lächelte ihn an und nickte. Dann war es eben sein Problem. Ich war nur ein wenig jünger und war mir nicht zu schade, meinen Slip zu durchnässen. Wie auch immer. Er würde schon wissen, was er tat.

»So gefällst du mir übrigens viel besser.«

»Wie?«, fragte ich und hob leicht den Kopf, um ihm in die Augen zu sehen.

»Anschmiegsam, willig, matt von einem Orgasmus, den ich dir geschenkt habe.« Seine Mundwinkel zuckten belustigt.

»Den Orgasmus habe ich mir mal schön selbst genehmigt.«

»Du denkst, du wärst nur dadurch gekommen, dass du dich an meinem Schwanz gerieben hast?« Ich spürte, dass ich rot wurde. Wenn er es so sagte, dann schämte ich mich fast. Ich senkte den Kopf und wollte von ihm herunter krabbeln.

»Wo willst du hin?«, fragte er mich und hielt mich mühelos an Ort und Stelle.

»Runter.«

»Warum?«

»Weil ... das ziemlich schmutzig war, was wir hier getan haben.«

»Eli«, begann er, legte einen seiner Finger unter mein Kinn und hob meinen Kopf so an, dass wir uns auf Augenhöhe begegneten. »Ich will nie wieder hören, dass du dich für etwas schämst, was wir zusammen getan habe, hast du mich verstanden? Das hier war der schärfste Trockenfick, den ich jemals mit einer Frau erlebt habe, okay?«

»Also, machst du das öfter?« Oh, oh! Ich hörte mal wieder nur das, was ich hören wollte. Damit ich mich nicht mit seinen wirklich süßen Worten beschäftigen musste. Luke rollte die Augen.

»Ich bring dich jetzt nach Hause und werde dir zeigen, wie sehr es mich anturnt, wenn du mich reitest, Baby!« Damit hob er mich von seinem Schoß auf meine Beine und stand ebenfalls auf. Er sah mir tief in die Augen und zog mein Oberteil zurecht. Grinsend deutete er auf die Bluse und ich verdrehte nur die Augen. Mir war klar, dass er sich nicht entschuldigen würde, aber das musste er auch gar nicht. Es war in Ordnung, wie es gerade war.

»Aber nur, weil ich dich jetzt nach Hause bringe und dich bis morgen früh wundficke, heißt das nicht, dass wir uns nicht noch mal über diese Datingaktion unterhalten, Miss York«, sagte er mir ernster Stimme.

Ich zuckte die Schultern. Na ja, solange ich jetzt erst mal in den Genuss von ihm kommen würde, war ja alles geritzt.

»Ich bin gerade zu entspannt, um mich mir dir zu streiten.«

»Dann nehmen wir uns an der Ecke eine Pizza mit und gehen zu mir. Ich wohne näher als du.«

»Zu dir?«, fragte ich und riss die Augen auf. »Aber ich habe gar nichts zum Anziehen dabei. Oder Zähneputzen.«

Augenrollend hielt er mir die Tür des Kinosaals auf und führte mich hinaus. Mit einem Winken verabschiedete ich mich von dem Ticketverkäufer.

»War der Film gut?«, fragte er mich, und ich wurde wieder rot wie eine Tomate.

»Er war klasse, danke!«, antwortete Luke statt meiner.

»Ich kann nicht mit zu dir.«

»Hör auf zu zicken. Du kannst mit. Wir holen dir im Drugstore noch eine Zahnbürste, okay?« Er sah mich schnell von der Seite an. »Zufrieden?«

Irgendwie beruhigte es mich und wärmte mich innerlich, dass er anscheinend, trotz seines Frauenverschleißes, keinen Hunderter-Pack Einwegzahnbürsten zu Hause hatte, damit alle Frauen, die bei ihm übernachteten, morgens frischen Atem hatten. Das war gut, schätzte ich und ließ mich – für den Moment – diese heftige Auseinandersetzung vergessen. Vielleicht sollte ich mir einfach mal selbst erlauben zu genießen. Zu genießen und auszukosten. Zu leben. Nach Eric hatte ich das nicht mehr getan und irgendwie ... wenn auch nur als kleine Flamme, fühlte es sich so an, als würde mich Luke gerade zurück ins Leben holen.

Kapitel 28

Eleanore

Ich hatte vergessen, wie unfassbar schön das war. Wie entspannend und wie besonders. Man konnte sich in diesem magischen Moment, zwischen Dämmerung und Sonnenaufgang, diese paar Minuten, in denen man eine vollkommen andere Sicht auf die Dinge hatte, die wirklich zählten, auf das Elend und all die schönen Geschehnisse der Welt, nicht einfach verkriechen. Man konnte sich nicht einfach in sein Schneckenhaus zurückziehen, in dem man beschützt und behütet war. Oh nein. Man musste sich all dem stellen, was auf einen wartete. Man war furchtlos vor den Monstern und Dämonen, man hatte in diesen paar Minuten keine Angst oder depressive Gefühle ... man war einfach an Ort und Stelle. Im Hier und Jetzt. Man genoss es, wie die Welt zu neuem Leben erwachte. Und man hoffte – ich zumindest tat es –, dass es ein Tag ohne Schmerz und Verzweiflung werden würde.

Ich wollte nicht sagen, dass ich seit dem heftigen Schlag von Eric, als er mich hatte sitzen gelassen, Angst hatte, zu leben ... Oh nein. Aber es gab Dinge, die man fortan immer vorsichtig und zweifelnd betrachtete.

Wie ein Date zum Beispiel.

Wie die offenen Arme eines Mannes, die einen umfingen.

Es war nicht so, dass ich Luke nicht vertraute – okay, ich vertraute ihm wirklich kein Stückchen, zumindest mein Kopf nicht –, aber mein Herz tat es. Warum auch immer. Ich wusste, dass dieser Mann, der nackt schlafend neben mir lag und sein Bein und seine Arme so um mich geschlungen hielt, dass ich mich keinen Millimeter bewegen konnte, hunderte von Frauen gehabt hatte. Zumindest war es das, was ich annahm. Er war, das musste man ihm zugutehalten, keiner der Männer, die mit seinen Eroberungen prahlten. Oder angaben oder sich eines dieser Schwanzvergleich-Duelle mit anderen Männern lieferte. Zumindest ging ich davon aus. Wissen konnte man es nie ... Aber ich war mir fast sicher, dass er es nicht tat. Das hätte einfach nicht zu ihm gepasst.

Luke Brandon wirkte auf den ersten Blick wie ein arroganter, egozentrischer Mistkerl. Und das hatte ich ihm ja auch gesagt ... aber ... das war er nicht. Er war einer dieser Männer, die dir, wenn sie mit dir zusammen waren, die Welt zu Füßen legten. Ich sprach nicht von einer Beziehung, denn ich wusste ja gar nicht, wie er sich in einem festen, abgesteckten Rahmen verhielt, aber ich hatte am eigenen Leib erfahren, dass er sich um Menschen, die ihm wichtig waren, kümmerte. Und wie er sich kümmerte.

Ich grinste in die Dämmerung und drehte vorsichtig den Kopf, um seinen schönen Körper zu betrachten. Gut, das, was ich von meiner Position aus sehen konnte. Luke war ein Höhlenmensch. Er war streckenweise zu selbstsicher, dass es arrogant wirkte, er war ein Mann und Alphatier durch und durch, das hatte ich festgestellt, als er mich in seine Höhle geschleppt und mir bis vor wenigen Stunden keine Pause gegönnt hatte. Er hatte es mir – Gott vergebe mir meine Wortwahl – auf sämtlichen Wegen besorgt. So gut besorgt, dass ich nun herrlich wund war und das Gefühl, weiter auf dieser Orgasmuswelle reiten zu wollen, gar nicht mehr verschwand. Ich hätte – und dabei wurde ich jetzt sogar rot – niemals gedacht, dass ich darauf stand, wenn ein Mann mich im Bett dominierte. Aber Luke legte den Schalter um, sobald ich nackt auf allen vieren auf seinen seidigen dunkelgrauen Laken war. Er wies mich an, was ich zu tun hatte, und das auf eine köstlich perverse Art und Weise, dass ich wohl nie wieder einfach nur normalen Blümchen-Sex in der Missionarsstellung haben wollen würde. Er zeigte mir eine Welt, deren Grenzen zwischen zartem Schmerz und heftigem Kommen verschwammen. Auf eine gute Art und Weise. Ich hatte meinen Körper und was noch viel wichtiger war, meine Seele in seine Hände gelegt und nicht eine Sekunde lang Angst gehabt, dass er mir wirklich weh tun würde, als ich ihm gestattete, mir Schläge auf den Hintern und meinen Busen zu verpassen,.

Das hatte er nicht, weshalb ihm vermutlich mein Herz vertraute. Und auch meine Libido. Mein Kopf allerdings sagte mir, dass das, was wir getan hatten, dreckig und abnormal war. Luke war in dieser Nacht ein anderer Liebhaber, als in den Nächten zuvor ... er war angespannt, vollkommen darauf konzentriert, mir Erfüllung zu verschaffen. Er war selbstlos und ein grandioser Liebhaber. Er wies mich mit heiserer Stimme zu Dingen an, die ich noch nie gehört hatte. Und ja, natürlich hatte ich schon einmal einen Porno gesehen. Und bei Gott, ich war heute Nacht eine willige Sklavin seiner Lust gewesen.

Und hatte es genossen.

Das Problem an dieser Sache war nur, ich wollte es jetzt immer wieder haben. Nur hatte ich mir nicht schon nach unserer ersten gemeinsamen Nacht geschworen, dass das nicht mehr vorkommen würde? Dass ich mich zusammenreißen konnte? Meine eigenen Bedürfnisse unterdrücken konnte und auch musste, weil er etwas ganz anderes suchte, als ich ihm bieten konnte? War es nicht so, dass ich nicht die Richtige für ihn war? Ich wollte nie wieder heiraten, verlobt sein, oder irgendwas in diese Richtung, und er war, abgesehen davon, dass er ein Klient und diese Beziehung eh verboten war, ein Heiratskandidat.

Ich saß also in dieser wunderschönen rosa Glitzerblase und wusste, dass sie platzen würde. Spätestens dann, wenn ihm klar wurde, dass ich nicht die eine für ihn war. Dass ich nicht die Frau war, auf die er gewartet hatte, weil ich – für mich persönlich nie wieder etwas mit diesem Heiratsthema zu tun haben wollte. Wir verfolgten also vollkommen unterschiedliche Interessen und doch landeten wir ständig miteinander im Bett. Ich wusste nicht, ob das wirklich gut war oder eben nicht. Aber ich schaffte es einfach nicht, meine Finger von ihm zu lassen. Im Gegenteil, meine Eifersucht trieb mich in den Wahnsinn. Machte mich komplett irre und ließ mich wenig rationale Dinge tun. Ja, um ehrlich zu sein, hatte ich ein schlechtes Gewissen wegen Annemarie, aber ich war so ... Nein, ich war nicht sauer, ich hatte mich hineingesteigert und war selbst nicht mehr herausgekommen. Ich hatte mich die ganze Woche echt miesgefühlt, als hätte ich Liebeskummer, obwohl da keiner war, und es war erst besser geworden, als er im Kino aufgetaucht war und mit seinen wissenden Händen und seinem erfahrenen Mund dieses elende Gefühl vertrieben hatte, wie er auch schon andere Geister und Dämonen vertrieben hatte. Ich fragte mich, was das wohl bedeuten mochte. Ich fragte mich, wie ich damit zurechtkommen sollte, wenn die Blase platzte und ich in einem ganzen Haufen von Nichts saß. Was gab es für ein Heilmittel, damit ich von diesem sagenhaft tollen Gefühl loskommen konnte?

Mir entwich ein Gähnen, ich war vollkommen erledigt und doch kreisten meine Gedanken wie ein Karussell immer um das Gleiche. Ich muste, ob ich es wollte oder nicht, morgen mit ihm reden. Oder eben dann, wenn wir wach waren. Wir mussten – gemeinsam, denn es war ja nicht so, als wäre er gestolpert und hoppla!, mit seinem Schwanz in mich eingedrungen – überlegen, wie wir weitermachen sollten.

Er war mein Klient und würde es jemals irgendwie an die Öffentlichkeit geraten, dass ich mit ihm geschlafen hatte, wäre der Ruf meiner Agentur und auch mein Ruf hinüber. Aber vollkommen hinüber. Meine Mutter würde ausrasten und ich denke ... ich auch. Was dachte ich mir nur dabei? Was zog mich so sehr an, dass ich nicht darüber hinweg sah? Hübsche Männer hatte ich schon oft in der Agentur gehabt, auch welche, die mich anbaggerten und versuchten, ein Date mit mir zu bekommen ... aber ... warum diesmal? Warum war es diesmal so besonders, dass ich wirklich nachgegeben hatte? Okay. Es war meine Idee gewesen, sein Date zu üben. Und dann ... irgendwie hatte eines zum anderen geführt. Und diesmal ja anscheinend schon wieder.

Oh nein, das durfte alles nicht mehr passieren. Ich würde gleich morgen früh mit ihm sprechen, dass wir von nun an professionell bleiben mussten. Dass wir dieser offensichtlichen sexuellen Anziehung nicht nachgeben durften. Wir sollten uns ab jetzt daran halten, dass wir Geschäftspartner waren. Das würde er mir Sicherheit auch so sehen.

Mich beschlich der Gedanke, dass ich mich vermutlich täuschte, ich wagte es aber nicht, ihn zuzulassen und näher zu analysieren. Ich durfte mich nicht täuschen. Dieses eine Mal, durfte ich mich wirklich nicht täuschen.

Und über diesen Gedanken schlief ich noch einmal ein.

***

Nachdem ich müde und verschlafen die Augen geöffnet hatte, linste ich auf seinen Wecker. Es war bereits nach zwölf Uhr mittags. Ruckartig setzte ich mich auf und stellte fest, dass die Betthälfte neben mir leer war. Das war ... gut oder war das schlecht? Ich hatte nicht so viel Erfahrung mit Two-Night-Stands, so wie Luke, aber ... es war ein einigermaßen gutes Zeichen, dass er mich schlafen gelassen hatte, oder? Vermutlich würde ich einen Zettel in der Küche finden, dass er arbeiten gegangen war. Er ging doch jedes Wochenende arbeiten, so wie ich eigentlich auch ... aber Herrgott, das war verrückt, ich wollte heute nicht einmal arbeiten. Und ich wollte auch nicht, dass es er tat. Ich wollte, dass wir zusammen den Tag verbrachten.

Das war riesige, riesige, riesige Scheiße, wenn ich mal ganz ehrlich war. Ich warf die seidigen Laken zurück, stand auf und schlüpfte in mein Höschen, das ich am Fußende des Bettes fand. Irgendwie ekelhaft, aber ich hatte ja ansonsten nichts dabei. Dass das Bad an sein Schlafzimmer angrenzte, wusste ich, denn dorthin war er gestern Abend das ein oder andere Mal verschwunden, wenn er eines der Kondome entsorgt hatte. Ich betrat es, stellte überrascht fest, dass ich kein Licht brauchte – das war wirklich eine Ausnahme in New York – und fand ein frisches weißes, sehr kuschlig aussehendes Handtuch neben dem großen schwarzen Waschtisch liegen. Die Zahnbürste, welche wir letzte Nacht noch im Drugstore gekauft hatten und eine Zahnpasta lagen oben auf. Ich lächelte dümmlich. Das war ganz schön süß von ihm. Es hing noch sein herrlicher Duft in dem gefliesten Raum, anscheinend war er schon duschen gewesen, denn die dunklen Fliesen waren noch nass. Ich seufzte, stützte mich am Spiegel ab und grinste wieder dieses total bescheuerte Teenager-Mädchen-Grinsen.

Ja, ich wusste, dass Luke mein Klient war. Ein Kunde. Ich wusste, dass er eigentlich tabu für mich war ... Und doch wollte ich mich jetzt gerade fallen lassen. In dem Gedanken, dass aus all dem, was in der letzten Zeit passiert war, etwas Echtes werden könnte. Wenn wir nicht so viele Steine im Weg hätten.

»Guten Morgen, Langschläferin«, sagte er mit dunkler, seidiger Stimme von der Tür aus. Ich zog erschrocken die Luft ein, schloss anschließend die Augen und griff mir an mein Herz.

»Willst du mich umbringen?«

»Nein«, er grinste von einem Ohr zum anderen. »ich wollte dich nur unterbrechen, bevor du anfängst, mit dir selbst zu sprechen.«

»Bitte?«, fragte ich, griff nach der Zahnbürste und drückte Zahnpasta darauf. Lieber schnell den Mundgeruch beseitigen, sollte er auf die Idee kommen, mich zu küssen oder Ähnliches. Ich begann mir die Zähne zu putzen, eine intime Geste, aber es störte mich in keiner Weise, dass er im Türrahmen lehnte und mich beobachtete. Vermutlich lag das daran, dass er außer einer schwarzen, relativ eng geschnittenen, tief auf den Hüften sitzenden Sporthose nichts trug. Seit wann fand ich Männer mit nackten Füßen sexy? War das nicht etwas, das mich bei Eric immer abgestoßen hatte? Ich verdrängte den Gedanken und konzentrierte mich wieder auf den leckeren Typ vor mir.

»Du hast so gegrinst, als würdest du gleich anfangen, mit dir selbst zu sprechen.« Er zuckte mit den Schultern, stieß sich mit der linken von dem hellen Rahmen der Tür ab und stellte sich hinter mich. Während ich meine Zähne putzte, strich er mir die langen, zotteligen Haare zur Seite und gab mir einen Kuss auf den Hals. »Und bevor es peinlich für dich wäre ... dachte ich mir, ich unterbreche dich.« Sein betörender Duft stieg mir in die Nase und ich schrubbte meine Zähne energischer, schneller.

Ich hob meine langen Haare mit der einen Hand zur Seite, beugte mich mit der anderen nach vorn und presste automatisch meinen Hintern an seinen Schritt. Er war halb steif. Augenrollend wusch ich mir den Mund aus und trocknete mich mit dem Handtuch ab. Anschließend sah ich ihm durch den Spiegel wieder in die Augen.

»Ich dachte, du wärst zur Arbeit gegangen«, begann ich ein – hoffentlich – unverfängliches Gespräch. Ehrlich gesagt, so gut mir das hier gefiel, und so sehr ich mich in ihm und seiner Welt fallen lassen wollte, hatte ich auch Schiss vor der schmerzlichen Erfahrung eines Rauswurfes. Ich wusste, dass One-Night-Stands irgendwann gehen mussten. Und ja ... das hier war seine Wohnung. Ich war nur der Gast.

»Ach weißt du«, sagte er mit lockerer Stimme, »ich dachte, ich kann das heute mal ausfallen lassen.« Er zwinkerte mir zu, als hätten wir uns gestern Abend nicht erst gefetzt wie zwei Erzfeinde und anschließend gevögelt wie in einem Porno. Es war leicht, zusammen mit ihm alles zu vergessen. All die Steine zu ignorieren, die uns im Weg lagen. Einfach darüber zu steigen und es dabei belassen, wie es nun einmal war. Seine Augen wurden dunkel, als er auf meinen nackten Oberkörper blickte. Nach wie vor trug ich nur das Höschen von gestern Abend und nichts weiter.

»Bist du wund?« Seine Stimme war wieder mehrere Oktaven dunkler. Sinnlicher. Leidenschaftlicher. So wie letzte Nacht, als er mir gesagt hatte, was ich tun soll. Wie ich es tun soll. Oder als er meinen Kopf geführt und sich in meinem Mund versenkt hatte.

»Ich denke schon«, gab ich mit leiser Stimme zu, und er grinste diabolisch. »Das ist nicht witzig, Brandon!«, erwiderte ich daraufhin und schlug ihm lachend auf den Arm, den er nun um meine Mitte geschlungen hatte.

»Oh doch, weil, nur *ich* ein Geheimrezept kenne, wie das besser wird und nicht mehr wehtut.«

»Ach so?«, fragte ich mit erhobener Braue und ebenso flirtender Stimme zurück. »Da bin ich aber gespannt.«

»Na, Orangensaft und Pancakes.«

»Was?«, fragte ich lachend und ließ mich von ihm aus dem Bad führen.

»Orangensaft und Pancakes, hör mir doch zu«, erklärte er grinsend, und als er zur Seite trat, verstand ich, was er meinte. Er hatte die bodentiefen Fenster zu seiner Terrasse geöffnet, sodass frische, warme Luft hereinströmte. Das Bett war frisch aufgeschlagen und mitten auf der Bettdecke stand ein Tablett aus Holz, auf dem Pancakes, Schokoladenaufstrich, Erdnussbutter und Marmelade standen, neben zwei Gläsern mit Orangensaft.

»Das hast du gemacht?«

»Also hör mal!«, rief er und ließ sich sanft auf das Bett plumpsen. Immer darauf bedacht, dass er nichts umschüttete. Ich krabbelte neben ihn. Und als er auf den Platz zwischen seinen Beinen klopfte, setzte ich mich dorthin. Mein Rücken an seinem nackten Oberkörper geschmiegt. Ich seufzte tief. Es war ein wundervolles Gefühl, seine Haut an meiner zu spüren. Es war so normal. Vorsichtig zog Luke mit einer Hand das Tablett in unsere Richtung, reichte mir ein Glas Orangensaft und nahm selbst ebenso einen Schluck.

»Ich hoffe, du stehst auf Pancakes!«

»Wenn sie selbst gemacht sind«, neckte ich ihn weiter. »Anderenfalls muss ich sie leider zurückweisen.«

»Keine Sorge, Prinzessin Eleanore«, erwiderte er sarkastisch und in demütigem Tonfall, »Sie sind selbst gemacht.«

»Dann erlaube ich euch, mich damit zu füttern.« Grinsend kuschelte ich mich in seine Arme und ließ mich verwöhnen. Es fühlte sich einfach alles viel zu gut an. Viel zu *gut*, um wahr zu sein. Viel zu *echt,* um wirklich wahr zu sein.

Der Gedanke, dass wir das, was wir hier gerade taten, gar nicht durften und das wir reden mussten, schwebte wie ein Damoklesschwert über uns.

Kapitel 29

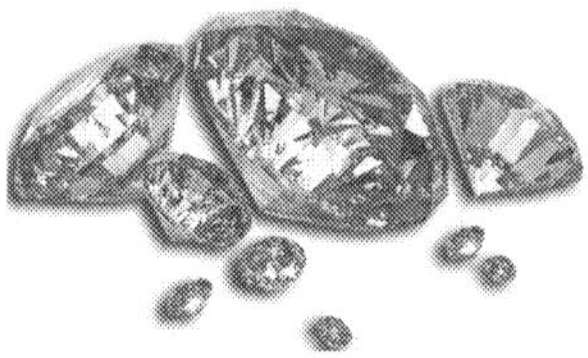

Luke

Ich versuchte, sie zum Bleiben zu überreden.

Nicht mit Worten, denn das hätte keinen Sinn gehabt, sondern mit Taten. Ich machte Frühstück. Ich wusste nicht, wann ich das letzte Mal selbst in meiner Küche gestanden hatte, denn ich mochte kochen nicht einmal sonderlich. Aber, für Eleanore war es irgendwie witzig, es zu probieren. Okay, es sah in meiner Küche aus, als hätte eine Bombe eingeschlagen, aber es war schon anstrengend genug, das Tablet zu halten und zu lesen, wie genau man Pancakes machte, die Zutaten zu finden und das alles irgendwie so zusammen zu matschen, dass es echt ein Teig wurde, den ich in der Pfanne braten konnte. Nachdem ich auch noch die ersten verbrannt hatte und den Kohlegeruch aus der

Küche vertreiben musste, waren sie mir schließlich im zweiten Anlauf gelungen. Ich war keiner dieser romantischen Männer, der frische Früchte oder irgendwelche komischen Aufstriche dafür zusammenstellen konnte. Nein, Schokoladenaufstrich und Marmelade mussten es nun einmal tun. Herrgott, Eli war die erste Frau, der ich überhaupt mal irgendwas zu essen machte, also hoffte ich, auch wenn sie es nicht wusste, dass sie es zu schätzen hieß. Ich hoffte, dass es ihr schmeckte und ... na ja ... Dass sie dabei nackt war, war zumindest für meine Geschmacksnerven eine willkommene Abwechslung.

Denn – hoppla – mir tropfte da etwas Schokolade von dem kleinen Pfannkuchen und schmolz auf ihrem Busen dahin. Es wäre doch eine Schande, wenn ich das einfach so dort kleben ließ, anstatt die Sauerei auch wieder weg zu wischen, die ich verursacht hatte.

Was sollte ich sagen? Aus einem Frühstück im Bett wurde ein Nachmittag mit Sex und eine anschließende gemeinsame Dusche. Ich hielt Eleanore so beschäftigt, dass sie nicht einmal auf die Idee kam, nach Hause gehen zu wollen, und fühlte in mir diese absolute männliche Befriedigung, weil sie es von selbst nicht ansprach. Normalerweise war mir das bei Frauen nämlich verhasst. Sobald ich sie gefickt hatte, wollte ich sie loswerden. Wollte ich wieder allein in meinen vier Wänden sein. Man mochte es nicht glauben, aber ich nahm selten eine Frau mit zu mir nach Hause, denn es war leichter, sich wegzustehlen, als sich darum kümmern zu müssen, dass jemand verschwand. Nur bei ihr, dieser störrischen, zickigen Diva, fühlte es sich ganz anders an. Ich wollte das Wochenende mit ihr verbringen. Definitiv. Und das nicht nur, weil sie einen wunderschönen anschmiegsamen Körper hatte ... nein. Ich fühlte mich – ehrlich gesagt – in ihrer Gegenwart so verdammt wohl, dass ich sie um mich wollte. Deshalb ließ ich ihr keine Minute, um nachzudenken. Ich wusste, denn sie hatte in den Pausen, in welchen wir einfach nur im Bett lagen und uns unterhielten, immer wieder davon angefangen, dass wir uns ernsthaft unterhalten mussten. Aber jedes Mal, schaffte ich es, sie mit meinem Mund, meinen Fingern oder meinem Schwanz abzulenken. Ich für mich selbst, war ich doch ein Mann der Ehrlichkeit und Loyalität, verdrängte den Gedanken, dass wir nur noch eine Nacht zusammen hätten, ehe meine Drei-Nächte-Regel abgelaufen wäre. Ich bedauerte es fast ein wenig und versuchte für mich selbst Ausflüchte und Ausreden zu finden, warum das hier immer noch Nacht Nummer zwei war, anstatt in eine neue Dunkelheit überzugehen. Ich redete mir ein, die Regel wäre außer Kraft, hätten sich Mann und Frau mindestens zwölf Stunden nicht gesehen. Das bedeutete, wir waren, solange wir uns am Stück gegenübersaßen, lagen oder miteinander fickten, immer noch in Nacht zwei gefangen. Solange bis eine zwölfstündige Wir-sehen-uns-Pause stattfand. Totaler Schwachsinn, das wusste ich selbst, aber das war es, was sie in mir auslöste.

Ich stand gerade in meinem Kleiderschrank und griff nach einem normalen Shirt und einer meiner sauberen Shorts, die ich ihr bringen wollte. Tatsächlich hatte sie mich dazu gebracht, ihr eine Verschnaufpause zu gönnen.

Natürlich nicht, ohne vorher noch ein gemeinsames Abendessen herauszuhandeln.

Zu Hause.

Bei mir.

Vielleicht würde der Italiener liefern. Oder der Chinese. Es war vollkommen gleichgültig, was wir aßen, solange wir es zusammen taten und ich danach die Möglichkeit hatte, sie abzulenken. Ablenken insofern, dass sie – wieder einmal – für ein paar Stunden vergaß, vielleicht besser nach Hause zu gehen. Wir würden eine Flasche Don Perigon öffnen, vor dem Fernseher irgendeinen Film gucken, welchen auch immer sie sehen wollte, und könnten uns unterhalten.

Meine Alarmglocken schrillten und ich wusste, dass ich mich zusammenreißen sollte, denn so, wie es jetzt war, würde es nicht ewig weiter gehen.

»Ich muss mit dir reden«, begann sie schließlich leise. Ich verstand sie kaum. Zum einen, weil sie so leise sprach, zum anderen, weil der Lärm der Park Avenue unter uns nach oben schallte. Tief durchatmend und irgendwie mit einem auffordernden Blick sah ich sie an. Ich wusste, was jetzt kam, ich hatte dieses Gespräch schon hunderte Male geführt, und auch wenn nicht ich derjenige war, der es begann, so wusste ich doch, dass es ... schwierig war. Ich verhielt mich so, als wäre nichts.

»Was gibts denn?«, fragte ich mit einem Lächeln und war froh, dass meine Augen hinter einer Sonnenbrille verborgen waren. Ich trug wieder meine Trainingshose und war oberkörperfrei. Das war mein Vorteil, das würde sie ein wenig ablenken. Zumindest hoffte ich das.

»Du bist mein Klient.«

»Ich weiß.« Ich wünschte, ich hätte Wein statt Kaffee.

»Und dass wir das nicht tun sollten, muss ich wohl auch nicht erwähnen.«

»Ich weiß«, sagte ich wieder und nickte.

»Wie also gehen wir weiter vor?«

Sprachlos sah ich sie an. Was genau meinte sie denn damit? Das ... also ... wollte sie denn, dass das, was auch immer wir hier hatten, dass es vorbei war? Meinte sie das etwa ernst? Ich glaubte, ich hörte nicht richtig!

»Was genau meinst du?«, fragte ich deshalb vorsichtig. Ich sah genau den Moment, in dem sie von entspannt auf dramatisch und vollkommen fertig umstieg. Ihre Augen weiteten sich, diesmal allerdings nicht im positiven Sinne. Ihr ganzer Körper spannte sich an, verkrampfte fast ein bisschen und sie knetete die Hände in ihrem Schoß. Tief seufzte ich und sie schluckte schwer. Ich erkannte, dass das, was sie jetzt gleich vom Stapel lassen würde, nichts war, an dem ich Gefallen fand.

»Wir können so nicht weiter machen, Luke. Du kannst nicht mein Klient sein, dich mit den ganzen Frauen treffen, weiß Gott mit denen ... irgendwelche Sachen machen und mich dann in dein Bett holen, weil es dir so passt.« Ihre Stimme klang aufgeregt und irgendwie sauer. So, als wäre das alles offensichtlich, was sie hier sagte. Sie wies gerade den dummen kleinen Jungen mit der Nase auf das Offensichtliche. »Wir waren jetzt zweimal miteinander im Bett ... und das war schon zweimal zu viel. Wenn das an die Öffentlichkeit gerät, dann kann ich nicht nur meine Lizenz verlieren, nein, mich können auch alle Frauen, mit denen du dich im Rahmen meiner Agentur getroffen hast, verklagen. Sie können mich ausnehmen und niederstrecken. Das kann ich mir nicht erlauben. Die Agentur ist alles, was mir geblieben ist, nachdem Eric …« Sie brach ab und schüttelte den Kopf, als würde sie einen Dämon vertreiben wollen. »Wie auch immer. Meine Vergangenheit tut hier nichts zur Sache. Ich will nur sagen, dass das jetzt endgültig vorbei ist. Es war wirklich, wirklich schön mit dir, und ich habe jedes Treffen, gerade die letzten Stunden, wirklich mit dir genossen, du bist ein fabelhafter Liebhaber, wobei es unnötig ist, das zu erwähnen, aber es muss jetzt einfach aufhören. Es muss jetzt vorbei sein, ansonsten werde ich kaputt gehen. Und wenn ich nicht genau aufpasse, wird es meine Agentur auch.«

Sie sah mir ernst in die Augen, und ich schluckte mühsam. Ja, tatsächlich spürte ich sogar einen kleinen Kloß in meinem Hals. Niemals würde ich das zugeben, niemals würde ich das laut aussprechen, ich war doch kein verficktes Weichei ... aber, da war ganz klar etwas, das nicht dorthin gehörte.

»Eli«, versuchte ich es, und sie schüttelte den Kopf.

»Lass es einfach, Luke, ich hätte mich niemals auf dich einlassen dürfen.«

»Bereust du etwa, was wir getan haben?« Überrascht sah ich sie an. Es war das eine, ein schlechtes Gewissen zu haben, aber es war etwas völlig anderes, wenn sie es bereute. Bereuen sollte sie nichts. Bereuen war etwas für Schwächlinge. Bereuen war etwas für Menschen, die nicht selbstbewusst genug waren, um sich für die Dinge, die sie tun wollten, einzusetzen. Nein, dieser schwache Typ Mensch bereute dann und stürzte einen in Selbstzweifel.

Eleanore schien zu überlegen. Sie schien sich zu fragen, was genau sie mir jetzt antworten sollte. Vielleicht dachte sie auch darüber nach, was ich wohl hören wollen würde ... ich wusste es nicht, ... aber sie sah mir fest in meine Augen.

»Ja, tue ich.« Ihre Augen straften ihre Worte Lügen. Nur warum sie mich anlog, das war mir nicht klar. Durch meinen Job als Anwalt war ich sehr gut im Körperspracheanalysieren und im Zeichendeuten, ich war gut darin, herauszuhören, ob Menschen mir die Wahrheit sagten. Was auch immer gerade Eleanore dazu bewegte, mich anzuschwindeln, wusste ich nicht.

Aber sie tat es.

Das war der einzig vernünftige Grund, der mir einfiel, weshalb ich ihr sagte, was ich ihr nun sagte.

»Mach dir keinen Stress«, wiegelte ich die Situation ab. »Ich habe da so eine Drei-Nächte-Regel.« Es lief mir eiskalt über den Rücken, als ich es sagte. Als ich es sagte, nur damit sie nicht ging. Damit sie noch einmal mein war. Sie sah mich aufmerksam an, legte die Stirn in Falten, und da sie mich nicht weiter unterbrach, war ich mir recht sicher, dass ich weiter sprechen sollte. Ich hätte mich sowieso nicht davon abhalten lassen. »Ich schlafe nicht öfter mit einer Frau als drei Nächte.«

»Am Stück?«

Ich lachte laut auf, die Frage hatte mir noch niemand gestellt, dem ich von dieser Regel erzählt hatte. »Das ist vollkommen egal, ob am Stück, in einem Monat oder in zehn Jahren. Wichtig ist nur, dass ich nicht darüber hinaus komme.«

»Warum?« Sie legte den Kopf schief, sah mich aufmerksam an, während sie auf meine Antwort wartete. Ich war davon abgelenkt, wie ihr Busen sich durch ihre Atemzüge hob und senkte. Wie die Spitzen ihrer Haare, die sie mit einem Bleistift nach oben gebunden hatte, über ihren Hals strichen.

»Weil es wissenschaftlich erwiesen ist, dass man nach drei Nächten, und dreimal Sex Gefühle füreinander entwickelt.«

Skeptisch sah sie mich an. »Und das möchtest du nicht?«

»Auf keinen Fall«, erklärte ich, bemerkte aber, was ich getan hatte und korrigierte mich. »Also mit der Richtigen möchte ich das schon. Ich will ja heiraten und all den Familienkram.« Immer schön die Fassade aufrechterhalten Brandon. Immer schön aufrechterhalten.

Eleanore nickte. »Du scheinst ja eine Menge Erfahrungen mit Frauen zu haben.«

»Die eine oder andere«, erklärte ich. Mehr würde sie nicht aus mir heraus bekommen. Auf keinen Fall. Das war ein Teil meines Lebens, den ich wirklich mit niemandem teilte. Nicht einmal mit meinen beiden besten Freunden.

»Haben sich den schon mal Frauen in dich verliebt?«

»Nicht, seit ich die Drei-Nächte-Regel beachte.«

»Also drei Nächte und dreimal Sex ist in Ordnung und alles ist vergessen?«

Wieder nickte ich.

»So wie eine Art Gesetz, das dir dann automatisch, wenn du dich an diese Zahl drei hältst, Absolution erteilt?«, fragte sie weiter und ich lachte wieder.

»So kann man es sagen.«

»Ich verstehe«, sagte sie nachdenklich. »Was passiert dann aber, wenn jemand zwei Nächte und haufenweise mehr Geschlechtsverkehr als nur dreimal hatte?«

»Du meinst dich und mich?«, erkundigte ich mich genauer. Meine nächsten Worte müssten wohl gewählt sein, denn sie würden darüber entscheiden, ob Eli wirklich vor mir flüchten oder ob sie noch eine Nacht hier bleiben würde. Und FUCK! Ich wollte, dass sie hier blieb, verfluchte Scheiße. Ich wollte, dass sie in meinem Bett lag und noch einmal *mein* war.

»Ich meine dich und mich.« Ihre Wangen röteten sich so verführerisch, wie ich es mir auf ihrem Hintern vorstellte, wenn sie heute Abend ein ordentliches Spanking von mir bekam. Diesen Gedanken behielt ich allerdings besser für mich. »Wenn die Nächte zusammenhängend waren, dann war es egal, wie oft man es trieb. Und bei Gott, da wären wir beide ja schon extrem lange über die dreimal Sex hinaus, nicht wahr?« Sie stimmte mir nickend grinsend zu. »Darum ist das jetzt egal.«

Sie sah mir wieder in die Augen, wusste anscheinend nicht recht, was sie jetzt antworten sollte. »Wenn du also heute Nacht noch einmal hierbleiben willst ... und es dir von mir«, ich beugte mich in ihre Richtung und ließ ihren Blick nicht los, »noch einmal richtig besorgen lassen willst, bist du herzlich eingeladen, zu bleiben.«

Sie schien bei meinen Worten zu überlegen. Ich sah förmlich, wie sie das Für und Wider abwägte. Wie sie anscheinend nicht gehen wollte, ihre Vernunft ihr aber eintrichterte, dass es besser wäre.

»Schau«, startete ich einen neuen Versuch. »Wir haben es jetzt schon so oft getrieben und keine Gefühle – abgesehen von Sympathie – entwickelt, was sollte daran einmal Sex ändern?«

»Überredest du mich gerade, mit dir zu schlafen?«, fragte sie plötzlich lächelnd und zwinkerte mir zu. »So schlecht bist du nicht, dass du das musst«, ergänzte sie, und ich rollte die Augen. Ich würde ihr gleich zeigen, was ich mit ihr machte, wenn sie frech wurde.

»Ich warne dich, zügle deine Zunge.«

»Sonst was?«, fragt sie provokant.

Damit war es beschlossen. Damit musste sie jetzt zurechtkommen. Langsam stellte ich meine Kaffeetasse auf den Tisch, erhob mich und überbrückte den kurzen Abstand zwischen uns. Eleanore sah mich mit großen Augen an, wusste nicht recht, was jetzt passieren würde. Ihre Nippel waren bereits steif, das konnte ich unter dem dünnen Shirt von mir sehen, und ich registrierte an der Art, wie sie die Schenkel zusammengedrückt hielt, dass es sie anturnte, wie ich gerade zu ihr war.

Heute Nacht hätten ich und mein Schwanz kein Erbarmen mit ihr.

Heute Nacht, in unserer dritten gemeinsamen Nacht, wäre sie noch einmal mein.

Zumindest offiziell.

Mir würde schon etwas einfallen, um dieses Schlussplädoyer zu gewinnen.

Das wäre ja wohl gelacht wenn nicht.

Kapitel 30

Luke

Womöglich war ich verrückt.

Vollkommen übergeschnappt.

Und ein verdammter Höhlenmensch, aber ich würde Eleanore nicht gehen lassen. Auf keinen beschissenen Fall! Ich war von ihr besessen. Von ihrem Körper. Ihrem Geruch. Ihrer Art, wie sie sich gab. Ich war vollkommen von ihr gefangen und ich würde nicht eher ruhen, bis sie so matt und erschöpft war, dass sie heute Nacht nirgendwo mehr hinging. Ich schlief wesentlich besser, wenn sie neben mir lag. Und heilige Scheiße, das hatte ich schon sehr lange nicht mehr über eine Frau gesagt. Genauer ... vermutlich noch nie.

»Vertraust du mir?«, wisperte ich dunkel an ihrem Ohr, nachdem ich sie aufs Bett geschmissen hatte. Ihre Haare waren wunderbar aufgefächert, denn den Stift hatten wir, als ich sie über meiner Schulter in meine Höhle gebracht hatte, anscheinend verloren. Das Shirt war bereits über ihrem Kopf, und da sie kein verfluchtes Höschen trug, lag sie ausgebreitet vor mir. Sie war feucht, das konnte ich riechen. Eleanore hatte ihren vollkommenen eigenen Geruch, wenn sie geil war.

»Ja«, hauchte sie und wand sich leicht auf den Laken.

»Ich verbinde dir die Augen. Und ich werde dich am Bett fesseln, ist das in Ordnung?«, fragte ich heiser. Mein Schwanz war bereits steif und drückte gegen die Naht meiner Hose. Als Eli scheu nickte, kam ich fast in meinen Shorts. Sie war die perfekte Unterwürfige. Zumindest, was den Sex anging. Ich bewegte mich von ihr weg, dimmte das Licht an dem Schalter neben der dunklen Kirschholzkommode und öffnete die oberste Schublade. Dort hatte ich Hand und Fußmanschetten, zusammen mit einer cremefarbenen Augenbinde, die ich ihr anlegen wollte. Das schwarze Leder war weich und sie waren innen gepolstert. Genau das Richtige, wenn man zart anfangen wollte. »Halte still«, wisperte ich an ihrer Haut und küsste mich langsam von ihren zarten Fesseln, über den Unterschenkel, bis zu ihren Hüften. Als ich dort ankam, wiegte ich sie kurz in Sicherheit, sah, wie sie ihre Augen genussvoll schloss, da ich sie sanft liebkoste und drehte sie dann in einem absoluten Überraschungsmoment, ruckartig um. Eleanore schrie vor Verwunderung auf, aber ich wusste, das war nur, weil sie nicht darauf vorbereitet gewesen war. Ihr tat nichts weh.

»Ich werde dich jetzt fesseln. Ich werde dir die Besinnung nehmen. Ich werde dich so ficken, dass du deinen eigenen Namen vergisst, während du meinen Namen schreist.« Ich erwartete keine Antwort von ihr und sie gab mir keine. »Wenn es dir zu heftig wird, dann sagst du einfach ›Leopard‹ und ich werde sofort aufhören.« Heiser klickte ich die Ringe der Handfesseln in den versteckten Ring an meinem Bettrahmen. Eleanore drehte den Kopf von links nach rechts, damit sie irgendetwas sah. »Das ist wichtig, Eleanore. Hast du mich verstanden?«

»Leopard«, wisperte sie und nickte. »Verstanden.« Sie fuhr sich mit der Zunge über die vollen Lippen, die von den ganzen Küssen des heutigen Tages bereits geschwollen waren, und ich schloss kurz schmerzerfüllt die Augen. Mein Schwanz war steinhart. Er pochte und verlangte so dringend nach ihrer nassen Muschi, dass ich am liebsten einfach in sie eingedrungen wäre und sie besinnungslos gefickt hätte. Das hatte ich auch noch nie. Ich war sicherlich kein Quickie-Kostverächter, aber ein richtiges leckeres Buffet zog ich im Normalfall vor. Mit Eleanore war eben alles anders. Wirklich anders.

Geduldig, weil ich es im Grunde doch hinauszögern wollte, fixierte ich ihre Füße. Sie hatte genügend Spielraum an allen Gelenken, damit sie sich nicht verletzte, war aber fest genug fixiert, damit sie nicht hindurchschlüpfen konnte.

Das Klicken der Ringe für die Manschetten ließ mich stöhnen. Ich hatte sie lange nicht mehr benutzt. Es hatte für eine sehr lange Zeit keine Frau gegeben, der ich die Freuden des Sinne-Raubens vor Augen führen wollte.

»Ich verbinde dir jetzt die Augen, Baby«, sagte ich mit heiserer Stimme und tat es.

Heilige verfickte Scheiße!

Sie war perfekt.

Ihr Arsch ragte leicht in die Höhe, da ich ihr nach dem Umdrehen ein Kissen unter die Hüfte geschoben hatte, ihre Hände lagen ruhig auf den Laken, bereit, sich in den zarten Stoff zu krallen Ihre langen dunklen Haare waren über ihre helle Haut ausgebreitet. Eleanores Taille war schmal, ging in weibliche runde Hüften über und hatte zwischen ihren seidigen, schlanken Schenkeln das Paradies liegen. Ich schob den Bund meiner Trainingshose nach unten, stieg heraus und fuhr mit meiner Hand an meinem Schwanz ein paar Mal auf und ab. Ich hätte am liebsten jetzt einfach so gewichst. Ich wäre gern gekommen und hätte alles über ihren Hintern verteilt. Aber ich riss mich zusammen. Genoss ihren Anblick und schaltete über mein Handy, das auf dem Nachtisch lag, Musik ein. Sie war nur für den Hintergrund bestimmt, war nicht sonderlich laut oder bestimmend ... sie war nur da, dass sich Eli nicht so allein vorkam.

Ich wanderte mit meinen beiden Händen an der zarten Haut ihrer Beine entlang, hinterließ hier und dort mit meinem Mund einen Biss und bemerkte, wie sie sich mir entgegen wand. Aber ich würde sie noch nicht lecken. Ich würde sie verrückt machen. Ich fuhr mit meiner Nasenspitze bis zu ihrer Mitte und sog tief ihren Geruch ein. Sie roch so unfassbar gut. Sie war mein Highlight. Sie war das Highlight des Abends. Ach was. Des Jahres!

Langsam kroch ich weiter nach oben, setzte mich rittlings auf ihren Hintern und rieb meinen harten Schwanz zwischen ihren Pobacken. Gott, ich wollte sie so dringend ficken. So dermaßen dringend. Eli wimmerte leise und hob den Kopf in den Nacken. Ihre Position schränkte sie zwar ein, ließ aber genug Spielraum, um ihrer Sinnlichkeit nachzugeben. Während ich meinen Steifen zwischen ihren Pobacken rieb, kaum mehr an mich halten konnte, nicht einfach in sie einzudringen und sie ordentlich zu ficken, griff ich mir eine Handvoll ihres Haares und bog ihren Kopf sanft zurück. Sie drehte ihn und ich erkannte an den geröteten Wangen, an den dunkelrot durchbluteten, geschwollenen Lippen, wie erregt sie war. Ich beugte mich nach vorn, verlor fast das Gleichgewicht, aber das war mir egal. Ich brauchte gerade die Reibung an meiner seidigen Härte und ihren Mund, von dem ich kosten konnte. Heftig drang ich mit meiner Zunge in ihren Mund ein. Hart spielten wir miteinander, und Eleanore gab es mir mit der gleichen Leidenschaft zurück, mit der ich den Kuss begonnen hatte.

»Bitte«, wimmerte sie schließlich, als ich ihr kurz Luft ließ. Ich lachte leise, legte meine Hand an ihren Hals und ließ sie mit dieser simplen Geste wissen, wer hier das Sagen hatte.

»Es ist mir egal, was *du* willst«, knurrte ich in ihr Ohr und biss sie anschließend in das Ohrläppchen. »Ich nehme mir, was *ich* will, Eleanore.«

Die Tatsache, dass sie schauerte und ihren Hintern fest nach oben drückte, zeigte mir, dass es sie anmachte, dominiert zu werden. Es wurde langsam Zeit, dass ich ihr vor Augen führte, wie sexy, wie sinnlich, wie einzigartig Sex war.

Wenn er mit der richtigen Person stattfand. Ich unterdrückte einen Fluch, als ich meinen Schwanz aus ihrer warmen Enge herauszog, beobachtete, wie sie erschöpft mit dem Kopf auf die Laken fiel und die wenigen Millimeter, die sie Spielraum hatte, versuchte ihre feuchte Pussy und die pochende Klit an der Bettwäsche zu reiben. Als Antwort auf ihre unausgesprochene Frage gab ich ihr einen Klaps auf den Arsch.

»Lass das!«, wies ich sie barsch an und sofort stoppten ihre kleinen Bewegungen. »Ich habe dir nicht erlaubt, dich zu bewegen!«

Ich saß neben ihr auf dem Bett, auf meinen Knien, mein Schwanz stand bereit von meinem Körper ab und ich verrieb den Lusttropfen, der bereits ausgetreten war, auf meiner Eichel. »Okay, du hast meine Warnung ignoriert, Eleanore.«

Sie seufzte hörbar, als sie sich wieder mit ihrer süßen Muschi an den Laken rieb. »Das hast du dir nun selbst eingebrockt«, erklärte ich, obwohl es gar nicht nötig gewesen wäre, aber sie sollte wissen, dass ich neben ihr saß und sie mir gleich krallen würde. In langsamer, geduldiger Abfolge klatschte meine Hand mehrmals auf die zarte Haut ihres Hinterns, die sich sofort rötlich färbte, und ich stöhnte laut. Das sah so heiß aus! Eleanore wand sich, reckte ihren Hintern in die Richtung, in welcher sie meine Hand vermutete, und ich grinste dreckig. »Das macht dich an, was?« Ich erwartete keine Antwort und das wusste sie wohl, aber sie erwartete meine Schläge und ich wollte sie sicherlich nicht enttäuschen. Meine Handfläche traf wieder ihre herrlichen prallen Arschbacken und ich schloss genießerisch die Augen. Sie war mein.

Sie war heute Nacht mein, und ich würde sie besitzen. Markieren. Verderben für alle Männer, die nach mir kommen würden.

Eleanore stöhnte laut auf. Sie kannte ihr Safeword und sie konnte mir vertrauen, das ich aufhörte, wenn es für sie zu viel wurde. Wie zur Linderung streichelte ich darüber, genoss die Wärme, die die rot geschlagenen Flächen von sich gaben. Langsam beugte ich mich nach vorn, gab ihr einen Kuss auf jede ihrer Pobacken und lobte sie leise. »Braves Mädchen.« Eleanore wimmerte. Ich hörte es kaum, wegen der Musik, so leise war es, aber sie schien völlig in ihrer Welt zu sein.

Zusammenhanglose Worte verließen ihren Mund, und nur, weil mich ihr Betteln und Bitten so sehr anturnte, dass ich fast kam, ohne mich auch nur selbst zu berühren, ließ ich es ihr durchgehen. Mit meinem Zeigefinger fuhr ich zwischen ihre Schamlippen und erkundete ihre Spalte.

»Du bist so feucht für mich, du dreckiges Mädchen«, entfuhr es mir, und ich fühlte, wie sich meine Eier fest an meinen Körper zogen. Ich wollte kommen. Ich *musste* kommen. Langsam glitt ich mit einem Finger über ihren geschwollenen Kitzler, fuhr weiter nach oben, da sie immer noch auf dem Bauch lag und versenkte ruckartig drei Finger in ihr. Laut stöhnte sie auf und zerrte an ihren Fußfesseln. Ich grinste wie ein besessener Bastard. Auch wenn diese Position, als ich sie mit den Fingern fickte, wirklich unbequem war, fuhr meine freie Hand über meinen Schwanz. Auf und Ab. Auf und Ab. Mein Atem beschleunigte sich und ich brauchte nicht viel, um abzuspritzen. Ich kam mit meiner weißen Sahne auf ihrem geröteten Arsch. Es war mir egal, ob dabei alles dreckig wurde und wir später eine Dusche benötigen würden, ich wollte einfach nur dieses abgefuckte Verlangen nach ihr loswerden. Eleanore stöhnte, stemmte sich mit den Hüften und ihren leichten Auf-und-ab-Bewegungen meinen Fingern entgegen. Seufzte nach »mehr« und »härter«, aber ich gab ihr nicht, was sie wollte.

»Du willst es richtig besorgt haben, nicht wahr?« Eine Frau mit Worten anzuheizen, fiel mir nicht schwer. Die meisten wollten es, trauten sich aber nicht, es auszusprechen, und hatten Angst, danach abfällig und wie Dreck behandelt zu werden. Ich würde das niemals tun. Ich würde eine Frau niemals wie eine Schlampe behandeln, nur weil sie im Bett aus sich rausgegangen war.

»Bitte«, wimmerte Eleanore. Auch wenn es mich noch so sehr anturnte, kam man mit Betteln bei mir nicht weit. Ich entzog ihr meine Finger, und Eli stöhnte auf. »Nicht«, sie jammerte wieder und ich lachte leise.

Langsam stand ich auf, ging zu meiner Kommode und öffnete noch einmal die oberste Schublade. Heraus holte ich einen kleinen Analplug. Sie würde die Dehnung merken, aber als Ungeübte keinerlei Schmerzen damit haben. Ich griff nach der speziellen Creme zur Befeuchtung und wollte eigentlich zum Bett zurückgehen, musste aber stehen bleiben. Ich *musste* kurz stehenbleiben, um mir anzusehen, welches unfassbar großartige Bild sich mir bot. Diese wunderschöne, schlanke, aber kurvige Frau lag mit gespreizten Beinen, gefesselten Handgelenken, verbundenen Augen und voller Erwartungen auf meinem Bett. Sie vertraute mir so sehr, dass sie ihren Körper und die Zerbrechlichkeit ihrer Seele – und das war ja immer so ein Punkt, wenn man etwas Neues mit einem fremden Menschen ausprobierte –, in meine Hände legte. Dieser Gedanke, dass sie so mutig war, *mein* zu werden, dass sie sich von mir verführen und dominieren ließ, brachte meine Brust zum Schwellen und meinen Schwanz dazu, dass er sofort wieder aufrecht stand. Gemächlich, den Blick auf sie gerichtet, schlenderte ich zu meinem Bett. Heilige verfickte Scheiße, sie passte so extrem gut mit ihrer hellen Haut auf die dunklen Laken. Sie war wie die verdammte Kirsche auf der Sahne. Ihr dunkles, gelocktes Haar, das sich wie ein Vorhang über ihren Rücken legte, das auf dem Kissen neben ihr sich ausbreitete. Sie war so sexy, dass ich vor Stolz ein paar Zentimeter wuchs, weil ich sie entdeckt hatte. Weil es irgendeinen verdammten Idioten dort draußen gab, der sie übersehen hatte.

Ich verlor mich in ihr.

Ich verlor mich in mir.

Ich verlor mich in uns.

Kapitel 31

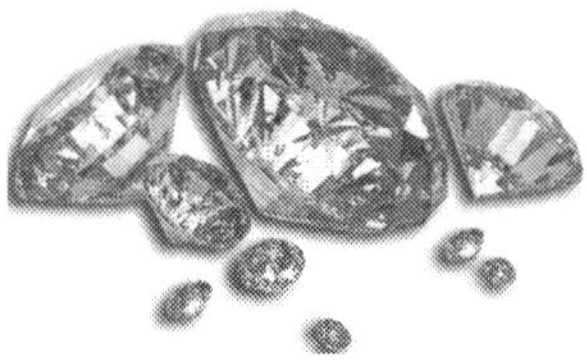

Eleanore

Absolute Erregung.

Unwiderstehliches Verlangen.

Die Lust auf mehr.

Viel mehr.

Und kein bisschen Scham.

Das war es, was mir durch den Kopf ging.

Ich lag auf den seidigen Laken seines Bettes, meine Arme und Beine waren an den jeweiligen Gelenken gefesselt und meine Augen waren verbunden. Und doch fühlte ich mich kein bisschen eingesperrt, ausgenutzt, ausgebeutet oder irgendetwas, was damit zu tun haben könnte. Nein, auf keinen Fall. Alles, was mir durch den Kopf und durch den Bauch ging, war, dass er endlich weiter machen sollte, dass dieses unwahrscheinliche Verlangen, endlich von ihm ausgefüllt zu werden, nicht noch übermächtiger wurde. Ruckartig hob ich den Kopf, als ich auf meiner erhitzten Haut, auf der er mir vorher einige Schläge – es widerstrebte mir, diesen sinnlichen Akt so zu nennen – verpasst hatte, mit kühler Lotion eingerieben wurde. Er tropfte die Flüssigkeit auf mein Steißbein und meine ruckartige Bewegung bewirkte, das sich ein Rinnsal zwischen meinen Pobacken bildete. Sogleich spürte ich, wie er mir selbige auseinanderzog und noch mehr um meinen After verteilte.

»Was tust du?«, fragte ich überrascht, aber vollkommen ohne Angst. Ich wusste einfach, dass er mir niemals etwas tun würde, das mir wehtat. Das mich wirklich schmerzte.

»Habe ich dir erlaubt, zu sprechen?« Sein barscher Tonfall erregte mich wieder. Wie schon die ganze Zeit. Er sprach mit mir, als hätte er hier das Sagen, aber irgendwo, egal wie sehr es mich anturnte, wusste ich, dass ich diejenige war, die den Takt vorgab. Er hatte es nie ausgesprochen und das hier war wirklich meine erste Erfahrung mit irgendetwas, das, so vermutete ich, mit BDSM zu tun hatte, aber ... es machte mich einfach nur geil. Dieses Wort war eigentlich nicht in meinem Wortschatz vorhanden, aber es turnte mich so dermaßen an, dass ich mich nicht anders auszudrücken wusste. Ich fühlte, wie die Nässe aus mir heraussickerte, wie mein Kitzler pochte und sich mein Innerstes immer wieder zusammenzog. Fest biss ich mir auf die Unterlippe, damit ich ihn nicht wieder anflehte und anbettelte, mir einen erlösenden Orgasmus zu schenken.

»Ich werde dir jetzt einen Analplug einführen«, sagte er, und ich fühlte bereits die Dehnung, die er an meinem empfindlichen After erreicht hatte. »Es ist ein kleiner, aber du wirst es lieben, wie er dich meinen dicken Schwanz noch intensiver fühlen lassen wird. Du wirst es lieben, wenn du kommst und gar nicht mehr aufhören kannst zu kommen.« Seine Stimme klang heiser, seine Hände waren zärtlich an dieser intimen Stelle meines Körpers. Jetzt verstand ich das glitschige Gel, welches er zuvor auf mir verteilt hatte. Er wollte mir wirklich nicht wehtun, und ich war ihm sehr dankbar, denn ich hatte noch niemals Analsex oder Ähnliches gehabt. In diesem Punkt war ich wirklich absolute Jungfrau. Ich seufzte tief, als das Ding anscheinend so platziert war, wie er es mochte, denn ich hörte ihn auch sehr schwer atmen.

»Du hast keine Ahnung, wie scharf du aussiehst«, sagte er heiser. Seine Hände legten sich plötzlich an meine Hüften und zogen mich leicht nach oben. »Ich ficke dich jetzt.« Seine Spitze war bereits in mir. »Ich muss verdammt nochmal in diese süße enge Pussy.« Ruckartig schob er sich in mich und ich ging ins Hohlkreuz, soweit es die Fesseln zuließen. Meine Haare fielen bei dieser Bewegung bis zu meinem Hintern, selbiger ragte in die Höhe, als Luke begann, in mich zu stoßen. Er griff sich eine Faustvoll meines Haares, und das zarte Ziehen an meiner Kopfhaut machte mich an. Ich fühlte, wie er mich dehnte, wie er mich weit mehr als nur ausfüllte, und ich fühlte, wie die dünne Haut zwischen After und Vagina keine der Reibungen verbarg. Das hatte er also damit gemeint. Ich stöhnte laut.

Sehr laut. Ich kannte kein Tabu mehr. Ich wollte alles. Ich wollte kommen. Ich wollte mehr.

Ich wollte ihn.

»Lass es raus, Baby«, zischte er, und sein heiserer Atem durchbrach meine Schreie. Meine Finger krampften sich in die Laken, ich zerrte mit den Handgelenken an den Seilen, soweit ich konnte. Nicht vor Schmerz, sondern weil dieser süße Himmel der Lust etwas Gewaltiges über mir zusammenbraute. Etwas so Mächtiges, von dem ich wusste, das ich nie wieder auf eine andere Art Sex haben wollte.

Außer mit Luke.

Er trieb sich in mich. Haut traf auf Haut. Ich fühlte, wie seine Hoden immer wieder gegen meinen Kitzler schlugen, sodass ich mich nach mehr sehnte. »Bitte«, schrie ich bei einem besonders gewaltigen Stoß.

»Du bist so verflucht eng durch den Plug«, stöhnte er. Der Geruch nach Sex meine Nässe und Schweiß lag in der Luft. Fest biss ich mir wieder auf die Lippe, bis ich Blut schmeckte. Es war mir egal, ich wusste, dass ich noch niemals so einen heftigen Orgasmus gehabt hatte, wie der, der sich gerade zusammenbraute. Plötzlich entzog sich Luke mir und ich schrie auf vor Protest.

»Wirst du stillhalten!«, wies er mich barsch an und ließ seine Hand mehrmals auf meinen Arsch knallen.

Ich wand mich, so wie ich konnte, wollte mehr. Ich fühlte mich unersättlich. Ich wollte so verdammt viel mehr von ihm, dass ich mir den Tod wünschte. Atemlos reckte ich ihm willig mein Hinterteil entgegen, und er verstand, was ich brauchte. Seine Hände hielten mich an meiner Hüfte an

Ort und Stelle, während ich fühlte, wie sich sein gewaltiger Schwanz einen Weg durch meine geschwollenen Schamlippen suchte. Als er dort ankam, und mich sanft neckte, wo ich ihn hart und dringend wollte, drang er ohne weitere Vorwarnungen erneut in mich ein. Ruckartig und fast zu heftig stieß er in mich. Laut schrie ich seinen Namen. Es brauchte nur zwei weitere Stöße dieser verdammten Intensität und ich kam.

Ich kam.

Und kam.

Und kam. Meine Muskeln zuckten und quetschten seinen Schwanz so verdammt sehr, dass ich mich kurz darum sorgte, ihn nicht abzudrücken, aber ... als er schließlich auch zu zucken begann und seinen Schwanz aus mir herauszog, fühlte ich, wie sein warmes Ejakulat auf meinem Rücken landete.

Wenige Augenblicke später verschwand sein warmer Körper, ich fühlte wie der Druck an Füßen und Armen nachließ und meine ermatteten Glieder auf das Laken glitten. Mir wurde die Augenbinde herunter gezogen und anschließend entfernte Luke den Analplug. Ich fühlte mich augenblicklich allein. Und leer. Und einsam.

Schließlich spürte ich, dass Luke mich auf seine Arme hob und mit mir ins Bad ging. Er platzierte mich, wie neulich auch schon, auf dem Badewannenrand und ließ Wasser ein. Auch er sah vollkommen k.o. aus, aber das schien ihn nicht davon abzuhalten, mir Entspannung zuteilwerden zu lassen. Als die Temperatur seiner Meinung nach passte und genügend Schaum in der Wanne war, stellte er sich hinein und hob mir dann die Hand entgegen, weil ich zu ihm steigen wollte. Seufzend ließ ich mich in das warme Wasser gleiten und schmiegte mich mit meinem Rücken an seine Brust.

Eine ganze Weile sprach niemand ein Wort, ehe er schließlich die stille und durchbrach. »Brennt es?«

»Nur ein bisschen. Es geht schon.«

»Nach dem Bad creme ich dich mit einer milden, kühlenden Lotion ein, dann wirst du morgen sitzen können.« Ich drehte leicht den Kopf und lächelte ihn schwach an. Sein besitzergreifendes Grinsen und seine Hand um meine Brust bewirkten, dass ich ein warmes Gefühl in meinem Bauch hatte. Vertrauen. Es fühlte sich nach Vertrauen an. Da war noch etwas ... nur konnte ich es nicht genau benennen. Es war ... ein anderes Gefühl. Ein kleines Kribbeln, das durch meine Adern drang. Luke schien davon nichts zu bemerken, denn er sprach weiter. »Eigentlich will ich aber, dass du nicht sitzen kannst. Ich will, dass du dich bei jeder deiner Bewegungen daran erinnerst, was wir getan haben. Wie heftig du gekommen bist.« Bei seinen Worten zog sich mein Unterleib zusammen. »Das erregt dich schon wieder, mh?«, wisperte er in mein Ohr und gab mir einen Kuss auf die empfindliche Haut dahinter.

»Woher?«, fragte ich, versuchte nicht einmal, es abzustreiten.

»Deine Nippel. Sie werden sofort steif, wenn dich etwas anmacht.« Er strich mit dem Schwamm in seinen Händen beruhigend über meinen vollen Busen. »Und deine Brüste schwellen an. Sie werden voller und härter.«

Ich fühlte, wie ich rot wurde.

»Schäme dich nicht für deinen Körper, Eli ...«, sagte er leise. »Er ist das Kostbarste, was dir geschenkt wurde. Ich liebe es, wie du auf mich reagierst.«

»Ich habe das noch nie gemacht, was wir heute gemacht haben«, wisperte ich, und keine Ahnung, wieso, aber trotz seiner Worte schämte ich mich nun ein wenig. Während wir es getan hatten, war da nur pure Lust gewesen.

»Zieh dich nicht vor mir zurück, Eleanore«, wies er mich dunkel an. »Sag mir, was dich bewegt. Wenn man so etwas Intimes teilt, wie wir beide heute Abend, dann sollte es keine Barrieren mehr geben.«

»Und das von einem Mann, der nur drei Nächte mit einer Frau verbringt?« Frech verließen die Worte meinen Mund. Luke gab mir zur Antwort einen kleinen Klaps auf meinen Nippel. Sofort fühlte ich die Wellen in meinem Unterleib nachschwappen. Ich wollte ihn.

Schon wieder.

»Erzähle mir, was in dir vorgeht, Baby ...« Seine leisen Worte rieselten über mich hinweg wie ein warmer Schauer. Plötzlich hob mir Luke, woher auch immer, ein Glas Weißwein entgegen, und ich nahm es dankbar an.

»Wie?«, fragte ich wieder einmal, ohne ganze Sätze zu bilden, und ich fühlte, wie er mit den Schultern zuckte. Er hielt ebenfalls ein Glas Wein in der Hand.

»Sagen wir so, ich war, bevor wir ins Bett sind, seeehhhrrr optimistisch, dich heute Nacht hierzubehalten.«

Grinsend schmiegte ich mich tiefer in seine Arme und hob das Glas, damit er mit seinem dagegen stoßen konnte. Dieser Mann wäre perfekt, hätte er nicht so viele Punkte in seiner Partner-Vita angegeben, die mit meinen gar nicht kompatibel waren.

»Verrätst du mir jetzt, warum du dich plötzlich schämst?« Mist! Ich hatte gehofft, er hätte sich ablenken lassen, aber das war wohl von mir zu optimistisch gedacht gewesen.

Leise räusperte ich mich und nahm mir einen Augenblick. Ich wusste, dass Luke als Anwalt mehr als nur verschwiegen war, dass er Dinge, die persönlich und vertraulich waren, niemals weitererzählen würde. Er war ... komischerweise vertraute ich ihm völlig. Also wirklich völlig. Er würde mir nicht wehtun, das wusste ich. Er würde es nicht gegen mich verwenden, wenn er erfuhr ... wenn er von dem schlimmsten Augenblick in meinem Leben erfuhr.

»Ich war lange Zeit in einer Beziehung.« Luke versteifte sich merklich und er räusperte sich ebenfalls. »Ich war«, betonte ich noch einmal, und er nickte. »Und Eric und ich ... wir waren seit der Highschool ein Paar. Also ... schon immer, irgendwie. Er war mein erster fester Freund, er war der erste Mann, mit dem ich Dinge ausprobierte. Mit dem ich meinen ersten richtigen Alkoholabsturz hatte, er war derjenige, mit dem ich auf dem Abschlussball war und mit dem ich zusammenzog, als es an der Zeit war, zu Hause zu gehen. Er war derjenige, mit dem ich meine Zukunft plante. Er war derjenige, der mir einen Heiratsantrag machte und ich sagte ja.«

»Du bist verheiratet?« Seine Stimme klang nach Entsetzen.

»Nein, bin ich nicht«, erwiderte ich, nachdem ich tief Luft geholt hatte.

»Ich dachte schon, du hättest mich angelogen.«

»Ich würde dich niemals belügen, Luke.« Er drehte mit seinem Finger meinen Kopf am Kinn so weit, das er mir in die Augen sehen konnte. »Niemals«, hauchte ich.

»Das hoffe ich. Hat *er*«, Luke spie das Wort fast aus, »dich belogen?«

Tief holte ich erneut Luft. Es war ein Teil meiner Geschichte, das war mir klar, aber dennoch hatte ich sie nie erzählen wollen. Sie war das Intimste, was ich jemals erlebt habe und gleichzeitig das Verletzendste. »Es war an unserem Hochzeitstag. Alles war fertig, alles war geplant. Die weit mehr als zweihundert Gäste waren anwesend, ich trug mein Kleid, er seinen Anzug. Es war endlich so weit, dass ich ihn heiraten würde, den Mann, von dem ich dachte, dass er mein Geliebter, mein Vertrauter und mein bester Freund war. Er war derjenige, von dem ich mir sicher war, er würde alles für mich tun, vom dem ich beschützt wurde, der alles für mich gegeben hätte.« Ich bemerkte, wie die Traurigkeit meiner Stimme diesmal fern blieb. Normalerweise konnte ich diese Geschichte nämlich nicht ohne zu weinen erzählen. Jetzt, heute, hier in Lukes Armen gesättigt von dem matten Gefühl des Orgasmus' und dem warmen Badewasser, war es in Ordnung, meine Seele vor ihm auszubreiten. »Mein Vater führte mich den Altargang entlang, die Töchter meiner besten Freundin Jody hielten meine Schleppe, und mein Dad übergab mich an ihn, als wäre er ein Held. Also, als wäre Eric der Held, dem er mich anvertraute. Na ja ... das tat er auch, bis zu dem Moment, als der Bräutigam sagte, dass er mich nicht heiraten könne.«

Luke versteifte sich wieder. Das merkte ich daran, dass er nicht damit fortfuhr, mich mit dem Schwamm und warmen Wasser zu streicheln. »Ich war entsetzt und für mich brach eine Welt zusammen. Vor allem, weil ich keinerlei Erklärung von ihm erhielt.«

»So ein Schwein!«, knurrte der schöne Mann hinter mir leise. »So ein beschissenes Schwein!«

»Warum er es mir nicht sagte, wurde mir klar, als ich aus der gemeinsamen Wohnung auszog.«

»Will ich wissen, weshalb dieser Wichser dich nicht heiraten wollte?«

»Nun«, begann ich wieder und freute mich innerlich ein klein wenig, da das schmerzhafte Ziehen in meiner Brust diesmal ausblieb. »Er hatte seit mehreren Jahren eine Affäre.«

»Beschissener Hurensohn«, zischte Luke und ich fühlte die Aggression durch seine Adern pulsieren.

»Mit der Freundin seines Trauzeugen.«

»Bitte was?« Das Entsetzen seiner Stimme sprach Bände. »Was für ein gottverdammter Wichser!«

Ich zuckte mit den Schultern. Und diesmal ... dieses Mal war es das erste Mal, das ich wirklich die Leichtigkeit dabei empfand, die diese Geste ausdrücken sollte. »Ich bin froh, dass ich ihn nicht heiraten konnte.« Schwer schluckte ich, da mit gerade bewusst wurde, wie wahr diese Worte waren. »Dann hätte ich heute diese Erfahrung mit dir nicht machen können.« Er stockte kurz in seiner Bewegung mit dem Schwamm und ich trank einen Schluck Weißwein. Wieder merkte ich, dass meine Wangen langsam rot wurden.

»Schäme dich nicht, Eleanore, für das, was wir geteilt haben.«

»Tu ich nicht«, wisperte ich.

»Tust du doch.«

»Ein bisschen.«

»Du hast es doch genossen, richtig?«

»Viel zu sehr.« Ich schloss meine Augen. »Ich glaube, ich war noch nie so feucht.«

»Nicht mal, wenn du es dir selbst besorgst?«

»Nein, nicht einmal dann.«

»Dann hast du etwas verpasst.«

»Jetzt ja nicht mehr«, sagte ich lächelnd. »Ich weiß, ihr Männer wollt das nicht hören ... Aber ich habe bisher noch nie …« Ich brach ab.

»Was hast du noch nie, Baby?«, fragte er mich, strich mir eine feuchte Strähne von der Wange. »Sag es mir ...«

»Ich bin noch nie nur durch einen Mann gekommen«, gab ich ehrlich zu. Luke entspannte seinen Körper merklich. Und wurde hart. »Das gefällt dir, ja?«, sagte ich lachend und er nickte.

»Viel zu sehr.«

»Darum danke ich dir.« Okay, es war bescheuert, sich dafür zu bedanken, dass man ohne eigene Hilfe einen Orgasmus bekommen hatte, oder?

»Hör auf, dich zu bedanken«, erklärte er. »Du bist eine wunderschöne, einzigartige Frau, Eli ... du wartest nur darauf, dass man dich führt. Vielleicht bist du im wahren Leben eine starke Persönlichkeit, eine Frau, die weiß, was sie will, die ihre Ziele erreicht und die voran prescht, um sie auch zu erlangen ... Aber im Bett, dort willst du geführt werden. Deine weibliche Seite lockt und ruft nach einem Mann wie mir. Und ich weiß, dass du es genossen hast. Und darum will ich nicht, dass du irgendetwas bereust, von all den Dingen, die wir in den letzten Tagen miteinander geteilt haben. Hast du mich verstanden?«

Seine intensiven, eindringlichen Worte hallten in mir nach. Ich legte den Kopf an seine Schulter und schloss die Augen. Ich genoss, wie er mit seinen Fingerspitzen über mein Dekolleté und meinen Hals fuhr. Sein heiserer Atem brach sich an meiner Haut und sein wieder steifer Penis drückte gegen meinen Hintern.

»Bereue nichts, das du getan hast, wenn du dabei glücklich warst«, wisperte ich und ließ mich in seinen Liebkosungen fallen.

Kapitel 32

Eleanore

Ein wenig wie Liebeskummer.

Okay, sogar ziemlich sehr wie Liebeskummer. So fühlte es sich erneut an, als ich nach diesem wahnsinnig beeindruckenden und ungeplanten Wochenende nach Hause kam. Meine sonst so gemütliche Wohnung war kalt und leer. Ich war einsam. Und auch wenn ich normalerweise ein Mensch war, der gern Zeit mit sich allein verbrachte, dann war es heute irgendwie anders. Dann hatte ich jetzt das Gefühl, als würde mich die Dunkelheit verschlucken. Vollkommen verschwinden lassen und ich hätte keine Chance mehr, irgendwie daraus aufzuwachen.

Es war Montag. Mitten in der Nacht. Und eigentlich war schon Dienstag, zumindest laut der Uhrzeit, aber für mich zählte die Regel: So lange ich noch nicht im Bett gewesen war, war immer noch der gleiche Tag.

Mit dem Glas Wein in der Hand griff ich nach meinem Smartphone.

»Hey«, rief meine beste Freundin. »Da war aber jemand in der Versenkung verschwunden!«

»Hi«, erwiderte ich kleinlaut und mit mieser Stimmung. »Dickes Sorry.«

»Kein Problem, die Mädels halten mich ja auch ordentlich auf Trapp! Eleanore, nicht dass ich mich nicht freue, etwas von dir zu hören, aber es ist mitten in der Nacht, ist etwas passiert?«

»Nein«, rief ich und senkte sofort die Stimme wieder. »Ich habe dich geweckt, richtig?«

»Nein, ich war noch wach. Ich habe da so einen neuen Roman, der mich fesselt.«

»Klingt spannend.«

»Klingt nach einer Mutter mit vier Kindern.« Sie lachte. Ich wusste, dass meine beste Freundin sehr glücklich in ihrem Leben war ... aber auch, dass sie mit vier kleinen Mädchen angekettet war. Ich konnte es ihr nicht verübeln, wenn sie einmal raus wollte. Eigentlich war ich nicht der Feiern-geh-Typ, aber wenn sie es gern wollte?

»Möchtest du mal wieder ausgehen?«, fragte ich deshalb nach.

»Wenn du in deinem vollen Terminplaner Zeit dafür findest.«

»Ich finde immer Zeit für dich, Süße!«, stellte ich klar, und mir wurde bewusst, wie sehr ich mit Luke und mir beschäftigt gewesen war, dass ich das gar nicht wahrnahm.

Dass mir gar nicht auffiel, wie ich meine beste Freundin vernachlässigt hatte. »Ich sehe morgen in meinen Terminplaner und sage dir Bescheid, aber ich denke, am Wochenende sieht es gut aus. Außerdem kommt mir die Ablenkung gelegen.«

»Was ist denn passiert?«, fragte sie nach, und ich trank das Glas Wein in einem Zug aus, schüttete mir sofort nach.

»Luke Brandon.«

»Der Kumpel von Colby? Der Typ, der jetzt dein Klient ist?« Ihre Stimme klang überrascht. »Was hast du getan, Eleanore?«

»Ich habe mit ihm geschlafen.«

»Was?« Ihre Stimme wurde lauter. Sofort zügelte sie sich allerdings wieder. »Was?«, fragte sie noch einmal, wesentlich leiser.

»Ich habe mit ihm geschlafen!« Tränen stiegen in mir auf. »Nicht nur einmal.«

»Okay«, erwiderte sie, und ich hörte, wie sie den Kühlschrank öffnete und gleich danach wieder schloss. »Ich denke, ich brauche ein Glas Wein.«

»Nimm die Flasche«, erwiderte ich und goss mir ebenfalls nach. »Ich habe meine oberste Regel gebrochen.«

»Weil du mit einem Klienten geschlafen hast.« Sie formulierte das nicht als Frage. »Erzähl von Anfang an.«

»Na ja, ich habe dir ja gesagt, dass er jetzt bei mir in der Kartei ist und dass ich einige echt gute Kandidatinnen für ihn habe.«

»Das hast du gesagt, ja.«

»Na ja und dann war er aber irgendwie ... also, er meinte, dass er zwar gut im Frauen-Aufreißen und Abschleppen ist ...«

Meine Freundin unterbrach mich. »Gott segne die Ehrlichkeit der Männer.«

»... Aber eben keine Ahnung von normalen Tagsüber-Dates hat.«

»Und dann hast du dich mit ihm getroffen.«

»Ja, hab ich.«

»Und dann war schwupp sein Penis in dir?«

»Hör auf«, stöhnte ich und gönnte mir einen großen Schluck. Endlich setzte die matte Taubheit ein, die Alkohol in Menschen bewirkt. »Zuerst war da ein Kuss und dann hat er mich nicht beachtet und hatte sein erstes Date. Na ja und dann ... irgendwie war alles normal und ich war sauer und echt ... eifersüchtig auf diese dumme Kuh.« Kleinlaut gab ich vor ihr zu, was ich ansonsten nicht laut ausgesprochen hätte. »Er hat mich dann im Kino überrascht. Obwohl er Schwarz-Weiß-Filme nicht einmal sonderlich mag. Und er hat mich nach Hause gebracht und dann ist er mir nach oben gefolgt. Und wir haben gestritten.«

»Worüber?«

»Belanglosen Scheiß.«

»Und dann?«

»Dann sind wir irgendwie miteinander in der Kiste gelandet. Und dummerweise nicht nur das, er ist sogar über Nacht geblieben.«

»Er ist was?«, fragte sie, und ich konnte hören, auch wenn ich sie nicht sah, dass sie die Augen aufgerissen und den Mund offen stehen hatte.

»Bis zum nächsten Morgen. Dann hat er Frühstück für uns gemacht.«

»Du verarschst mich?«

»Nein. Tu ich nicht.«

»Und dann?« Sie schien mir wirklich gespannt zu lauschen. Und ich hatte Redebedarf, also war das gerade passend.

»Na ja und am Montag dann hab ich ihm gesagt, dass das so nicht mehr geht und ihn für jeden Tag mindestens drei Dates reingedrückt. Mit Frauen, die gar nicht zu ihm passen.«

»Du wolltest ihn sauer machen?«

»Das«, räumte ich ein. »Und ich wollte ihm wehtun. Sehr.«

»Hat es geklappt?« Sie schien mich nicht ernst zu nehmen. Ich hörte das Lächeln aus ihrer Stimme.

»Sagen wir so, er entlädt seine Wut scheinbar in Sex.«

»Und das ist der Grund, warum du heute so down bist? Er entlädt sie zwar in Sex, aber der ist nicht sonderlich gut?«

»Nein, so ist es nicht. Er hat da diese Drei-Nächte-Regel.«

»Was?«, fragte sie nach.

»Er verbringt nie mehr als drei Nächte mit der gleichen Frau. Angeblich entwickelt man dann Gefühle!«

»Und? Stimmts?«

»Was?«, rief ich. »Nein. Tut es nicht. Keine Ahnung, ob es stimmt.«

»Aha.« Mehr sagte sie dazu nicht.

»Was ›aha‹?«

»Ich denke, du magst ihn.«

»Natürlich mag ich ihn, er ist mein Klient.«

»Ich meine ein etwas anderes Mögen, Süße.«

»Das ... kann nicht sein«, murmelte ich zögerlich und riss die Augen auf. »Das kann wirklich nicht sein.«

»Na ja«, erklärte sie weiter. »Nur weil du sagst, das kann nicht sein, bedeutet das doch nicht, dass das dein Herz auch so sieht.«

»Ich bin auf keinen Fall in ihn verliebt!«, erwiderte ich energisch.

»Wieso belügst du dich, Eleanore?«

»Das tu ich nicht. Ich weiß, ich bin nicht in ihn verliebt.«

»Aha.« Ich hasste dieses verfluchte *Aha.* »Dann sag mir doch mal, wieso du dann so mies gelaunt bist, mich um 2:37 Uhr anrufst und wir uns beide Wein in den Rachen kippen, als gäbe es keinen Morgen?«

»Weil«, begann ich und kniff die Augen zusammen um die Ziffern auf der Uhr sehen zu können. »Weil der Sex echt gut war.«

»Wir betrinken uns also und analysieren das alles am Telefon mitten in der Nacht, weil der Sex gut war?«

»Ja.«

»Ist das dein Scheißernst, Eli?« *Eli* ... so nannte *er* mich immer. Und jetzt ... würde er mich vermutlich nie wieder so nennen. Weil unsere drei Nächte miteinander vorbei waren.

»Na komm schon!«, rief ich. »Wer bitte hat denn so eine

dämliche Regel erfunden? Dass man drei Nächte rumvögeln kann wie Perverse und danach nicht mehr, weil man dann Gefühle entwickelt?«, echauffierte ich mich. »Das ist doch absolut hirnverbrannt und idiotisch! Ehrlich! Da hab ich keine weiteren Worte mehr dafür, außer dass der Kerl wohl denkt, er ist der Nabel der Welt, dass alle Frauen, die es gibt, nur darauf warten, dass er seine doofen drei Nächte mit ihnen verbringt. Und ihnen Orgasmen schenkt, wie sie sie noch nie erlebt haben.«

»Hört, hört!«, rief meine Freundin dazwischen, aber ich kam jetzt erst richtig in Fahrt.

»Es ist doch so, da öffnest du dich einem Mann, ihr habt dieses wahnsinnig tolle, spontane Wochenende zusammen, er kocht für dich, er verwöhnt dich, er trägt dich in die Badewanne und er macht diese irren Sachen beim Sex mit dir, dass du für alle weiteren Männer vollkommen verdorben bist, und dann ... dann verabschiedet er sich – PUFFFFF –, weil man angeblich – basierend auf irgendeiner vollkommenen Arschstatistik – nach mehr als drei Nächten Gefühle entwickelt.« Ich machte eine kurze Pause, und auch Jody sprach nicht. »Das ist doch vollkommen bescheuert. BE-SCHEU-ERT!« Auch wenn sie mich nicht sehen konnte, schüttelte ich den Kopf. »Ich meine, was geht in seinem kranken Hirn vor? Versteh ich nicht. Muss ich aber auch nicht, denn das hat sich ja jetzt sowieso erledigt. Ich suche ihm eine Frau und dann werde ich ihn nie wieder sehen.«

»Diesen Mistkerl!«, rief meine Freundin sarkastisch dazwischen.

»Genau! Diesen Mistkerl!«

»Mal eine Frage, wenn der Sex so fabelhaft war, wieso datest du ihn dann nicht einfach weiter, als eine Klientin?«

»Weil er heiraten will. Und ich sicherlich auf keinen verdammten Fall mehr irgendwas mit einer Hochzeit, bei der ich die Braut bin, zu tun haben möchte.«

»Eric war ein Arschloch, Süße. Nicht jeder Mann ist so.«

»Oh nein«, erwiderte ich gespielt fröhlich, »Die, die es nicht sind, haben Drei-Nächte-Regeln, die wollen gar nicht, dass man Gefühle entwickelt. Oder irgendetwas, das in Richtung Gefühle gehen könnte.«

»Wie gut, dass du ja keinerlei Gefühle für ihn hast.« Das Grinsen war aus ihrer Stimme herauszuhören.

»Ehrlich«, erklärte ich nochmals und rollte dabei die Augen. »Hab ich nicht. Ich weiß, dass du mir nicht glaubst, aber mir ist er als Mensch wirklich vollkommen egal.« War er nicht, aber das würde ich nicht zugeben.

»Also willst du ihn als menschlichen Vibrator benutzen?«, fragte sie lachend nach. »Das klingt so gar nicht nach dir.«

»Wäre doch eine Idee, oder? Er ist echt richtig gut im Bett.«

»Dann wird es ja nicht schwer sein, ihn zu vermitteln, oder?« *Oh ja, Jody, danke schön ... bohr in die Wunde. Mach nur. Das ist ganz, ganz toll.*

»Warum noch mal hab ich dich angerufen?«

»Weil ich dir nicht die Polizei auf den Hals hetze, wenn du nachts anrufst?«

»Ich hasse dich« Jetzt verfiel ich in eine jammernde Tonlage.

»Tust du nicht. Du hasst ihn. Weil er die Drei-Nächte-Regel hat und heiraten will und du ja nichts weiter für ihn empfindest.«

»Wirst du mir das jemals glauben?«

»Oh ja, wenn du ihn sicher unter Dach und Fach gebracht hast und ich seinen Namen nicht mehr höre.«

»Diese Herausforderung nehme ich an«, erklärte ich mit scheinbar selbstsicherer Stimme. Aber eigentlich wollte ich das gar nicht. Und wieso nur traute ich mich nicht, das ehrlich zuzugeben? Dass ich das nicht wollte? Dass ich ... scheiße, was war nur los?

»Darling, es ist jetzt drei Uhr nachts, wir ändern da heute nichts mehr dran, das ist dir klar, oder?«

»Was mach ich denn jetzt nur?«

»Jetzt vermittelst du ihm einige echte Dates, die, die wirklich zu ihm passen und ihn nicht einfach nur beschäftigt halten. Und dann lässt du ihn in Ruhe.«

»Er sollte ja lieber mal mich in Ruhe lassen!«, verteidigte ich mich automatisch, obwohl mich niemand angegriffen hatte. »Aber das wird er ja jetzt sowieso. Wir hatten ja unsere drei Nächte.« Gerade so konnte ich mir ein Schnauben verkneifen.

»Dann ist ja alles bestens.«

»Ja, in der Tat«, stimmte ich zu und glaubte den Scheiß nicht für eine Sekunde. »Ich gucke morgen in meinen Kalender, und dann gehen wir am Wochenende mal wieder richtig einen drauf machen.«

»Ich bin gespannt«, erwiderte sie lachend.

»Danke fürs Zuhören, Süße«, sagte ich, »Ich hab dich lieb.«

»Ich dich auch, Eli. Und selbstverständlich kannst du jederzeit hier anrufen, oder vorbeikommen. Egal wie spät es ist.«

»Danke«, murmelte ich und schenkte mir noch mal Wein nach. Auch wenn das Gespräch mit Jody jetzt beendet war, so wusste ich doch, hatte ich eine schlaflose Nacht vor mir. Eine von den Nächten, die einsam und kalt werden würden. So wie ab jetzt immer.

Luke hatte mit Sicherheit wieder ein außergewöhnliches sexuelles Erlebnis, während ich in meiner Wohnung saß und nachts irgendwelche Menschen anrief.

Er hatte bestimmt eine neue Frau für drei Nächte gefunden.

Daran hatte ich keine verdammten Zweifel.

Kapitel 33

Luke

»Mom«, ging ich überschwänglich ans Telefon und fuhr mir gleichzeitig mit der flachen Hand über das Gesicht. »Wie schön, dass du anrufst.« Nicht. Gar nicht. Eigentlich wirklich nicht, denn ich war nicht sonderlich gut gelaunt. Es war Mittwoch in der Früh, ich war bereits seit vier Stunden im Büro und das, obwohl es gerade mal sieben Uhr morgens war. Aber ... ich hatte nicht schlafen können. Seit ich mich Montag in der Früh von Eleanore verabschiedet hatte, konnte ich nicht mehr richtig schlafen. Oder entspannen. Oder ich selbst sein. Egal was. Es ging einfach nicht mehr. Es war alles so ... grau und neblig. Trist und düster. Und ich verstand nicht, wieso. Na gut, wenn ich mich nicht wie ein vollkommener Oberwichser aufführte, dann wusste ich natürlich wieso.

Sie bedeutete mir etwas. Und zwar mehr, als jede andere Frau vor ihr. Wenn ich ehrlich zu mir selbst war, und scheiße ich war Anwalt, ich war eben ehrlich zu mir selbst, dann musste ich mir eingestehen, dass ich mich ein wenig in sie verknallt hatte. Sie war so süß und unschuldig und gleichzeitig so verdammt sexy und befriedigend, wie keine Zweite es jemals gewesen war. Ich redete mir sogar ein, dass sie eine Muschi aus Gold besaß und ich deshalb noch mehr an ihr hing und nicht wieder von ihr loskam. Außerdem hatte ich nach ihrem Fortgang, den ich Vollidiot ja selbst provoziert hatte, nicht einmal die Laken meines Bettes wechseln lassen. Nein, ich wollte weiterhin in ihrem süßen Duft nach Sexyness und Weiblichkeit gefangen sein. Wie ein Ertrinkender bohrte ich die Nase in das Scheißkissen, auf dem sie einige Nächte geschlafen hatte.

Wenn ich es geschafft hätte, sie zu überzeugen, noch eine weitere Nacht bei mir zu bleiben, dann wäre sie jetzt nicht, auf Nimmerwiedersehen, gegangen. Dann wäre sie noch hier und ich könnte mich weiterhin in ihr vergraben. Aber nein, der sture Mistkerl in mir hielt ja an Dingen fest, von denen er sich nicht einmal mehr sicher war, weshalb sie jemals Sinn ergeben hatten.

»Na du tust es ja nicht«, sagte sie mir in ihrer typischen Mom Art. »Da dachte ich mir, ich erkundige mich mal, ob mein Sohn noch atmet oder ob ich die Polizei vorbei schicken muss.«

»Was?«, sagte ich ironisch, »Du wärst nicht einmal selbst gekommen?«

»Ich habe sehr viel zu tun, Junge.«

»Das enttäuscht mich bitterlich.« Obwohl sie es nicht sehen konnte, griff ich mir dramatisch an mein Herz. »Wie geht es dir, Mom?«

»Gut«, erklärte sie zögerlich. Da war was. Und ich wusste auch was. Ich war ja von Colbys Mom bestens informiert, dass Doktor Norris bei uns ein und aus ging. Anscheinend war es doch schlechter um sie bestellt, als ich annahm. Augenblicklich meldete sich mein schlechtes Gewissen, weil ich sie so lange nicht angerufen hatte. »Was macht Eli?«

Meine Mutter vergaß nie etwas. Es war also töricht von mir zu glauben, dass sie es würde. Einfach nur bescheuert. Schuld war ich ja selbst, denn ich hatte ihr im vollsten Besitz meiner geistigen Kräfte erzählt, dass ich mich bereits mit jemandem traf. Weit, weit, WEIT ausgedehnt, stimmte das ja. Aber da verschwammen die Grenzen schon wirklich irgendwie zwischen Wahrheit und Lüge.

»Gut«, antwortete ich schließlich und schloss gequält die Augen. »Es läuft gut bei uns.« Aha. Und wer genau war *uns,* fragte sich ein kleines Stimmchen in einem Kopf.

»Wann stellst du sie mir vor?« Die Stimme meiner Mutter klang fröhlich. »Ich wünsche mir so sehr, dass du sesshaft wirst.«

»Werde ich schon, Mom. Außerdem kennst du sie ja«, erklärte ich und schüttelte weiterhin stumm den Kopf über mich selbst. Was war ich nur für eine erbärmliche Kreatur, die nicht einmal davor zurückschreckte, die eigene Mutter anzulügen.

»Ich habe das Kind das letzte Mal gesehen, da war sie sieben. Oder acht. Also, nein, ich denke nicht, dass ich sie kenne, Luke.«

Augenrollend lenkte ich ab: »Was gibt es bei dir Neues?«

»Dokter Norris ist hin und wieder da«, gab sie gerade zu, und ich schluckte schwer. Ja, das hatte ich bereits gewusst. Das war mir schon mehrfach gesteckt worden.

»Okay. Und weshalb?«

»Nun …« Jetzt kam sie ein wenig ins Stocken. Ich ging davon aus, dass das daran lag, dass sie mir einfach nicht die volle Wahrheit sagen wollte, wie es aussah. Dass sie krank war und er sogar zu ihr nach Hause kommen musste, um sich um sie zu kümmern. Dass sie zu schwach war, um in seine Praxis zu fahren. »Dies und das eben.«

»Ich verstehe«, erwiderte ich vage. Ich war doch kein Vollidiot. Ich merkte doch, dass sie mir etwas verheimlichte. Nur warum sie nicht einfach mit der Sprache herausrückte, das verstand ich nicht. Ich konnte ihr doch nur helfen, wenn sie es wirklich ehrlich sagte. Vielleicht sollte ich den Privatdetektiv, der auch für die Kanzlei tätig war, bemühen? Vielleicht würde ich dann endlich herausfinden, mit welchem Problem ich es hier eigentlich zu tun hatte! »Möchtest du mir nicht endlich sagen, was los ist, Mom?«; fragte ich zum wiederholten Male.

»Möchtest du mir nicht einmal deine kleine Freundin vorstellen?«

»Mom!« Mein Tonfall war schnippisch.

»Luke!« Ihrer auch.

»Wieso ist es dir so wichtig, dass ich genau jetzt unter die Haube komme?«

»Weil du ansonsten deine besten Jahre vergeudest. Und weil es Zeit wird, dass du deine eigene Familie gründest. Du sollst immer jemanden haben und nicht irgendwann allein da stehen, vollkommen ohne Familie. Dein Vater ist vor Jahren von uns gegangen, es gibt nur noch dich und mich. Was, wenn ich auch gehe?« Ihre Stimme brach und ich biss mir auf die Lippe. »Ich kann mich einfach nicht entspannen, wenn ich nicht sicher weiß, das du gut aufgehoben bist.«

»Ich bin erwachsen, Mom, ich komme klar, egal, was passiert.« Mit Zusammenreißen schaffte ich es sogar, nicht wie ein Jammerlappen zu klingen.

»Darum geht es nicht, ich weiß, dass du allein klarkommst. Du brauchst mich nicht, du verdienst sehr gutes Geld, du unterstützt uns hier sogar. Also, darum geht es wirklich nicht. Aber du kannst nicht ohne Liebe sein, Luke. Niemand kann das. Nicht mal so ein High Society Anwalt wie du. Niemand. Und ich lasse nicht zu, dass du dich mit deiner Arbeit verheiratest. Deine Arbeit wird dir an Thanksgiving nämlich keinen Truthahn kochen. Und deine Arbeit wird dir auch nicht Suppe und Tee an dein Bett bringen, wenn du krank bist.«

»Mom«, begann ich wieder, und sie unterbrach mich.

»Und deine Arbeit wird dir keine Kinder schenken, Luke Brandon. Das kann ich dir versichern.«

»Du redest du, als würdest du morgen sterben, Mom. Was zum Teufel ist los?«

»Das sage ich dir zu gegebener Zeit. Jetzt möchte ich,

dass du dich darauf konzentrierst, dass du nicht mehr allein bist. Dass du jemanden hast, der auf dich Acht gibt, auch wenn du denkst, du brauchst niemanden, dir gehört die Welt.«

»Ist ja gut. Ich habe es verstanden«, lenkte ich kleinlaut ein. Sie hatte mir jetzt gerade ja quasi gesagt, dass sie bald sterben würde, und ich verdammter Mistkerl verwehrte ihr immer noch, dass ich heiratete und Enkelkinder auf die Welt brachte. Wie könnte ich das meiner Mutter antun? Wie könnte ich ihr das, was sie sich auf ihre letzten Tage am meisten wünschte, verwehren? Wie könnte ich so egoistisch sein und sie allein lassen, wenn es doch vollkommen normal war, dass man sich irgendwann verliebte und heiratete? Wie könnte ich ihr diesen letzten Wunsch abschlagen?

»Ich werde sie dir bald vorstellen, Mom, okay?« *Was werde ich tun?* Das waren ja ganz neue Töne! Es war das eine, intensiver daran zu arbeiten, dass man wirklich unter die Haube kam, und etwas vollkommen anderes, wenn man plötzlich eine feste Freundin erfand, die gar nicht existierte.

Nachdem ich mich von meiner Mutter verabschiedet hatte, wurde mir klar, dass es nur einen Ausweg aus der Sache gab. Ich würde Eleanore in einer höchst professionellen E-Mail schreiben, dass ich ein ernsthaftes Date brauchte, und würde mich so zusammenreißen, damit diese Frau mich öfter sehen wollte.

Etwas anderes blieb mir nicht.

***

Auf meinem Stift kauend und überlegend fragte ich mich, was besser wäre.

Sollte ich ihr eine E-Mail schicken? Sollte ich sie anrufen?

Sollte ich vorbei fahren?

Ich wusste es nicht. Ich fragte mich, ob es sinnvoll wäre, mich selbst nicht zu sehr zu geißeln. Wenn ich nämlich ehrlich war, dann wollte ich nichts mehr, als mich in ihr vergraben. Mich daran erinnern, wie perfekt wir zusammenpassten und dass es keine große Qual war, Zeit mit ihr zu verbringen. Aber ich wusste, dass sie das erstens nicht zulassen würde und zweitens, dass es keine Option war, Eli irgendwie dazu zu kriegen, ernsthaft mit mir auszugehen. Sie sollte nämlich nicht diejenige sein, die ich nach einiger Zeit abservierte. Ich hielt an dem Plan fest, dass ich gar nicht wirklich heiraten wollte, und ich hatte nicht vor, ihr damit wehzutun. Dafür war sie mir, und das sagte ich ganz ehrlich, viel zu wichtig geworden. Sie war irgendwie ein stückweit eine Freundin geworden. Eine Vertraute. Und ich hatte sie in eine Welt geführt, die mir heilig war. Das Einzige, was ich wirklich verfluchte, war diese gottbeschissen abgefuckte Drei-Nächte-Regel, von der ich ihr auch noch erzählt hatte. Hätte ich das nämlich nicht getan, hätte ich sie sicherlich mit meinem Geschick, Menschen zu überzeugen, dazu gebracht, dass sie weiterhin mit mir ins Bett ging. Wie ich das angestellt hätte, wusste ich nicht, aber ich hätte es irgendwie geschafft.

Und jetzt stand ich vor dem Problem, dass ich sie zwar sehen, aber nicht anfassen durfte. Dass ich mit ihr reden durfte, aber darüber, welche Frau die Richtige für mich war.

Oder dass wir über eine Hochzeit sprachen, die niemals stattfinden würde. Wie auch immer. Es war so oder so richtig miese Scheiße.

»Lizzy?«, rief ich meiner Sekretärin zu, die daraufhin sofort in meinem Büro erschien. »Was steht heute noch an?«

»Die Abstimmung über den neuen Partner.«

»Okay. Danke.« Ich legte kurz den Kopf schief. »Bitte lass meinen Wagen vorfahren.«

Lizzy nickte und verschwand wieder an ihren Schreibtisch.

Der kindische und peinliche Drang, Eleanore zu sehen, wurde übermächtig. Es war fast so, als könnte ich keine Minute länger existieren, wenn ich nicht sofort in ihre wunderschönen Augen blicken konnte, die mir umrahmt von dichten Wimpern all ihre Gefühle verrieten.

Wenig später, als mein Fahrer vor dem Backsteingebäude hielt, klopfte das Herz hektisch in meiner Brust. Nicht, weil ich die Entscheidung getroffen hatte, dass ich ein echtes Date bräuchte und sie mir dabei – wieder einmal – helfen musste, sondern weil ich sie gleich in Fleisch und Blut vor mir sehen würde. Und das machte mich an. In meiner Hose regte sich mein Schwanz. Der Verräter.

Ungeduldig brachte ich die Aufzugfahrt hinter mich, begrüßte die Sekretärin, die ganz vorn saß und einen auf Hippie machte, und blieb abrupt stehen.

Eleanore stand gerade am Kopierer, und ich sah ihre Rückansicht. Die schmalen Schultern, die zierliche Taille die Hüften, die in einen knackigen Arsch übergingen, an den ich mich nackt so gut erinnern konnte. Ihr sah ihre langen Beine, zumindest das, was von dem Bleistiftrock, der bis zu ihrem Knie reichte, nicht verborgen war. Das rote Kleid, das um die Taille einen schmalen schwarzen Gürtel hatte, schmiegte sich so perfekt an ihre Figur, dass man nicht nur erahnen konnte, wie einzigartig und wunderschön ihr Körper wohl nackt aussah. Eli trug schwarze Schuhe, die wirklich schwindelerregend hoch und fantasieanregend waren. Noch einmal glitt mein Blick an ihr nach oben und ja, es war mir durchaus bewusst, dass ich sie anstarrte und blickfickte. Aber ich konnte nicht anders. Mein kleiner-großer Freund in meiner Hose war knüppelhart und wollte in ihr versinken.

Wieder einmal.

Schwer schluckend registrierte ich die feine Linie ihres Halses, da sie die Haare zu einem dieser großen Knoten zusammengesteckt hatte. Die sanft geschwungene Kurve der milchigen Haut, die mich an ein Wochenende wie aus einer anderen Epoche erinnerte.

»Eleanore«, sagte ich letztendlich ruhig, als ich mir genug Zeit gelassen hatte, sie anzustarren wie ein besitzergreifendes Arschloch.

Sie versteifte sich merklich, drehte sich aber nicht um. Noch nicht. Sie wartete, bis der Kopierer auch die letzten Blätter ausgespuckt hatte, klopfte sie ordentlich auf einen Stapel, und schließlich wandte sie sich um, um mich anzusehen.

Mehrere Dinge geschahen gleichzeitig.

Mein Blick scannte sie von vorn.

Ihrer fuhr über meinen Körper. Dass sie diesen ebenso vermisste wie ich ihren, konnte ich daran erkennen, dass sich ihre Augen eine Nuance verdunkelten und ihre rot geschminkten Lippen, die exakt denselben Farbton hatten wie ihr Kleid, sich einen Spalt öffneten. Aus dieser Gegenüberstellung heraus konnte sie sehen, wie hart mein Schwanz war, wie er sich gegen den dünnen Stoff des maßgeschneiderten dunklen Anzuges drückte, den ich heute ausgewählt hatte. Ihr Blick blieb eine Sekunde zu lange daran hängen, und ein träges Grinsen schlich sich auf mein Gesicht. Nur, es war nicht nur sie, die meinen Körper mit den Augen vögelte. Oh nein, ich hing eine ganze Weile an ihrer Mitte fest, fragte mich, ob sie wohl ein Höschen darunter trug, denn ich konnte keine Abdrücke erkennen, und fuhr anschließend über den Stoff des Kleides und den Gürtel mit der unschuldigen Schnalle in Schleifenform nach oben, um an ihren vollen, runden Titten hängen zu bleiben. Ich hätte sie irgendwann einmal, als ich noch die Chance dazu hatte, tittenficken sollen. Ich hätte sie mir mehr nehmen sollen. Ich hätte sie mehr genießen müssen.

»Luke«, erwiderte sie schließlich und schluckte sichtlich mühsam. »Mir war nicht klar, dass du einen Termin hast«, stellte sie sachlich fest und ging vorweg zu ihrem Büro. Ich fasste das so auf, dass ich ihr folgen sollte.

»Mister Brandon«, säuselte ihr Assistent Ruben, als ich vorbei lief.

»Hallo Ruben.« Ich lächelte ihn an und fühlte seinen Blick, der sich auf mein Hinterteil heftete, nachdem ich an ihm vorbei war. Ich hatte nichts gegen schwule Männer, ganz und gar nicht, nur sollten sie bitte in ihrem Territorium bleiben und es nicht auf meines ausweiten.

Auch ohne Aufforderung schloss ich die Glastür zu ihrem Büro, und Eleanore schien den größtmöglichen Abstand zu mir zu suchen, den sie finden konnte. Sie stand hinter ihrem Schreibtisch, der wie eine Barriere zwischen uns war, sortierte die Unterlagen und sah schließlich hoch.

»Was kann ich für dich tun?«, fragte sie höflich, aber von ihrer Wärme, ihrem Herz und vor allem ihrer Freundlichkeit war nichts zu spüren.

»Ich habe ein Anliegen«, erklärte ich vage und wartete stehend, bis sie mir einen Platz anbot. Schließlich tat sie es, als sie sich selbst setzte. »Du siehst müde aus, Eleanore«, sagte ich und schalt mich in Gedanken sofort einen Idioten, weil keine vier Minuten mit ihr im selben Raum vergingen, ohne dass ich persönlich wurde.

»Ich schlafe nicht sonderlich gut«, erklärte sie und senkte den Blick. Ihre langen, fest geschminkten Wimpern warfen Schatten auf ihre hohen Wangenknochen. »Wie auch immer.« Okay, so wollte sie es also haben. Jegliches Privatgespräch sollte unterbunden sein. Das konnte sie haben. Ich konnte problemlos dabei mitspielen, wenn es das war, was sie wollte. »Was kann ich für dich tun?«

Seufzend lehnte ich mich zurück, überschlug die Beine und sah ihr direkt in die Augen. Ich wollte ihre Reaktion sehen. Zumindest einen Tick an diesem eifersüchtigen Funkeln genießen, das sie ansonsten immer gezeigt hatte, wenn ich mit einer anderen Frau zusammen war. Ich musste ihr zugutehalten, dass sie meinem Blick standhielt, und das, ohne auch nur die Miene zu verziehen. Allerdings verschränkte sie ihre Hände wie zu einer betenden Geste ineinander. Das kurze Zittern war mir selbstverständlich aufgefallen. Es gehörte zu meinem Job, dass ich ein Auge darauf hatte, wie Menschen auf mich reagierten.

»Die letzten Wochen haben wir damit verbracht, das alles nicht ernsthaft anzugehen.«

»Wir?« Ihre schrille Stimme unterbrach mich.

Neckend legte ich den Kopf schief. »Ja, wir.« Der Puls an ihrem Hals beschleunigte sich ein wenig. Unbeirrt fuhr ich fort. »Aber ich meinte das ernst. Ich brauche eine Frau. Ich möchte eine Frau. Ich möchte eine Familie und ernsthaft sesshaft werden. Ich will nicht mehr nur irgendwie diese Dates hinter mich bringen, ich würde mich gern mit jemandem treffen, der die gleichen Ziele hat wie ich, die gleichen Werte. Der ... der auch heiraten will. Und Kinder haben möchte.«

Ich übergab mich fast. Nicht bei den Worten mit der Hochzeit oder den Kindern. Oh nein, ich kotzte fast los, als ich eine andere, namens- und gesichtslose Frau erwähnte. Wie auch immer, mit meinen Worten schloss ich aus, Eleanore zu meinen. Auch wenn ich sie wollte. Ihre Reaktion war entzückend und verdrängte das Gefühl der Übelkeit augenblicklich. Der Schleier, der sich durch ihre Augen zog, die aufflammende Wut und Eifersucht, brachen sich Bann.

»Luke«, erklärte sie schließlich und ja, sie schaffte es, das Zittern aus ihrer Stimme fernzuhalten. Zumindest fast. »Nur weil du die Dates nicht ernst genommen hast, heißt das nicht, dass es keine ernsten waren.«

»Hör auf, mich zu verarschen, Eleanore. Du hattest deinen Spaß. Aber ich bin hier, weil ich es ernst meine und eine Frau will.«

»Ich will. Ich will. Ich will. Du klingst wie ein Kind.« Ach? Ich klang wie ein Kind? Das sagte ja die Richtige.

»Ich klinge wie ein Kind?«

»Natürlich. Alles, was ich von dir höre, ist, ich will!«

»Das hat dich nicht gestört, als ich dir gesagt habe, in welcher Position ich dich ficken will.« Autsch! Ja, der Satz war gemein, aber er trieb sie auf die Spitze. Wäre sie eine Gegenanwältin gewesen, dann wäre sie echt gut darin, mich zu durchschauen und auszuspielen. Immerhin hatte sie es gerade in einem Drei-Sätze-Gespräch geschafft.

»Ach so? Jetzt kommst du wieder damit!« Ihre Stimme klang immer noch schrill und zickig. »Nur, weil ich nicht so spiele, wie du willst!«

»Wie willst du denn, dass ich spiele?«, fragte ich mit ruhiger und kühler Stimme.

»Fair.«

»Und was genau …« Ich beugte mich jetzt in ihre Richtung und bekam die ganze Wut aus ihren Augen ab. »… ist hieran nicht fair?« Eleanore schoss Feuerpfeile auf mich ab. In ihr tobte es, das sah ich deutlich, auch wenn ein Außenstehender es nicht bemerkt hätte. Sie war wirklich wütend, zornig ... und, das ließ sich in keiner Weise leugnen: eifersüchtig.

Eleanore antwortete nicht. Sie starrte mich einfach weiterhin an, änderte schließlich ihre Position und verschränkte die Arme vor der Brust. Ihre Atmung beschleunigte sich, sie versuchte, sich unter Kontrolle zu bringen.

»Wieso gibst du nicht einfach zu, dass du eifersüchtig bist?«, fragte ich frei heraus.

»Du hast doch einen totalen Knall, Brandon!«, schimpfte sie los. »Ich bin überhaupt nicht eifersüchtig! Wie du nur so von dir selbst überzeugt sein kannst!« Sie stand auf und ich tat es ihr gleich. Die wunderschöne Frau, die gerade eher wie ein Racheengel wirkte, wurde laut. Mir war es vollkommen egal, ich schämte mich nicht dafür, dass ich sie wieder unter mir haben wollte, und das konnte gern jeder erfahren. Da es sowieso niemals stattfinden würde, denn unsere drei Nächte waren verbraucht. »Von Anfang an wollte ich dich nicht als Klienten, weil du eingebildet, arrogant und ein gottverdammter Narzisst, bist. Du denkst, du bist der Nabel der Welt, du denkst, alle Frauen schreien nach einem Mann wie dir, aber soll ich dir was sagen, so leicht ist das nun einmal nicht, weil du auch deine Fehler hast.« Schwer atmend sah sie mich an. Mühsam unterdrückte ich das Grinsen, welches sich auf mein Gesicht schleichen wollte. Ich wusste nur, wenn ich das jetzt zuließ, dann konnte ich vergessen, hier als lebender Mann herauszukommen. »Du bist einer der am schwersten zu Vermittelnden überhaupt, weil du ein – meine Großmutter vergebe mir – beschissenes Arschloch bist.« Sie senkte den Blick und hob ihre Hände wie in einer beschwichtigenden Geste. Mir fiel auf, dass ihre Finger ohne Schmuck waren und nur eine filigrane schwarze Uhr mit goldenem Ziffernblatt um ihr schmales Handgelenk gebunden war. »Aber okay, auch das werde ich hinkriegen, und das werde ich meistern, weil ich nämlich die Beste in diesem Job bin!« Ihre Worte waren immer noch erhitzt und doch zog sich eine eisige Kälte durch meine Adern.

»Ich bin also ein Arschloch? Ein Narzisst?«, knurrte ich dunkel und machte einen Schritt auf sie zu.

»Wage es nicht, mir zu nahe zu kommen, Brandon. Du kannst nicht alles mit deinem Sex-Appeal, von dem sowieso nur du denkst, das er vorhanden ist, klären.«

Spöttisch sah ich sie an und grinste jetzt doch. Wenn auch voller Ironie und Sarkasmus. »Mein Sex-Appeal, von dem ja nur ich denke, dass er vorhanden ist? Willst du mich eigentlich verarschen? Oder wie ist es so, sich selbst zu belügen? Du hast nackt unter mir gelegen, nach mehr gebettelt und um meinen Schwanz gefleht, während ich dich von Orgasmus zu Orgasmus gefickt habe. Also erzähle mir nicht, dass ich keine Anziehung auf dich habe.« Meine Stimme war nicht mehr laut, im Gegenteil sie war tödlich leise. Wenn ich eines so richtig hasste, dann, wenn mich jemand anlog. Meine rationale Seite, die gerade nicht wirklich zum Vorschein kam, sagte mir, dass sie sich selbst schützen wollte und deshalb so mit mir sprach. Dass sie versuchte, ihren Schmerz auf mich zu übertragen. Aber ich konnte ihr, beschissen noch mal, nicht helfen.

»Und dann kommst du wieder auf die Sexschiene. Natürlich, denn anders kannst du dich ja nicht ausdrücken. Weißt du, was hier das eigentliche Problem ist? Dass du nicht genug davon bekommen kannst, was wir hatten. Du stehst dir selbst im Weg, weil du nicht heiraten willst, und ich eben nun einmal schon. Und das wusstest du von Anfang an. Also hör auf hier zu lügen und irgendeinen

Scheiß zu behaupten, von dem wir beide wissen, dass er nicht wahr ist.«

»Bevor ich jemals einen Egomanen wie dich heirate, bleib ich lieber mein Leben lang allein.« Dunkel zischte sie mir die Worte zu. Sie wollte mich treffen, weil ich gerade die Wahrheit in ihr Gesicht geschleudert hatte. Es lag nun einmal in der Natur der Frauen, dass sie dann mit noch mehr Dreck und Schlamm um sich warfen. »Dieses Gespräch ist beendet!«, keifte sie weiter, ging zur Tür und riss sie so heftig auf, dass ich mich fragte, ob sie diese aus den Angeln reißen würde. »Du kannst einen *echten* Match haben, Luke Brandon, und dann will ich dich in meiner Agentur nie wieder sehen!«

Demonstrativ sah sie zur Seite, als ich auf ihrer Höhe war, um die Agentur zu verlassen. Ich jedoch blickte ihr direkt in das zur Seite gedrehte Gesicht.

»Belüge dich nur selbst, Eleanore. Sprich die Worte aus, von denen du mir weismachen willst, sie entsprächen der Wahrheit. Aber dein Körper, deine Augen und deine Lippen sprechen eine andere Sprache als deine Zunge. Schick mir die Details per E-Mail. Das sollte genügen.«

Ohne ein weiteres Wort verließ ich ihr Büro.

So eine elendige, eifersüchtige Zicke!

Kapitel 34

Luke

Diese Frau machte mich fertig! Wenn sie ernsthaft dachte, dass ich nicht wusste, wie eifersüchtig und irrational sie sich verhielt, dann war sie falsch gewickelt. Aber sowas von!

Ich hatte vielleicht noch nie eine ernsthafte Beziehung gehabt, aber das bedeutete nicht, dass ich ein Vollidiot war. Es lag sowas von offen auf der Hand, dass es um mein Date ging. Übrigens um ein Date, welches *sie* mir vermitteln sollte. Denn dafür bezahlte ich sie ja.

»Bring uns noch ’ne Runde, Tim«, rief mein Kumpel Colby dem Barkeeper zu.

»Was ist denn los mit dir, Brandon?«, fragte Phil, ein befreundeter Anwalt aus einer anderen Kanzlei. Wir kannten uns vom Studium und trafen uns immer noch ab und an in einer Sportsbar.

»Was?«, fragte ich abwesend und sah ihn von der Seite an. »Alles wie immer.«

»Du flirtest nicht, es ist nichts wie immer.«

»Soll ich dich angraben, oder wie stellst du dir das vor?«

»Idiot«, murmelte er und griff nach dem frisch gezapften Bier, das Tim vor uns abstellte. »Aber deine Favoriten-Schnecke ist hier, und du hast ihr noch nicht mal einen Blick zu geworfen.«

»Vermutlich war sie schon drei Nächte in seinem Bett.« Mein bester Freund zuckte mit den Schultern. Er fragte sich auch, was genau mit mir los war, weil ich heute Nachmittag mit so schlechter Laune zurück in die Kanzlei gekommen war, dass jeder den Kopf eingezogen hatte. Ich hatte für den einen Junior-Partner gestimmt, war aber nicht zum anschließenden Sektempfang geblieben. Amanda und Colby waren bei mir aufgetaucht, wollten ein Gespräch über einige neue Anwälte, deren Bewerbung auf unserem Tisch lag, führen, aber ich hatte sie unfreundlich meines Büros verwiesen und den ganzen weiteren Nachmittag vor mich hin gearbeitet. Ich war wütend und so dermaßen sauer auf Eleanore, dass ich mich nur mühsam davon abhalten konnte, zurück in ihr Büro zu gehen, ihr das Kleid über die Hüften zu schieben und ihr den Arsch zu versohlen, bis er feuerrot war.

»Nope, war sie nicht, es waren zwei, aber das geht euch kleine Pisser einen Scheiß an.« Das war die einzig akzeptable Antwort auf Colbys dummen Kommentar. Ich liebte meinen besten Freund wie einen Bruder, aber gerade sah ich in ihm nur den Feind, der mit Eleanore befreundet war.

»Wieso lässt du sie dir dann jetzt entgehen?«, fragte Phil weiter. War er eigentlich schon immer so nervig gewesen?

»Weil er ernsthaft datet.« Klugscheißer, bester Freund, bester Kollege und mein engster Vertrauter, der diesmal gar nicht über meine aktuelle Misere wusste, traf dennoch ins Schwarze.

»Exakt«, stimmte ich zu. Das war es zwar nicht hundertprozentig, aber das würde ich diesen kleinen Arschgeigen nicht sagen. Colby würde sicherlich wieder seinen Beschützer rauskehren und mich zu Tode nerven, wenn es um Eleanore ging, was auch der Grund dafür war, dass er nichts darüber wusste. Wenn er auch nur eine Ahnung davon hätte, dass ich sie in sämtlichen Positionen gefickt hatte, würde er mich ausweiden. Deshalb war es besser, wenn ich einfach die Klappe hielt. Langsam trank ich von meinem Bier. Sie hatte mich in unserer letzten vergangenen Nacht so scharf gemacht. Ich war kurz vor dem Durchdrehen, als sie mich zittrig, ohne meinen Mund auf ihr und meinen Schwanz in sich gehabt zu haben, verließ. Es war mit das Schwerste, das ich jemals getan hatte. Sie gehen zulassen.

Ich wollte sie ficken. Mich tief in ihr vergraben und ihr sagen, dass diese Veronica und wie all die Frauen hießen, ein Scheiß gegen sie waren. Aber ich wusste ganz genau, wenn ich das nun tun würde, dann wäre ich verloren. Wenn ich den Gedanken laut aussprach, dann war alles, was ich mühsam an Schutzmauern und Image aufgebaut hatte, mit einem einzigen Stein umgeworfen. Und diese Macht wollte ich sicher keiner Frau geben. Also behielt ich den Scheiß für mich. Machte sie an, genoss ihre Erregung und ließ sie befriedigt auf meinen Laken liegen. Ich hatte sie schon in mehr Räumen gehabt, als ich mich täglich aufhielt. Und was war das nur immer für eine Scheiße mit ihrer Küche? Das erste Mal, als ich in ihrer Wohnung gewesen war, hatte ich diese Zauber-Muschi auf dem Tresen gevögelt. Das zweite Mal hatte ich sogar riechen können, wie geil sie auf mich war, und doch war ich zurückgewichen. Solange bis ich es nicht mehr aushalten und sie gnadenlos aufs Kreuz legen würde.

Was war das nur, dass es mir jedes Mal in ihren vier Wänden den Schalter an- und ausknipste wie eine verfluchte Schreibtischlampe?

»Du datest?«, wiederholte Phil und wedelte mit der Hand vor meinem Gesicht herum. »Wo ist Luke Brandon und was hast du mit ihm gemacht?«

»Leck mich!«

»Das will er sicherlich nicht.« Colby lachte laut auf. »Wobei du Phil dann für drei Nächte haben könntest.«

»Diese Drei-Nächte-Regel würde mir auf die Nerven gehen.« *Jepp.* Seit Neuestem tat sie das bei mir auch.

Phil drehte sich auf seinem Barhocker herum, sodass er mit dem Rücken nun an den Tresen gelehnt war, wo eigentlich die Arme abgestützt werden konnten. Keiner von uns beachtete das Footballspiel im Fernseher, weshalb wir eigentlich hier waren. Alibimäßig hier waren.

»Wieso?«, fragte ich ihn und nahm einen richtig großen Schluck Bier. Ich wurde einfach nicht schnell genug betrunken, um zu vergessen, was vor nicht einmal zwölf Stunden passiert war. *Nämlich dieses ›nichts‹.* »Das hat wirklich nur Vorteile.« Meine Stimme klang wenig überzeugend.

»Ach ja?« Skeptisch hob er die dichten Brauen. »Was passiert, wenn die drei Nächte um sind?«

»Dann ist es wie automatisches Schlussmachen. Man sieht sich nie wieder.«

»Erklärst du den Frauen das so?« Colby sah mich neugierig an. Er wusste doch, wie ich das machte.

»Na klar. Ich spiele immer mit offenen Karten.« Ich fühlte den Blick von der Kellnerin, die ich sonst immer anmachte, auf mir. Es interessierte mich nicht. »Wenn es gut ist, kann man gern noch eine Runde oder eine zweite Runde anhängen. Aber das wars. Ab vier Nächten und Tagen entwickeln Frauen Gefühle. Und da hab ich einfach keinen Bock drauf. Ich will mich mit niemandem fest einlassen.« Diese Theorie war ja von Eleanore wieder einmal bestätigt worden. Dass ich sie ebenso bekräftigte, ließ ich außen vor.

»Ich dachte, du datest jetzt aber ernsthaft?«

Ich spezifizierte es. »Ich will mich mit niemandem fest einlassen, mit dem ich schon im Bett war.« *Außer natürlich Eli.* FUCK! Wo zur beschissenen Hölle kam das jetzt wieder her? So ein Dreck. »Ich will das einfach nicht, wenn ich die Person schon mal hatte.« Wieso war ich so ein Vollhonk und wiederholte hier gerade schön meine eigenen Worte? Was sollte denn das? Ich dachte, ich war ... der ganzen Sache gewachsen?

»Also, hast du dich jetzt mit jemand getroffen, mit dem du nicht im Bett warst.«

»Jepp«, stimmte ich zu. »Veronica.« Und wie sie sonst noch alle hießen.

»Wann?« Phil sah mich mit aufgerissenen Augen an, während er die Ladys checkte, welche in der Bar waren. Es war hier echt ein wenig schwer, dass die New Yorker Sportsbars meistens nur von Männern besucht wurden. Weniger von Frauen. Warum auch immer das so war.

»Vor ein paar Abenden.«

»Ich dachte, ihr wart Kaffee trinken?«, warf Colby ein und ich nickte.

»Meine Fresse, Männer. Wir waren Kaffeetrinken und das Date hat bis zum Abend gedauert.« Ich erzählte nichts davon, dass ich damals die meiste Zeit des Abends eigentlich bei Miss Olsen verbracht hatte. Ich wollte nicht, dass sie es wussten. Weshalb ich das nicht wollte, wagte ich selbst nicht einmal zu denken.

»Und wie war das so?« Phil grinste von einem Ohr zum anderen. »So ... angezogen?«

»Gar nicht mal so übel, wie ich dachte«, log ich fröhlich daher. Denn, Scheiße, es war so übel gewesen, wie es sich anhörte. Na gut, mit Eli wäre es das nicht gewesen, aber die durfte ich ja nicht mehr daten. Oder überhaupt nicht daten. Weder nackt noch angezogen. Das war irgendwie Scheiße.

»Also, war sie scharf?«, fragte Colby nach und ich nickte.

»Krankenschwester, Jungs ... was soll ich sagen.« Ich gab ihnen, was sie hören wollten.

»Du Schlingel!« Wir lachten alle drei. Ich mehr gespielt als wirklich, denn ich wusste ja, dass ich Veronica und all die anderen niemals wiedersehen würde. Außer vielleicht Annemarie, denn sie arbeitete ja in meiner Kanzlei. Die offizielle Ausrede dafür war natürlich, dass sie keine Kinder wollte und ich das doch irgendwann auf dem Plan stehen hatte ... aber inoffiziell ... Heilige Scheiße, ich wollte mich einfach *nur* mit Eli treffen. Und dabei musste sie nicht einmal nackt sein, wenn sie nicht wollte.

Wuuum!

Diese Erkenntnis traf mich mit voller Breitseite. Wieso konnte ich ihr das nicht einfach sagen? Sie war doch auch Single, gab es sie etwa nicht in ihrer Kartei, um mit ihr auszugehen? FUCK! Eigentlich wollte ich gar nicht ausgehen ... eigentlich wollte ich mich in ihr verkriechen.

Ich war ein erbärmlicher kleiner Drecksack, und wenn mich die Jury des Prozesses vom vergangenen Freitag so gesehen hätte, hätte ich den Fall sicherlich nicht gewonnen, sondern wäre mit Pauken und Trompeten untergegangen. Aber so was von, vermutlich wäre Auslachen die geringste Strafe gewesen.

Ich exte mein Bier und orderte ein neues. Die Jungs waren gerade abgelenkt, da sie mit Titte eins und Titte zwei sprachen. Zwei Schwestern – Zwillinge – die hier jeden Tag abhingen. Mit denen war ich nie im Bett gewesen, nicht für drei nicht für zwei und nicht für eine Nacht, denn die waren mir einfach zu billig. Ihr Verschleiß an Männern war höher als meiner an Frauen, und bei Gott, das bedeutete wirklich etwas, das durfte man mir glauben.

Was also hatte diese Partnervermittlerin an sich, dass

ich praktisch an nichts anderes mehr denken konnte? Und wenn ich ehrlich war, und das war ich eigentlich immer – zumindest zu mir selbst – dann war das nicht erst der Fall, seit ich das herausragende Vergnügen gehabt hatte, mit ihr zu vögeln. Oh nein, sie war wie eine Passion für mich. Wie Kokain. Ich wusste, sie war nicht das, was ich brauchte, denn sie wollte ja keine feste Beziehung.

Okay.

Moooment.

Stopp!

Was war das jetzt wieder?

Ich wollte doch auch keine feste Beziehung! Also wie, bitte, war dieser Gedanke, dass ich die Finger von ihr lassen musste, weil sie Single bleiben wollte, gerade in meinen Kopf gekommen? Das war doch alles nur eine überaus gut durchdachte Fake-Geschichte. Was also sollte das hier? Heilige Scheiße, ich war nicht nur am Arsch, sondern sie hatte mich so richtig bei den Eiern. Was also sollte ich tun?

Ich würde weiterhin offiziell daten, denn auch wenn ich Eli nett fand, dann musste ich doch irgendjemand meiner Mom vorsetzen, die mir abnahm, dass ich sie heiraten wollte. Und darum konnte ich Eli nicht bitten ... zumal ich eh tiefer in der Scheiße steckte, als sich irgendjemand vorstellen konnte, denn meine Mutter dachte ja praktisch, dass Eli und ich so gut, wie vor dem Altar standen. Dass wir fast sogar schon zusammenlebten. Und das dachte sie ja nur, weil ich es ihr quasi eingetrichtert hatte. Wenn ich sie nur dazu bringen könnte ... ich wäre mir sicher, ich würde sie nicht noch einmal mit der Drei-Nächte-Regel wegschicken ... beziehungsweise, war ich mir ziemlich sicher, dass ich, sobald ich sie fest an meiner Seite hatte und das Recht sie anzufassen besaß, nicht wieder gehen lassen wollte.

... die Kehrseite war, dass ich immer jedem erzählte, ich wollte, dass eine Frau für drei Nächte mein war und nicht für ein *Für immer*. Korrekt?

Fuck.

Was war hier los?

Was war mit meiner Drei-verdammte-Nächte-Regel passiert, ohne dass ich es bemerkt hatte?

Kapitel 35

Eleanore

»Elender, widerlicher Mistkerl!«, schimpfte ich laut und beschleunigte das Tempo auf meinem Laufband. »Was denkt dieser Arsch eigentlich, wer er ist?« Ja, ich sprach mit mir selbst, aber das war mir ehrlich scheißegal. »Kommt in mein Büro und will mir – *mir* – erzählen, wie die Welt funktioniert und dass ich eifersüchtig wäre. Ich. Paahhh das ich nicht lachte! Ich war wütend und sauer über die Dreistigkeit seines Besuches und dass er nicht mal so wenig Anstand besitzt, sich vorher anzukündigen, aber sauer war ich ganz sicher nicht!« Ich griff nach der Flasche in dem Getränkehalter und trank in gierigen Schlucken, sodass das Wasser sogar an meinem Mund vorbei lief. Noch so ein Punkt, wenn man zu Hause statt im Park oder in einem Studio trainierte. Und, man konnte dabei mit sich selbst sprechen. Das ging ja ansonsten gar nicht.

Was bildete sich dieser Scheißkerl eigentlich ein? Diese Frage stellte ich mir immer und immer wieder. Er kam in mein Büro, machte einen auf Macker mit dicker Hose, erklärte mir unterschwellig, wie ich meinen Job zu machen hatte, und wurde dann auch noch persönlich.

Persönlich.

Hallo? Ich meine, niemand, der eine professionelle Geschäftsbeziehung führte, wurde so schnell persönlich wie dieser Narzissten-Arsch. Er dachte echt, er wäre der Nabel der Welt. Wäre der Einzige, der zählte, aber da hatte er sich geschnitten. Und genau deshalb hatte ich ihm am frühen Abend einen Match geschickt. Melissa. 29, Russin sehr hübsch und bis auf einen Punkt passten sie gut zusammen. Zumindest laut des beschissenen Fragebogens, den die beiden ausgefüllt hatten. Er– der Egomane – sah nämlich gern Football im Fernsehen. Melissa machte lieber selbst Sport. Nämlich Yoga. Aber ihn würde es ja freuen, denn Yoga bedeutete, dass sie beweglich war und sich verbiegen konnte wie eine beschissene Hure. Meine Güte! So viel wie den vergangenen Tag hatte ich noch nie in meinen Gedanken geflucht.

Luke würde sein kack Date mit der Schönheit morgen Abend haben. Und ich gab keine weiteren Anweisungen zum Aufenthaltsort oder wie er sich zu kleiden oder zu verhalten hatte. Das war nämlich nicht das, was im Vertrag vereinbart war. Das Coaching hatten wir schon lange hinter uns gelassen. Schon sehr viel länger als mir lieb war.

Stattdessen zerrte mich dieser Widerling in sein Bett, machte all diese Sachen mit mir und ich sehnte mich jetzt schmerzlich danach, weil ich es nicht mehr haben konnte.

Okay, gut, ich war allein zu Hause, also konnte ich zumindest ansatzweise ehrlich zu mir selbst sein.

Ich war eifersüchtig.

Zutiefst.

Auch wenn ich am Kopierer gestanden hatte und ihm den Rücken zugewandt gehalten hatte, dann hatte ich seine Anwesenheit überdeutlich gespürt. Wie? Oder warum? Weil ich ihn gerochen hatte. Sein herrlicher, einzigartig männlicher Duft eilte ihm voraus, und bei noch keinem Mann hatten sich sämtliche Härchen an meinem Körper aufgestellt. Mein Nacken begann zu kribbeln und je länger er hinter mir stand und mich mit seinen glühenden Augen versenkte, umso feuchter wurde ich. Ich wagte kaum zu atmen, bewegte mich nur sehr langsam und war froh, die Kopiererautomatik aktiviert zu haben, sodass jedes Blatt selbst eingezogen wurde. Ich spürte, wie sich die Luft zwischen uns veränderte und es zu knistern begann. All die Luftmoleküle schienen sich neu zu sortieren und anders an zu ordnen. Nachdem ich mich schließlich umgedreht hatte, seinen Anblick in mich aufnahm, wie eine scheiß Ertrinkende, fragte ich mich – selbstverständlich – warum er hier war. Es war ja so, dass ich im Grunde schon auf ihn gewartet hatte. Ich wartete darauf, dass er zu mir kam und ... irgendetwas sagte. Nach dieser Nacht, diesem ehrlichen Gespräch bei dem anschließenden gemeinsamen Bad und nach allem, was ich ihm anvertraut hatte, dachte ich eigentlich, dass dieser Mistkerl merken würde, was mir an ihm lag.

Okay, Frauen waren schwer zu verstehen, das sah ich durchaus ein.

Aber was war so kompliziert daran, richtig zu deuten, wenn eine Frau Nein sagte, dass sie Ja meinte? Das war mit Sicherheit – auch wenn ich es noch nie kontrolliert hatte – das erste verfluchte Suchergebnis, wenn man etwas in die Richtung von Frauenlogik googelte. Wie auch immer. Luke in seiner arroganten, besserwisserischen Art und mit seiner in meinen Augen, vollkommen bescheuerten Drei-Nächte-Regel raffte es nicht. Wie auch immer er es geschafft hatte zu studieren. Keine Ahnung. Ich war also, nachdem er sich – der große Meister und Gönner der Orgasmen, wie er sich selbst irgendwie darstellte – vor meinen Schreibtisch gesetzt hatte und mir sagte, dass er ernsthaft Daten wollte, dezent ausgerastet.

Ja, hatte er bis dato gedacht, dass meine Agentur ein Witz ist? Anscheinend. Anscheinend dachte er das wirklich. Na gut, auf jeden Fall war ich so sauer, dass ich ihm Dinge an den Kopf knallte, weshalb er jetzt wohl meinte, dass ich vollkommen den Verstand verloren hatte. Womit er ja, wenn wir einigermaßen ehrlich waren, auch irgendwie recht hatte. Denn das, was in meinem Büro heute zwischen zwei angeblich erwachsenen Menschen stattgefunden hatte, war scheiße gewesen. Einfach nur scheiße und verletzend. Und das Wichtigste: wenig erwachsen.

Also sollte er nun mit Melissa einfach glücklich werden. Sollte mit ihr seinen Spaß haben und sie heiraten oder was auch immer. Es war mir egal. Ich würde ihn, wenn dieses

Date nicht *das* Date für ihn war, aus meiner Kartei kicken und ihm eine andere Agentur nahelegen. Ich würde mir nicht freiwillig von so einem Mistkerl das Herz brechen lassen nur, weil er es gerade für angebracht hielt, mich zu benutzen oder alle Frauen auf dieser Welt zu benutzen. Sollte er mit Melissa doch glücklich werden. Sollte er sich doch in dieser Frau verlieren.

Für mich jedenfalls, war die Angelegenheit Luke Brandon gegessen.

Ein für alle verdammten Male.

Das dachte ich zumindest.

Bis Colby mich anrief.

»Was läuft da ab, Eleanore?«, fragte er mich, ohne eine Begrüßung oder ähnliches.

Verschwitzt und vollkommen außer Atem hielt ich langsam das Laufband an.

»Was meinst du? Ich kann nicht folgen.«

»Wieso atmest du so?«, fragte er skeptisch.

»Das ihr Männer alle so Grund verdorben seid!«, erwiderte ich brüsk. »Ich war am Laufen.«

»Dann will ich das mal glauben. Aber nur, weil Luke bis gerade eben neben mir war.«

»Was?«, fragte ich verwirrt und unterdrückte den heftigen Drang, mich zu erkundigen, wo die beiden sich den herumtrieben. Das ging mich nichts mehr an. *Er* ging mich nichts mehr an. In meinem Magen bildete sich ein Knoten. Schwerlich konnte ich verhindern, dass ich laut aufseufzte.

»Habt ihr was miteinander?« Himmel! Was? *Stell dich dumm, Eleanore. Stell dich dumm!*

Darum fragte ich: »Wer?«

»Du und Luke. Läuft da was?« Colbys Stimme klang eindringlich.

»Wie kommst du denn darauf?« *Schinde mehr Zeit, Eleanore. Verdammt, du brauchst mehr Zeit.* Sollte ich so tun, als hätte ich schlechtes Netz? Das fragte ich mich gerade noch rechtzeitig, während mein Blick auf mein Handy fiel, das unberührt auf dem Tisch lag. Mein Cousin hatte natürlich auf dem Festnetz angerufen.

»Die Frage ist doch ganz simpel, Cousinchen.« Seine Stimme klang ruhig und beherrscht. »Wart ihr miteinander im Bett oder hilfst du ihm wirklich nur dabei, eine Frau zu finden?«

Und dann geschah es, der Moment, in dem ich im Boden versinken wollte. Es tickten die Sekunden an der Uhr entlang. Stille breitete sich zwischen uns aus, und mein Herzschlag, der jetzt nichts mehr mit einer erhöhten Frequenz durch das Laufen zu tun hatte, beschleunigte sich wieder. Schwer schluckte ich und vernahm lediglich die Hintergrundgeräusche der Bar.

Niemand sprach.

Die Zeit verstrich, ehe Colby die Stille durchbrach. »Ich deute das als ein Ja!«

»Nein«, rief ich energisch dazwischen. Lüge. Lüge. Lüge. Colby schien die angestaute Luft auszustoßen und ich fühlte plötzlich, wie mich Wärme durchströmte. Zu Lügen war zwar keine feine englische Art, aber wesentlich besser, als sich der vermaledeiten Wahrheit zu stellen, die mich nur nerven und Tränen kosten würde. Außerdem, und das sah ich wirklich so, ging es meinen Cousin nichts – rein gar nichts – an, mit wem ich ins Bett stieg und mit wem nicht. »Nein, da läuft nichts«, bestätigte ich also nochmals mit fester Stimme. »Wie kommst du auf so eine aberwitzige Idee?«, stellte ich eine scheinbar flapsige Frage, von der ich wusste, sie war eine Lüge. Eine absolute Lüge. Tief bohrte sich die Klinge des Messers in mein Herz.

»Das war so ein Gefühl«, gab er zu, und auch wenn ich ihn durch das Telefon nicht sehen konnte, war ich mir sicher, er zuckte gerade mit den Schultern und lächelte entschuldigend. »Vor allem, weil er nicht flirtet und das, obwohl sich ihm hier haufenweise Damen anbieten.« Er flirtete nicht? Überrascht weiteten sich meine Augen, mein Herz stolperte und galoppierte dann weiter. Dieser schnelle Schritt war eindeutig ungesund. Aber ich konnte ihn auch nicht vermeiden. Meine Gedanken überschlugen sich. »Aber dann liegt es wohl wirklich daran, dass er sich wirklich mit jemandem trifft, so wie er es erzählt hat.«

»Ähm«, begann ich und strich mir die Haarsträhnen zurück, die sich aus meinem Zopf gelöst hatten. »Das kann gut sein. Er ist ja nicht zum Spaß bei meiner Agentur.«

»Eben«, erwiderte mein Cousin, plötzlich wieder gut gelaunt. »Sorry, wenn ich dich da irgendwie im Verdacht hatte.«

»Ach was«, wiegelte ich ab, »Nicht der Rede wert.« *Wüsstest du die Wahrheit, wäre es für dich sicherlich der Rede wert. Aber ich sage dir ja nichts. Ich verrate dir nichts. Ich halte einfach schön meine Klappe und habe dich belogen.*

Zweimal.

Ich war offiziell eine Lügnerin.

Nachdem Colby und ich noch einige Familienhöflichkeiten und die Einladung zu seinem Geburtstag in zwei Wochen, ausgetauscht hatten, legten wir auf. Meine erste Amtshandlung war, mir mit den Händen über das Gesicht zu fahren. Ich war so verdammt am Arsch, wenn es jemals rauskäme, dass wir wirklich Sex miteinander gehabt hatten, das ließ sich nicht in Worte fassen. Ich hatte wirklich ein ernstzunehmendes Problem. Ein richtig heftiges.

Müde ließ ich mich auf mein Sofa fallen und momentan war es mir sogar egal, dass ich bis zum Himmel stank und von meinem Powerlauf nassgeschwitzt war. Es war mir einfach vollkommen gleichgültig.

Das viel größere Problem war, dass Luke offensichtlich ab sofort die Angelegenheit ernst nahm und wirklich keine Frauen mehr für seine dumme Drei-Nächte-Regel mit zu sich nahm, sondern auf das Date mit Melissa wartete. Ich fiel fast über die Couch, als ich wie eine Irre versuchte, mein Handy, zu erreichen und nachzusehen, ob ich eine Lesebestätigung der E-Mail hatte.

Und tatsächlich.

Da war sie!

Luke Brandon hatte um einundzwanzig Uhr siebzehn meine E-Mail gelesen.

Und anscheinend hatte er irgendwann zwischen dem Besuch heute Vormittag in meiner Agentur und dem Anruf meines Cousins beschlossen, dass er die Suche nach einer Ehefrau nun mit dem nötigen Ernst verfolgen würde.

Ich wagte nicht, das taube Gefühl der Enttäuschung zuzulassen, als in mir der Hoffnungsschimmer keimte, dass er wegen mir keine andere Frau ansprach oder flirtete, wie es anscheinend immer der Fall gewesen war. Luke Brandon war ein Alphatier, ein Egoist und ein Womanizer, der nichts anbrennen ließ.

Möge Gott der glücklichen Frau beistehen, die ihn irgendwann zum Ehemann haben würde.

Kapitel 36

Luke

Zwei Wochen später

Es war unser zweites Zusammentreffen. Das erste hatten wir auf einer Minigolf-Anlage in Brooklyn verbracht. Etwas vollkommen anderes als der Central Park, denn das widerstrebte mir. Also unterhielt ich mich mit Amanda, darüber, was man wohl alles so machen könnte, wenn man mit jemandem ausgehen wollte und das Treffen unverfänglich, locker und mit Beschäftigung verlaufen sollte. Nach den endlosen Telefonaten mit meiner Mom und der Tatsache, dass ich ihr wirklich jemand vorsetzen musste, nahm ich die Geschichte mittlerweile ernst. Ich war davon überzeugt, dass sie erst mit der Sprache herausrücken würde, was genau los war, wenn sie wusste, dass ich nicht einsam war. Es war mir irgendwie unbegreiflich, weshalb sie sich darüber überhaupt Gedanken machte. Ich war nie einsam gewesen! Ich hatte meine Arbeit und ziemlich gute Freunde, mit denen ich eigentlich sehr viel unternahm. Okay gut, seit Beginn dieser Dating Geschichte mit Eleanore war es weniger geworden, weil ich wie ein scheiß Weichei zu Hause oder in der Kanzlei saß und mir überlegte, wie ich sie dazu kriegen konnte, noch mal mit mir ins Bett zu gehen oder Zeit zu verbringen, aber jetzt nahm ich mein Leben wieder mit vollem Kurs auf. Das Ziehen in meiner Brust, von dem ich mir sicher war, dass es irgendetwas mit diesem wahnsinnig fabelhaften Sex zu tun hatte, auf den ich jetzt verzichten musste, ignorierte ich gekonnt. Amanda wies mich nämlich darauf hin, dass ich mich vollkommen darauf einlassen musste, sonst würde die ganze Geschichte so dermaßen nach hinten losgehen, dass alles zu spät war. Und da sie eine der wenigen Eingeweihten war, gab ich ihr recht. Sie war eine Frau, und ich hätte von Anfang an bei ihr in die »Ernsthafte Dating Schule« gehen sollen, anstatt bei Eli.

Meine beste Freundin wollte ich nämlich nicht in einer Tour und in jeder verdammten Position ficken. Es wäre leichter gewesen, wenn ich mich gleich an sie gehalten hätte. Dann wäre mir jetzt diese verdammte dunkelhaarige Schönheit nicht ständig durch den Kopf gegeistert.

Bei dem Ausflug in den Minigolfpark, war es auch so, dass ich zweimal gucken musste, ob es nicht Eleanore war, die dort stand und auf mich wartete. Melissa sah ihr so verdammt ähnlich! Wirklich. Die langen, dunkel gelockten

Haare, die Figur, die eher an eine Sanduhr erinnerte, als an eine normale Frau. Der volle Busen – na gut, das konnte auch daran liegen, dass sie ein weißes Shirt mit einem Aufdruck direkt darüber trug, der fast auseinanderriss, so spannte er. Die langen Beine, die in Blue Jeans steckten, und die sommerlichen Schuhe dazu ... Es erinnerte mich so dermaßen an Eleanore, dass ich mich zusammennehmen musste, um meine Enttäuschung zu verbergen, weil sie es nicht war, wie ich begriff, als ich sie ansprach.

Melissa war 29, Russin, aber in den USA aufgewachsen. Ihr Vater arbeitete für den Bürgermeister von New York und ihre Mutter entsprach dem klassischen Bild einer wunderschönen, makellosen russischen Frau, denn sie war lange Zeit Model gewesen. Mittlerweile im Ruhestand (bei einem Model begann der ja schon mit 35) und sonnte sich in dem Haus ihrer Eltern in den Hamptons.

Melissa hatte – entgegen einem Klischee, dass man nicht extrem hübsch und intelligent sein konnte – studiert und besaß ihre eigene Praxis für Sexualtherapie in Lower Manhattan. Als sie mir das erzählte, hätte ich eigentlich – flirttechnisch – zur Höchstform auflaufen müssen. Aber ich tat es nicht. Natürlich, Melissa war scharf. Rattenscharf. So scharf, dass ich mit einem Dauersteifen hätte herumlaufen müssen, gerade als sie sich beim Minigolf immer nach vorn beugte und mir ihren Hintern entgegen reckte, als würde sie mich stumm anbetteln, dass ich sie versohlte ... Aber, da war nichts. Keine Regung. Na gut, er war hart, als ich sie aus der Ferne sah, drückte sich gegen die Knopfleiste meiner Jeans, aber als ich dann feststellte, dass es nicht Eleanore war, legte er sich wieder schlafen.

Mein Kumpel und ich hatten abends darüber eine ziemlich heiße Diskussion gehabt, und deshalb riss er sich jetzt zusammen. Ich fand Melissa heiß. Tat ich wirklich. Sie war die perfekte Frau für den Playboy, und dass sie Sexualtherapeutin war ... hallo? Ich meinte, da würde jeder Mann Fantasien bekommen, die beinahe pervers waren. Auch wenn meine Schmerzgrenze, was den Begriff pervers anging, extrem hoch war.

Nur ... ich wollte sie nicht unter mir haben. Als ich das registrierte, nachdem ich sie – ganz der Gentlemen – nach den Runden im Golfpark und eisgekühlten Drinks nach Hause gebracht hatte, fragte ich mich ernsthaft, wie es weitergehen sollte. Ich hatte keine Antwort parat, aber ich musste sagen, dass ich mich gern mit ihr unterhielt. Aus dem Alter, in dem man sich nach einem Date ständig Nachrichten schickte oder anrief, waren wir beide raus. Aber gegen Ende der Woche, als ich keine Hass-E-Mail von Eleanore bekommen hatte, wie scheiße ich mich bei dem Date verhalten hatte und dass Melissa mich niemals wiedersehen wollte, riss ich mich zusammen und hinterließ am Samstag bei ihr eine Nachricht, ob sie Lust hätte, mit mir kommenden Freitag essen zu gehen.

Sie rief mich zurück, entschuldigte sich, dass sie nicht rangehen konnte, aber für Notfallpatienten habe sie auch am Wochenende eine Sprechstunde, und sagte zu. Bei der Auswahl des Restaurants gab ich mir keine sonderliche Mühe. Ich entschied mich für einen Italiener, denn bei diesem konnte sie Fleisch und auch vegetarische Gerichte finden, es gab guten Wein, aber auch Softdrinks, und das Ambiente bei dem kleinen Mia Ragazza am Broadway war sehr gemütlich. Man konnte fast sagen, es war angehaucht romantisch aber nicht so abgeschottet mit einzelnen Tischen, dass man davon ausgehen konnte, es war ein überaus intimes tête-à-tête. Als Melissa auftauchte ... oh mein Gott, sie sah fantastisch aus! Wirklich wunderschön, sie hatte sich echt in Schale geworfen, und ich erkannte eindeutig, dass sie schon von Kindesbeinen an mit Mode und Schönheit aufgewachsen war. Sie trug eine Hochsteckfrisur, als würden wir auf einen Ball gehen, ein schwarzes, eng anliegendes Kleid, das nichts der Fantasie überließ, aber dennoch stilvoll und elegant war. Dazu hatte sie hohe Schuhe an, und, sind wir einmal ehrlich, alles andere wäre ja auch der totale Flop gewesen: In ihren Ohrlöchern funkelten schwarze Turmalin-Edelsteine, das erzählte sie mir, und sie hatte an ihrem Finger den passenden Ring dazu. Melissas Augen waren dunkel geschminkt und verliehen ihr ein elegantes und irgendwie verruchtes Aussehen. Der Mund war in einer Farbe, die mich an Auberginen erinnerte.

Ich konnte Auberginen nicht leiden.

Aber dennoch war das Date schön. Wir unterhielten uns über alles Mögliche, über ihren Beruf und was genau sie tat – nein, als sie mir erzählte, was die Menschen alles so für Probleme hatten, klang ihr Beruf nicht mehr sehr erotisch – sie erzählte von ihrer Familie und wie schlimm es für sie als Kind war, bei einer Mutter zu leben, die ihr die Kalorien abzählte. Das rührte wirklich an meine Empathie und ich war erstaunt, dass ich das einem völlig fremden Menschen gegenüber überhaupt empfinden konnte. Um ehrlich zu sein, waren ein paar der Geschichten, wie sie ihrem

Privatlehrer auf den Reisen ihrer Mutter Streiche gespielt und die Schminke der anderen Models versteckt hatte, sogar sehr lustig. Melissa war witzig, das musste ich zugeben. Und es war für mich eine völlig neue Erfahrung, eine Frau auf diese Art kennenzulernen. Womöglich lag es daran, dass ich sie eher als Bekannte oder Freundin sah ... Aber nicht als Frau, die für mich infrage kommen würde. Ganz im Gegenteil, ihre Ähnlichkeit zu Eleanore, die durch und durch perfekte Art – und sie bestellte sich eine Pizza mit allem in groß, ohne auf Kalorien zu achten – schreckten mich eher ab.

Vor einem Monat, als ich noch der »alte« Luke Brandon gewesen war, hätte mich das alles nicht gestört. Vermutlich hätte ich nicht einmal richtig zugehört, wäre nur auf die Schlüsselmomente fixiert gewesen, die mir verrieten, was ich wissen musste, damit sie mit mir ins Bett ging. Wie auch immer.

Melissa war nahezu perfekt, gebildet, hübsch, witzig, charmant, gefestigt im Leben. Ich erzählte ihr auch die Wahrheit über meinen Beruf, einfach ... na ja, weil ich anscheinend spürte, dass sie für mich keine Gefahr darstellte, wirklich meine feste Freundin zu werden und somit auch kein Risiko in sich barg, haufenweise Kohle an sie zu verlieren. Oder von ihr ausgenutzt zu werden. Sie zeigte sich beeindruckt, gab natürlich mit einem Augenzwinkern zu, dass sie mich gegoogelt hätte und ihr durchaus bekannt sei, dass ich einer der bestbezahltesten und bekanntesten Anwälte aus New York war. Sie stellte Fragen mit dem richtigen Hauch an Interesse, sie lächelte, war freundlich und beeindruckt. Ganz anders als Eleanore, die ja mit mir über die Tatsache, dass ich Scheidungsanwalt war, bis aufs Blut diskutiert hatte. An einem der Abende, als wir nackt nebeneinander im Bett lagen, ein Film in der Kiste uns gegenüber flimmerte und wir aus den Pappschachteln des Chinesen ums Eck fettiges Zeug aßen. Eleanore hatte über die Tatsache gekichert, dass sie die Menschen zusammenbrachte und ich dafür sorgte, dass sie wieder getrennt wurden. Wir stellten fest, dass wir also ohneeinander nicht existieren konnten, zumindest, was die berufliche Laufbahn anging, und die Leidenschaft ihrer und meiner Worte, die handfeste Grundlage der gegenseitigen Meinungsäußerung ... das war feurig gewesen. Ganz anders als eine Melissa, die höflich, freundlich und mit Respekt meiner Berufswahl gegenüberstand.

Während des Essens, der Flasche Rotwein und dem anschließenden Dessert, das sie noch verdrückte, sowie einem Espresso, wurde mir klar, dass Melissa handfest war.

Gründlich.

Bodenständig.

Das waren wichtige Attribute, die ich auch in meinem Bogen angegeben hatte ... Aber ich bemerkte nun einmal, dass es aufregender und lebhafter war, wenn man mit einem Menschen seine kostbare Zeit verbrachte, der nicht alles für bare Münze nahm, der hinterfragte und eventuell auch kritisch seine Meinung zu einigen Dingen äußerte. Und doch nahm ich ihre Einladung an, auf einen Kaffee mit nach oben zu kommen. Und doch bewegte ich mich in ihre

Richtung, als mein Körper alle Signale, die auf einen Kuss hindeuteten, wahrnahm.

Und doch ... musste ich bei diesem Kuss an eine andere Frau denken.

Kapitel 37

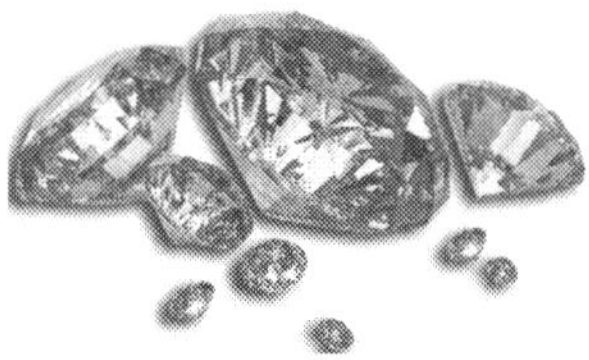

Luke

Ich riss mich zusammen. Während Melissa mit ihren fein manikürten Nägeln und den weichen Händen in meine Haare fuhr, gab ich mir die größte Mühe, Eleanore aus meinen Gedanken zu verdrängen. Die Frau vor mir schmeckte süß und leicht nach Wein. Ihr Geruch nach Zitronen und Sommer stieg mir in die Nase, und es fühlte sich angenehm an. Zumindest in den wenigen Millisekunden, in denen ich wirklich bei ihr war. Nur bei ihr. Ihre kleine Zunge kam in meinen Mund und ich spielte mit ihr. Es war ein normaler Kuss, nicht sonderlich herausragend, nicht feurig, leidenschaftlich, brennend. Oh nein, es war einfach einer derer, die in Ordnung waren. Sie schlabberte mich nicht ab, küsste mit gutem Druck. Man konnte es wirklich am besten damit beschreiben, dass es angenehm war. Vermutlich wäre mein erster Kuss als Teenie auch so gewesen, hätte ich mich gefragt, was jeder so besonders daran fand, dass er es ständig tat. Na ja, aber ich war von einem Mädel, das vier Jahre älter war als ich, das erste Mal geküsst worden und somit war meine Erfahrung anders gewesen.

Aber jetzt ... Melissa drückte sich gegen mich. Ihre Wahnsinnskurven schmiegten sich gegen meinen Körper, und ich seufzte tief. Sie nahm das anscheinend zum Anlass, mir das Hemd mit einem verschmitzten Grinsen aus dem Hosenbund zu ziehen. Dabei schnurrte sie leise, biss sich auf die volle Lippe und sah mich von unten herauf an. Eigentlich war das eine Position, die ich sehr liebte und sehr zu schätzen wusste, denn ich stand auf Frauen, die sich mir unterwarfen. Die geistig ebenbürtig waren, aber im Bett ... wie auch immer. Sie öffnete meinen Gürtel und wollte gerade den Hosenknopf durch das Loch schieben, als ich ihre Hände stoppte.

»Lass es uns langsam angehen«, brachte ich mühsam hervor. Was? Wie? War ich jetzt vollkommen bescheuert? Total hirnverbrannt? Was genau lief in meinem verfluchten Leben denn jetzt eigentlich falsch? Was für eine abgefuckte, irre Show war denn das? Mein bester Freund stand wie eine beschissene Eins. Endlich. Ich hatte nämlich insgeheim wirklich daran gezweifelt, ob Eleanore mich irgendwie mit einer ... was auch immer. Ob sie mich mit ihrer Vagina verseucht hätte, sodass ich nie wieder Sex haben konnte. Oder ob er mir abfaulen würde, da ich nicht mehr kommen konnte, wenn er seinen Dienst verweigerte.

Umso mehr genoss ich es jetzt, dass er steif und bereit war. Meine Eier zogen sich eng an meinen Körper, sehnten sich danach, sich zu entleeren. Mein ganzes männliches Dasein wollte sich in dieser sexy Frau, die wie eine Göttin aussah, vergraben.

Nun.

Anscheinend wollte es mein Geist aber nicht. Während ich versuchte, innerlich ruhig und gelassen bis fünf zu zählen, konnte ich den erstaunten, vorwurfsvollen Blick von Melissa nicht länger ausblenden. Ich zog sie an den Handgelenken nach oben, sie fiel gegen meinen Körper und ich küsste sie tief. Ich musste sie irgendwie davon ablenken, was hier gerade passierte. Also drang ich mit meiner Zunge in ihren Mund ein, küsste sie hart. Viel fordernder und härter als dieser Kindergeburtstag, den wir zuvor veranstaltet hatten. Ich schob meine Hand in ihren Nacken, zwang sie mir entgegen und registrierte, wie sie zu Wachs in meinen Händen wurde. Dieses Zeichen war wichtig für mich. Für das weitere Geschehen. Für die Zukunft, die wir zusammen im Bett haben würden.

Normalerweise.

Denn momentan sah es ja nicht so aus, als könnte ich jemals wieder – egal wie hart mein Schwanz war – mit einer anderen Frau als Eleanore schlafen. Keuchend hing Melissa in meinen Armen, willig wie eine Frau, die kurz vor ihrem Orgasmus stand und alles dafür getan hätte, die Erfüllung zu finden. Wenn ich jetzt noch die richtigen Worte finden würde, wenn ich ihr jetzt noch das sagte, was eine jede hören wollte, dann wäre ich so sauber aus der

Nummer rausgekommen, wie noch nie zuvor in meinem Leben.

»Ich will es mit dir richtig machen.« Während ich die Worte wie ein Weichei wisperte, legte ich meine Stirn gegen ihre. Es funktionierte. Ihre Lippen einen Spalt geöffnet, die Lider halb gesenkt, nickte sie und schmiegte ihre Wange in meine Handfläche, die mittlerweile an selbiger lag. Mit meinem Daumen fuhr ich über ihre Unterlippe. Ich genoss, die weiche Haut an meiner Fingerkuppe. Ich genoss, wie sich ihr warmer, williger Körper an mich schmiegte. Bereit, mir alles zu geben. Bereit, mir eine Nacht zu schenken. Bereit, sich mir vollkommen zu öffnen.

Und ich lehnte ab.

Was in meinem beschissenen Hirn lief also falsch, als sie nun einen Schritt zurücktrat, mich anlächelte und aufgeregt nickte. »Du hast recht«, flüsterte sie, und ich schloss meinen Gürtel wieder und schob mein Hemd zurück in die Hose. »Es tut mir leid.«

»Glaube mir, Darling«, erklärte ich. »Ich will nichts lieber, als dich zu entdecken ... Aber du bist keine Frau, die ich einfach nur nackt unter mir haben will. Ich will dich. Nur dich.« Hoppla!

Hoppla!

Hoppla!

Hoppla!

War meine Zunge besoffen?

Betäubt?

Hatte ich vollkommen den Verstand verloren? Und woher kannte ich überhaupt diese schnulzige Scheiße, die ich da gerade von mir gab? Ich hielt nicht sonderlich viel von Versprechungen, die man nicht so meinte. In meinem Beruf hatte ich zu viel gesehen, das einfach schrecklich und ätzend war. Wie Frauen und Männer sich ewige Liebe schworen und schließlich zerfleischten, wenn es darum ging, wer wie viel bekam. Ich hatte heulende, hochrangige Klientinnen bei mir gehabt, die unter Tränen ihre Geschichten erzählt hatten. Und der Part, in welchen der Mann ihnen gesagt hatte, dass er es langsam angehen lassen wolle, weil sie etwas Besonderes seien – jene Sätze, die das Herz einer Frau zuverlässig erweichen – waren immer dabei gewesen.

Und nun? Alles aufgebaut auf der Lüge, dass ich eine Frau suche und mir nichts sehnlicher wünschte, als eine Familie.

Ich war ein Heuchler!

Ein Bastard!

Ein Arschloch!

Ich war keinen Deut besser als all die Männer, die mir im Laufe meiner Karriere gegenübergesessen hatten.

Nachdem ich Melissa verlassen hatte, die Tür mit einem erleichterten Aufatmen meinerseits in ihr Schloss gefallen war, beschlich mich der Gedanke, dass eine Familie und all das, was dazugehörte, mit Eleanore York nicht so abschreckend wirkte, wie es eigentlich sollte.

Kapitel 38

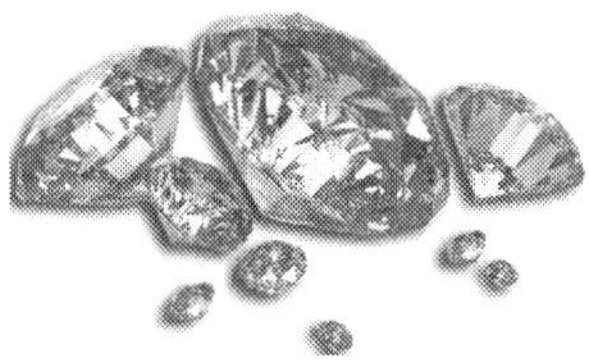

Eleanore

Freundschaft.

Das Schöne an einer Freundschaft, die schon sehr lange bestand, erkannte man daran, dass der Gegenpart keine Fragen stellte. Man hielt sich nicht auf mit Dingen wie: »Warum?« oder »Weshalb?« Oh nein, in einer großen, intensiven, verbundenen Freundschaft ist dein Gegenüber einfach da.

So war es auch heute Abend bei mir.

Jody und ich kannten uns fast unser Leben lang. Auch wenn unsere Leben in vollkommen andere Richtungen gegangen waren, waren wir fest miteinander verbunden. Fast sogar irgendwie unwiderruflich.

Jody war seit vielen Jahren glücklich verheiratet, hatte vier Kinder, vier zauberhafte süße Mädchen und ein Haus in Brooklyn. Ich war die sitzengelassene Tante, die ohne einen Mann, ohne auch nur die Aussicht darauf oder auf ein Baby (im Plural brauchten wir gar nicht weiter sprechen) in Manhattan lebte. Auch wenn ich single war, dann führte ich kein aufregendes Leben, sondern ein ganz normales. Ich ging weder häufig aus noch hatte ich einen Mann nach dem anderen in meiner Wohnung oder riss irgendeinen Typ in einem Club auf. Nein, ich war ein ganz normaler Mensch, der allein aß, allein vor dem Fernseher saß und allein ins Bett ging.

Und doch verstanden die Hausfrau und Mutter Jody und ich, die single Geschäftsfrau, uns, als wären wir immer noch zusammen auf dem College in unserer Studentenbude. Und genau dieses blinde Vertrauen, dieses Verständnis, war der Grund, weshalb Jody heute bei mir klingelte und mich in den Arm nahm, ohne zu fragen, was genau passiert war. Sie kannte mich lange genug, um mich erst einmal zu lassen, anstatt in mich hineinzubohren und Antworten einzufordern.

Sie war bereits fast eine Stunde bei mir, eine Flasche des prickelnden Weingemischs war schon leer und wir standen unten an der Straße, weil wir auf ein Taxi warteten. Ich wollte in die Stadt, tanzen, ausgehen, mich ablenken und vor allem mich betrinken und vergessen.

»Wann wirst du mir sagen, warum genau wir das hier tun?« Ich sah sie lange an, sagte aber nichts. »Nicht, dass ich mich beschweren will, mal wieder Manhattan aus der Nähe zu sehen.«

Ich lächelt schwach. »Warum wohl?«

»Luke?« Dass sie seinen Namen aussprach, bewirkte, dass mein Herz einen Schlag aussetzte. »Was hat er diesmal getan?«

»Nichts.«

»Und warum?«, setzte sie an und wir stiegen in das Taxi, welches gerade neben uns hielt.

»Weil er genau das tut, was ich ihm gesagt habe.«

»Er hat ein Date?«

»Ja«, räumte ich ein. »Mit der perfekten Frau. Die ich ihm ausgesucht habe.«

»Autsch«, murmelte Jody und legte den Kopf mit dem kurzen blonden Haarschnitt an das Lederpolster der Rückbank.

»Ja.« Ich biss auf meine Lippe. »Schön zusammengefasst.«

»Also sind die beiden jetzt ein festes Paar, oder wie?«

»Nein, so weit ist es noch nicht.«

»Okay.«

»Melissa hat mich heute in der Kanzlei angerufen. Sie wollte sich bedanken, sie ist so wahnsinnig glücklich, diesen Mann kennengelernt zu haben. Sie hat mir erzählt, wie fantastisch das erste Date und wie aufregend und großartig das zweite war. Sie schwärmt von seinen guten Manieren, seinem fabelhaften Aussehen, wie sie sich geistig ebenbürtig fühlt und körperlich sehr angezogen von ihm ist. Sie findet ihn Wahnsinn und sie will – und das ist ja der Oberhammer! – dass ich sie aus meiner Kartei heraus nehme, da sie jetzt offiziell vergeben zu sein scheint.«

»Was?« Jody riss die Augen auf. »Geht das jetzt nicht ein bisschen schnell?«

»Ja, tut es. Aber das ist es nicht.«

»Was ist es, Süße?«, fragte sie mich und legte ihre Hand auf meine. Sanft drückte sie meine Finger. Jody kannte mich so gut wie kein zweiter Mensch. Besser als ich mich selbst. Besser als meine Mutter. Besser als alle, die es gab. Sie hatte die schönsten und die schlimmsten Zeiten meines Lebens mit mir durchgemacht. Sie war an meiner Seite gewesen, als ich zu zerbrechen drohte, und hielt den verdammten Kleber parat, als es passierte. Jody war einer der wichtigsten Menschen in meinem Leben, und ich würde ihr alles anvertrauen, was mich beschäftigte. Mit Jody zu reden, fühlte sich so an, als würde man die Seele reinigen und in den Urlaub schicken. Jody war einzigartig und großartig, und ich konnte mir eine Welt ohne sie nicht vorstellen. Ich konnte mir aber eine – meine – Welt ohne Luke auch nicht vorstellen, und mit ihm war ich seit knappen zwei Monaten so richtig gut bekannt.

»Er hat mich ausgetauscht, wie er es angekündigt hatte. Er hat mich einfach, ohne mit der verfluchten Wimper zu zucken, ohne sich – offensichtlich – ernsthafte Gedanken darüber zu machen, ausgetauscht. Ich frage mich, wenn er ja seine dumme Drei-Nächte-Regel lebt, wie er das in einer festen Beziehung machen will? Will er in der Hochzeitsnacht mit ihr schlafen und dann erst wieder, wenn es ans Kindermachen geht? Und dann kommen dabei hoffentlich Zwillinge oder Drillinge heraus, damit er sich den letzten Sex aufheben konnte, kurz bevor er ins Grab fällt? Wie genau stellt er sich das vor?«

»Hat er dich wirklich ausgetauscht? Denkst du das echt?«

»Ich habe von ihm zwar noch kein Feedback über das Kennenlernen mit Melissa, aber sie ist eine sehr intelligente Frau, sie wird nicht zu mir sagen, wie wunderbar alles ist, wenn es das nicht der Fall ist, verstehst du? Außerdem habe ich seit jenem Besuch in der Agentur nichts mehr von ihm gehört.«

»Nichts?«

Traurig schüttelte ich den Kopf, als wir in der Upper East ankamen und das Taxi vor einem In-Club hielt. Er gehörte einem meiner ehemaligen Klienten, den ich erfolgreich vermittelt hatte, und wir würden ihn heute Abend besuchen. Es war ein Club, in dem die Security auf die Frauen achtgab, sofern sie nicht wollten, dass ein Mann sie ansprach oder Ähnliches. Und ich wollte vieles, aber sicher nicht von einem Mann angesprochen werden. »Nicht einmal ein ›Anstandsdanke‹ für die Vermittlung des Matches oder irgendwas, das mit Respekt zu tun hatte. Er meldet sich stattdessen gar nicht mehr.«

Meine Freundin nickte so heftig, dass ihre blonden Haare durch die Gegend flogen. »Was für eine Mutter hat diesen Jungen erzogen?«

Der Security winkte uns an der Schlange vorbei, und auch wenn mir das ansonsten unangenehm war, genoss ich es jetzt doch, schneller in den Club zu kommen. Jody und ich trugen beide kurze Kleidchen, hohe offene Schuhe und keine Jacken. Selbstverständlich nicht, denn das hätte ja das Gesamtbild gestört. Es war nicht weiter wild, man konnte das schon einmal kurz aushalten, aber gerade taten sich die dunklen Wolken auf, welche den ganzen Tag schon über New York gehangen hatten, und brachten ihren Zorn in einem Regenschauer zum Ausdruck.

»Keine Ahnung«, erklärte ich schließlich weiter, als ich das Eintrittsgeld bezahlt hatte und wir durch die schweren Vorhänge hindurch den Club betraten. »Aber anscheinend nimmt er seine Worte, dass das zwischen uns vorbei ist, sehr ernst.«

Der Laden war schon brechend voll. Kein Wunder, dass die Menschen draußen anstehen mussten. Sie wurden wohl erst hereingelassen, wenn ein anderer nach Hause ging. Wir bahnten uns einen Weg zur Bar und bestellten uns den ersten Cocktail auf der Karte. Das war so ein Ding aus Collegezeiten, und wenn wir, so wie heute, einmal ausgingen, weil wir uns betrinken wollten, orderten wir danach.

»Darum besaufen wir uns heute also«, erklärte sie laut, denn die Musik war es auch. »Aber mir ist das egal, trinken wir einfach, wenn es dann besser wird.« Sie lächelte mich an, und für einen kurzen Moment, einen kleinen Augenblick war ich wirklich neidisch auf sie. Auf ihr gesittetes Leben, auf die geregelten Bahnen.

Für Jody war es sicherlich auch nicht immer leicht oder entspannt. Sie hatte auch Streit mit ihrem Mann, und ihre Kinder gingen ihr hundertprozentig gehörig auf die Nerven ... Aber ich wusste, dass sie ihre Familie liebte und alles für sie getan hätte.

Ich hatte auch immer eine Familie gewollt. Einen Mann, der abends nach Hause kam und sich mit mir und unserem Kind oder unseren Kindern an den Tisch setzte, um zu essen. Ein Gericht, das ich zuvor liebevoll vorbereitet hatte.

In der wunderschönen Landhausküche eines Häuschens in irgendeinem New Yorker Vorort, sodass er zwar zur Arbeit pendeln musste, wir aber die ländliche Idylle genießen konnten. Vielleicht hatten wir Fensterläden und eine Veranda um unser Haus und möglicherweise würde dort eine Schaukel hängen, auf der wir abends noch ein Glas Wein oder eine Tasse Kaffee tranken, während wir den sanften Atemzügen der Kinder durch das Babyphone lauschten und unser Golden Retriever *Samurai* neben uns auf dem Boden schnarchte.

Ja, so hatte ich es mir vorgestellt ... schon mein Leben lang, das Einzige, was sich geändert hatte – und zwar, ohne dass ich es richtig registriert hatte –, war, dass der Mann, der neben mir auf der Schaukel saß, den Arm hinter meinem Rücken hielt und seine Finger mit einer Haarsträhne spielten, nicht mehr Eric Miller war.

Sondern Luke Brandon.

»Was macht ihr denn hier?«, fragte plötzlich eine vertraute Stimme neben mir und ich drehte den Kopf, um meinem Cousin direkt in die Augen zu sehen.

»Colby!«, erwiderte ich schwach den Gruß. Ein Feuer durchzuckte mich, floss durch meine Adern, biss sich in meinen Venen fest und ich blickte hektisch von links nach rechts. Ich war hier, um ihn zu vergessen. Ich war hier, um mich zu betäuben. Ich war hier, weil ich meine Ruhe und abschalten wollte. Weil ich wollte, dass sich dieses klaffende Loch in meiner Brust endlich wieder schloss und ich meinen Frieden hatte.

Aber meine inneren Qualen, von denen ich gedacht hatte, ich würde sie nicht nach außen dringen lassen, wurden erst gelöst, als eine Frau mit roten Haaren vor mir stand und mir ihre Hand entgegen hob. »Hi«, sagte sie, und automatisch ergriff ich die dargebotenen Finger. »Ich bin Amanda.«

Ich warf einen schnellen Blick auf Colby, der ein Wiedersehen mit Jody feierte. Wir hatten damals, wenn wir uns auf College Partys trafen, den einen, oder anderen Absturz gehabt. Wieso war mir Luke nie aufgefallen? Nun, vermutlich, weil er mit irgendeiner Frau in einem Zimmer der Studentenverbindung am Knutschen oder Vögeln gewesen war. Wie auch immer.

Ich biss mir auf die Lippe, fing den schnellen Blick von Jody auf, und während ich mich Amanda vorstellte, die ich noch nie gesehen hatte, hörte ich, wie meine beste, *wirklich allerbeste* Freundin, Colby fragte, mit wem er hier sei.

Anspannung ruckte durch meine Muskeln. Solange, bis er auf Amanda deutete.

»Nur wir beide«, sagte er lachend. »Luke hatte keine Zeit.« Er hatte keine Zeit. Aha. Vermutlich war er mal wieder bei einem Date mit der ach so wundervollen Melissa. Der Sexualtherapeutin, die ihm sicherlich Wünsche im Bett erfüllen konnte, von denen ich noch nicht einmal gehört hatte. Wie auch immer. »Ich denke, du hast mit deiner Vermittlung einen Volltreffer gelandet«, sagte Amanda und ich wandte mich ihr überrascht zu. Die beiden hielten ebenso wie wir auch ihre Drinks in den Händen. Und gerade eben hatten wir echt Platz in dem vollgestopften Club.

»Du kennst Luke?«, fragte ich überrascht und sah sie mir genauer an.

»Na klar, wir waren an derselben Uni. Und arbeiten jetzt in der gleichen Kanzlei.«

»Also warst du mit Colby auf der Uni«, stellte ich fest und trank einen großen Schluck des hellblauen Cocktails. Jody hielt mir bereits die Karte entgegen, damit ich den nächste heraussuchen konnte. Das war der Vorteil, wenn man sich so lange kannte. Man verstand einander blind.

»Nein, nein«, erwiderte Amanda lachend und warf das glänzende rote Haar zurück. Sie war eine sehr schöne Frau. »Luke und ich haben nicht an der Notre Dame studiert. Wir waren in New York.«

»Oh.« Dümmlich sah ich aus der Wäsche, zumindest fühlte ich mich so. »Das wusste ich nicht.« Okay, das erklärte aber, weshalb ich Colby und Luke nie zusammen auf irgendwelchen Partys gesehen hatte. Wenn er an einer vollkommen anderen Universität sein Anwaltsstudium abgeschlossen hatte. War es wirklich so lange her, dass ich den Bogen gelesen hatte? Jetzt, wo wir darüber sprachen, fiel mir wieder ein, dass er in Harvard gewesen war, es stand in seinem Bogen unter dem Punkt »beruflicher Werdegang«, aber ... dennoch durchzuckte mich die Eifersucht. »Luke hat mir nie von dir erzählt«, setzte ich vorsichtig nach und bestellte gleichzeitig bei dem Barkeeper zwei von den nächsten Cocktails auf der Karte. Er lächelte mich an, zwinkerte mir sogar zu. Und ich? Ich reagierte in keiner Weise auf diesen gut aussehenden, hübschen jungen Mann, der mich anscheinend anmachen wollte. Viel mehr interessierte es mich, wie gut sich Amanda und Luke kannten.

Halt!

Stop!

Moment!

War ich nicht hierher geflüchtet, zusammen mit meiner Freundin, um Abstand von diesem Mistkerl zu bekommen? Um ihn zu vergessen? Zu ver-trink-gessen? Und jetzt fühlte ich mich ihm gerade wieder näher, als die ganze Woche zuvor. Es sollte mir egal sein, welche Verbindung er zu der hübschen Rothaarigen hatte, oder das Colby mich dafür lobte, wie gut ich anscheinend meinen Job gemacht hatte. Das war nämlich absolut irrelevant. Wichtig war eigentlich nur, dass er nicht hier war und ich meinen »Betrinken wir uns so lange, bis wir die von Luke Brandon besessenen Hirnzellen, vernichtet haben«-Plan umsetzen konnte. Auch wenn meine vernünftige, rationale Seite mir sagte, dass ich mich sofort zurückziehen sollte, dann war meine emotionale Seite ... die, die mich quasi zwang, dass ich mich schön selbst geißelte, in noch mehr Einsatzbereitschaft wie sowieso schon. Verdammter Mist, das durfte doch alles nicht wahr sein!

»Ich denke, er hat mich nie erwähnt, weil ihr ja nicht über seine privaten Freunde sprecht, oder?« Amanda entblößte beim Grinsen zwei ebenmäßig weiße Zahnreihen. »Mist, das kam falsch an«, korrigierte sie sich augenblicklich, als sie sah, dass ich ganz und gar nicht lächelte. »Wir sind nur Freunde. Richtig gute Freunde, wir hatten nie etwas miteinander und da war nie auch nur eine klitzekleine Kleinigkeit. Ich bin doch nicht bescheuert und lass mich mit einem Bastard wie Luke ein. Oh nein!« Sie schüttelte den Kopf so heftig, dass ihre rote Mähne hin und her flog. »Auf keinen Fall! Ich meine, ich bin mir einfach mehr wert als das.« Sprachlos starrte ich sie an. Jody ebenfalls. Colby lachte. Okay, mein Cousin wusste nicht, dass ich etwas mit seinem besten Freund gehabt hatte, und Amanda schien auch nicht zu wissen, dass ihr Buddy Luke und ich viele Stunden nackt miteinander verbracht hatten ... Aber ... was zur Hölle? Amanda deutete meinen Blick vollkommen falsch. »Also wenn du jetzt dachtest, er hat in diesem Bogen für deine Agentur geschwindelt, das würde er nie tun. Er mag ein Arschloch in vielen Bereichen sein, aber ein Lügner ist er gewiss nicht.« Fest hielt sie meinem Blick stand, und ich war dankbar, dass mir genau in diesem Moment der junge Kerl hinter der Bar den jetzt orangen Drink vor die Nase setzte und ich bezahlen musste.

Amanda schien Brandon wirklich zu mögen, denn sie sprach mit Leidenschaft von ihm. Mit sichtlicher Aufrichtigkeit. Jetzt stellte sich mir nur die Frage, warum Luke seiner besten Freundin und seinem besten Freund nichts von mir erzählt hatte?

War ich für ihn wirklich einfach eine von vielen?

War ich nichts Besonderes?

Eine kleine Stimme in meinem Inneren flüsterte unaufhörlich die Worte:

»Nein ... nein, das warst du anscheinend nicht.«

Kapitel 39

Eleanore

»Ich glaube«, erwiderte ich leicht lallend, als meine beste Freundin und ich endlich im Taxi nach Hause saßen. »Es war keine gute Idee wegzugehen.«

»Doch, Baby!«, setzte sie entgegen. »Das war es sehr wohl. Du hattest ein paar Stunden Ablenkung, du hast diese wahnsinnig mega Komplimente für dieses rattenscharfe schwarze Kleid bekommen. Du hast die Blicke auf dich gezogen, wenn du dir nur eine deiner Haarsträhnen aus dem Gesicht geschoben hast. Als wir tanzen waren … davon will ich gar nicht erst anfangen.«

Irgendwas zwischen Weinen und Kichern verließ meinen Mund. Tränen rollten über meine Wangen und ich bemerkte, wie der Fahrer uns durch den Rückspiegel beobachtete und mit den Augen rollte. Sicherlich dachte er gerade daran, wie ätzend es war, jede Nacht irgendwelche betrunkenen Tussis, die Liebeskummer hatten, durch die Gegend zu kutschieren.

»Und doch war alles, an das ich denken konnte, Luke, und wie sehr er mir wehgetan hat.«

»Auch, als der blonde Kerl, der so ähnlich wie Chris Hemsworth aussah, mit dir getanzt hat?« Sie versuchte sich an einem Lächeln.

»Auch dann, ja«, gab ich ehrlich zu. Ich sah nach draußen, es regnete immer noch, wie bei Betreten des Clubs. Es war so, als würde der Himmel weinen. Über mich.

Über Luke.

Und das, was wir nie haben würden.

»Ich glaube«, murmelte ich, einem inneren Impuls folgen, »ich glaube, dass ich in ihn verliebt bin.«

»Und das bemerkst du erst jetzt?«

Bemerkte ich das erst jetzt? Und war es für alle anderen um mich herum so offensichtlich, dass es auf der Hand lag? Wieso ... ich ... »Ich weiß es nicht«, wisperte ich weiter, und nun flossen die Tränen unaufhörlich. »Zum ersten Mal vergleiche ich einen Mann nicht mit Eric. Und ich habe Luke sogar davon erzählt, was auf der Hochzeit passiert ist. Also, er weiß alles. Er hat auch nicht gelacht oder irgendeinen dummen Macho-Spruch gerissen, nein. Er war einfach da und hat mich in den Arm genommen.«

»Da hättest du es doch wissen müssen, Süße«, flüsterte Jody, legte den Arm um mich und zog mich an ihre Schulter. »Spätestens ab da hätte es dir klar sein müssen.«

»Ich weiß es nicht.« Ich unterdrückte ein Schluchzen und ließ die Tränen einfach laufen. Es war sowieso schon egal, die Schulter meiner Freundin war nass. »Aber ich bin wirklich in ihn verliebt. Ich kann an nichts anderes mehr denken, ich drehe durch vor diesem ... Schmerz, dass Melissa und er sich irgendwie gefunden haben, und dann hört Colby auch nicht auf, davon zu sprechen ... das ist einfach ... wieso ausgerechnet so ein Oberarsch?«, fragte ich sie und Jody streichelte einfach meinen Rücken weiter.

»Ich weiß, Süße ... dieser Schmerz, das ist Eifersucht. Eines der schlimmsten Gefühle, die man haben kann.«

»Das ist es.« Mühsam holte ich Luft. »Wie soll ich nur jemals vergessen können, was zwischen uns passiert ist? Wie es abgelaufen ist? Wie einzigartig schön es war?«

»Ich weiß es nicht ...« Jody schien ebenfalls traurig zu sein.

»Weißt du«, meine Stimme brach. »Nach Eric dachte ich wirklich, mein Leben wäre vorbei. Ernsthaft vorbei. Es wäre beendet und mein Herz liegt auf dem Friedhof, tief verbuddelt, ohne dass jemals wieder irgendjemand die Chance hätte, daran zu rütteln ... Ich war davon überzeugt, dass jeder Mensch nur eine wahre Liebe haben kann und ich eben meine an Eric Miller verschleudert hätte ... Und dann kam dieser arrogante Mistkerl in meine Agentur und wickelte mich um den Finger, ohne dass ich es überhaupt bemerkt habe. Ich meine, ernsthaft? Wer schafft es denn, eine Frau in sich verliebt zu machen, ohne dass er sich besondere Mühe gibt?«

»Vielleicht war es genau das?«

»Ich weiß es nicht«, wiederholte ich ihre Worte von zuvor. »Ich will, dass es wieder aufhört. Wie soll ich das überstehen? Nächste Woche ist Colbys Geburtstag, da wird Luke auch sein. Und wenn er so verliebt in diese Melissa ist und die beiden sich eine rosa Wolke teilen, dann wird sie auch da sein ... Und wie soll ich das überstehen, ohne daran zu zerbrechen?«

Meine beste Freundin gab mir keine Antwort. Vermutlich wusste sie ebenso keine, aber ich fühlte, wie eine einzelne Träne von ihrem Kinn auf meine Hand tropfte, die ich um ihren Bauch geschlungen hatte. Ich klammerte mich an sie. Ich fühlte den heftigen, tosenden Schmerz der unerfüllten Liebe und konnte es selbst nicht fassen. Ich konnte nicht glauben, dass es die ganze Zeit vor mir gelegen hatte und ich mir erst jetzt darüber im Klaren war, was genau das für ein Gefühl war, dem ich mich hier zu stellen hatte. Dem ich mich beugen musste. Welche Emotion es schaffte, diesen riesigen, abartig schlimmen Schmerz in mir hervorzurufen.

Meine Beziehung zu Eric war wesentlich länger gewesen, sie ging über viele Jahre, über viele Erinnerungen, über alles, was einen in der Teenager- und Twentiezeit prägte. Sie floss durch mich hindurch, und damals, nach diesem ... »Event« der meine Hochzeit hätte sein müssen, meinte ich wirklich, daran zerbrechen zu müssen. Mir kam sogar mehrmals der Gedanke, dass ich daran sterben würde. Aber – und das erkannte ich jetzt, in dem Moment als ich mir eingestand, dass ich in Luke Brandon verliebt war –, das war nur die Trauer um vergangene Vertrautheiten gewesen. Weil etwas Geplantes, etwas, das ein fester Bestandteil meines

Lebensplanes war, kaputt gegangen war und nicht mehr stattfinden würde. Es war so, dass Eric mich zwar verlassen hatte, aber im Grunde hatte ich einen Traum – eine Wunschvorstellung aufgeben müssen.

Anders als Luke.

Luke hatte mich verlassen.

Mich ganz allein.

Denn in diesem frühen, aufregenden Stadium, in welchem man sich erst einmal kennenlernte, verließ man noch keine gemeinsame Lebensplanung.

Man verließ den Menschen.

Ich erkannte, dass es nicht darauf ankam, wie viel Zeit du mit jemandem hattest oder wie viele Augenblicke. Es kam ganz allein darauf an, ob diese Momente dir den Atem geraubt hatten.

Und Luke Brandon hatte mir nicht nur meinen Atem geraubt.

Er hatte mir meine Seele genommen.

Kapitel 40

Luke

Es war eine beschissene Premiere.

Quasi wurde ich soeben entjungfert.

Auf die ... jugendfreie Weise. Erbärmlich. Ein Vollidiot. Ein Arschgesicht. Ein verlogener Bastard. Ein absoluter, vollkommener Wichser. Ich sollte mich schämen.

Tat ich auch. Zumindest für fünf Sekunden lang.

Es war der Tag, an dem Colby seinen beschissenen fünfunddreißigsten Geburtstag feierte. Ein fast runder auch noch, also blieb mir nichts anderes übrig, als wirklich dort aufzutauchen und nicht abzusagen. Wäre die Situation, eben jene, in der ich mich gerade befand, eine andere gewesen, dann hätte ich mich vermutlich sogar gefreut. Aber so? So war es einfach nur noch beschissen.

Melissa würde mich auf den Geburtstag begleiten. Es war meine Art zu sagen, dass es offiziell war. Dass ich vergeben war. Dass ich ... nicht mehr auf dem Markt war. Ja, Eleanore würde dort sein, dessen war ich mir bewusst. Und dass ich bei ihrem Anblick mit mir zu kämpfen haben würde, darüber war ich mir auch im Klaren. Dass ich den einen oder anderen Stich fühlen würde, war mir ebenfalls bewusst. Aber dass der Tag schon so begann, das war irgendwie scheiße.

Gestern Abend hatte ich noch mit meiner Mutter telefoniert, mich vergewissert, dass sie in Idaho war und nicht auf dem Geburtstag zusammen mit Colbys Mom auftauchen würde. Seine Mutter hatte schon vor zwei Wochen abgesagt, weil man die Ernte einfahren musste. Für uns, als Landeier, war das vollkommen verständlich und normal. Niemand war böse. Aber ich wollte, aufgrund meiner diversen Lügen, einfach die Versicherung haben, dass auch sie nicht als Anstandsdame dort erscheinen würde. Herrgott, ich hatte quasi aus Melissa Eleanore gemacht. Also meine Mom ging anscheinend davon aus –, so wie ich das gestern aus den Fragen und Anmerkungen wie man eine Frau behandelte –, herausgehört hatte, dass Melissa eigentlich Eleanore hieß und die Frau mit der Partneragentur war. Die Frau, die mir den Kopf verdreht hatte und die ich seit einigen Wochen datete. Dass Melissa aber Sexualtherapeutin war und vollkommen anders als Eleanore, das hatte ich nicht erzählt. Im Gegenteil, ich – der rationale, kühle Anwalt – verlor mich in den Gesprächen mit meiner Mom in Eleanore-Geschichten. Erzählte ihr von unserem ersten Date im Park. Dass wir freitagabends ins Kino gingen und uns alte Schwarz-Weiß-Filme ansahen, dass wir Pizza aus Schachteln aßen und ich ihr Pancakes gemacht hatte. Das Weichei Luke Brandon erzählte ihr sogar, dass sie bei ihm übernachtet hatte und er sich diesen Pretty Woman-Film ansehen konnte, ohne zu würgen.

Die Geschichten entsprachen ja alle der Wahrheit. Aber sie waren zu einem vollkommen anderen Zeitpunkt passiert. Mit einem vollkommen anderen Menschen als dem, der jetzt an meiner Seite stand. Ich wusste, dass ich den Absprung schaffen musste und meiner Mom sagen sollte, dass das vorbei war, ich aber bereits jemand neuen, (Melissa) kennengelernt hatte, mit der ich Zeit verbrachte. Ich wusste, dass das klüger gewesen wäre. Dass Lügen immer scheiße war, auch wenn man die Mutter anlog, und dass es sich nicht mehr damit rechtfertigen ließe, dass man eben die Wahrheit ausdehnte. Oh ja ... ich wusste das. Und doch hielt ich meinen Mund, als ich merkte, wie sie am Telefon aufblühte, wie sie sich freute, wie sie sich in einer Fantasie über eine Hochzeit und Enkelkinder verlor. Ich sagte auch nichts, als sie mich wissen ließ, wie stolz sie auf mich war. Und ich sagte nichts, als sie mich beglückwünschte, was ich doch für ein tolles Leben hatte.

Mit Eleanore *war* es toll gewesen. Nur war die richtige Zeit hier die Vergangenheitsform. Und irgendwann würde ich das meiner Mutter beibringen müssen. Allerdings genoss ich aktuell die Gnadenfrist, die mir gewährt wurde, als ich wusste, dass sie nicht nach New York kommen würde, um Colbys Geburtstag zu feiern.

Nun, das war die eine Geschichte. Die andere war, dass ich vielleicht sogar einen Termin bei einer Therapeutin vereinbaren sollte. Denn, meine aktuelle Flamme, die Frau, mit der ich mich regelmäßig traf, öffnete mir in Unterwäsche – *Hoppla!* – und Strapshaltern – *doppel hoppla!* – auf hohen Schuhen – *dreifaches Hoppla!* – die Tür, und es ließ mich kalt. Okay, nicht kalt im Sinne von »mein Schwanz wird nicht steif und will sie ficken«, nein, es ließ *mich* kalt. Ja, es war erotisch. Ja, es machte mich auch an. Aber nicht genügend, um sie tief zu küssen und gegen die nächste Wand zu ficken. Mir war klar, dass Melissa das machte, um mich zu reizen, dafür hatte ich viel zu viel Erfahrung mit Frauen, aber ich wollte nicht gereizt werden. Ich wollte sie einfach mitnehmen, damit jeder sah, dass ich ein Date dabei hatte, das nicht einfach nur eine Nummer in meinem Schlafzimmer war, sondern etwas Ernstes. Und ich wollte auch, dass Eleanore sie sah. Wie ich mit ihr umging. Wie vertraut wir miteinander umgingen. Vielleicht würde ich sogar den Eindruck entstehen lassen, dass wir verrückt nacheinander die Hände keine Sekunde voneinander lassen konnten. Aber ... das wollte ich in der Öffentlichkeit tun und nicht hinter ihrer Wohnungstür.

»Hey Luke«, wisperte Melissa an meinen Lippen und küsste mich leicht.

»Wow«, brachte ich hervor und ja, verdammte Scheiße, sie war wow. Sie trug durchsichtige, royalblaue Unterwäsche. Deutlich standen ihre Nippel hervor, denn der zart gewebte Netzstoff ließ alles durchblicken.

»Gefällt es dir?«, fragte sie weiter und ging einen Schritt zurück.

»Ob es mir gefällt?«, griff ich ihre Worte auf. »Heilige Scheiße, du hast ja keine Ahnung wie sehr!« *Und wie sehr es mir erst gefallen würde, wenn du Eli wärst.*

»Dann hoffe ich, denkst du daran, was ich darunter trage, wenn wir heute Nachmittag auf der Party sind.«

Sie drehte sich um und wackelte in Richtung ihres Schlafzimmers davon. Ich wusste, dass es sich am Ende des Ganges befand. Und ja, ich würde es für keine Sekunde vergessen. Zumindest nicht, bis ich *sie* sah. Dann hätte nämlich nichts anderes in meinem Kopf mehr Platz, außer die Erinnerung daran, wie *sie* aussah, wenn sie Unterwäsche trug. Oder nackt war. Während ich hier also stand und wartete – und bei einer bestimmten anderen Frau wäre ich sofort hinterhergegangen – verfluchte ich mich wieder einmal.

Ich sollte mir schnellstens eine verdammt beschissene Lösung überlegen, ehe mir diese ganze Dating-Heiratsgeschichte um die Ohren flog! Verfickte Scheiße, was war nur in den letzten Wochen mit mir passiert, dass ich so ein Bastard geworden war?

***

»Geile Party, Alter«, sagte ich und begrüßte meinen besten Kumpel mit einem Handschlag. Wir waren die obligatorischen dreißig Minuten zu spät, die man zu spät auf einen Geburtstag kam, und die Dachterrasse seiner Wohnung war schon ordentlich gefüllt. »Das hier ist Melissa.« Ich wedelte wenig elegant mit der Hand zwischen den beiden hin und her. »Melissa? Das ist mein bester Freund und Mitgründer der Kanzlei, Colby.«

»Hey!«, rief Amanda. »Ich bin auch noch da!« Sie drückte das Geburtstagskind zur Seite und stellte sich selbst vor. »Ich bin Amanda. Und ich bin die Dritte in diesem Bunde. Und ganz ehrlich, ohne mich gäbe es diese verfluchte Kanzlei nicht einmal, denn« sie beugte sich näher an Melissa, »die beiden haben einfach keine – absolut gar keine – Ahnung, wie man eine Firma führt.«

»Danke, Amanda«, erwiderte ich und gab meiner Freundin einen Kuss auf die Wange. »Du lässt mich in einem sehr guten Licht dastehen.«

»Ach«, sagte sie mit ihrer fröhlichen Leichtigkeit und klopfte mir auf die Schulter. »Das schaffst du schon selbst.«

Melissa lachte und stellte sich ebenso vor. »Melissa. Und ich glaube, ich mag dich!«

»Das will ich hoffen, du wirst mich öfter sehen.«

Nun kicherten die beiden Damen; Colby und ich rollte die Augen. Es fühlte sich für einen Moment so unsagbar leicht an, so frei und locker wie selten in den letzten Monaten.

Genau so lange, bis ich *sie* entdeckte.

Eleanore stand einige Meter von uns entfernt, ich sah sie von der Seite, aber ihr glockenhelles Lachen war unverkennbar. Ich bemerkte selbst auf die Entfernung die feine Linie ihres Halses, welche freigelegt war, denn sie hatte ihre langen dunklen Locken zu einem Zopf auf dem Hinterkopf hochgebunden. Sie trug ein weißes, lockeres Oberteil und dazu ... und genau in dem Moment, in welchen ich diese verflucht kurzen, sexy Jeansshorts registrierte, wurde mein Verräterschwanz so hart wie er es bei Melissa niemals schaffen würde. Dazu trug sie, ganz locker, als wäre sie nicht bei einem Anwalt in seinem Zwei-Millionen-Dollar-Apartment zu Gast, Flip Flops. Ebenso in Weiß. Während sie die Bierflasche an ihre natürlichen Lippen legte, drehte sie sich um und ihr Blick fand meinen genau in dem Moment, als sich meine Hand fester um die von Melissa legte. Es blieb mir nämlich nichts anderes übrig. Mit einer inneren Zufriedenheit, wie ich sie selten gespürt hatte, bemerkte ich, dass Eli mich ebenso hungrig scannte wie ich sie gerade. Ich wusste, dass sie mich im Freizeitlook am liebsten mochte und den trug ich heute. Jeans, die unten an den Knöcheln etwas aufgerollt waren, Havaianas und ein einfaches Poloshirt. Dazu dieser Look in den Haaren, von dem sie mir einmal verraten hatte, dass er aussah, als hätte ich gerade stundenlang gefickt.

Mit ihr.

Ich würde lügen, würde ich behaupten, dass ich mich nicht mit Absicht so gekleidet hätte. Um ihre Erinnerungen anzuheizen.

Eli fuhr sich mit der Zunge über die Lippen und ich besann mich meiner Manieren. »Melissa«, sagte ich leise und erlangte somit ihre Aufmerksamkeit, obwohl sie sich gerade nicht angeregt mit Amanda unterhielt. »Dort drüben ist Eleanore. Lass uns kurz Hallo sagen!« Was war ich für ein Wichser.

Ein gottverdammter Hurensohn.

Anders konnte ich es nicht ausdrücken.

»Oh ja«, erwiderte meine »Freundin« aufgeregt. »Ich wollte ihr sowieso persönlich danken.«

Lächelnd schlenderten wir zu ihr hinüber, und ich erkannte an ihrem Blick, der von links nach rechts und wieder zurück huschte, dass sie nach einer Fluchtmöglichkeit suchte.

Die es nicht gab.

»Eleanore«, sprach ich sie an. Meine Stimme ein paar Oktaven dunkler, als es normal für mich war. »Wie schön dich hier zu sehen.«

Ihr Gesicht fiel in sich zusammen. Und ihre Hände verkrampften sich, als Melissa sich nach vorn beugte und sie in eine Umarmung zog. Eleanore war stocksteif. Nachdem sie freigegeben worden war, wich sie einen Schritt zurück.

»Sicher verstehen Sie«, antwortete sie mit neutraler, leicht zittriger Stimme, »dass das hier eine private Veranstaltung ist und wir alle nicht über die Arbeit sprechen wollen.« Sie hob leicht ihre Bierflasche. »Ich wünsche Ihnen beiden eine schöne Party.« Ohne ein weiteres Wort, ohne einen Blick, der das Gegenteil ihrer kühlen distanzierten Art offenbart hätte, drehte sie sich um und ging an einen der Stehtisch etwas näher an Colbys Pool.

»Wow«, grummelte Melissa und sah mich an. »Sie ist echt arrogant außerhalb der Arbeit, oder?«, fragte sie und schüttelte den Kopf. »Das ist ja mal heftig.«

»Ja«, murmelte ich nachdenklich, obwohl ich ja wusste, dass sie alles andere als arrogant oder eingebildet war. »Das scheint sie wohl zu sein.«

Verdammtes Weibsbild, mir war schon klar, warum sie so zickig und sauer war, aber was sollte ich denn tun? Sie hatte ihren Standpunkt ja wohl absolut deutlich gemacht. Und sie hätte mir auch einfach keine weiteren Vorschläge machen müssen, dann wäre diese Dating-Geschichte vollkommen außen vor gewesen und ich hätte ihr zeigen können, wie ...

»Du bist mit deinen Gedanken ganz woanders, oder?«, fragte sie mich und strich mit über den Arm. »Lass uns was zu trinken holen, okay?«

»Na klar.« Zwanghaft legte ich einen freundlichen Ton auf. »Das ist auch echt nötig. Was möchtest du trinken, Melissa?«, fragte ich die schöne Frau an meiner Hand, als wir vor der Bar standen. Hier und da begrüßte ich einige Kollegen und ein paar alte Freunde, die wir immer noch sahen, wenn wir Sport trieben oder uns einen hinter die Binde kippten.

»Ich nehme ein Glas Champagner, bitte.« Melissa unterhielt sich wieder mit Amanda, die neben uns an dem Stehtisch stand.

»Geh ruhig rüber, ich bin gleich da, Babe!« Als ich mein Bier in der Hand hielt und den Schampus ebenso, gesellte ich mich zu den beiden Damen. Sie waren angeregt in eine Unterhaltung über ... was auch immer Acrylnägel waren, vertieft, und ich schaltete ab. Ich stand einfach nur daneben, legte ein freundliches Gesicht auf und behielt Eleanore im Auge. Sie schien schnell zu trinken, denn als einer der zwei vorbeilaufenden Kellner in ihrer Nähe war, griff sie sich gleich zwei Flaschen Budweiser vom Tablett und trank eine der beiden fast in einem Zug aus.

Mit jeder Faser meines beschissenen Körpers sehnte ich mich nach ihr. War es wirklich erst drei Wochen her, dass wir so gestritten hatten und sie stöhnend unter mir gelegen hatte? Immer und immer wieder? Ich konnte es nicht fassen, es kam mir wie Jahre vor. Aber alles ohne sie kam mir so vor, als wäre es schon ewig her. Als hätte ich ein Vor-Eleanore- und ein Nach-Eleanore-Leben. Und es fuckte mich ab. Ernsthaft, es ging mir ordentlich auf die Nerven. Gerade als ich mich fragte, wie oder was ich sage oder tun sollte, um diese scheiß Angelegenheit endlich komplett hinter mir zu lassen, wurde mir die Entscheidung abgenommen.

Meine Mutter stand urplötzlich vor mir.

Vor mir und Melissa.

Vor mir und – ihrer Meinung nach – Eleanore, die ja Melissa war.

»Mein Junge!«, platzte sie überschwänglich heraus. »Wie schön, dich zu sehen!«

»Mom!« Die schockierte Überraschung in meinem Gesicht konnte ich nicht verbergen. »Was willst du denn hier?«

»Na«, sie boxte mich in die Seite, wie es meine Mutter immer dann tat, wenn sie etwas überspielen oder Aufmerksamkeit wollte. »Ich will deine Eli kennenlernen.« Sie ging strahlend einen Schritt zur Seite und zog eine überrascht dreinblickende Melissa in ihre Arme. Sichtlich überrumpelt erwiderte sie die Umarmung, ohne ein Wort zu sagen. »Lass dich ansehen, Eleanore. Du hast dich wirklich erstaunlich verändert.« Sie strich ihr über die Wange, wie es nur eine Mutter konnte. »Ich hätte nicht gedacht, dass du so groß wirst, aber gut.«

»Was?«, fragte die Angesprochene und sah in meine Richtung. »Baby?«, sprach sie mich direkt an, und ich suchte fieberhaft in meinem Kopf nach einer Ausrede. Einer Idee. Irgendetwas.

Die wahre Eleanore zwei Stehtische weiter vorn war bereits auf die Szene aufmerksam geworden und sah mich mit zusammengezogenen Brauen an.

FUCK!

»Das hier ist meine Mutter!« Bewusst vermied ich Melissas Namen. Scheiße! Ich sollte die Damen dringend wegbringen, ehe es vollkommen eskalierte.

»Du kennst mich doch, Eleanore. Von früher. Du hast bei mir schon den Ketchup im Gesicht hängen gehabt.«

»Habe ich nicht«, erwiderte Melissa verstört und sah mich wieder an. »Wovon redet deine Mutter, bitte?«

»Davon, dass ich früher immer Nudeln mit Ketchup gegessen habe«, sagte die wahre Eleanore schließlich.

»Was ist hier los?«, fragte Melissa nun ernst und sah mir direkt in die Augen.

»Na, du bist doch Lukes feste Freundin und Verlobte, Eleanore. Eleanore York. Die Dame, die ihm die Arbeit verschafft, damit sie ihm niemals ausgeht.«

»Ich bin nicht ...«, begann Melissa wieder und ihre Augen weiteten sich.

»Ich bin Eleanore York«, sagte die richtige Eli und sah meiner Mom in die Augen. Mit einem Schlag war diese so blass, dass ich mir nicht sicher war, ob sie nicht gleich in Ohnmacht fallen würde.

»Ich fürchte, ich verstehe gerade nicht ...«

»Oh«, Melissa schien ein Licht aufzugehen. »Ich verstehe sehr gut.« Sie griff nach dem Glas mit dem Champagner, und ehe ich auch nur irgendwas sagen oder reagieren konnte, kippte sie mir den Drink ins Gesicht. »Wir sind fertig miteinander!«, brüllte sie los, und wenn vorher noch irgendjemand auf der Party nicht bemerkt hatte, was hier los war, dann wusste er es jetzt. Ich wischte mir den Champagner aus den Augen.

»Melissa«, rief ich ihr nach, »warte doch bitte!«

Aber sie drehte sich nicht um, und ich machte keine Anstalten, ihr hinterher zu laufen. Es war so still, dass man eine Stecknadel hätte fallen hören können, wenn nicht die leise Hintergrundmusik aus den Lautsprechern gedrungen wäre.

»Du bist ein gottverdammtes, beschissenes Arschloch, Brandon!«, zischte Eleanore so leise, dass nur ich sie verstand. Sie richtete sich zu ihrer vollen, kleinen Größe auf und sah mir ohne Probleme in die Augen. »Ich hasse dich.« Und damit krachte ihre Hand auf meine Wange, so heftig, dass mein Kopf zur Seite schleuderte.

Ich sagte nichts dazu.

Diese Ohrfeige hatte ich wohl verdient.

Kapitel 41

Eleanore

Wie wütend ich war, konnte ich nicht ausdrücken.

Es war so heftig, dass ich zitterte, selbst dann noch, als ich im Taxi saß und auf dem Weg nach Hause war. Ich war so sauer, verletzt und eifersüchtig, dass ich mich fragte, ob ich jemals wieder weniger als das empfinden würde. Es war einfach unfassbar! All das, was er getan hatte, war unfassbar.

Widerlich. Ekelhaft. Verlogen. Noch schlimmer als all die Attribute, die ich ihm das letzte Mal an den Kopf geworfen hatte. Sie reichten nämlich nicht aus. Es reichte nicht aus, zu sagen, dass er – der große Luke Brandon – ein verlogenes Arschloch war. Und anscheinend hatte er nicht nur einfach gelogen, nein, der verfluchte Scheißkerl hatte seine Mutter, sein eigen Fleisch und Blut, angelogen. Wegen seiner Freundin. Oder Verlobten. Oder was auch immer genau er erzählt hatte.

Ich dachte wirklich, ich spinne, als ich das Gespräch mitbekam, in dem sie Melissa als Eleanore bezeichnete und dafür lobte, wie großartig ihre Arbeit war. Ganz ehrlich? Das war abgefuckte Scheiße! So richtig abgefuckte Scheiße!

Ich kam gar nicht dazu, irgendwas freundlich und normal richtigzustellen, nein, ich war sofort damit konfrontiert, dass er anscheinend erzählt hatte, ich wäre seine Freundin.

Was für ein Witz!

Als würde ich jemals mit ihm zusammengehen!

Es war ja nicht nur so, dass er mit dieser ... Schlampe auf dem Geburtstag meines Cousins aufgetaucht war, nein ... die beiden hatten auch noch den beschissenen Nerv, zu mir zu kommen und mich volllabern zu wollen.

Als Melissa – die ach so tolle Psychologin – meinte, mich umarmen zu müssen, war ich fast explodiert vor Wut. Und Eifersucht, weil sie so gut aussah. Und an seinem Arm noch viel besser. Und weil sie so richtig aufgebrezelt war und ich mich nur sommerlich angezogen hatte. Wie auch immer.

Madame meinte, mir zeigen zu müssen, wie wundervoll doch alles war.

Luke meinte, mir vermitteln zu müssen, wie Happylie ever After sie waren und ich ließ die kratzbürstige Zicke heraushängen.

Zu Recht, wie ich fand. Es bewies sich ja wenige Minuten später, nachdem seine Mom aufgekreuzt war. Die dachte, Melissa wäre ich.

Ich war immer noch stinkwütend, als ich bereits wieder in meiner Wohnung war und mir einen Gin Tonic einschenkte. Als hätte ich es, beschissen noch mal, geahnt, hatte ich heute Morgen alles dafür kaltgestellt. Als hätte ich gewusst, dass Wein nicht mehr ausreichen würde, um meiner Laune gerecht zu werden.

Ich würde diesen elenden Mistkerl aus meiner Kartei kicken und seine ach so tolle Melissa ebenso. Ich würde ihnen beiden die kalte Schulter zeigen. Was genau dachten sie, wer sie waren? Was genau dachte er, wer er war? Ja, möglicherweise war ich in ihn verliebt, war blauäugig und reagierte nicht ganz so rational, wie man es tun sollte, wenn man in einer Geschäftsbeziehung stand, aber verdammt noch mal, was genau gab ihm das Recht, so auf mir herumzutrampeln? Mich von a nach b und mich dann auch noch vor das Loch bei seiner Mutter zu schieben?

Sauer knallte ich das Glas auf den Tisch, als es klingelte.

In einer Tour.

Man musste kein Genie sein, um zu wissen, wer vor der Tür stand. Und wenn er jetzt, nach meiner Ohrfeige, immer noch nicht genug hatte, dann würde er eben so lange welche kassieren, bis er es verstand. Ich scheute mich nicht vor dieser Auseinandersetzung, denn gerade eben, gerade eben war meine Wut wesentlich stärker als meine naive Verliebtheit.

»Was willst du?«, fragte ich mit deutlicher Abscheu in der Stimme.

Luke stützte sich mit den Händen an meinem Türrahmen ab und sah verzweifelt aus. Sein Shirt war immer noch nass oder hatte jetzt auf jeden Fall Flecken von dem Champagner, den ihm Melissa – zu Recht – ins Gesicht gekippt hatte. Um seinen Mund lag ein harter Zug.

»Lass es mich bitte erklären.«

»Ich wüsste nicht, was es da noch zu erklären gibt, Luke. Ich fand das heute eigentlich ziemlich offensichtlich.«

»Du verstehst nicht.«

»Möchte ich auch nicht.« Dennoch, entgegen meiner Worte trat ich einen Schritt zur Seite und ließ ihn in meine Wohnung. Er kam mir nach und schloss die Tür. »Du hast fünf Minuten!«

»Ich bin da so reingerutscht.«

»Interessiert mich nicht.«

»Ehrlich, Eli …«

Ich unterbrach ihn. »Nenn. Mich. Nicht. So.«

»Ich ... sorry, Eleanore.« Kaum merklich nickte ich, und mixte mir noch einen Gin Tonic. »Lass es mich bitte erklären.«

»Kannst du«, erwiderte ich. »Du hast noch vier Minuten.«

»Meine Mutter ist krank«, begann er und nur mit Konzentration konnte ich verhindern, dass ich in meiner Bewegung stockte. »Sie ist krank und wünscht sich, dass ich heirate und deshalb suche ich eine Frau. Nicht ... weil ich es will.«

»Bitte was?«, zischte ich und sah ihm direkt in die Augen. »Das kannst du nicht ernst meinen!«

Er schien mein Entsetzen falsch zu deuten. »Doch, das tue ich.«

»Es tut mir leid, dass deine Mutter krank ist«, begann ich mit Wut in der Stimme. »Aber du hast mich belogen. Wieder belogen.«

»Ich habe dich belogen?«, fragte er überrascht und fuhr sich durch sein Haar. »Was meinst du?«

»Du hast mir gesagt, du willst heiraten, du wünschst dir nichts mehr als eine Familie, eine liebende Frau und all den Scheiß, der damit zusammenhängt. Du hast mir ins Gesicht gelogen, als du mich beauftragt hast, und das, obwohl ich dich mehr als nur einmal gefragt habe, was zur beschissenen Hölle du dir erwartest.«

»Eleanore«, begann er wieder. »Ich meine ... ich versuch dir hier zu erklären, wie das alles passiert ist!«

»Weißt du was, Luke?«, spie ich ihm entgegen und ging auf ihn zu. »Es ist mir scheißegal, wie das alles passiert ist.«

»Kannst du denn nicht verstehen, warum ich das getan habe?«, schrie er und fuhr sich durch sein Haar. Die Verzweiflung war ihm anzumerken, aber es war mir egal. Es interessierte mich nicht. In mir wütete der Vulkan der Enttäuschung.

»Ich bin so was von fertig mit dir. Verschwinde aus meinem Leben, aus meiner Agentur und aus meinem Blickfeld!«

»Ich habe das getan, weil ich keinen Ausweg gesehen habe.«

»Wie wäre es mit der Scheißwahrheit gewesen?«, brüllte ich ihn an. Alles entlud sich nun. »Ich habe dir vertraut. Ich habe deine Antworten, egal ob sie schriftlich oder mir ins Gesicht gesagt waren, ernst genommen, ich habe *dich* ernst genommen. Ich wäre niemals davon ausgegangen, dass du mich anlügst. Vor allem nicht, nachdem ich dir erzählt hatte, was mir passiert war. Dass ich weiß, wie es sich aus Sicht der ›Sitzengelassenen‹ anfühlt. Und jetzt stehst du hier, versucht, mir irgendwie fadenscheinig weiszumachen, warum du deine Mutter belogen hast und ihr Melissa als Eleanore aufgetischt hast, und das Erste, was ich höre, ist, dass alles, all das, was die letzten Monate passiert und gesprochen wurde, eine einzige Lüge war? Was glaubst du eigentlich, wie lange du mich noch für so dumm verkaufen kannst?« Meine Stimme zitterte, genau wie mein Körper, vor Wut. Zorn ballte sich in meinen Händen und ich musste mich wirklich zusammenreißen, um nicht auszurasten und ihm meine Fäuste ins Gesicht zu donnern. Diesen wahnsinnigen Zorn, diesen Strudel der Enttäuschung hatte ich nicht einmal bei Eric empfunden, als er mich vor dem Altar stehen ließ. »Ich habe dich an mich ran gelassen, ich war mit dir im Bett, *mit einem Klienten!* Ich habe dir nicht nur vertraut, nein, ich habe dir aus meinem Leben erzählt. Und ich habe dir immer die Wahrheit gesagt und all das, was du mir aufgetischt hast, war eine Scheißlüge? Ehrlich? Hast du es so nötig, dich unter Wert zu verkaufen, damit du jemand ins Bett bekommst?«

»Jetzt reicht es, Eleanore!«, flippte er auch aus. »Hättest du mir denn geholfen, wenn du gewusst hättest, wieso ich das tue?« Herausfordernd blickte er mich an. Keiner wandte den Kopf, um woanders hinzusehen. Keiner gab nach. Eine Antwort war nicht notwendig. »Siehst du!«, donnerte er weiter. »Hättest du nicht. Weil du nämlich nicht verstehen kannst, dass man etwas tut, nur weil man einen anderen Menschen liebt. Und ich liebe meine Mutter. Und wenn der letzte Wunsch meiner todkranken Mutter ist, dass ich heirate, dann verfickte Scheiße noch mal, dann würde ich das tun.«

»Als hättest du es durchgezogen!«, keifte ich weiter. »Hättest du niemals! Du hättest Melissa hingehalten, und dann wärst du abgedampft mit irgendeiner beschissenen Ausrede. Hör doch endlich damit auf, Melissa verarschen zu wollen.« Mühsam schluckte ich. Tränen stiegen in meine Augen. Aber nicht, weil ich verletzt war, sondern aus Wut. Blinder, nackter Wut. »Oder mich!«

»Darum geht es also!«, donnerte er weiter und griff sich in die Haare. »Es geht darum, dass Melissa mein Date war und nicht du.«

»Einen Scheiß geht es.«

»Ach?« Spöttisch hob er die Brauen und verschränkte die Arme vor der Brust. »Wer lügt jetzt wen an, mh?« Seine überhebliche Art brach in mir etwas auf, von dem ich wusste, dass es eine alte Wunde war.

»Du kannst glauben, was du willst, Brandon. Aber eines sag ich dir, fick dich in dein Knie und tritt mir nie wieder unter die Augen!« Ich kam ihm ganz nahe, sein Geruch stieg mir in die Nase, aber ich war zu aufgebracht, um mich davon ablenken zu lassen. »Du bist einfach nur ein Widerling. Keinen Deut besser als all die Männer, die du bei Scheidungen ausnimmst. Du bist einfach nur noch ekelhaft.«

Er stand mir gegenüber, Zorn wallte durch seine Adern, das verriet mir der Puls an seinem Hals und die blauen Augen, in welchen deutlich ein Sturm tobte. Er sah aus wie die wilde See, die sich in einem tosenden Hurrikan entladen würde. Ich war mir nicht sicher, wie er jetzt reagieren oder was er tun würde. Und ich glaubte einen Wimpernschlag lang, dass er mich vielleicht gegen die nächste Wand drücken und mich in seiner besitzergreifenden Art küssen würde.

Aber schließlich geschah nichts davon. Ohne ein weiteres Wort oder eine weitere Geste ging er rückwärts aus meiner Küche. Alles, was ich noch von ihm hörte, war, wie er meine Wohnungstür ins Schloss fallen ließ.

Und alles, was ich noch tun konnte, war, mein Glas mit dem Gin Tonic mit voller Wucht gegen die Wand zu donnern.

Kapitel 42

Luke

Es war nach Mitternacht, als ich wieder zu Hause ankam.

Ich hatte in meinem Büro in der Kanzlei gesessen, hatte mich dort verkrochen und den Scotch in mich hinein gekippt, den ich von einem Klienten bekommen hatte. Was sollte ich sagen? Dass mir diese ganze Scheiße um die Ohren fliegen würde, war mir vollkommen klar, aber ich hatte mit einer kleinen, emotionalen Explosion gerechnet. Nicht mit diesem ... was auch immer das gewesen war, als Eleanore so ausrastete.

Das Schlimme an der Geschichte war, dass es mir bedeutend schlechter ging, weil ich Eleanore angelogen hatte, als Melissa. Um ganz ehrlich zu sein, war Melissa mir so was von egal. Es war mies, es war gemein, ich respektierte sie als Mensch, aber sie war nicht ... ich hätte sie niemals heiraten können. Oder eine Familie mit ihr gründen können. Oder ... was auch immer man noch so alles zusammen tat, wenn man in einer Beziehung war.

Auf dieser Linie hatte ich voll und ganz versagt, und dass ich davon ja gar keine Ahnung hatte, schien offensichtlich zu sein. Die Krux an der Sache war, dass ich dachte, Eleanore war bei sich zu Hause so verstört gewesen, weil ich ihr verschwiegen hatte, wie krank meine Mom war. Nur erkannte ich, dass es nicht daran lag. Das eigentliche Problem war nämlich, dass ich sie – und damit hatte sie vollkommen recht – belogen hatte. Nicht nur wegen meiner Mutter, oder weil ich sie benutzt hatte, um selbige zufriedenzustellen, nein. Es ging auch darum, dass ich sie wirklich über meine Beweggründe belogen hatte.

Als ich es vor einigen Wochen getan und ich mit allen Mitteln versucht hatte, sie dazu zu bringen, mich in ihre Kartei aufzunehmen, war mir noch nicht klar gewesen, wie besonders sie war. Und jetzt? Jetzt war das alles verloren und weggefegt wie ein beschissenes endgültiges Gerichtsurteil. Ich fühlte mich wie ein Mörder und ein Verräter, dem niemand mehr ein Wort glaubte.

Meine Wohnung war dunkel, als ich sie betrat. Meine Mutter schlief anscheinend schon. Es überraschte mich, hatte ich doch damit gerechnet, dass sie wach war, um mir eine entsprechende Standpauke zu halten, denn ich war ja nicht nur bei Eleanore mit der Wahrheit ins Schleudern gekommen, sondern eben auch bei meiner Mom. Na ja, im weitesten Sinne. Offensichtlich angelogen hatte ich sie nur damit, dass Eleanore und ich gemeinsam auf die Feier von

Colby – meinem besten Freund, den ich den Geburtstag versaut habe – gehen würden. Alles andere, alle Erlebnisse, alle Gespräche und vor allem das, wie ich mich in ihrer Gegenwart fühlte, entsprach der Wahrheit. Das war keine Lüge gewesen. Das war die Wahrheit. Nur der zeitliche Ablauf stimmte nicht vollkommen überein.

Wie auch immer. Ich hatte also damit gerechnet, dass ich mich nicht nur Eleanore stellen musste, (das hatte ich ja freiwillig getan), sondern dass ich auch meiner Mutter erklären musste, was das heute sollte. Irgendwie war ich froh über die kurze Verschnaufpause, welche die Frauen in meinem Leben mir einräumten. Im Dunkeln betrat ich die Küche, warf mein Handy und den Schlüssel auf den Tresen und nahm mir erst einmal ein Bier. Heute war es sowieso schon egal, was ich noch alles in mich hinein schütten würde. Der Frust wurde übermächtig. Ob nun, weil ich es mir selbst versaut hatte, oder weil alles um mich herum auseinanderbrach, wusste ich nicht. Aber vermutlich lag es daran, dass ich selbst daran schuld war.

Melissa war mir egal. Mein Handy blinkte schon wieder und ich sah, dass sie anrief. Zum siebzehnten Mal, seit sie mir ihr volles Glas in das Gesicht geschüttet hatte. Aber ich verspürte keinerlei Bedürfnis, mich gerade mit ihr auseinanderzusetzen. Die bittere Wahrheit war nämlich, dass ich sie benutzt hatte. Das konnte und wollte ich auch nicht abstreiten, denn es war einfach wahr. Ich würde mich bei ihr entschuldigen, das hatte Melissa verdient. Sie war eine großartige Frau und ich hatte sie für dieses perfide Spiel benutzt, ohne an irgendwelche Konsequenzen zu denken. Das war für mich so untypisch, dass ich mich selbst kaum wiedererkannte. Normalerweise war es nämlich so, dass ich mir immer zuerst Gedanken über die Folgen machte, bevor ich etwas einfach tat und lebte. Ich war mir sicher, dies brachte mein Beruf mit sich, außerdem auch die Tatsache, dass ich das Gesetz kannte. Vielleicht nicht in jeder minimalen Einzelheit, aber ich kannte es und ich wusste, welche Strafen auf mich warteten. Hingegen ein Mensch, der nicht über irgendwelche Folgen nachdachte, sondern einfach tat, worauf er Bock hatte, bedeutend leichter lebte. Selbstverständlich sprach ich hier nicht über Mord oder Ähnliches. Lediglich kam zu meinem Frust, weil ich Eleanore endgültig vergrault hatte – sollte ich daran gezweifelt haben –, auch die Gewissheit, dass ich versagt hatte. Meine Mutter war krank. Anscheinend so sehr, dass sie es mir nicht einmal erzählen wollte. Und sie wünschte sich nichts mehr, als dass ich sesshaft wurde. Eine Familie gründete und die Werte weiter gab, welche sie und mein Dad mir vermittelt hatten. Und nun? Nun hatte ich sie enttäuscht.

Nach dem Tod meines Vaters, der einige Jahre zurücklag, hatte ich mir geschworen, meine Mom nicht im Stich zu lassen. Um nichts in der Welt. Genauso wenig hatte ich sie niemals enttäuschen wollen.

Na ja ... anscheinend hatte ich das heute ganz hervorragend hinbekommen.

Ich trank mein Bier in einem Zug aus und schüttelte über mich selbst den Kopf. Noch immer saß ich in meiner dunklen Küche. Mein Handy zeigte eine neue Voicemail von Melissa an. War diese scheiß Mailbox nicht langsam voll? Das durfte doch nicht wahr sein! Ich würde ja mit ihr reden, aber wie wenig Selbstwertgefühl steckte eigentlich in ihr, dass sie mir so hinterher lief? Ich hatte sie – verfickte Scheiße noch mal – belogen und ausgenutzt, und sie gab nicht auf? Ich mochte Hartnäckigkeit, aber war das nicht ein bisschen zu viel des Guten?

Vor lauter Frust öffnete ich mir nochmals ein frisches Bier. Gierig trank ich einen Schluck. Bevor ich begonnen hatte, irgendeine Dating-Scheiße aufzuführen, hatte ich mein Leben geliebt. Damals gab es ein Bierchen, weil ich eines trinken, und nicht, weil ich beschissen wie ein verfluchtes Weichei irgendwas in meiner Brust betäuben wollte.

Es gab tatsächlich Frauen – sogar die meisten, die ich gehabt hatte – die sich sicher waren, dass ich so etwas wie ein Herz nicht einmal besaß. Wenn diese Tussis mich jetzt sehen könnten. Frustsaufen. Eine Tussi, die mich am Telefon terrorisierte, eine andere, die mir heute schon eine geknallt und mich angeschrien hatte, und eine Mutter, bei der ich die Wahrheit verdreht hatte, als gäbe es keinen Morgen. Oh ja, man konnte also guten Gewissens behaupten, dass ich gerade nicht in Höchstform war. Ach ja, und was ich ja fast vergessen hatte: Mein bester Freund war sauer auf mich, weil ich zum einen seine Party gesprengt und zum anderen ihn ebenso belogen hatte.

Man konnte also als Fazit sagen, das dieser Scheißtag genau das war, was das Wort sagte: Scheiße.

Colby hatte ich zum Glück gleich beruhigen können. Das war das Gute an Männerfreundschaften. Ich hatte ihn entschuldigend angesehen, er hatte mir ein Handtuch gereicht und gemeint, dass ich ihm, sobald der Scheiß vorbei wäre, eine Erklärung schulden würde. Dann hatte er mir auf die Schulter geklopft.

Amanda hatte die Augen aufgerissen, grinsend den Kopf geschüttelt, etwas von »Ich wusste es« gemurmelt, und mir bedeutet, Eleanore nachzulaufen. Zumindest ging ich davon aus, dass sie Eleanore meinte. Denn etwas anderes kam für mich nicht infrage. Die Sache war nur die: Eli hatte klar und deutlich verlauten lassen, was sie von mir hielt. Was sie von der ganzen Aktion hielt. Und dass sie mir niemals verzeihen würde.

Verdammter Mist!

Wie konnte ich nur diesen ganzen beschissenen Scherbenhaufen wieder zusammen basteln, ohne dabei drauf zu gehen?

Kapitel 43

Luke

Langsam drang das Geräusch eines aufgedrehten Radios an meine Ohren, ich hörte, wie etwas zischte, als würde man Speck in einer Pfanne braten. Der erste Geruch, den ich wahrnahm, war Kaffee.

Kaffee, und ich war dankbar.

Mühsam setzte ich mich auf. Mein Schädel pochte und ich griff mir erst einmal an die Schläfen. Verfluchter Mist, ich hatte es einfach übertrieben. Na gut, es war der Situation angemessen gewesen. Blinzelnd stellte ich fest, dass der Tisch mit meinen leeren Bierflaschen immer noch so vor mir stand, wie ich ihn verlassen hatte, und als ich den Blick hob, sah ich, dass der Kaffeegeruch, das Brutzeln in der Pfanne wirklich Speck war. Meine Mom stand in einer Schürze, die sie mitgebracht zu haben schien, hinter dem Herd in meiner offenen Küche.

»Ahh«, sagte sie schließlich mit einem matten Lächeln. »Ich war nicht sicher, ob du vielleicht tot bist.«

»Ich fühl mich zumindest so«, murmelte ich und stand auf, um in der Küche nach einer Aspirin zu greifen.

»Verdient hättest du es ja auch.« Lässig, als wäre meine Mutter noch nicht fast 70, zuckte sie mit den Schultern. »Nicht, dass ich dir das wünsche.«

»Mom«, erwiderte ich und war leicht genervt. »Lass!«

»Trink erst mal Kaffee.« Sie kicherte leise und schob eine frisch aufgebrühte Tasse flüssiges Gold über den Tresen in meine Richtung. Erschöpft und übel verkatert saß ich an dem Küchenblock auf einem der Hocker an dem Tresen. »Und iss etwas, du bist viel zu dünn.« Sie wendete den Speck in der Pfanne und schob mir schon einmal einen Teller mit Rührei herüber. Ich liebte meine Mutter gerade so sehr, dass ich es kaum in Worte fassen konnte. Frisches Rührei mit Tomate, Lauchzwiebel und in ihrer ganz eigenen Art, Dinge zu würzen. Anscheinend war sie schon eine ganze Weile wach, denn ich war mir ziemlich sicher, diese Zutaten nicht im Haus gehabt zu haben.

Ich begann langsam zu essen, und als die ersten Bissen in meinem Magen ankamen, ich sicher war, dass auch alles drin bleiben würde, verschlang ich das Rührei und angelte mir einige Speckstreifen von dem Teller neben ihrer Pfanne.

Ganz in Ruhe briet sie ihn zu Ende, stellte die Pfanne in das Spülbecken und kam schließlich mit ihrer Tasse in der Hand auf dem Stuhl neben mir zum Sitzen.

»Möchtest du mir jetzt erzählen, was da gestern passiert ist?« Hatte ich erwähnt, dass ich meine Mutter abgöttisch liebte? Ja, ich war fünfunddreißig. Ja, ich war ein eiskalter Anwalt. Ja, ich hatte mich schon lange von ihr gelöst und ja, ich war ein Mann durch und durch. Und doch ... brauchte ich meine Mutter. Vielleicht in anderen Bereichen als früher, aber irgendwie ...

»Es tut mir leid, Mom«, erwiderte ich voller Reue. Das tat es wirklich. »Ich habe wohl die Wahrheit ein wenig ... gedehnt.«

»Das dachte ich mir nach gestern schon. Aber ... ich kenne meinen Jungen. Und Lügen sieht ihm nicht ähnlich. Er mag vielleicht viele Liaisons gehabt haben oder immer noch haben, aber verlogen und unehrlich ist er nicht.«

Ich ließ den Kopf hängen. Die Aspirin wirkte langsam; ich griff nach der Karaffe mit dem kühlen Orangensaft und goss mir ein Glas ein. Ich hatte erwähnt, dass meine Mom die Beste war?

»Ich habe nicht gelogen. Nicht direkt jedenfalls.« Sie hob eine Braue und nahm stumm einen Schluck aus ihrer Tasse. Ich stopfte mir wieder Speck in den Mund. Nicht, weil ich das Sprechen hinauszögern wollte, sondern einfach, weil jetzt, wo die Kopfschmerzen unter Kontrolle waren und mein Magen kapierte, dass es etwas zu essen hab, selbiger echt knurrte. »Alles, was ich dir über Eleanore erzählt hatte, entspricht der Wahrheit.«

»Du hast dich also mit ihr getroffen.«

»Ja, das habe ich«, erklärte ich und schaufelte eine Gabel voll Rührei in meinen Mund. »Und ich habe es geliebt.«

»Warum dann diese andere Frau gestern?«

»Weil Eli mich nicht mehr sehen will.«

»Warum?«, rief meine Mom. »Du bist doch fantastisch!«

»Sie will sich nicht fest binden.«

»Du aber schon.« Es schien einer der Groschen gefallen zu sein. »Verstehe.«

Ich zuckte mit den Schultern und trank den Saft in einem Zug leer. Sofort schenkte ich mir nach. »Eigentlich wollte ich das nicht, um ehrlich zu sein. Eigentlich habe ich das nur dir zuliebe getan.«

»Mir zuliebe? Weil ich dir nahe gelegt habe, dass eine Familie vielleicht nicht übel wäre?« Sie lächelte mich schwach an und drehte den Becher in ihrer Hand.

»Na ja nicht nur. Nachdem ich mit Eleanore aus war, wollte ich es irgendwie selbst.«

»Aber sie nicht.«

»Nein, sie nicht.«

»Oder nur nicht mit dir?«

»Mom«, warf ich ein und rollte die Augen.

»Okay, entschuldige. Und wie kam es dann zu Melissa?«, fragte sie neugierig nach.

»Ich brauchte ja ein Date. Also ... ich hatte dir ja immer wieder von Eli erzählt und irgendwie ... Du klangst so glücklich und so stolz, dass ich in der Tat sesshaft werden würde ... aber Eleanore wollte mich nicht mehr, also habe ich ihr gesagt, dass der Vertrag bei ihrer Partneragentur ganz normal weiterlaufen würde. Und sie hat mir die Daten von Melissa geschickt.«

»Und dann hast du dich mit ihr getroffen. Aber mir nichts davon gesagt.«

»Nein, ich wollte nicht, dass du denkst, dass ich es versaut habe, Mom!« Ich drehte mich ihr ganz zu und nahm ihre Hände in meine. »Du warst so verdammt glücklich, dass ich nicht mehr allein war. Wie hätte ich dir erklären sollen, dass Colbys Cousine Geschichte war und ich schon jemand Neuen hatte?«

»Nun, wie hattest du mir das erklären sollen?« Ihre Stimme klang sarkastisch. »Mit Worten?«

»Ich wollte einfach, dass du glücklich bist. Dass dir dieser Gedanke nicht auch noch den letzten Nerv raubt.« Müde und traurig sah ich sie an. Ich fühlte mich wie ein Versager. Nicht wie New Yorks Staranwalt, der reihenweise Frauen abschleppte. »Wie deine Krankheit.«

»Welche Krankheit?« Ihre Augen weiteten sich leicht. Sie sah schockiert aus.

»Schon okay, Mom«, murmelte ich und strich mit meinen Fingern über ihren runzligen Handrücken. »Ich weiß davon.«

»Du weißt wovon?«

»Davon, dass du krank bist und deshalb willst, dass ich eine eigene Familie habe ... falls ... du es nicht schaffst.« Eigentlich war ich kein Mann der Emotionen. Eigentlich war ich ein kühler, abgeklärter Kerl, der mit dem Tod und Verlassen und allem, was dazugehörte, gut umgehen konnte. Nun, anscheinend nur dann nicht, wenn es meine Mutter betraf. »So wie Dad.«

»Was?«, fragte sie und lachte plötzlich los.

»Schön, wenn du bei allem dein Lachen nicht verloren hast, Mom.«

»Luke«, begann sie nach gefühlten Minuten des Lachens. Tränen liefen ihr aus den Augenwinkeln. »Ich bin nicht krank.«

Sieben ... Acht ... Neun ... Zehn ... Es dauerte einige Sekunden, ehe ich verstand, was sie mir hier gerade sagte. »Wie?«, stammelte ich. Ein ungutes Gefühl durchfuhr mich. »Hatten wir nicht gerade darüber gesprochen, dass Familie Brandon keine Lügner als Mitglieder hat?«

»Bezeichnest du gerade deine Mutter als Lügner, Luke?« Skeptisch beäugte sie mich. Aber der Schalk blitzte in ihren Augen. Ich erkannte mich gerade selbst in ihr wieder.

»Nein, ich verstehe nur nicht.«

Seufzend stand meine Mom auf und griff nach dem leeren Teller, auf dem sich zuvor Speck und Eier getürmt hatten.

»Ich bin nicht krank, Luke«, sagte meine Mom ruhig und stellte das ganze Geschirr in die Spülmaschine. »Ich habe jemanden kennengelernt.«

Boom! Wie so eine Art Abrissbirne donnerten die Worte gegen meinen Kopf. Boom! Boom! Boom!

Meine Augen weiteten sich, der dröhnende Kopfschmerz kam zurück und ich musste mich erst einmal räuspern, ehe ich sprach. Ich traute nämlich meiner Stimme nicht. »Was meinst du damit?«

»Ich meine damit«, erwiderte meine Mom resolut, drehte sich wieder in meine Richtung und sah mir fest in die Augen, »dass ich mich verliebt habe. Ich bin nicht krank, so wie du die ganze Zeit dachtest. Aber ich weiß, wie sehr du immer noch an deinem Vater hängst, und das tue ich auch,

Luke. Wirklich, ich werde ihn bis an mein Lebensende lieben ... Aber ich bin hier und er hat mich allein gelassen und ich möchte aber nicht mehr allein sein, weißt du? Ich möchte nicht mehr jeden Sonntag allein in die Kirche gehen oder zu irgendwelchen Festen auf den Marktplatz. Ich will wieder mit jemandem die Abende verbringen, ein Glas Wein trinken und einen Film sehen. Ich bin vielleicht Rentnerin, aber ich bin nicht tot. Und ich weiß, ich hätte das schon früher klarstellen müssen, aber irgendwie ...« Sie zuckte wieder mit den Schultern.

»Du hast mich angelogen?«, fragte ich geschockt.

»Genau genommen habe ich gar nichts zu deiner Krankheitstheorie gesagt.« Sie lächelte milde. Ich verstand, was sie mir damit sagen wollte. Dass sie – wie ich auch – die Wahrheit ein wenig zu ihren Gunsten verdreht hatte.

»Aber ich habe doch das Telefonat mit Doktor Norris gehört und Marcy – Colbys Mom – hat im Laden mitbekommen, dass er immer öfter bei dir ist.« Mühsam schluckte ich. »Auch nachts.

Sie kicherte leise. »Natürlich war er immer öfter bei mir.«

»... weil ihr euch verliebt habt. Nicht weil du krank bist.«

»Ich hätte es dir sagen müssen, mein Junge. Das weiß ich. Aber ich möchte nicht, dass du denkst, ich hätte deinen Vater vergessen, nur weil Douglas – Doktor Norris – und ich Zeit miteinander verbringen.« Meine Mutter klang geknickt.

»Und was hat das damit zu tun, dass ich eine Familie gründen soll?« Diese Frage war die Einzige, die für mich noch nicht geklärt war.

»Ich wollte, dass du erkennst, wie es ist, wenn man frisch verliebt ist. Dass man sich dem nicht widersetzen kann, egal, ob man es will oder nicht. Ich wollte nicht, dass du mich wie eine Klientin behandelst, die die Ehe gebrochen hat.«

»MOM!«, rief ich und sprang von meinem Hocker. Den geringen Abstand zwischen uns überbrückend, schloss ich sie fest in meine Arme. Meine Mutter legte ihre Wange an meine Brust. Sie war so viel kleiner als ich. »Ich wäre doch nie sauer gewesen, weil du dich verliebt hast. Und ich würde niemals denken, dass du Dad damit vergisst.« Sie schluchzte leise und ich gab ihr einen Kuss auf den Scheitel ihrer Haare. »Ich liebe dich Mom und ich würde niemals denken, dass du etwas unüberlegt tust, oder Dad dir plötzlich egal ist.«

Sie schniefte und rieb sich mit dem Handrücken über die Nase. »Es tut mir leid, Luke. Ich hätte das ganze Chaos vermeiden können, wenn ich einfach gleich ehrlich gewesen wäre.«

»Na ja«, räumte ich ein und lächelte das erste Mal seit vielen Stunden ehrlich, »dann hättest du einfach weitergemacht wie bisher, hättest dich nicht bei Eleanore anmelden müssen, und dann wärst du jetzt nicht mit einer saueren Melissa und mit einer wirklich wütenden Eleanore konfrontiert.«

»Ich biege das schon wieder gerade.« Hoffentlich. Erleichterung strömte durch mich hindurch, denn ich hatte in den letzten Wochen und Monaten wirklich mit der Angst um meine Mutter gekämpft. »Es tut mir auch leid. Ich hätte dich nicht anschwindeln dürfen.«

»Ach papperlapapp!« Sie sah lächelnd zu mir hoch. »Ich kenne meinen Jungen, du hast die Grenzen ein wenig ausgedehnt, aber gelogen hast du nicht.«

Milde lächelte ich. »Ich freu mich für dich ... Aber ich werde den Doc noch mal genauer unter die Lupe nehmen.«

»Untersteh dich!«, wies sie mich scharf an. »Kümmere dich lieber darum, wie du Eleanore zurückgewinnen kannst.«

»Oder überhaupt mal für mich gewinnen«, murmelte ich, aber meine Mutter verstand mich trotzdem.

»Das hast du doch schon längst.«

»Wie?«

»Man muss ihr nur in die Augen blicken und sieht direkt in ihr Herz, Darling.«

»Meinst du?«

»Du warst wirklich noch nie verliebt, was?« Seufzend befreite sie sich aus meiner Umarmung. »Geh und hol dir dein Mädchen!«

Kapitel 44

Luke

Vier Tage später

Doch, ich war schon einmal verliebt gewesen.

Ich merkte es, wie das Gefühl warm und weich durch mich hindurch strömte. Wie es sich langsam in meinem Körper und meinen Adern ausbreitete und immer deutlicher wurde.

»Hey«, rief ein hübsches kleines Mädchen in einem weißen Sommerkleid mit roten Erdbeeren. »Lasst mich mitspielen!«

»Nein«, erwiderte Colby, mein bester Kumpel. »Das hier ist ein Jungsding!«

»Ihr sitzt in einem Baumhaus.«

»In einem Clubhaus«, rief ich durch die Fenster aus der Höhe nach unten. »Und hier sind Frauen nicht erlaubt!«

Es war einen Moment still, und Colby und ich konzentrierten uns wieder vollkommen auf das Schnitzen von Pfeil und Bogen. Die Sonne strahlte durch die Fenster herein und die Vögel zwitscherten. Es war ein richtig, richtig toller, Sommer-Limonaden-Ferientag.

»Ihr wollt also nicht einmal etwas essen?« Colby und ich sahen uns an, standen gleichzeitig auf und guckten aus dem Fenster nach unten.

Skeptisch, wie es nur kleine Jungs konnten, beäugten wir das Mädchen mit dem geflochtenen Zopf.

»Du kannst also kochen?«

Hektisch nickte sie. Und zwar so heftig, dass ihr Zopf von links nach rechts flog. »Selbstverständlich kann ich kochen.« Nun stemmte sie die Hände in die Hüften. »Und backen. Ihr solltet mal meinen Kirschkuchen probieren!« Colby und ich warfen uns einen schnellen Seitenblick zu.

»Ich liebe Kirschkuchen«, flüsterte ich, ohne seine Cousine aus den Augen zu lassen.

»Wir haben gesagt, keine Mädchen.« Er wisperte so leise, dass ich ihn kaum verstand.

»Aber ... sie kann Kirschkuchen backen«, setzte ich entgegen. »Das ist unsere Chance. Sie kann uns bedienen. Und unsere Stöcker aufräumen, die wir nicht mehr brauchen. Wir sollten sie wirklich mitspielen lassen.«

Augenrollend beugte er sich über die kleine Verandabrüstung, die sein Dad für uns angebaut hatte.

»Na gut, wir lassen dir die Leiter runter.«

Aufgeregt nickte Eleanore wieder und ich blieb auf dem Außenholz stehen, bis sie sicher oben angekommen war. Ich sah ihr in die schönen Augen, prägte mir ihr Lächeln ein und fühlte, wie mein Herz doppelt so schnell weiter schlug.

Natürlich nur, weil ich Kirschkuchen liebte. Und sie backen konnte.

»Mister Brandon«, begann der Richter noch einmal. »Ich mag es nicht, wenn Anwälte – erfahrene Anwälte – in meinem Gerichtssaal abwesend sind.«

»Verzeihung, Euer Ehren«, erwiderte ich automatisch, stand auf und biss mir auf die Lippe. »Wir beantragen eine Unterbrechung von fünf Minuten.« Richter Marquin sah mich genervt über seine Brille an, holte tief Luft und zog die Augenbrauen nach oben. »Fünf Minuten!« Damit donnerte er seinen Richterhammer auf das vorgesehene Holzstückchen und rutschte mit seinem Stuhl zurück.

Gemurmel wurde im Saal laut und meine Mandantin sah mich verblüfft an. Sie richtete sich auf und ihre Augen verengten sich zu Schlitzen.

»Was ist hier los?«, fragte sie mich und ich gestikulierte sie etwas weiter nach rechts, damit wir uns einen Moment ungestört unterhalten konnten.

»Ich denke nicht, dass Sie diese Scheidung hier wollen«, begann ich und lehnte mich weit – sehr weit – aus dem Fenster. »Ich denke, so, wie Sie Ihren Mann anschauen und so, wie er Sie ansieht« Ich deutete mit meiner Hand auf ihn und auf meine Mandantin, »dass Sie lieber noch einmal reden wollten.«

»Was?«, zischte sie mit großen Augen, biss sich aber auf die Lippe. Das war ein ziemlich sicheres Zeichen dafür, dass sie selbst nicht sicher war, ob das hier alles eine gute Idee war. »Das meinen Sie nicht ernst.«

»Doch«, erwiderte ich, »das tue ich.« Sie sah an meiner Schulter vorbei in die Richtung, in der die Gegenpartei stand. »Ich schwöre Ihnen, dieser Mann liebt Sie und will sich unter keinen Umständen scheiden lassen.« Eindringlich sah ich ihr in die Augen. Möglicherweise war mein Blick *bittend und eindringlich*. Aber ich hegte den Verdacht schon länger. Man sah es in Kleinigkeiten. Wie er die Lippen gequält zusammenpresste, wenn sie sprach. Wie er einfach allem bei der Gütereinigung zugestimmt hatte. Wie seine Stimme kraftlos und neutral war. Wie der Schmerz in seinen Augen stand, wenn sie lachte und nicht er der ausschlaggebende Grund dafür war. Wie er die Kiefer aufeinander mahlte und alles schluckte, was sie ihm an den Kopf knallte. Dieser Mann war nicht bereit, seine Frau gehen zu lassen. Das Einzige, auf das er reagiert hatte, war in einer Befragung unter Eid – auf die sein Anwalt gedrängt hatte –, dass er den Eheschwur und dass er sie beschützen, lieben und keinen Ehebruch begehen würde, niemals leichtfertig zur Seite gewischt hatte. Welcher Mann würde diese Worte wählen, wenn ihm eine Trennung gelegen kam? Kurz vor der Verhandlung hatte ich mir die Aufzeichnungen und Protokolle immer wieder durchgelesen. Ich hatte sie mit Amanda und mit Colby besprochen. Und wir waren uns einig. Das war kein Mann, dem es gleichgültig war, ob seine Frau ihn verließ. Auf keinen Fall. Das war ein Mann, der gebrochen vor uns stand. Und ich war mir sicher, dass er seine Noch-Ehefrau weiterhin liebte.

»Was schlagen Sie vor?«, erkundigte sich meine Mandantin leise. Sie klang nicht mehr aufgeregt oder schockiert, sondern ... beruhigt. Beruhigt, dass ihr jemand sagte, was zu tun war.

»Wir schlagen der Gegenseite einen Aufschub vor, der anschließend zurückgezogen und die Verhandlung vertagt wird, mit dem Hinweis, dass man sich außergerichtlich einigen konnte.« Ich sprach schnell und eindringlich, da der Richter bereits zurück an seinen Platz kam. »Reine Formsache.«

»Okay. Versuchen wir es.«

Gemeinsam traten wir an die Gegenpartei, um unseren Vorschlag zu erklären, und ich sah in diesem Moment, dass ich richtig lag.

»George«, begann ich und ignorierte den warnenden Blick des Gegenanwalts. »Wir unterbreiten Ihnen einen Vorschlag.«

»Und zwar?« Sein Anwalt spie Feuer und antwortete statt seiner. Vielleicht würde er nur seine Kohle kriegen, wenn der Deal unter Dach und Fach war. Aber so gern ich vor Gericht gewann, so wichtig es mir war, für Recht zu sorgen ... Das hier war falsch, wenn sich zwei Menschen scheiden ließen, die es gar nicht wollten.

»Wir erbitte einen Aufschub. Meine Mandantin möchte noch einmal unter vier Augen mit ihrem Mann sprechen.«

»Noch-Ehemann«, zischte dieser ätzende Schleimscheißer.

»Bitte«, fügte sie hinzu, und bei ihrer Tonlage wurde mir warm. Es klang flehentlich. »Lass uns reden, George. Lass es uns nicht einfach so wegschmeißen.«

Der Angesprochene drückte sich an seinem Anwalt vorbei. Es herrschte reges Treiben im Gerichtssaal, aber der Vorsitzende ließ uns nicht aus den Augen.

Ein mildes Lächeln schlich sich auf sein Gesicht.

»Du wolltest die Scheidung ... und nun möchtest du, das wir noch einmal reden?«, erkundigte sich George. Meine Mandantin nickte. »Bist du sicher?«, fragte er weiter, und seine Stimme klang nach etwas, das ich lange nicht gehört hatte. Bei keinem Menschen. Weder in meinem privaten Umfeld noch in der Geschäftswelt.

Er klang nach Hoffnung. Diese beiden Menschen wollten ihre Ehe und alles, was daran hing, reparieren. Und nicht wegschmeißen.

Plötzlich hatte ich es sehr eilig aus dem Gerichtsgebäude zu kommen.

Plötzlich wusste ich, was ich zu tun hatte.

Kapitel 45

Eleanore

»Das ist eine ausgezeichnete Idee, Mike«, erwiderte ich in mein Handy, das ich gerade zwischen Schulter und Ohr eingeklemmt hatte. Ich wisperte ein »Danke« an den Starbucks-Verkäufer, der mir das Rückgeld gab, und stellte mich an die Kaffeeausgabe. Ich gönnte mir heute einen doppelten White Chocolate Mocca mit extra Sahne. Ja. Richtige 3,8% Milch, richtige Sahne und sehr, sehr viel von der weißen Schokoladen-Sirupsoße, von der eine Messerspitze schon fast den Tagesbedarf an Kalorien erreichte.

Wie auch immer. Es war mir egal. Ich trainierte nämlich momentan zweimal am Tag auf meinem Laufband. Nicht, weil ich schlanker oder anders aussehen wollte, auf keinen

Fall. Sondern weil es mich so auspowerte, dass ich in dieser Stunde, die ich morgens und in der Stunde die ich abends darauf stand, meine Gedanken vollkommen abschalten konnte.

Und genau das war es, was ich brauchte.

Gedankenauszeit.

Luke *Arschloch* Brandon Gedankenauszeit.

Ich lächelte und nickte dem Barista dankbar zu, als er mir den großen Sahneberg vor die Nase stellte, nicht, ohne oben noch einmal einen ordentlichen Schuss Caramelsoße zu verteilen, ehe ich mit Mike weiter telefonierte. Er war ein neuer Klient und der unsicherste Mann, dem ich jemals begegnet war. Er rief mich wegen jeder noch so kleinen Kleinigkeit an, anstatt einfach auf seinen Bauch zu hören.

»Richtig, Mike«, stimmte ich ihm auf seine Frage zu. »Sie müssen alle Fragen wahrheitsgetreu beantworten, ansonsten kann ich nicht garantieren, dass wir Sie unter die Haube bringen.«

Der Barista sah mich aufmerksam an und wischte schon seit mehr als zehn Sekunden mit seinem feuchten rosa Spüllappen über den Tresen. Ich kannte diesen Blick, aber ich war nicht interessiert. Ich würde nie wieder an einem Mann interessiert sein. Luke Brandon hatte es mich gelehrt. Und Eric Miller. Wenn ich damals gedacht hatte, das wäre großer, richtig heftiger Schmerz gewesen, dann hatte ich nun begriffen, dass es ein Mini-Körnchen zu dem war, was jetzt vor sich ging. Ich zerbrach beinahe daran, und alles, was mich über Wasser hielt, waren mein Laufband und meine Arbeit. Melissa und ihn hatte ich kommentarlos aus der Kartei genommen, die Unterlagen von Ruben sortieren und abheften lassen. Ich hatte genug davon. Ich hatte genug davon, mir den Scheiß reinziehen zu müssen, wenn ich meine offenen Fallakten durchging, und ich hatte genug davon, daran erinnert zu werden, wie ein Anwalt, der für Gerechtigkeit kämpfte, so ein verlogenes Schwein sein konnte.

Ich stopfte den Strohhalm in die Ausmündung meines Deckels auf dem Pappbecher und drehte mich um.

Nur, um vor Schreck das heiße Getränk fallen zu lassen.

Es spritzte auf den Boden.

Auf meine Kleidung.

Auf seine Kleidung.

Auf das Holz des Tresens.

Auf die Tische und Stühle, die direkt neben uns standen.

Und auf die Beine des verliebten Pärchens, das einen der Tische besetzte.

»Fuck«, murmelte ich, legte das Gespräch mit Mike wortlos auf und schloss kurz die Augen.

Als Kind hatte ich immer geglaubt, wenn ich die anderen Menschen um mich herum nicht sehen konnte, dann sie mich auch nicht. Schade, dass diese kindliche Theorie sich längst als bloße Einbildung herausgestellt hatte. Mein Herz setzte mehrere Schläge lang aus, und ich war nicht einmal fähig, die mir dargebotenen Servietten von dem Barista entgegenzunehmen.

»Eli«, wisperte er und ich las meinen Namen mehr von seinen Lippen, als dass ich ihn hörte. »Eli.«

Tränen stiegen in mir auf. Luke sah erledigt aus. Tiefe,

dunkle Schatten lagen unter seinen Augen. Die Wangen waren von mehr als nur einem Bartschatten überzogen und die Lippen waren blass. Er trug zwar einen seiner maßgeschneiderten dunkelblauen Anzüge, die ich so sehr an ihm geliebt hatte, aber die Krawatte baumelte locker um seinen Hals, und die oberen zwei Knöpfe des ansonsten gestärkten hellblauen Hemdes waren geöffnet. Die Ärmel hatte er bis über die Ellbogen aufgerollt und die Weste, die er über dem Stoff trug, war derangiert. Sein Jackett schien er nicht dabei zu haben, denn ich konnte es nicht erkennen. Sein Anblick zerbrach mein Herz in eine Millionen Einzelteile.

Er litt.

Es ging ihm schlecht.

Dafür musste man kein Genie sein, um das zu sehen.

»Was willst du hier?«, murmelte ich und die Augen aller Gäste in dieser Starbucks-Filiale waren auf uns gerichtet. Der Mann an der Kasse hielt das Geld weiterhin in der ausgestreckten Hand, der zweite Barista stoppte in seiner Bewegung, einen der Becher vom Stapel zu nehmen, alles an Geklapper, Geräuschen und sämtlichen anderen Laute war verschwunden.

»Ich ...«, begann er und fuhr sich durch sein Sex-Haar. So nannte ich es jetzt. Sex-Haar.

So sah es nämlich aus, nachdem wir Sex gehabt hatten. Eine Sahnespur lief von seinem Knie über den Unterschenkel und tropfte auf seine braunen Lederschuhe. Es schien ihm völlig gleichgültig zu sein. »Ich war bei Gericht«, erklärte er schließlich und seine Stimme war fest, aber nicht so selbstsicher, wie ich es von ihm gewohnt war.

»Ich war bei Gericht und hatte diese Scheidung.« Aha. Und deshalb war er hier? Weil er mir erzählen wollte, dass er einer Mandantin oder einem Mandanten bei der Scheidung, bei der Zerstörung einer Ehe geholfen hatte?

»Und das ist ein Grund zum Stolzsein?«, fragte ich ruhig. Auch meine Stimme trug keine Wut in sich. Ich war einfach nur ... erledigt. Ich fühlte mich all meiner Kraft beraubt. Um ehrlich zu sein, fühlte ich mich so, wie er aussah.

»Lass mich bitte ausreden, okay?«

»Ich hatte nicht vor, dich zu unterbrechen.« Langsam kühlte der heiße Kaffee, der auf meiner Kleidung aufgekommen war, ab und wurde ziemlich ekelhaft kalt.

»Okay«, er lächelte traurig. »Ich war bei Gericht und es war der endgültige Scheidungstermin meiner Mandantin ... aber, kurz bevor der Richter das Urteil sprach, bat ich um eine Unterbrechung.«

»Warum?«, flüsterte ich.

»Weil ich erkannte habe, dass die beiden sich immer noch lieben.« Er machte eine Pause und sah mir direkt in die Augen. »Und ich habe gemerkt, dass man sich um das, was man will und was man liebt und was man braucht, bemühen muss.« Innerlich zitterte ich, fuhr mit der Zunge über meine trockenen Lippen. Sein Blick schnellte auf meinen Mund, aber er konzentrierte sich sofort wieder. »Ich möchte es nicht wegwerfen. Ich will nicht verlieren und aufgeben, was wir beide hatten ...« Skeptisch hob ich die Brauen. »Oder was dabei war, sich zu entwickeln«, lenkte er ein. »Ich möchte, dass wir daran arbeiten und es reparieren, denn ich bin überzeugt, dass das, was zwischen uns war, etwas Großes ist. Etwas wirklich Großcs, und ich halte es nicht mehr aus, ohne diesen ... das, was auch immer es war, zu sein.«

Mir traten die Tränen in die Augen und mein Portemonnaie, das ich bis zu diesem Moment noch unter dem Arm geklemmt hatte, fiel polternd herunter.

Jeder, wirklich jeder in diesem scheiß Starbucks, hielt den Atem an. Einschließlich mir. »Ich hab mich in dich verliebt, Eleanore. Und ich bin nicht sicher, ob es nicht seit damals schon so war, als du mir und Colby weismachen wolltest, das du in unserem Baumhaus kochen und putzen würdest.« Ich lächelte schwach bei der Erinnerung. Ich hatte es selbstverständlich nicht vergessen, wie sie mich damals nicht hatten mitspielen lassen wollen. »Und was soll ich sagen ... hier bin ich. Das bin ich. Ich bin ein Arschloch, ein Idiot, und manchmal wirklich ein sturer, arroganter Penner, aber ich möchte gern *dein* Penner sein. Und ich will, dass du mir endlich den versprochenen Kirschkuchen von damals bäckst. Ich ... ich will dich so sehr, dass es mir die Luft zum Atmen nimmt, Eli. Ich weiß nicht, wie ich ohne dich weiterleben soll, ohne alles zu verlieren.« Er kam einen Schritt auf mich zu, hob die Hände, als würde er sie nach mir ausstrecken wollen, tat es aber dann doch nicht. Eine große Träne kullerte über meine Wange und verwischte gerade mein Make-up und die Wimperntusche und alles, was ich mir heute Morgen so mühsam an Maskerade ins Gesicht geklatscht hatte ... aber, das war mir egal.

»Du hast dich in mich verliebt?«

Er hielt meinen Blick mit seinen Augen fest, als er langsam nickte. »Ich denke, ich hab niemals damit aufgehört.«

»Du weißt, dass ich nicht heiraten will und diesen ganzen Kinderscheiß und so abgehakt habe.«

»Das weiß ich und es ist mir vollkommen egal, solange ich dich dafür haben kann.«

»Und was wird deine Mutter dazu sagen?«

»Meine Mutter möchte ...« Leise lachte er über eine Erinnerung, die in seinen Kopf kam. »... dass ich glücklich bin. Und sie möchte uns Doktor Norris vorstellen.« Fragend sah ich ihn an. »Der Arzt, der nicht bei ihr ein- und ausgeht, weil sie krank ist, sondern weil sie sich ineinander verliebt haben.«

»Ehrlich?« Ein echtes Lächeln schlich sich auf mein Gesicht. »Das freut mich sehr.«

»Mich würde es noch mehr freuen, wenn wir die beiden zusammen erleben könnten.«

»Dir ist klar, dass wir uns beruflich im Weg stehen?«

»Nein, Baby ...«, wisperte er und war mittlerweile nah an mich herangetreten. Sein unvergleichlicher Duft nach Luke, Zedern und Holz stieg in meine Nase. Nur mühsam konnte ich mich davon abhalten, die Nase an seinem Hals zu vergraben oder mit meinem Zeigefinger über die dunklen Schatten seiner Augen zu fahren. »Ich finde, wir ergänzen uns gut. Und uns wird, solange wir das gemeinsam machen, niemals die Arbeit ausgehen.« Sein Mund senkte sich auf meinen und ich explodierte. Mein Herz zersprang, als ich ihn endlich wieder fühlen durfte. Als ich endlich seine warmen weichen Lippen, die mich so sehr um den Verstand gebracht hatten, wieder auf mir hatte.

»Ich liebe dich, Luke«, wisperte ich, und er legte seine Stirn an meine.

»Ich liebe dich auch, Eli«, seufzte Luke und schloss die Augen. »Lass es uns reparieren. Wir bekommen das gemeinsam hin, ich weiß es einfach.«

»Keine Lügen mehr«, stellte ich klar.

»Keine Lügen mehr«, bestätigte er.

»Keine gedehnten Grenzen der Wahrheit«, sprach ich mahnend weiter und er rollte lachend die Augen.

»Ich verstehe dich schon, Eli«, antwortete mir der heiße Kerl vor mir mit tiefem Timbre.

»Können wir jetzt nach Hause gehen?«, flüsterte ich, sodass es nur er hören konnte. »Ich bin vollkommen nass.«

Diesmal antwortete er nicht, sondern zwinkerte mir einfach nur zu.

Als Luke mich wieder küsste, mit seiner Zunge in meinen Mund eindrang und meine Welt damit aus den Angeln hob, brach tosender Applaus in dem kleinen Starbucks, irgendwo mitten in New York, los. Grinsend, von einem Ohr zum anderen, ließ er mich los und deutete für die Gäste eine Verbeugung an. Ich schlug ihm mit der Hand auf den Oberarm.

»Jetzt muss ich aber schon einmal blöd fragen«, begann das Mädchen, das von meinem Kaffee getroffen wurde. »Der Satz mit dem Arbeiten, das ergibt doch keinen Sinn.«

»Oh doch«, erwiderte Luke mit strahlendem Lächeln und legte den Arm um mich, während er mich gleichzeitig an seine Seite zog.

»Was sind Sie beide denn von Beruf?«

»Also ich«, erklärte ich lächelnd und mit stolz in der Stimme, »bin die Inhaberin einer Partnervermittlungsagentur.«

»Und ich«, erwiderte mein neuer – anscheinend – fester Freund mit einem stolzen Seitenblick auf mich. »Bin Scheidungsanwalt.«

Epilog

Luke

Fünf Jahre später

»Happy Birthday, Baby!«, wisperte es in mein Ohr, und ich grinste, streckte meine müden Glieder und blinzelte gegen das Licht an, welches durch den schmalen Spalt der Verdunkelungsvorhänge in unser Schlafzimmer strömte.

»Pack deine Geschenke aus«, seufzte sie, krabbelte auf allen vieren zum Ende des Bettes und stellte sich am Fußende auf die Matratze. »Ich dachte, du willst diesmal vielleicht etwas Besonderes.« Eleanores Stimme klang dunkel, rau und ich wusste genau wieso. Sie hatte wenig geschlafen. Wie ich auch.

Denn ich hatte sie die ganze Nacht gefickt.

Wie ich es seit fünf Jahren regelmäßig tat.

Langsam stemmte ich mich mit meinen Handflächen auf dem grauen Laken so weit nach oben, bis ich meinen nackten Oberkörper an das Lederkopfteil unseres Bettes lehnen konnte, und fuhr mir durch mein Haar.

»Du siehst lecker aus«, ließ ich sie wissen. Mit Adleraugen beobachtete ich sie. Ich hatte die schärfste Freundin der Welt. Und es war mir völlig gleichgültig, dass ich heute vierzig Jahre alt wurde und immer noch keine Frau eine Mrs. Luke Brandon war. Meine Worte damals in dem Starbucks an der Ecke Madison, hatte ich ernst gemeint. Ich würde auf alles verzichten, wenn ich dafür Eli an meiner Seite hatte.

Und zwar jede verdammte Nacht.

»Du bist auch nicht übel«, murmelte sie und glitt mit ihren Händen nach hinten. Sie öffnete den weißen, durchsichtigen BH, der ihre Titten in ihrer Form so unterstützte, dass das Tier in mir sie packen und meinen Schwanz dazwischen schieben wollte. Ihre vollen Brüste sackten leicht nach unten, wie es die Natur wollte, ihre dunkelroten Nippel standen keck von ihrer Haut ab, und sie glitt mit den Spitzen ihrer dunkel lackierten Nägel darüber. Sie kniff sich sanft hinein und ich sah, wie sehr sie es genoss. Wie ihre Lider zufielen und sich ihre Lippen einen Spalt öffneten. »Ich mag das«, erklärte sie heiser. »Ich mochte das schon, seit du es mir das erste Mal gezeigt hast.« Sie kniff nun fester hinein. Mein Blick verdunkelte sich und mein Schwanz wurde steif. Heilige Scheiße, ich hatte mich die ganze Nacht im nacken Körper dieser Frau vergraben und konnte es jetzt schon wieder nicht erwarten, in ihr zu sein? Ich war besessen. Vollkommen und unwiderruflich.

Hätte man mir vor ein paar Jahren gesagt, dass ich meinen vierzigsten Geburtstag mit einer einzigen Frau feiern und nicht mindestens einen Dreier oder eine ganze Orgie abhalten würde, hätte ich ihn ausgelacht. Und jetzt? Jetzt konnte ich es mir gar nicht mehr anders vorstellen. Eleanore war perfekt für mich. In jeglicher Hinsicht. Egal ob es im privaten Bereich, im Bett, in der Familie oder im Geschäft war.

»Ich steh auf deine Titten«, erwiderte ich in dieser sexy, bestimmenden Art, von der ich wusste, dass Eli davon total heiß wurde.

»Und was ist mit …«, säuselte sie und hakte ihre Zeigefinger in die ... was auch immer das für dünne Schnürchen waren, Seiten ihres Strings. Er war ebenso durchsichtig und überließ eigentlich nichts meiner Fantasie. Aber ich wusste es sehr zu schätzen, dass sie mir meinen Spontankauf von vor einer Woche jetzt vorführte. Eleanore drehte mir den Rücken zu, während sie sich nach vorn beugte. Ihr im Vergleich zu früher noch längeres, dunkles Haar streichelte über ihren nackten Oberkörper und sie zog sich das dünne Höschen über ihre vollen Backen. Die zwei Glanzstücke trugen immer noch die Spuren meiner Handflächen von letzter Nacht.

Ich schlug das Laken, welches als Decke diente, zur Seite und fuhr mit meiner Hand über meinen flachen, trainierten Bauch zu meinem dicken, aufrecht stehenden Schwanz. Genau in dem Moment, als sich Eleanore umdrehte, ihr Höschen auf meine Brust warf, begann ich, daran auf und ab zu fahren. Ihre Augen weiteten sich erst und anschließend wurden sie ein gutes Stückchen dunkler. Ich wusste, dass es sie anmachte, wenn sie mich erregte. Meine Freundin sah nur nach außen so brav aus, ... tief im Innersten war sie verdorben, dunkel und verrucht, genau wie ich.

»Ich bin nass für dich«, erklärte sie mit rauchiger Stimme, während sie mit ihrer Fingerspitze nun über ihren Kitzler strich.

»Ich weiß, Darling ...«, stimmte ich ihr zu, während ich sie nicht aus den Augen ließ. »Ich rieche es.« Meine freie Hand griff nach dem durchsichtigen cremefarbigen Stoff ihres Höschens und ich vergrub die Nase darin, wenngleich meine andere Hand immer noch an meiner Härte auf und ab fuhr.

»Du weißt, dass du ein Perversling bist?«, fragte sie weiter, schob sich aber zeitgleich ihren Finger in die enge Pussy. Warum ich wusste, dass sie eng war? Weil ich diese gottverdammte Muschi auswendig kannte. Und liebte.

Und sie immer und immer wieder haben wollte.

»Du weißt, dass du verdorben bist?« Ein heiseres Lachen verließ meinen Mund, als sie tief und kehlig stöhnte.

»Du machst mich eben heiß.« Sie seufzte nun laut und fuhr sich mit der kleinen roten Zunge über die vollen Lippen. »Du turnst mich an.«

»Tu ich das, ja?«, wisperte ich und umgriff meinen Harten fester. Ich brauchte den Druck, meine Hand war lange nicht so hervorragend wie Eleanores Mund, ihre Möse oder ihr verflucht heißer Arsch.

Oh ja. Mittlerweile nutzen wir nicht nur Analplugs und Sexspielzeug. Mittlerweile trieben wir es auf jede Art und Weise, auf die es zwei Menschen miteinander machen konnten.

Ständig.

Ich würde sie niemals teilen, niemals. Auch dann nicht, wenn meine Freundin auf den irren Gedanken kommen würde, dass sie gern einen Dreier hätte, das könnte sie so was von vergessen. Sie war mein und ich hatte sie als mein markiert. Jeder andere Kerl würde sterben, wenn er sie auch nur ansah.

»Komm her, Eleanore!«, wies ich sie an, und mit einem leisen Schmatzen zog sie wimmernd den Finger aus ihrer Enge hervor und kroch langsam auf mich zu.

Sie war nackt.

Ich war nackt.

Wir – das waren mein Schwanz und ich – waren quasi fast am Ziel.

Eleanore

Es gab keinen Mann auf der Welt, der mir so viel bedeutet wie Luke.

Es gab auch keinen Mann auf der Welt, von dem ich mir befehlen lassen würde, wohin ich kommen sollte.

Er war der eine für mich.

Nicht Eric, wie ich lange Jahre gedacht hatte. Nicht mein Singleleben.

Nicht meine Arbeit.

Nein, es war der arrogante, eiskalte Luke Brandon, der mich in den Wahnsinn trieb.

Jeden Tag aufs Neue. Er war der unordentlichste Mensch, den ich kannte, und nach etlichen Streitereien hatten wir beschlossen, eine Haushälterin einzustellen. Danke Gott, dass wir uns das leisten konnten.

Außerdem war er stur, launisch und extrem zickig, wenn etwas nicht so funktionierte, wie der Herr sich das in den Kopf gesetzt hatte.

Natürlich gab es einige Themen, die er mit einem Winken abtat, wie eine Hochzeit – denn das wollte er ebenso wenig wie ich. Das war das Gute, wir waren uns einig, wenn jemand uns darauf ansprach.

Es hatte eine ganze Weile gedauert, bis wir letztendlich zusammengezogen waren.

In eine vollkommen neue Wohnung. Ich wollte nicht mit den Altlasten seiner leben, er wollte nicht in der Enge meiner leben. Nachdem wir also tagelang darüber diskutiert und gestritten hatten, versöhnten wir uns ausgiebig und engagierten einen Makler.

Nun wohnten wir – und das finanzierten wir aus den Mieteinnahmen unserer beider Wohnungen –, gegenüber dem Central Park in der Park Avenue. In einem der schönsten Hochhäuser in den Staaten. Wir hatten das Glück – und das nötige Kleingeld – eine der zwei Dachwohnungen zu ergattern und blickten nun, wenn mich Luke im Stehen auf der Terrasse nahm, auf die grünen Baumkronen des Parks. Ich liebte diesen Anblick. Und ich liebte es, in die Sterne zu blicken, wenn er mich draußen verwöhnte.

Luke war der Mensch für mich, den sich jede Frau wünschte. Und nur wenige wussten dieses Glück zu schätzen. Ich würde es nicht mehr loslassen. Um nichts in der Welt. Er war nämlich mein Leben.

Und genau deshalb kroch ich nun langsam seine muskulösen, von unserem Urlaub letzte Woche, gebräunten Beine entlang und nahm seinen Steifen, als ich auf dessen Höhe war, in den Mund. Ich liebte es, ihn zu schmecken. Und ich war besessen davon, dass er sofort seine Hände in meinen Haaren vergrub, die Hüften nach oben drückte und sich tief in meinen Mund versenkte. Mittlerweile wusste er, wie weit er gehen konnte, ohne dass es für mich unangenehm war.

Er war ein Gentleman im Bett, das stand vollkommen außer Frage. Meine Zunge spielte mit seiner Eichel, ich genoss seinen herben Geschmack und griff mit meiner Hand nach seinen Eiern. Ich wusste, dass er es liebte, wenn man sie fest drückte. Und da Luke mir ständig all das gab, was ich liebte, würde ich ihm heute alles zurückgeben. Es gab da nämlich etwas, das er nicht abgehakt hatte. Egal, was er sagte. Lächelnd entließ ich ihn mit einem Plopp aus meinem Mund, genoss das protestierende Seufzen und sah ihm in die Augen.

»Ich will dich vögeln!«, erklärte ich bewusst mit diesen Worten, weil Luke einfach nicht verbergen konnte, wie sehr ihn diese dreckige Sprache anmachte.

»Tu dir keinen Zwang an, Baby«, erwiderte er grinsend, legte den einen Arm hinter seinen Kopf, sah dabei aus, wie ein Scheißmodel, das alle Zeit der Welt hatte, und ich krabbelte weiter nach oben. Meine Lippen fanden seine und tief glitt ich mit meiner Zunge in seinen Mund. Sie spielten miteinander, ich wusste, er schmeckte sich nun selbst. Und an seinem festen Griff um meine Hinterbacken, wie er die Finger in die von letzter Nacht gereizte Haut presste, erkannte ich, dass er es eilig hatte.

Er hob mich leicht an und löste sich von meinem Mund. »Ich muss in dir sein. Ich werde sterben, wenn ich nicht sofort dort hineinkomme«, knurrte er dunkel und schob mir seine Hüften entgegen. Mühelos, weil ich so feucht war, wie selten, glitt er mit der dicken Spitze seines Schwanzes in mich, ehe er sich ruckartig in mir versenkte.

Ich stützte mich mit meinen Händen auf seiner trainierten, wunderschön gemeißelten Brust ab und krallte die Nägel hinein. Es war für ihn ein sanfter Schmerz, aber er wollte ihn, das Knurren, welches seinen Mund verließ ... seine blauen Augen, die nun nicht mehr die Tiefen eines Baches waren, sondern sich zu einem Sturm zusammenbrauten und verdunkelten.

Ich begann, ihn zu reiten. Kam soweit nach oben, dass er fast aus mir heraus rutschte, und glitt wieder nach unten. Meine Beckenmuskulatur spannte ich an und massierte ihn auf jede denkbare Weise. Der schöne Mann unter mir umgriff meinen Nippel, kniff mich hinein, und ich warf den Kopf in den Nacken.

»So ist es gut, Eli ...«, stieß er hervor. »Nimm dir, was du brauchst, Baby ...« Schwer brach sich sein Atem an meinem Hals. Immer schneller kippte ich das Becken. Ich wollte Erlösung, ich brauchte den Orgasmus, den er mir bescherte, so sehr, wie ein Mensch Wasser brauchte. Er rieb mit seinem Penis über eine der Stellen in meinem Inneren, die mich gleich explodieren ließen. Sein Atem ging abgehackt. Ich stöhnte laut und hemmungslos, es war mir vollkommen gleichgültig. Ich wollte ihn so verdammt sehr.

»Warte«, keuchte ich plötzlich und stoppte meine Bewegungen. Luke griff sich eine Handvoll meines Haares und wollte mich so dazu zwingen, meinen Rhythmus wieder aufzunehmen. »Warte, Luke«, sagte ich wieder und klang diesmal heiser.

»Was ist denn, Eleanore?« Die Tonlage seiner Stimme war ungeduldig. Ich grinste leicht und schwer außer Atem. »Wenn es nicht wirklich wichtig ist, dann reden wir später darüber.« Da war sie wieder ... meine kleine launische Zicke, die nicht bekam, was sie wollte.

Fest sah ich ihm in die Augen. Hielt seinen Blick fest. Genoss es, wie sich sein stahlharter Männerkörper unter meinem anfühlte. Wollte ihn nie mehr missen. Ganz im Gegenteil, seit einigen Monaten brannte das Gefühl in mir, das wir etwas von uns auf der Welt hinterlassen sollten. Etwas mehr, als nur ein paar Zeitungsartikel und Facebook-Beiträge. Genau deshalb und weil ich so lange darüber nachgedacht hatte, wie sich unsere Beziehung anfühlte, war mir klar geworden, dass wir noch nicht vollständig waren. Wir fühlten uns noch nicht komplett an.

»Lass uns ein Baby machen.« Meine Stimme war von Lust durchzogen, aber ernst.

Lukes Hand fiel aus meinen Haaren und legte sich an meine Wange.

»Meinst du das ernst? Oder sagst du das, weil du willst, dass ich dich ficke.«

»Aktuell«, wisperte ich und kam mit meinem Mund wieder nahe an seinen heran. »Bin ich diejenige, die dich benutzt. Und ich frage dich ... Möchtest du mit mir ein Baby machen?«

»Aber du nimmst doch die Pille«, murmelte er, und beim Sprechen berührten seine vollen, vom Küssen geschwollenen Lippen meinen Mund.

»Ich habe sie letzten Zyklus abgesetzt.«

»Und jetzt wäre es so weit, dass die Eier explodieren und wir dich mit meinem Baby dick und rund machen?«

»Laut der APP in meinem Handy ... wäre es heute oder morgen so weit.«

»Also könnte es auch letzte Nacht schon passiert sein?«, fragte der Herr, ganz der Anwalt, weiter nach.

»Ja, könnte es«, gab ich ehrlich zu und biss mir auf die Lippe. Wir sprachen leise und ich hoffte, dass das nicht nach hinten losgehen würde. Was wäre, wenn ich nämlich schon schwanger war? Daran hatte ich bis gerade eben gar nicht gedacht.

»Du meinst das wirklich ernst, Eli?«, fragte er, und seine Stimme brach. »Spiele nicht mit mir.«

»Ich meine das ernst, Luke Brandon.« Ich spürte, wie er bei meinen Worten noch mehr in mir anschwoll. »Lass uns ein Baby machen.«

Es vergingen ein paar Sekunden. Ich pochte um ihn herum. Er pochte mit seinem Schwanz in meinem Inneren. Wir starrten uns in die Augen. Mein Herzschlag beschleunigte sich und das vor Aufregung über seine Antwort, nicht weil ich kurz davor war, zu kommen.

Luke gab mir keine Antwort.

Zumindest keine, die gesprochen war.

Ruckartig umgriff er meine Hüften, drehte mich so, dass ich plötzlich unter ihm lag, und sah mir grinsend in die Augen. Er hob meine Hände über meinen Kopf und verschränkte unsere Finger ineinander.

Sein Gewicht drückte mich in die Matratze, und auch wenn die Missionarsstellung für uns ungewöhnlich war, spreizte ich meine Beine noch etwas weiter, hob sie an und überkreuzte die Knöchel auf Höhe seines Hinterns.

»Ich gehe mal davon aus«, erwiderte ich keuchend, denn er bewegte sich langsam in mir. »Dass das heißt ›Ja, Eleanore, wir machen ein Baby.‹« Mein Kichern erstickte, als er das Tempo erhöhte und mit seinen wachen, aufmerksamen und dennoch lustverschleiernden Augen meinen Blick festhielt.

»Ja, Eleanore«, knurrte er dunkel. »Wir machen ein Baby.«

Das laute Stöhnen, das bei seinen heftigen Stößen aus meiner Kehle kam, erschreckte mich selbst.

»Ich liebe dich, Eleanore York.«

»Ich liebe dich auch, Luke Brandon.« Ich seufzte die Worte mehr, als dass ich sie sprach.

»Du gehörst mir.« Der Orgasmus kam rasend schnell und ich durchbrach den Dschungel der Leidenschaft genau in dem Moment, als mein Freund seinen Samen in mich spritzte. »*Ihr* gehört mir.«

Und wieder einmal ... wieder einmal sprangen wir gemeinsam in die tosenden Wellen des Meeres. Mit einem ungewissen Ausgang.

Aber Luke und ich, das war echt.

Das war real.

Das war die Ewigkeit.

ENDE

Danksagung

Ich weiß nicht was ich sagen soll. Dieses Buch ist ... es ist entstanden, während ich schwanger bin. Während ich wusste, dass in mir ein kleines Mädchen heranwächst, das irgendwann einmal ebenso stolz auf ihre Mutter sein soll, wie Anne es bei Whiskey on the Rocks sein soll.

Mit diesen Gefühlen, die in einer Schwangerschaft auf einen einströmen, ist es wahnsinnig schwer umzugehen ... aber ich denke, Three Damn Nights war ein recht gutes Ventil dafür.

Nicht zuletzt, weil es viele Beteiligte gab:

Allen voran möchte ich meinem Mann danken, da ich die letzten fünf Wochen mit extrem Schreiben und extrem Exil verbracht hatte. So viel Verständnis, wie er mir entgegenbringt, hätte wohl niemand anderes.

Ella, meine Liebe, danke fürs Begleiten und unsere täglichen Schreibtischdates.

Anke, ein dickes Danke für das Lektorat, das Erstellen der Leseprobe, mein Gejammer und Generve anhören und allem was dazugehört.

Danke an Sabrina für das mega Cover. Ich liebe es und ich freue mich schon auf unser nächstes gemeinsames Projekt.

Danke an Uschi, Steffi und Marion fürs kapitelweise lesen. Für euren Input. Für eure Kritik und dass ihr mich angespornt habt, dass dieser Weg, auch wenn er nicht dem Trend »Dark« folgt, der richtige ist.

Ich danke all meinen Testlesern, die die fertige Version gesuchtet haben und für das tolle Feedback. Danke an sämtliche Blogger, die mit mir zusammenarbeiten und geduldig sind, wenn ich sie wieder einmal vertröste für irgendwelche Schnipselbilder.

Danke an den APP Verlag, das alles so easy peasy läuft und ihr mich unterstützt.

Und *last but not least*:

DANKE AN EUCH VERRÜCKTEN HÜHNER DORT DRAUSSEN.

Es ist unfassbar, wie ihr mich unterstützt, loyal seid und euch Mühe gebt - und das alles nur für mich.

Danke, dass ihr da seid.

Dass es euch gibt.

Und dass ich euch kennen darf.

Und für alle, die es bis hier hergeschafft haben, kommt für exklusive Ausschnitte, für Gewinnspiele und für tolle Abende in meine ganz private Gruppe.

Einfach Fragen beantworten und ihr seid dabei:

https://www.facebook.com/groups/383375585843280/?source_id=422306107941504

Und bis dahin, bitte gebt nicht auf, auch wenn es gerade mal nicht so rund läuft.

Seht euch Luke und Eleanore an.

Ein gebrochener Mann, der dachte, nach drei Nächten mit einer einzigen Frau, wird ihm der Schwanz (oder ähnliches :D) abfallen.

Zusammen mit einer Protagonistin, die einen der schlimmsten psychischen Schläge wegstecken musste, die man in einer Beziehung erleiden kann.

Sie beide sind glücklich.

Sie beide haben ihrer Liebe eine Chance gegeben.

Weil sie mutig waren.

Weil Mut der Stoff ist, aus dem Träume gemacht sind.

Eure Emily

Über die Autorin

Mama. Ehefrau. Autorin. Beste Freundin. Gin Tonic-Lady. Marvel Fangirl. Vollkommen und unwiderruflich der Liebe verfallen. Ich bin Mutter ihrer „königlichen Hoheit“ Prinzessin Anna der Ersten. Ich wechsle Windeln, schneide essen klein und füttere. Ständig falle ich über Spielzeug, räume es auf, muss eine Puppe an- und ausziehen oder Lego-Duplo-Zirkusdompteur sein. Selbstverständlich läuft der Haushalt auch noch nebenbei, Wäsche wird gewaschen, ich gehe einkaufen und koche … und: Ich liebe es. Ich liebe meine Familie, ich liebe meine Tochter. Aber, was mir mindestens genauso viel bedeutet, ist meine Leidenschaft zum Schreiben. Ich liebe meinen Beruf. Es ist ein besonderes Geschenk, wenn man sein Geld mit dem verdienen darf, was einem alles bedeutet. Schreiben. Fremde Welten zu erschaffen, Protagonisten einen Charakter zu schenken, ein Aussehen zu formen und Gewohnheiten zu entwickeln. Es gibt für mich nichts Schöneres, als für zwei Menschen, die sich im realen Leben niemals begegnen würden, eine gemeinsame Geschichte zu kreieren. Sie lieben und leiden. Sie verlieren sich manchmal selbst, um etwas Größeres zu finden. Sie sind sexy, vielleicht sogar aufreizend und manchmal gemein, hinterlistig, wenn nicht sogar rachsüchtig … aber eines haben sie immer gemeinsam: Sie wurden von meinem Herzen erschaffen und haben es verdient, dass ihre Geschichte erzählt wird. Jede große Liebe hat eine große Geschichte; es ist mir eine Ehre sie zu Worten formen zu dürfen.

Weitere Bücher von Emily Key finden Sie hier:

https://www.amazon.de/Emily-Key/e/B0151FRI1W?ref=sr_ntt_srch_lnk_1&qid=1559552628&sr=8-1

Leseprobe aus Flashes of Love

von Kera Jung

Erscheint am 19. Juli 2019

Mobi: 978-3-96115-485-2
E-Pub: 978-3-96115-486-9
Print: 978-3-96115-487-6

KERA JUNG
FLASHES OF Love
A.P.P. Romance
ROMANZE

Kurzbeschreibung

Hass, Liebe, Furcht, Verzweiflung, Trotz – die widersprüchlichsten Gefühle kochen in Joe hoch, als er seine große und vergessen geglaubte Liebe wiedersieht und erkennen muss, dass dieses Kapitel längst nicht beendet ist.

Kann er ihr verzeihen?

Gibt es für sie eine Zukunft?

Und was ist mit Celicia, seiner Verlobten, die er in wenigen Monaten heiraten will?

Wenn Hass und Liebe gleichauf sind.

Wenn es scheinbar keinen Weg zurück gibt, wenn er nicht einmal gewollt ist …

… und man sich dennoch nicht aus der Verantwortung stehlen kann.

Was wird siegen?

Herz?

Kopf?

Oder vielleicht sogar die Ehre?

Es ist nicht zwingend erforderlich, Shadow of Love zuvor gelesen zu haben.

Dieser Roman ist in sich abgeschlossen.

1. Kapitel

Joe

»Heute schon was vor?«

Joe runzelte die Stirn und sah auf. »Ich …«

»War ein Fake. Mir ist scheißegal, ob du was vorhast oder nicht, wir ziehen heute um die Häuser. Schließlich bist du neuerdings verlobt und so.« Leise Würggeräusche ertönten. *»Muss man da nicht feiern, oder so? Abschließen? Einen drauf machen? Stichwort Stripperin, die aus der Torte springt?«*

»Du sprichst vom Junggesellenabschied«, informierte Joe seinen besten Freund müde und fuhr sich mit der freien Hand über das Gesicht. »Wenn man sich verlobt, feiert man VERLOBUNG, und zwar das Paar an sich, also Mann und Frau und ein paar Gäste, wenn es besonders mies kommt … nicht versoffener mit total überarbeitetem Freund, weil er einen Grund sucht, sich mal wieder volllaufen zu lassen.«

»Das war das Stichwort«, sagte Jack ungerührt. Seitdem er mit Fanny aus seinem Langzeiturlaub von den Malediven zurückgekehrt war, braun gebrannt, mit fast blondem, von der Sonne gebleichtem Haar, relaxt bis ins Unerträgliche und mit *keinem* Ring am Finger, weil Fanny und er es schlicht ablehnten, sich auf diese Weise zu verbinden, tyrannisierte er Joe. *»Du bist überarbeitet, aus dir ist ein verdammter Schlipsträger geworden – äh, bekommt man mit so einem Ding um den Hals eigentlich Luft? Du bist total unentspannt und daran müssen wir was ändern. Heute Abend,* The Crush, *sei da oder …«* Es polterte, grauenhafte Kratzgeräusche drohten, Joes Trommelfell zu zerstören, aus plötzlich weiter Ferne ertönte Jacks Fluchen, dann wurde das Handy aufgehoben und er meldete sich erneut. *»Sorry, fallengelassen. Vergiss das mit dem Treffen …«*

In Joe keimte neue Hoffnung, die sofort getötet wurde.

»… ich hol dich ab. Sicher ist sicher. Bis dann.«

Damit war das Gespräch beendet, und Joe starrte den Apparat für ein paar weitere Momente fassungslos an. Seitdem dieser Idiot zurückgekehrt war, versuchte er, Joe zu bekehren. Allem voran zum Menschsein.

Wie witzig, Joe *hielt* sich bereits für den perfekten Menschen.

Außerdem konnte er Joes Verlobte nicht leiden, was dieser ja nun gar nicht verstehen konnte. Celicia Gordon war blond, sie war blauäugig, von erlesener Schönheit, mit perfekter Figur, mit perfekten Manieren, mit perfektem Ruf in der High Society – sprich, sie war für Joe die perfekte Partie.

Es hatte ihn ein Jahr gekostet, um den Dreck, den die damalige Kampagne gegen ihn mit all ihren Ausläufern aufgewirbelt hatte, wieder loszuwerden. Natürlich hatte er das Erbe seines Vaters angetreten, etwas anderes war undenkbar gewesen. Aber er hätte nicht in seinen kühnsten Träumen mit den Schwierigkeiten gerechnet, denen er sich und die Firma damit ausgesetzt hatte. Dass die solventen Mandanten, die teilweise seit Jahrzehnten von der Kanzlei vertreten worden waren, reihenweise absprangen, dass er nach und nach gezwungen war, die angestellten Anwälte und das gesamte Assistenzpersonal zu entlassen, dass auch die drei Etagen im *Southern Tower*, in denen die Kanzlei saß, seitdem er in den neunziger Jahren erbaut worden war, nicht mehr zu halten gewesen waren.

Er war auf die Räume im Haus seiner Mutter ausgewichen. Sie war kurz nach dem Tod seines Vaters nach Berkeley umgezogen und hatte einen gesamten Flügel für diesen Zweck herrichten lassen. Genau, wie sie es auch schon in Albany getan hatte – nur war Chuck Baxter nie wahnsinnig genug gewesen, sich unter die Dauerfuchtel seiner Frau zu begeben.

Tja, so konnten sich die Dinge ändern.

Joes Haus war ein halbes Jahr nach dem Umzug der Kanzlei gefallen.

Es war überflüssig geworden, denn es ergab nicht den geringsten Sinn, nach seinem Arbeitstag, der nicht selten achtzehn Stunden währte, den Heimweg anzutreten. Viel einfacher war es, in das Apartment zu gehen, das seine Mutter, weitsichtig, wie sie war, hatte einrichten lassen. Es sollte Unabhängigkeit assoziieren, tat es für die allermeisten Menschen sogar, aber Joe wusste es besser.

Die Angst vor dem Alleinsein hatte seine Mutter befallen – eine Krankheit, unter der womöglich alle alternden, hinterbliebenen Menschen über kurz oder lang litten. Sie wollte ihren Sohn, das Einzige, was ihr von ihrer Familie geblieben war, bei sich haben. Und sie schreckte auch vor Manipulationen nicht zurück, um ihren Willen durchzusetzen.

Er sah es ihr nach, hatte längst nicht mehr die Kraft oder das Interesse, sich gegen die neuerliche mütterliche Umklammerung zur Wehr zu setzen, wo er doch die alte gerade erst abgestreift hatte.

Nach einem Jahr konnte er endlich wieder einen Mitarbeiter einstellen. Zwölf Monate harter Schufterei, der Jagd nach Mandanten und mit bergeweise, teilweise zermürbender Arbeit hatten zu diesem Zeitpunkt hinter ihm gelegen. Und hätte es das Familienvermögen nicht gegeben, dann hätte die Kanzlei diese Zäsur ganz sicher nicht überstanden.

Aber am Ende hatte er es geschafft.

Jeder Shitstorm findet irgendwann ein Ende, wenn man ihn mit stoischem Schweigen aussitzt. Jeder Skandal gerät irgendwann in die Vergessenheit, besonders, wenn man akut daran arbeitet, sein Image in der Öffentlichkeit aufzupolieren.

Joe hatte in etlichen TV-Sendungen als Rechtsexperte geglänzt, war auf nahezu jeder verdammten Spendengala gewesen, die seit dem Tod seines Vaters gegeben worden war, und hatte an jedem Benefiz-Turnier teilgenommen, das man ihm angeboten hatte. Zu den Events war er immer mit seiner Mutter erschienen, was ihm noch zusätzliche Bonuspunkte als loyaler Sohn an der Seite der trauernden Witwe eingebracht hatte.

Nach einem Jahr war zum ersten Mal so etwas wie Licht am Ende des Tunnels aufgetaucht. Besonders in Sachen Mitch Dustin, der sein Sozius wurde und sich auf Familien- und Arbeitsrecht spezialisiert hatte, während Joe mehr und mehr zum Experten in Sachen Strafrechte wurde. Noch wurde er von den alteingesessenen Juristen vielerorts belächelt, noch war sein Name nicht wirklich gefestigt, aber wenn er diesen Weg beibehielt, dann würde er sich in wenigen Jahren einen ähnlichen Ruf erarbeitet haben, wie ihn sein Vater in den letzten zwanzig Jahren seines Lebens innehatte.

Einen großen Sprung zum Erreichen dieses Ziels hatte seine Mutter in die Wege geleitet, als sie ihn auf einem Ball mit Celicia Gordon bekannt gemacht hatte. Tochter eines über die US-amerikanischen Grenzen hinweg erfolgreichen Unternehmers, der sich auf die Herstellung von Windrädern und Photovoltaik-Elementen spezialisiert hatte und damit jährlich Milliardenumsätze schrieb. Sie war gebildet, eloquent, hoch angesehen – auch die Gordons wussten, wie das Spiel gespielt wurde –, und eine gute Partie, denn Gordon Senior hatte in Aussicht gestellt, die Vertretung sämtlicher Firmenbelange in die Hände der inzwischen so kleinen, winzigen Kanzlei Baxter & Son zu geben. Fast trotzig hatte Joe den Namen beibehalten, hatte nicht klein beigegeben, hatte sich nicht brechen lassen, sondern geschworen, der Firma seines Vaters zu altem Ruhm und Glanz zu verhelfen.

Wozu eben auch die Heirat mit Celicia gehörte.

Dass er diese Frau nicht liebte, dass sie ihn nicht mal sonderlich interessierte, dass er ihre Stimme manchmal als etwas zu schrill, ihr Verhalten öfter als etwas zu arrogant und ihr Auftreten meist als zu aufgesetzt betrachtete, war dabei nicht von Belang. Eine Seelenverwandtschaft wollte Joe mit ihr ganz sicher nicht aufbauen, sie sollte ihm nur beim Brillieren helfen. Wie seine Mom es über viele Jahre bei seinem Vater getan hatte.

Das Leben in der Upperclass war so einfach geregelt, so jenseits aller Emotionen, so logisch … so *vorhersehbar*, ohne Fallstricke und verborgene Stolperfallen. Joe genoss es regelrecht, den Wünschen seiner Mutter zu folgen, es hatte Zeiten gegeben, in denen er sich gefragt hatte, weshalb er diesen Pfad der Emotionslosigkeit überhaupt jemals verlassen hatte, weshalb er so dumm gewesen war, so was wie Lie…

»Egal!«, sagte er laut und warf das Telefon auf den Tisch. So, wie es war, war es gut, er befand sich auf dem richtigen Weg, der steil nach oben führte. Celicia Gordon würde Teil seines Lebens werden – war es sogar schon –, und selbst das war in Ordnung.

Es war …

* * *

»… totale Scheiße!«

Jack, immer noch viel zu braun gebrannt, selbst für kalifornische Verhältnisse, sah ihn beinahe empört an, was bei dem riesigen Kerl so deplatziert wirkte, dass Joe fast gelacht hätte. Fast …

Sie fuhren in Jacks Wagen an den Stadtrand, dorthin, wo sich die weniger akzeptablen Bars befanden. Bars, in denen man sich nicht unbedingt erwischen lassen sollte, wenn man vorhatte, seinen Ruf zu wahren. Der Kerl machte wirklich ernst, und Joe genoss es mit einem Mal. Nur Jack gelang es, die Vergangenheit wiederzubeleben, noch einmal die Schatten jenes Mannes zutage zu befördern, der Joe einst war. Damals, bevor …

»Du entführst mich also aus nicht existenten Gründen in eine verruchte Absteige«, resümierte Joe laut, um seine Gedanken zu killen.

»Wenn du es so ausdrücken willst«, erwiderte Jack, ohne den Blick von der Straße zu nehmen. Wenige Augenblicke später fuhr er in eine Tiefgarage, und nachdem er seinen schwarzen Volvo – davon würde er wohl nie wieder loskommen – geparkt hatte, sah er ihn an. »Irgendwer muss es ja tun.«

Joe sparte sich jede Erwiderung. Das Lied war nicht neu, denn Jack sang es bei nahezu jedem Treffen. Dass er damit in Trockenen fischte, dass er nichts ausrichten würde, schien ihn nur zu Größerem anzuspornen.

Erst, als sie auf den gepolsterten Hockern am Tresen des *Crush* saßen, wandte er sich ihm wieder zu. »Was ist dein Problem mit Celicia?«

Jack genehmigte sich einen großen Schluck von seinem

Whisky und sah durch den nur spärlich beleuchteten Raum, dessen Boden sich spiegelte und der neben der Bar über etliche kleine runde Tische verfügte, zur Bühne. Auf der bewegte sich gerade eine halb nackte Brünette mit großen Brüsten, Pferdeschwanz und stark geschminkten Augen graziös zur Musik.

»Also erstens der Name …«

»Was ist damit?«

Jack zuckte mit den Schultern. »Na ja, er ist eine Krankheit.« Er musterte seinen Freund mit erhobenen Augenbrauen, und Joe musste lachen. Ob er wollte oder nicht.

»Du musst zugeben, dass sie dafür nichts kann.«

»Richtig, aber es scheint, die Eltern hätten ihn ganz gut getroffen.«

Das hinterfragte Joe besser nicht, denn er wusste genau, was Jack damit meine. Ja, Celicia stammte aus der Upperclass, fühlte sich deshalb den allermeisten Menschen auf dem Planeten überlegen und ließ das auch jeden wissen, mit dem sie es zu tun bekam. Besonders, wenn es sich um einen Untergebenen handelte. So lief das nun mal in seinen Kreisen … die auch Jacks Kreise waren – jedenfalls die seiner Eltern.

»Außerdem ist sie nicht dein Typ.«

Entnervt sah Joe seinen Kumpel jetzt doch an. »Was zur Hölle weißt du über meinen Typ?«

Jack blieb ungerührt. »Du stehst auf brünett und cool, nicht blond und zickig. Okay, zickig vielleicht schon, aber blond? Dein einziger Versuch in diese Richtung schlug … fehl.« Er grinste.

»Was …« Der Rest der Worte blieb Joe im Hals stecken, denn in diesem Moment hatte eine neue Bedienung die Szene betreten – was wohl der zunehmenden Anzahl der Barbesucher geschuldet war. Joe war, als hätte ihm jemand mit Anlauf in die Eier getreten. Nicht in den Magen, nicht in die Leber, auch nicht ins Gesicht – nein, es waren seine Hoden, die sich zusammenzogen, die plötzlich zu glühen schienen, so sehr, dass es Übelkeit erzeugte und er sich instinktiv zusammenkrümmen wollte.

Stattdessen starrte er sie an, unfähig, den Blick abzuwenden.

Sie war groß, fast krankhaft schlank, ihr Haar hatte sie wie damals, an jenem Abend, als er sie zuletzt sah, zu einem Pferdeschwanz gebunden, der wie flüssige Seide ihren schmalen Rücken hinabfloss und ihren in einer superengen Jeans steckenden Hintern berührte. Sie trug mörderisch hohe Heels, die sie mit Sicherheit früher nicht gewählt hätte, bewegte sich auf ihnen jedoch sicher genug, als dass dies ihr erster Versuch darin sein konnte. Die Brüste waren mittels eines engen Bustiers verhüllt, das nur geringfügig mehr Haut verdeckte, als ein normaler BH. Dazu waren sie auch noch so gepusht, dass die Halbmonde daraus hervorragten. Seidige Haut, die er ungewollt unter seinen Fingerspitzen fühlte, als hätte er gerade erst darübergestrichen. Ihr flacher Bauch war nackt, und selbst auf die Entfernung konnte er das winzige Piercing ausmachen, das sie damals schon gehabt hatte. Sie trug Make-up – zum ersten Mal sah er sie auf diese Art –, mit Smokey-Eyes, deren Lidschatten weit über die Lider hinaus aufgetragen war, ebenso wie der Lidstrich. Die

Lippen glänzten in einem hellen Rouge – aber es tat ihrer Schönheit keinen Abbruch.

Hatte jemals irgendetwas dieser Schönheit Abbruch tun können?

Einer Schönheit, die in seinen Augen schmerzte, als hätte sie ätzende Eigenschaften?

Die dafür sorgte, dass sich seine Eier wie glühende Kohlen anfühlten?

Der es gelang, auch über die Distanz zwischen ihnen ihre vernichtende Aura über ihm auszubreiten, sodass seine Kehle plötzlich wie zugeschnürt war und alles mit einem Schlag hochkochte, was er jemals für diese Person empfunden hatte?

Und damit meinte er ALLES!

Joe fühlte das Glas in seinen Händen, es erschien ihm wie sein einziger Rettungsanker, als er es an die Lippen führte und den Inhalt in einem gigantischen Schwall leerte. Dabei spürte er sein Herz in einem fast unmenschlichen Stakkato gegen seinen Brustkorb schlagen, und er litt urplötzlich unter Atemnot.

Raus hier!, war der einzige Gedanke, der es in sein vorderstes Bewusstsein schaffte.

Raus hier, bevor es zu spät ist!

2. Kapitel

Joe

Doch er konnte sich nicht bewegen.

Er musste sich sogar anherrschen, endlich die brennende, rauchige Flüssigkeit in seinem Mund hinunterzuwürgen, bevor er das Ganze aus lauter Verzweiflung wieder ausspuckte.

Jack neben ihm war auch endlich aufgefallen, dass sich die Atmosphäre im Raum verändert hatte. Er folgte Joes Blick, die Augen wurden größer und dann murmelte er kaum hörbar: »Oh, oh …«

Ansonsten kam auch von dieser Seite nicht die geringste Hilfe. Joe hatte es nicht anders erwartet, genau genommen dachte er darüber nicht wirklich nach. Sein

Blick schien wie festgetackert auf der schmalen, für eine Frau so großen Person, die sich zwischen den kleinen Tischen bewegte, als hätte sie ihr Leben lang nichts anderes getan. Penny Rogers, die niemals etwas darauf gegeben hatte, sich so graziös zu bewegen, wie es ihr Körper hergab, wie ihr himmlischer Körper sie sogar verpflichtet hatte, *konnte* ihre Hüften schwingen. Sie *konnte* mit ihrem verdammten Arsch wackeln, sie konnte mit ihren Möpsen spielen – sie konnte mit ihren Reizen betören.

Und war das dort ein Lächeln auf ihrem Gesicht?

Ein strahlendes, anbiederndes, anBAGGERNdes Lächeln, mit dem sie jeden einzelnen der Gäste betörte – und *wie* sie betörte, also so viel hätte Joe ohne ein zweites Mal Hinsehen unterschrieben. Er kannte diese Frau nur nicht-lächelnd – im günstigsten Fall. Wenn es nicht so gut lief, dann starrte sie einen mit ihrem verächtlichen Mordblick in den Boden, ob sie nun einen Grund dafür hatte oder nicht – derartige Nebensächlichkeiten hatten Penny Rogers ja noch nie interessiert. Gut, es hatte Momente gegeben, da waren ihre Lippen zu einem atemlosen »O« geformt gewesen, sie hatte heftig und ruckartig geatmet, die Augen groß und glänzend, während er heftig und ruckartig in sie …

Wie, um ihn zu klären, schüttelte er den Kopf, und verengte leicht die Augen, ließ die Frau aber für keine Sekunde aus seinem Blick. Immer noch war es ihm unmöglich, dies zu tun, während in seinem Kopf ein Krieg stattfand, jene epische Schlacht der Emotionen, der Wünsche, der Hoffnungen, der Absichten, Pläne, der gegensätzlichen Meinungen und Taten.

Momentan stand es unentschieden – für sämtliche Parteien.

»Noch mal das Gleiche!«, hörte er Jack wie in weiter Ferne sagen.

Wenig später wurde ihm ein Glas in die Hand gedrückt und er trank, ohne wirklich zu schmecken, ohne sich bewusst zu sein, auch nur seinen Arm bewegt zu haben.

Dann hörte er abermals die Stimme seines Freundes. »Wollen wir gehen?«

»Nein«, sagte er und konnte endlich den Blick von ihr loseisen, um Jack anzusehen. »Warum sollte ich gehen?«

»Keine Ahnung«, erwiderte Jack wie aus der Pistole geschossen. »Wenn du mich so fragst …« Grinsend hob er sein Glas und ließ es gegen Joes klingen. »Ich könnte jetzt auf die fucking Verlobung anstoßen, mache ich aber nicht, weil sie echt gruselig ist. Stattdessen stoßen wir darauf an, dass du auch noch in zehn Jahren mit mir in eine solche Bar gehen würdest.«

»Das … klingt gut.« Joe rang sich ein Lächeln ab. Im Augenwinkel sah er, dass sie sich umgedreht hatte und wieder ihren heißen Arsch schwang. Unter den Blicken der inzwischen vielleicht dreißig anwesenden Männer, die sich später höchstwahrscheinlich alle genau auf sie unter der einsamen Dusche einen runterholen würden. Oder sie vor Augen hätten, wenn sie mit ihren langweiligen Frauen vögelten.

Wut und Ekel hatten derzeit eine Länge Vorsprung vor allem anderen.

»Und du willst wirklich nicht gehen?«, erkundigte Jack sich abermals auf diese verdächtig besorgte Art.

»Nein!« Joe stieß es zwischen den Zähnen hervor. »Sehe ich so aus, als würde ich fliehen? Vor einer dreckigen Chica? Für wen hältst du mich?«

Ohne Jacks Antwort abzuwarten, leerte er sein Glas in einem Schwall und musste sich diesmal nicht daran erinnern, das Zeug auch zu schlucken. Das Glas landete mit einem Knall auf dem Tisch, er wischte sich mit dem Handrücken über den Mund …

… und im Augenwinkel schlug einer der inzwischen deutlich angetrunkenen Gäste, an denen sie vorüberging, auf ihren Arsch.

»Fuck!«, knurrten Joe und Jack, der sie offensichtlich ebenso nicht aus den Augen lassen konnte, gleichzeitig.

Fassungslos beobachteten sie, wie Penny! Rogers! affektiert kicherte und dann zur gegenüberliegenden Bar stöckelte, wo sie der dortigen grell geschminkten Barfrau die Bestellung aufgab und sich dann über das Gesicht strich. Kein Blick galt dem Raum, Joe brauchte nicht zu fürchten, entdeckt zu werden – sollte er es überhaupt gefürchtet haben. Genau genommen schien sie in die nicht vorhandene Ferne zu schauen, schien nicht wirklich anwesend, sondern weit, weit weg.

Als die Getränke auf dem runden Tablett standen und sie sich damit umdrehte, sah er ihr Gesicht, nun jenseits der grellen Spots und Laserstrahlen, es wirkte um so vieles älter, als zwei Jahre begründet hätten – und das … *freute ihn.* Die leise, aber heiße Freude darüber, dass aus der erhofften Riesenkarriere wohl nichts geworden war, machte sich in ihm breit. Ansonsten hätte sie hier nicht bedient – dass es sich hierbei nicht um irgendeine Recherche handelte, betrachtete er zu neunundneunzig Prozent als erwiesen.

Neben seiner so wohltuenden Freude fühlte er aber nach wie vor den Wunsch, endlich die Szene of Crime zu verlassen, weil sie dem, was er sich so kräftezehrend aufgebaut hatte, nicht guttat. So wie nie etwas Gutes dabei rauskam, wenn es mit dieser Person zu tun hatte. Außerdem wollte er gern jene männliche Leprakralle abhacken, die gerade ungeniert ihren Hintern berührt hatte.

Kaum hatte sie mit dem Servieren begonnen, folgten weitere Übergriffe. Manche strichen nur beiläufig an ihrem Körper entlang, während sie sich zwischen den Tischen bewegte oder sich über einen Tisch beugte, berührten sie fast zufällig, obwohl Joe und jeder andere Idiot in diesem Laden wusste, dass hier absolut nichts zufällig geschah. Andere waren mutiger, die packten gleich zu, viele ihren Hintern, einige die Beine, die Arme, und dann gab es ein paar volltrunkene Bastarde, die ihr in den Ausschnitt langten.

Ausgelassen grölend, widerlich in ihrer Anzüglichkeit, ihrem Aussehen, ihrem Benehmen.

Und sie ließ all das mit diesem bekotzten Kichern geschehen.

Heißglühender Zorn hatte Wut und Ekel vom ersten Platz verdrängt. Joes Augen waren nicht mehr viel größer als kleine Sehschlitze, während er dem Grauen weiter folgte. Als er an sich herabsah, erkannte er, dass seine Fäuste geballt waren, und er öffnete sie langsam wieder. Wobei er geschworen hätte, seine Gelenke knarren zu hören. Er sah zur Seite und begegnete Jacks Blick, aus dem inzwischen jegliches Amüsement verschwunden war. Stattdessen wirkte er wachsam.

»Mach keinen Stress«, sagte er leise.

Joe hob eine Braue und lachte hohl auf. »Ich? Wofür hältst du mich? Wusstest du, dass sie hier ist?«

Ungläubig verzog Jack das Gesicht. »Willst du mich verarschen? Meinst du ehrlich, ich hätte …« Doch er brach ab. »Nein, das wusste ich nicht. Und ehrlich, mir wäre wohler, wenn …«

Doch Joe dachte nicht daran, zu gehen, auch wenn ihm der vernünftige Teil seiner inneren Stimme mitteilte, dass dies ratsam und so verdammt angebracht gewesen wäre.

»Noch mal das Gleiche!«, sagte er stattdessen mit leichten Schwierigkeiten, die Worte zu formen, zu der Bedienung hinter dem Tresen, deren volle, mit Glitzer besprühten Brüste aus der Bluse zu hüpfen drohten, ehe er den Blick wieder in den Raum richtete.

An der Stange rekelte sich das nächste Mädchen, diesmal blond, kurvig, mit Sicherheit nicht hässlich – doch sie war nichts gegen die Attraktion, die mit ihrem kleinen runden Tablett die Männer bewirtete. Ob sie auch tanzte? Später vielleicht? Wenn der Mob kurz vor dem Rasen war? Allein die Vorstellung führte dazu, dass kurzzeitig die grenzenlose Gier nach dieser Frau seinen glühenden Zorn von der Pole Position ablöste.

Der Anblick musste – einzigartig sein. Penny Rogers, mit einem lasziven Lächeln, das allein bereits sämtliche Hosen in diesem Raum akut enger machen würde, während sie sich halb nackt an der goldenen Stange bewegte, ein Bein darum schlang, ihre Mitte an dem harten

Metall rieb und schließlich auch noch das Höschen fallen ließ.

Fuck!

Kaum stand das Glas, leerte Joe es, und bestellte Nachschub. Er beachtete nicht mehr seinen Freund, schon gar nicht dessen entgeisterten Blick, längst hatte er seine Aufmerksamkeit ausschließlich auf die Geschehnisse im Raum konzentriert.

Sein Kopf hatte den Zustand des angenehmen Angetrunken-Seins bereits überschritten, die Hürden der Denkverbote – in monatelanger Kleinarbeit aufgeschichtet – bröckelten zusehends, es war nur eine Frage der Zeit, bis sie einbrechen würden. Mit jeder Sekunde, die verging und in der er ihr zusehen musste, sehnte er den Augenblick etwas mehr herbei. So viele Monate streng diszipliniert, so viele Monate fast vollständig von seinen Gefühlen getrennt, er hatte sich diese Auszeit verdient.

»Noch mal das Gleiche!«

* * *

Der Abend schritt voran, die Mädchen an der Stange wurden heißer und mutiger, die Gäste lauter und betrunkener, die Musik rockiger und lasziver. Die Atmosphäre in dem eher kleinen Raum war aufgeladen, die Elektrizität schmeckte nach Sex, er umhüllte die gesamte Szene mit seinem leicht klebrig feuchten Mantel, jeder der Anwesenden wurde zwangsläufig mitgerissen. Selbst Jack, der aus Gründen, die nur er kennen konnte, zwischenzeitlich fast erstarrt gewesen war, wippte zum Takt der Musik mit den Füßen mit, während der Kopf ähnliches tat. Mit halb geöffneten Lippen verfolgte er jede Bewegung der Schönheit an der Stange, die sich gerade so vorbeugte, dass ihre Titten fast den Boden berührten. Jetzt ging sie auf alle Viere, glitt mit der gemächlichen Eleganz eines Panthers ganz nach vorn zum Bühnenrand und nahm einen Schein, den ihr jemand entgegenhielt, zwischen die vollen, glänzenden Lippen.

Joes Blick flackerte zurück zu Penny, gerade rechtzeitig, um zu sehen, wie ein blonder, breitschultriger Typ ihr das Tablett aus den Händen nahm und sie im nächsten Moment auf seinen Schoß gezogen hatte.

War es ihr dämliches Kichern, das er bis zu sich hören konnte?

Oder die Tatsache, dass der Typ einen Arm um sie legte, und zwar so, dass er unweigerlich ihre Brüste berührte?

Vielleicht lag es einfach daran, dass in diesem Moment die Barrikade endgültig fiel und Joe meinte, in ihren Augen etwas zu sehen, das sich absolut nicht mit dem Lachen auf ihren Lippen vertrug.

Was auch immer es war, der Trigger funktionierte: Im nächsten Moment stand Joe und marschierte los. Hinter sich hörte er ein unterdrücktes »Fuck!« sowie das Scharren eines Hockers – Jack hatte sich ebenfalls in Bewegung gesetzt. Sehr gut, dann waren sie schon zu zweit, falls der Schrank-Typ nicht freiwillig die Wichsgriffel von ihr ließ.

Mit großen Schritten durchquerte Joe den Raum, packte, kaum in Reichweite, ihren dünnen Arm und zerrte sie von dem Kerl runter. »Grapsch sie noch mal an und ich kill dich!«, versprach er dem blonden Schrank, dann wandte er sich ab und begann, seine Beute zum Ausgang zu zerren.

Hinter sich hörte er ein »Was soll die Scheiße?«, ein Teil von ihm wünschte sich sogar, dass der blonde Typ ihnen folgte – doch der blieb, wo er war.

Schade eigentlich.

Vielleicht war sie zu perplex, um zu reagieren, vielleicht wagte sie auch ihren Augen nicht zu trauen, auf jeden Fall ließ Penny sich diese Entführung ohne jede Gegenwehr gefallen, während sich der Zorn in Joe mit jedem Schritt nochmals verdoppelte.

Als sie in der lauen Februarnacht standen, inmitten der Raucher, die sich hier hinausgeflüchtet hatten, um ihrem Laster zu frönen, dämmerte allmählich Begreifen auf ihrem Gesicht. Hinter ihnen hastete Jack aus dem Club, im Gesicht der blanke Terror. Doch ein Blick von Joe genügte, damit sein Freund entwaffnend die Hände hob und sich abseits stellte, wo er sich ebenfalls eine Zigarette anzündete.

»Was soll das?«, giftete Penny und stolperte ein paar Meter zurück. Joe folgte und stellte die ursprüngliche Distanz wieder her. »Was zur Hölle ist dein Problem?«

Sein rechter Arm schnellte hoch, der Zeigefinger deutete zum Clubeingang. »DAS!«, knurrte er, »ist mein Problem.«

Ihre Augen verengten sich ein wenig, sie schlang die Arme um sich, als wollte sie sich wärmen. Der kurze, den Bruchteil einer Sekunde andauernde Impuls, seine Jacke auszuziehen, um sie ihr zu geben, ärgerte Joe mehr, als dass er jemals drohte, umgesetzt zu werden.

Was ging ihn fremdes Elend an?

»Keine Ahnung, was du meinst«, sagte sie bedeutend kraftloser.

Waren das dunkle Schatten unter ihren feurigen Augen, die gar nicht mehr so feurig wirkten? Waren ihre Haare etwas kürzer, als an jenem Abend, als er sie zuletzt sah? War sie noch schlanker geworden? Noch blasser? Wirkte sie noch zerbrechlicher?

»Das wundert mich nicht«, erwiderte er und fingerte in seiner Brusttasche nach einer Zigarette, bis ihm einfiel, dass er dem Rauchen bereits vor einem Jahr endgültig abgeschworen hatte. Fuck! Hilfesuchend sah er zu Jack, der sofort verstand und ihm kurz darauf eine brennende reichte. Gierig zog Joe daran, inhalierte tief, verstärkte damit noch den nebligen Zustand in seinem Kopf und begrüßte selbst das. Die Situation war sowieso viel zu unwirklich, um sich ihr nüchtern zu stellen.

Durch den Rauch seiner Zigarette musterte er sie, fuhr sich mit der Zungenspitze über die vom Nikotin tauben Lippen und überlegte, was er sagen sollte – sein Kopf war wie leer gefegt.

Sie verdrehte die Augen. »Was auch immer das sollte, ich habe keine Zeit für diesen Scheiß!«

Damit drehte sie sich tatsächlich um und machte Anstalten, erneut in diesen verdammten Club mit den übergriffigen Männern zu gehen.

Drei Schritte schaffte sie, dann hatte er sie gepackt und herumgewirbelt.

»Du wirst dort nicht wieder reingehen!«, hörte er sich sagen – ohne den geringsten Schimmer, warum.

»Und das entscheidest du?«

»Sieht so aus.«

Sie musterte ihn für einen langen Moment, dann verzogen sich ihre glänzenden Lippen zu einem höhnischen Lächeln. »Verpiss dich!«

Wieder wollte sie gehen, und diesmal brannten bei ihm sämtliche Sicherungen durch. Seine rechte Hand schlang sich einem Schraubstock nicht unähnlich um ihren Arm, er zerrte sie zu einer Stelle der Hauswand, die weder der Schein der billigen Neonreklame noch der Straßenlaterne erreichte, und drängte sie rücklings dagegen. Damit auch klar wurde, dass jeder weitere Fluchtversuch sinnlos wäre, stemmte er eine Faust neben ihrem Kopf an die Wand und zog dann erneut an seiner Zigarette. Dass mindestens die Hälfte der Raucher ihnen zusah, war ihm egal. Joe inhalierte tief, registrierte, dass es ihm beim zweiten Versuch nur noch halb so zusetzte, blies den Rauch aus, wobei er darauf achtete, ihn nicht direkt in ihr Gesicht zu blasen, und musterte sie mit zur Seite geneigtem Kopf.

»Was ist nur aus dir geworden, Rogers? Du in diesem heruntergekommenen Laden? Was ist mit deiner Karriere? Kleines Tief?«

»Die erfreut sich bester Gesundheit«, zischte sie und versuchte, sich an ihm vorbeizudrängeln.

Mit einem ungeduldigen Schnalzen schob er sie an der knochigen Schulter zurück. »Wir sind noch nicht fertig.«

Ihr Schnauben erinnerte ihn an frühere Zeiten – weshalb er es sofort hasste.

»Warum arbeitest du hier?«

»Recherche!«, sagte sie wie aus der Pistole geschossen.

»Lüge«, wisperte er. »Die Penny Rogers, die ich bedauernswerterweise kennen musste, hätte sich niemals begrapschen lassen – auch nicht für eine Story. An die Titten, an den Arsch, überallhin, wo du es ganz bestimmt nicht gern hast. War da vorhin nicht sogar eine Hand zwischen deinen Beinen gewesen?«

Trotz der kaum vorhandenen Beleuchtung und dem Pfund Make-up, das sie trug, meinte er, sie erbleichen zu sehen.

Gut so!

»Man muss eben Opfer bringen.«

»›Man‹ tut das vielleicht, du nicht«, stellte er fest.

Wieder verengte sie die Augen, ihr Blick huschte zu Jack, der ihr kurz darauf eine weitere brennende Zigarette reichte. »Was zur Hölle«, sagte sie, nachdem sie viel geübter, als noch vor einigen Jahren, daran gezogen hatte, »geht dich eigentlich an, was ich mache?«

Das!, war eine sehr gute Frage, nach deren Antwort Joe selbst schon seit geraumer Zeit fahndete. Ergebnislos. Daher überging er sie. »Was tust du hier?«

Sie zuckte mit den Schultern. »Arbeiten. Trotzdem …«

»Was ist mit der Zeitung?«

Ungeduldig verdrehte sie die Augen, zog noch mal an der Zigarette und trat sie nur halb aufgeraucht aus. »Sorry, ich habe dafür einfach keine Zeit, und es geht dich auch verdammt noch mal nichts an!« Damit drückte sie ihn entschieden mit der flachen Hand an der Brust zurück, was er geschehen ließ, und bahnte sich den Weg zurück zum

Eingang des Clubs und zu den Männern, die sie anglotzen, angraben und antatschen würden.

Abermals verselbstständigte sich Joes Mund. »Warte!«

Sie blieb tatsächlich stehen. Mit Blick zum Eingang, ohne sich nach ihm umzuschauen. Nach drei Schritten war er bei ihr, inzwischen hatten sich die Augen der zehn Raucher, plus der zwei Türsteher, plus Jacks auf sie gerichtet – es war ihm egal.

»Du brauchst Geld?«

Trocken lachte sie auf: »Ehrlich, Baxter, du hast sie nicht mehr alle!«, und machte abermals Anstalten, zu gehen.

Wieder packte er ihren Arm, wirbelte sie herum, mit der anderen Hand umfasste er ihr Kinn, zwang sie, die sich störrisch von ihm abwenden wollte, ihn anzusehen.

»Suz, brauchst du bei dem Kerl Hilfe?«, ertönte einer der Bodyguards.

»Nein!«, sagte sie klar und deutlich, den Blick notgedrungen immer noch auf Joe, auch wenn er kurz nervös zum Clubeingang flackerte.

»Brauchst du Geld?«, wiederholte er klar und deutlich. Das Herz schlug schnell und sehr unregelmäßig in seiner Brust. Diese Situation war auf so vielfältige Weise von Wahnsinn gesättigt und gefährlich – und er hatte immer noch nicht den geringsten Schimmer, warum er sich überhaupt hineinmanövriert hatte. Sein Mund war offenbar besser informiert, denn dieser erledigte alles Erforderliche. »Sag mir die Wahrheit!«

Für einen langen Moment sah sie ihn an, bevor sich der Unterkiefer in seiner Hand bewegte. »Ja«, sagte sie. »Und wenn ich nicht bald wieder drin bin, dann werde ich wohl für diesen Abend leer ausgehen.«

»Und dann?«, wollte er wissen.

Spott glitzerte in ihren Augen. »Na was meinst du wohl?«

Oder wissen steinreiche, kleine Scheißerchen, die im Leben noch nie Geldsorgen hatten, nicht, was passiert, wenn man kein fucking Geld verdient?

Die Entscheidung stand, bevor Joe sie überdenken konnte, bevor sie sein Gehirn noch ganz erreicht hatte, und bestimmt, bevor Penny so etwas wie ihren eigenen Entscheidungsprozess einleiten konnte, ob sie annehmen wollte oder nicht.

Sie stand unumstößlich. »Dort gehst du nicht mehr rein. Ich verschaffe dir einen anderen Job.«

Trocken lachte sie auf. »Sehe ich so aus, als würde ich den wollen? Als würde ich IRGENDWAS von dir wollen, Baxter?« Mit einem heftigen Ruck befreite sie sich aus seinem Griff und wollte gerade in den Club stürmen, als ein Typ in Anzug, mit einem Gesicht, das verdächtig an eine Ratte erinnerte, im Eingang erschien.

Er überschaute die Menge, fand, wen er suchte – Penny Rogers – und winkte sie mit einem dürren Zeigefinger zu sich. Im Augenwinkel sah Joe, wie ein Straffen durch ihren Körper ging. Sie setzte sich in Bewegung, und als sie ihn erreicht hatte, bemühte sich der Typ nicht, leise zu sprechen. Im Gegenteil, Joe hatte den Eindruck, er lege viel Wert darauf, dass die versammelte Meute mitbekam, wie er seine Mitarbeiterin zur Schnecke machte.

»Was zur fucking Hölle macht dein Arsch hier draußen? Warum präsentierst du ihn nicht meinen Kunden, damit die sich perfekt amüsieren können? Das Maß ist voll, Rogers. Anscheinend bist du einfach zu dämlich, um es zu begreifen. Ich hatte es dir einmal gesagt, sogar ein zweites Mal, ein drittes Mal wiederhole ich mich nicht: Keine Kontakte zu den Gästen außerhalb des Barraumes; keine Zigarettenpausen. Du bist gefeuert!«

Aus Gründen, die Joe nicht verstand, johlten ein paar der Rauchenden, die atemlos gespannt gelauscht hatten, während Mister Ratte wieder im Innern des Clubs verschwand.

Langsam drehte Rogers sich zu ihm um, er meinte, in den Augen ein Funkeln auszumachen. »Danke!«, zischte sie ihn an und ging einfach los. In ihrer mehr als dürftigen Kleidung, auf Schuhen, die garantiert nicht für das unebene Pflaster geeignet waren, stöckelte sie in die Dunkelheit davon.

Joe blieb zurück.

Alles, was er an Energie zu bieten hatte, schien mit einem Mal verpufft, er fragte sich bereits, warum er sich überhaupt die Mühe gemacht hatte. Was zur Hölle ging ihn Penny Rogers an? Auf jeden Fall hatte er das erreicht, was zwischenzeitlich wichtiger als alles andere erschienen war: Sie würde nicht länger in diesem stinkigen Laden arbeiten.

Yeah … Selbst das klang dünn.

Jack trat zu ihm. »Willst du ihr nicht nach?«

Joe zuckte mit den Schultern. »Wozu?« Er hörte sich wie in weiter Ferne, als stünde er geistig neben sich, als wäre er derzeit out of order.

»Idiot!«, knurrte Jack und stürzte ihr hinterher, während Joe noch immer wie angewurzelt auf der Stelle stand – unfähig, sich zu rühren und unfähig zu denken.

Jack

Auf ihren Fick-mich-Schuhen war sie nicht sonderlich schnell, er hatte sie bereits nach hundert Metern eingeholt.

Als er neben ihr auftauchte, sah sie nur kurz zur Seite, bevor sie den Blick wieder nach vorn richtete. Allerdings hatte er lange genug in ihr Gesicht gesehen, um ein paar Tränen auf ihren Wangen ausmachen zu können.

»Was willst du?« Sie stoppte nicht, wurde nicht langsamer, sondern hetzte die Straße entlang, als wäre sie auf der Flucht. Vielleicht traf Letzteres sogar zu.

»Warum hast du dich nie bei uns gemeldet?«

Trocken lachte sie auf. »Weil ihr verschollen wart! Deshalb! Idiot!« Letzteres hatte sie schon wieder der Straße vor sich mitgeteilt.

Jack ging noch etwas schneller, sodass er sich vor sie setzte, und lief nun rückwärts, um sie auch ansehen zu können. »Wohin willst du jetzt?«

Penny schien durch ihn hindurchzusehen. »Was geht dich das an?«

»Nichts, ich frag nur, wenn ich schon mal hier bin …« Sein schiefes Grinsen hatte nicht die geringste Wirkung.

»Heim«, sagte sie. »Du rammst gleich … zu spät.«

Jack war mit Wucht gegen einen Laternenpfahl gelaufen und er schwor, dass sein Rückgrat wenigstens einen Knacks abbekommen hatte. Schnaufend stützte er beide Hände auf die Knie, bemerkte aber erfreut, dass auch

Penny stehen geblieben war. Als er wieder leidlich Luft bekam, holte er seine Brieftasche hervor, suchte eine Quittung heraus und fingerte nach einem Kugelschreiber. Rasch notierte er eine Nummernfolge.

»Wenn du einen Job brauchst«, sagte er dabei, »einen *anständigen* …« Nein, er sah nicht auf, dass sie die Augen finster verdrehte, stand fest. »Dann rufe hier an.«

Damit reichte er ihr den Zettel, den sie zögernd nahm. »Wer …?«

»Wirst du sehen, wenn du anrufst. Warte nicht zu lange, ich weiß, sie suchen gerade eine Kraft. Keine Ahnung, wie lange noch.«

»Wofür?«

Er grinste. »Fürs Büro. Mehr lass dir von denen erzählen, ich kenn mich damit nicht allzugut aus.« Jack wischte sich die Hände an seiner Jeans ab, bevor er ihr die rechte reichte. »Ich muss mich um Joe kümmern, der sah gar nicht glücklich aus. Du kommst allein klar?«

In ihren Augen tanzte trotz der noch immer nicht versiegten Tränen der Spott, während sie kurz seine Hand schüttelte. »Keine Sorge, ich bin schon groß.«

Jack lachte. »Wenigstens einer. Also … man sieht sich …« Er war schon ein paar Meter weg, als er sich noch einmal zu ihr umdrehte. »Ruf dort an, Penny!« Und erst, als sie knapp genickt hatte, setzte er seinen Weg zurück zur Bar fort.

3. Kapitel

Penny

Später wusste sie nicht mehr, wie sie es heimgeschafft hatte.

Der Schock, der Ärger, die Wut und … das andere hatten sie so tief getroffen, wie sie es längst nicht mehr für möglich gehalten hatte.

Kein Apartment mehr in der City, sondern eine Absteige in einem heruntergekommenen Haus am Stadtrand, in dem allein über zwanzig Parteien wohnten, von denen ungefähr neunzig Prozent irgendeiner illegalen Beschäftigung nachgingen. Wie üblich wollte der Schlüssel in dem vorsintflutlichen Schloss zunächst nichts ausrichten, doch heute Abend fehlte Penny die Geduld, es immer und immer wieder zu versuchen. Ihre Hände zitterten zu stark, ihre Augen brannten zu sehr, nach nur wenigen Versuchen stieß sie ein lautes »FICK DICH!« aus und ließ sich auf dem Treppenabsatz nieder.

Die Hände vor das Gesicht geschlagen, das Herz noch immer ein wild trommelndes Chaos in ihrer Brust, die Augen brennend, völlig außer Atem, als wäre sie gerade einen Marathon gelaufen.

Das war der Tiefpunkt.

Sie hatte gedacht, diesen längst erreicht zu haben, und hatte sich geirrt.

Dumm!

Dumm, dumm, dumm!

Penny hätte es besser wissen müssen.

Er tauchte immer aus der Versenkung der Vergangenheit auf, wenn sie ihn am wenigsten gebrauchen konnte.

Immer!

Und immer versetzte er ihr dann den wahren Todesstoß.

Als das Gefühl zurückkam, jenes niederschlagende, einem kurzen Tod nicht unähnliche Gefühl, das sie heimgesucht hatte, als sie ihn an der Bar hatte sitzen sehen, zusammen mit seinem alten Kumpel Jack, ließ sie die Hände sinken, legte den Kopf in den Nacken und schloss die Augen. Das hätte nicht passieren dürfen, und doch wisperte ein Stimmchen in ihr, dass es irgendwann zwangsläufig so hatte kommen müssen. Weil das verdammte Schicksal nun mal genauso funktionierte.

Sie hatte versucht, ihn zu ignorieren, hatte versucht, ihren Job wie gewohnt zu verrichten, und war gescheitert.

Wie denn auch nicht, wenn der Mensch – dessen Urteil ihr aus Gründen, die sie nicht mehr nachvollziehen konnte, am wichtigsten war –, sie bei dem beobachtete, was ihr mit Abstand am … peinlichsten war, von all den peinlichen Dingen, die sie jemals im Leben getan hatte? Hinter keiner Tätigkeit hatte sie weniger gestanden, bei keiner hatte sie sich täglich neu überwinden müssen, wieder hinzufahren, wieder diese billigen Fummel anzuziehen, wieder …

Ihr wurde übel, als ihr einfiel, dass sie ihre Tasche, die Alltagssachen, all ihr Zeug in diesem verdammten Club zurückgelassen hatte, dass sie also noch mal hinmusste. Unter Joris' Grinsen. Er hatte nur darauf gewartet, dass sie einen Fehler beging, um sie feuern zu können, seitdem sie sein unzweideutiges Angebot ausgeschlagen hatte.

»Gott!«, flüsterte sie, noch immer mit zurückgelegtem Kopf.

Wann, wann würde das endlich aufhören?

Hatte sie für ihre Sünden nicht genug bezahlt?

Hatte sie nicht genug gebüßt?

War es nicht endlich an der Zeit, die Du-kommst-aus-dem-Gefängnis-Karte neu ins Spiel zu mischen, damit sie wenigstens die Chance für einen Neuanfang bekam?

Abermals suchte sie dieses Gefühl heim, das sie bei *seinem* Anblick überfallen hatte, und sie schnappte nach Luft.

Warum hatte er noch immer diese Wirkung auf sie?

Warum genügte ein Blick von ihm, um sie völlig aus der Bahn zu werfen?

Er hatte sie ihren Job gekostet, verdammt noch mal!

Natürlich hatte er das, weil Joe Baxter es in den Genen hatte, Penny das Leben zu versauen. So sah das aus!

Nur hatte sie beim letzten Mal zurückgeschlagen und es prompt übertrieben, hatte ihn fast vernichtet … und das Karma hatte gnadenlos retourniert.

All das, was ihr in den letzten Monaten widerfahren war, hatte Penny verdient. Vielleicht war das der Grund, weshalb sie sich beim Untergang widerstandslos zugesehen hatte, ohne einmal aufzubegehren, mit gesenktem Kopf, die Strafe demütig entgegennehmend.

Penny schrak hoch, als das Hausflurlicht aufflammte und von unten Gelächter ertönte. Sie sprang auf, wuchtete den verdammten Schlüssel erneut ins Schloss und – möglicherweise, weil sie wahnsinnig geworden wäre, hätte sie sich am heutigen Tag noch einem weiteren Gespräch mit ein paar total besoffenen Kerlen hingeben müssen, die meinten, Frauen wären Freiwild –, diesmal funktionierte es! Die Tür öffnete sich in den winzigen, muffigen Flur, in den sie die Anrichte gequetscht hatte, die zuvor in der luftigen Halle ihres – wenn auch kleinen – Luxusapartments gestanden hatte. Wie üblich stieß sie sich die Hüfte an deren Kante, reagierte nicht mit dem geringsten Schmerzlaut, sondern warf die Tür zu und drückte sich mit dem Rücken dagegen.

Gerettet!

Keine zwei Sekunden später passierten die Störer ihre Etage und gingen laut erzählend und lachend weiter nach oben.

Sie schloss erleichtert die Augen, fühlte abermals das Herz wie ein Vorschlaghammer in ihrer Brust trommeln und atmete tief durch, bevor sie sich abstieß, die Schlüssel auf die Anrichte fallen ließ und im Gehen die Heels von den Füßen kickte.

Ihr Wohnzimmer war dunkel – gegenüber dem einzigen Fenster lag die wenig ansehnliche Backsteinwand des Nachbarhauses. Dennoch ließ sie das Licht ausgeschaltet, es gab hier sowieso nicht allzu viel zu sehen.

Nein, Penny hausierte nicht mehr inmitten von Bananenkisten, in denen sie ihre Habe aufbewahrte; mit knapp dreißig hatte sie es endlich auf ein paar Möbel gebracht.

Hochwertige Möbel.

Gekauft in einer Zeit, als sie es sich leisten konnte. Als sie nicht wirklich darüber nachdachte, als sie kaufte, was ihr gefiel. Sie war nie verwöhnt gewesen, hatte nie über ihre Verhältnisse gelebt, ihr Wunsch war auch nie Luxus gewesen. Weshalb sie niemals in Schwierigkeiten gekommen war, immer alles sofort bezahlt, es nie übertrieben hatte … Aus diesem Grund waren ihr die Möbel am Ende geblieben.

Das bequeme Sofa in hellem Beige mit den vielen, kitschlosen Kissen, der winzige Glastisch, das Sideboard, selbst der verdammte Fernseher. Nein, kein an eine Kinoleinwand erinnerndes Schmuckstück, die hatte Penny immer für viel zu übertrieben gehalten. Dieser war klein, passte – als hätte sie es geahnt – genau in den winzigen Raum, der sowohl Wohnzimmer als auch Schlafzimmer darstellte und neben dem Bad und der kleinen Küchennische das gesamte Apartment umfasste.

Sie ließ sich in die Polster fallen, rieb sich die müden Augen und stöhnte, als sofort *sein* Bild auftauchte. Dieses Bild, das sie so verzweifelt aus ihrem Gedächtnis gekillt hatte, und dem sie dennoch nicht hatte entrinnen können.

Aber wie sehr er sich verändert hatte!

Da waren keine einhunderttausend Fältchen, die sein sonst so makelloses Äußeres auf einmal entstellten. Nein! Aber er war älter geworden, reifer – jedenfalls sah er so aus. Die Geschehnisse in der Vergangenheit waren an ihm nicht spurlos vorbeigegangen, sondern hatten ihn geprägt. Penny hatte sein Schicksal aus der Ferne verfolgt, hatte registriert, dass die Kanzlei seines Vaters ein halbes Jahr nach dessen Tod ruiniert gewesen war. Und nein, das hatte sie ganz und gar nicht gefeiert, es war nur ein weiterer Punkt auf der schier endlosen Liste gewesen, die dafür sorgte, dass ihr schlechtes Gewissen sie nachts nicht mehr schlafen ließ. Joes Ausdruck hatte ihr diese erste Begegnung seit knapp zwei Jahren, abgesehen von der Situation an sich, so schwierig gemacht. So kalt, so reserviert, so … abgekehrt von dem, was ihn umgab, fernab der Realität, fernab menschlicher Schwächen, fernab jeglicher Emotionen. Dazu die Kleidung, Anzug, ein maßgeschneidertes, blütenweißes Hemd, die Weste darüber – bei anderen hätte es lächerlich gewirkt, besonders im *Crush* – doch so war es nicht gewesen. So unnahbar und gleichwohl steinreich, wie er gewirkt hatte, gepaart mit der Attraktivität, die ihn schon immer ausgezeichnet hatte, war er an diesem Abend der Blickfang jeder anwesenden Frau gewesen. Auch wenn keine einzige es gewagt hätte, ihn ohne vorherigen visuellen Kontakt anzusprechen. Keine von ihnen hatte er angesehen, keine der Tänzerinnen, keine der Barfrauen, keine der anderen Bedienungen … Er hatte nur … Er hatte nur Augen für Penny gehabt.

Mit diesem eisigen, durchdringenden Blick, bei dem ihr heiße und kalte Schauder gleichzeitig über den Rücken gejagt waren. Keine ihrer Bewegungen waren ihm entgangen, was nicht ohne Folgen geblieben war. Unzählige Male hatte sie heute Abend gedroht, auf den glatten Fliesen auszurutschen – das Laufen in diesen Heels war keine angenehme Erfahrung, nur leider unumgänglich, wenn man in einem solchen Laden sein Geld verdiente. Penny wusste nicht mehr, wie oft sie gemeint hatte, ihr würde das blöde Tablett aus den glitschigen Fingern rutschen, weil sie unter seinem eisigen Starren glaubte, den Verstand zu verlieren. Besonders bei den stetig betrunkeneren Gästen wäre es heute fast zu einem Unglück gekommen. Dabei *sollten* sie betrunken sein; es war das Ziel, ihnen so viel Alkohol wie möglich in so kurzer Zeit wie nötig auszuschenken. Je betrunkener sie waren, desto freigiebiger wurden sie auch. Wenn Penny hoch konzentriert arbeitete, dann konnte sie mit dem ewigen Anbaggern und dem Angetatsche umgehen – je zugänglicher man sich zeigte, desto besser floss das Trinkgeld, und sie brauchte nun mal jeden verdammten Cent. Sonst wäre sie nicht dort gewesen.

Bitter lachte sie auf. Oh nein, sonst wäre sie ganz bestimmt nicht dort gewesen! Doch heute hätte sie am liebsten jedem, dessen Finger sich an irgendeine Stelle ihres Körpers verirrt hatten, die ganze Hand abgehackt. Blutig! Mit einer stumpfen Axt! Es war ihr nie leicht gefallen, im *Crush* zu arbeiten, aber niemals zuvor hatte sie sich so billig gefühlt, so … käuflich, so … *schlecht!* Und niemals zuvor hatte sie fliehen wollen. Fliehen vor der widerlichen Atmosphäre, in der man sich zwangsläufig nach wenigen Minuten schmutzig fühlte, fliehen vor sich selbst, weil sie so tief gesunken war, und ganz bestimmt fliehen vor diesem Starren, dass sie zunehmend drohte, um den Verstand zu bringen. Man sah sich immer zweimal im Leben – heute, erst heute, hatte sie die wahre, so bedrohliche, so *endgültige* Bedeutung dieses Satzes verstanden.

Je mehr das Adrenalin ihren Körper verließ, desto schläfriger wurde sie. Es war, als wäre jene Barriere, die zwei Jahre lang ein tiefes Schlafen fast unmöglich gemacht hatte, erst ins Wanken geraten, um dann einzustürzen, denn wenig später schlief Penny tief und fest. Mit einem der Zierkissen unter ihrer Wange, mit der Wolldecke, die sie irgendwann im Schlaf über sich gezogen hatte. Sie schlief und träumte von Joe Baxter, der ihr wie ein Racheengel gegenüberstand und sie eisig musterte. Das Gesicht schöner als jemals zuvor, die Attraktivität seiner gesamten Erscheinung, der Blick eine Offenbarung! Dieser verdammte Blick, der Röntgenfähigkeiten zu besitzen und direkt auf ihre Seele zu schauen schien. Und sie hatte ihn wieder angebrüllt, obwohl sie nicht das geringste Recht dazu hatte.

Weil …

Weil sie einfach nicht anders konnte.

Als Penny erwachte, fühlte sich ihr Kopf an, als hätte sie gestern mindestens zehn Tequila-Shots in sich hineingeschüttet. Tageslicht erreichte den Raum so gut wie nie, aber sie meinte, das, was es überhaupt an Helligkeit durch das Fenster schaffte, müsste vom Morgen stammen.

Aufstehen wollte sie nicht.

Zum dritten Mal in ihrem Leben hätte sie sich am liebsten für immer und ewig unter ihrer Decke verkrochen. Das erste Mal war das nach Erics Tod der Fall gewesen, damals, als sie glaubte, keinen einzigen Tag mit diesem Schmerz, der in ihr tobte, umgehen zu können. Wie seltsam, dass ihr der Tod eines im Grunde fremden Menschen am Ende mehr zugesetzt hatte, als …

Sie schüttelte heftig den Kopf, weigerte sich, diesen Gedanken weiter zu verfolgen.

Beim zweiten Mal hatte sie der Tod von Joes Vater in eine schwere Sinnkrise gestürzt. Höhepunkt war jener Abend gewesen, als sie wie eine Diebin über den Zaun, der Joes Haus neuerdings umgab, geklettert war, sich dabei den Fuß verstaucht und dann stundenlang in der Kälte ausgeharrt hatte. Weil ihr Herz zu bersten gedroht hatte, wenn sie sich nicht wenigstens entschuldigte, wenn sie nicht wenigstens bei ihm sein konnte, um ihn in seiner Trauer zu halten, zu trösten, für ihn da zu sein.

Ja, in diesen bitteren Stunden hatte sie alles vergessen, was dem vorangegangen war. Unangebrachte Heiratsanträge, billiger Sex mit billigen Mädchen in Tiefgaragen, das gerade leicht aufgeflammte Vertrauen in diesen Mann für immer und ewig getötet – nichts war mehr von Belang gewesen. Vermutlich war das immer so, wenn jemand starb. Für ein paar selige Stunden tat sich eine Filterblase auf, die dafür sorgte, dass alle Fehden, alle Ressentiments, alle Abneigungen für den Moment verschwanden, als hätte es sie nie gegeben. Nun, bei ihr war das so gewesen, bei Joe nicht. Noch immer sah sie dieses wächserne Gesicht vor sich, welches wie das einer Leiche gewirkt hatte. Als wäre nicht sein Vater gestorben, sondern er, oder er wäre ihm gefolgt, hätte nur vergessen, umzufallen. Die dunklen Schatten unter den Augen hatten seinem Aussehen etwas fast Besessenes verliehen, er hatte sie angestarrt, als wäre sie ein Alien – in den paar Sekunden, in denen er ihr überhaupt einen Blick gegönnt hatte. Feindlich. Ablehnend. Fremd.

So fremd, als wären sie sich niemals zuvor begegnet.

Doch es war der Hass, dieser lodernde Hass in seinen Augen gewesen – das Einzige, was an diesem scheinbar Toten noch lebendig zu sein schien – was sie hatte zurückweichen lassen. Er hatte fast gehetzt gewirkt, als hätte er Angst vor ihr, als … als wäre sie ein Monster. Ein blutrünstiges, tödliches Monster, das er hasste und vor dem er sich in Sicherheit bringen musste.

Tagelang hatte sie mit den Erinnerungen an diese kurze Episode zu kämpfen gehabt. Und als sie endlich begriffen hatte, dass es von ihm keine Erlösung geben würde, dass sie mit dieser Schuld für den Rest ihres Lebens leben müsste, war sie in das nächste dunkle Loch gefallen. Auch wenn es logisch gesehen tausend Gründe für den Tod des Staranwaltes gegeben haben mochte – für Penny stand damals wie heute fest, dass sie diesen Mann auf dem Gewissen hatte. Logische, vernünftige Überlegungen funktionieren nicht, wenn man sie nicht hören will.

Penny *hatte* sie nicht hören wollen.

»Nein!«, wisperte sie jetzt in die Stille des Apartments. Wirklich still war es nicht, irgendwo dudelte ein Radio, das spanische Folklore zum Besten gab, in einem anderen Apartment – vielleicht sogar im gleichen – stritt sich ein Paar so heftig, dass es Schimpfwörter wie aus einer Schnellfeuerwaffe hagelte, Kinder kreischten und lärmten, Menschen redeten miteinander, mal laut, mal leise, und in ungefähr zwanzig verschiedenen Sprachen – ein Schmelztiegel der verschiedensten Ethnien, der gegensätzlichsten Gemüter und Altersstufen.

Und Penny war mittendrin.

Sie hielt die Augen geschlossen, versuchte, dahinterzukommen, was sie jetzt tun sollte, als ein Gedanke wie mittels silbernen Dolches genau in ihr Herz stach.

SIE WAR GEFEUERT! Sie hatte keinen Job mehr! War arbeitslos. Und sie hatte bisher nicht mal annähernd so viel Geld verdient, wie sie benötigte.

»Fuck!«, stöhnte Penny und setzte sich auf.

Ihr Blick irrte auf der Suche nach einer Lösung durch den Raum, genau wie vor vierzehn Tagen, als sie nach langem Überlegen zum gleichen Schluss gelangt und im *Crush* gelandet war. Was jetzt?

Ein neuer Job in einer anderen Bar? Also davon gab es jede Menge in der Stadt, die Erfahrung hatte Penny auch schon gemacht. Sie hatten ihr vier Wochen gegeben, um das Geld irgendwie aufzutreiben. VIER Wochen, um fünftausend Dollar herbeizuschaffen.

Fünftausend Dollar! Es erschien ihr wie ein unerreichbares Vermögen – so unendlich viel Geld, dass Penny es nicht fassen konnte. Wie sich die Zeiten änderten …

Und wenn sie das Geld nicht in vier – in Ordnung, nun noch zwei – Wochen zusammen hätte, dann würde man ihre Mom in irgendeinem Massengrab verscharren. Wie einen dahergelaufenen Bettler. Was sollte sie nur tun?

Bisher hatte Penny etwas weniger als die Hälfte zusammen. Die Trinkgelder und dass sie durchgearbeitet hatte, hatten es möglich gemacht. Aber was jetzt?

Das Bild eines riesigen Mannes tauchte vor ihrem geistigen Auge auf.

»Warum hast du dich nicht gemeldet?«

Ja, warum wohl, weil sie nicht da gewesen waren, und später, als sie längst wieder zurückgekehrt sein mussten – jedenfalls ließ die Veröffentlichung von Fannys Buches so was vermuten – da hatte Penny nicht mehr den Wunsch verspürt. Es erschien ihr, als wäre ihre beste Freundin viel zu weit weg, als hätten sie sich in den zurückliegenden zwei Jahren so weit voneinander entfernt, dass sie in getrennten Universen lebten – was auf sehr fassbare Weise auch zutraf. Fanny, die nun erfolgreiche Autorin, jenes Gesicht, das mit Sicherheit jeder US-Amerikaner kannte. Ein Leben im Luxus, mit ihrem Traummann an ihrer Seite … Und Penny Rogers, gescheiterte Existenz, Möchtegernjournalistin, die es nur zu kurzfristiger Berühmtheit gebracht hatte und die jetzt schon wieder restlos pleite und lange vergessen war.

Noch mehr als pleite, denn in Wahrheit fehlten ihr gerade 2753,72 Dollar. Und sie hatte keinen Schimmer, wie sie die nächste Woche fällig werdende Miete bezahlen sollte. Verstohlen musterte Penny ihr Handy, griff zögernd, fast versuchsweise danach und scrollte ihre Telefonliste runter. Fannys Nummer war noch da, auch wenn sie diese seit fast zwei Jahren nicht mehr benutzt hatte. Ihr Daumen verharrte über dem Verbinden-Item, zuckte nervös, wollte weiterreisen; es kostete sie fast übermenschliche Anstrengungen, ihn dort zu belassen und die Verbindung aufzubauen. Doch als sie Fannys Stimme hörte: »Penny?«, beendete sie hastig das Gespräch, löschte die Rufnummer aus der Liste und blockierte alle Kontaktaufnahmen einer gewissen Fanny Right. Betteln? Nach zwei Jahren? Okay, der Zeitraum war egal, denn sie konnte einfach nicht. Jemanden um Hilfe zu bitten, gehörte nicht zu ihren Angewohnheiten, das würde es wohl auch nie.

Stattdessen wählte sie seufzend die Nummer des Bestattungsunternehmens. Als Meyer, der Inhaber, sich meldete, verzog sich ihr Gesicht zu einer leidvollen Miene, und ihre Stimme klang mit einem Mal debil, als würde es ihr echte Schwierigkeiten bereiten, eins und eins zu addieren.

»Mister Meyer, Penny Rogers hier. Ja …«

»Miss Rogers!«, sagte Meyer gedehnt. »Ich hoffe, Sie kommen mit froher Botschaft?«

»Das können Sie laut sagen, aber hallo! Die Hälfte hab ich! Also nicht ganz die Hälfte, aber fast, und das ist doch schon mal was, oder?«

Eine halbe Stunde später war Penny schweißgebadet, ihr Mund war zu so einem grellen Strahlen verzogen, dass ihr tatsächlich die Gesichtsmuskeln wehtaten, aber sie hatte es geschafft! Meyer zeigte sich mit der Anzahlung

zufrieden; den Rest konnte sie in vier monatlichen Raten abstottern. Was bedeutete, sie musste einen Job auftun, bei dem sie so viel verdiente, dass sie neben der Miete noch viermal siebenhundert Dollar an das Bestattungsunternehmen berappen konnte. Der Arsch hatte Zinsen aufgeschlagen. Aber das war Penny egal.
Ihre Mutter würde in zwei Wochen anständig unter die Erde kommen. Und egal wie gestört ihr Verhältnis gewesen war, das – und das fühlte sie einfach – war sie der Frau, die sie einst geboren hatte, schuldig.

Und jetzt?

Wieder tauchte Jacks Gesicht vor ihren Augen auf. Dieses aufrichtige, lächelnde Gesicht. Sie sah, wie er etwas aufschrieb und ihr das Papier dann reichte.

Wie in Trance griff sie in ihre Jeans und zog den Zettel hervor. Er war da, und die Nummer auch.

»Ruf bald an!«, hörte sie ihn sagen.

Ein Bürojob.

Bei Bürojobs verdiente man nicht schlecht, und man musste sich garantiert nicht von irgendwelchen betrunkenen Kerlen begrapschen lassen.

Ein Bürojob hatte perfekte Arbeitszeiten, von neun bis fünf Uhr am Nachmittag.

Ein Bürojob war klar strukturiert und barg keine großen Herausforderungen in sich.

Ein Bürojob wäre die verdammte Rettung.

Sie müsste sich nur ein einziges Mal überwinden.

Nach fünf Minuten entschied Penny, dass ein Anruf kein Betteln wäre, und sie wählte mit zittrigen Fingern die Nummer.

»Mitch Dustin!«, meldete sich schon nach dem zweiten Klingeln. Er klang jung, er klang dynamisch, er klang erfolgreich und sympathisch.

Trotzdem hielt Penny die freie Hand fest zur Faust geballt, während sie mit Mitch Dustin sprach, und als nur knappe drei Minuten später feststand, dass sie am nächsten Morgen einen Vorstellungstermin beim »Boss« hätte, wagte sie es nicht etwa, sich zu freuen, auch wenn ihr das Herz bis in den Hals schlug. Stattdessen duckte sie sich innerlich zusammen, wartend auf den nächsten Streich, der sie zurück in ihr Loch befördern würde.

War das der Neuanfang, nach dem sie schon so lange suchte, oder wieder nur ein Ablenkungsmanöver des Schicksals, das ihr ganz offensichtlich so gern beim Leiden zusah?

4. Kapitel

Joe

»Wenn sie nichts ist, kannst du sie wieder wegschicken. Jetzt mach kein Drama daraus!« Mitch stand mit seiner unglaublich lässigen, unverdrossenen Art im Türrahmen und zuckte mit den Schultern. »Einen Versuch ist es wert.«

»Du hast dir nicht mal Zeugnisse schicken lassen!«, knurrte Joe. »Du hast keinen verfluchten Schimmer, wer die Bitch ist! Und du versuchst hier mit meiner Zeit, verdammt! Die Nummer ist allein deine Sache, schau sie dir an, lass dich von ihr nerven, wie auch immer. Und wenn klar ist, dass sie des Lesens und Schreibens mächtig ist, dass sie darüber hinaus auch noch die Kommasetzung beherrscht und nicht zu dämlich ist, das Telefon zu bedienen, kannst du sie zu mir bringen.« Er ließ beide flachen Handflächen auf seinem Schreibtisch einrasten und lehnte sich entnervt zu seinem einzigen Angestellten vor. »Ich habe für so einen Scheiß keine Zeit!«

Mitch blieb unbeeindruckt. »Würde ich gern ... Boss«, Letzteres betonte er so stark, dass es garantiert nicht respektvoll gemeint sein konnte, »aber ich hab selbst zu tun.«

»Nicht mein Problem!«, entschied Joe schneidend. »Du hast den Termin vereinbart, du wirst ihn wahrnehmen.«

»Aber du bist es, der die Assistentin sucht.«

»Richtig.« Joe grinste – es wirkte nicht froh und garantiert auch nicht respektvoll. »Und du hast gesagt, dass du mich tatkräftig bei deren Findung unterstützen willst. Als mein Angestellter. War doch so, richtig?«

Darauf wusste der sonst so eloquente Mitch nichts mehr zu sagen.

»Also, wenn sie verwertbar ist, darfst du sie zu mir schicken. Vorher nicht! Noch eine Lusche und du bist gefeuert.« Joe musterte ihn aus schmalen Augen. »Und das meine ich verdammt ernst.«

Mitch machte, dass er wegkam, während Joe auf die Tür starrte, die sich hinter seinem derzeit einzigen Mitarbeiter geschlossen hatte. Ja, es fehlte ihnen an Unterstützung. Ja, er konnte sich so etwas mittlerweile sogar wieder leisten.

Ja, das selbstständige Tippen seiner Korrespondenz, das Heraussuchen der Fallstudien, all der Kram, den normalerweise eine gut geschulte Assistentin erledigte, hemmte ihn und kostete ihn verdammt viel Zeit und Nerven.

Schon, weil er im Tippen wirklich nicht sonderlich gut war.

Nur schien es keine Kräfte mehr zu geben, die man mutig in ein Vorzimmer setzen konnte. Die Stadt, der ganze *Landstrich* wirkte wie leergebombt. Leergebombt von fähigen Assistentinnen, die auch optisch was hermachten – immerhin hatte er einen Ruf verloren, den es galt, wieder aufzubauen. Eine heiße Vorzimmertussi war da nun mal unerlässlich. In den letzten Wochen hatte er das Nicht-Vergnügen mit mehr als zwanzig Aspirantinnen jeder Altersklasse gehabt. Und nein, es ging ihm nicht – nur – ums Äußere, mittlerweile war er so verzweifelt, dass er auch eine Rentnerin genommen hätte, hätte sie nur annähernd seinen bestimmt nicht überhöhten Anforderungen genügt.

Bisher hatte er eine solche Person noch nicht gefunden, und Joe war die geistlosen Unterhaltungen leid, er war das blöde Kichern leid, das todsicher ertönte, sobald die neueste Bewerberin vor ihm saß. Er war das dämliche und völlig nutzlose Nachgefrage genauso leid, wie die total überzogenen Gehalts- und Urlaubsvorstellungen sowie die nicht vorhandene Bereitschaft, Überstunden zu machen und die absolut unangebrachte Frage nach seinem Familienstand.

Er war es leid, bitten und betteln zu müssen, obwohl *er* es doch war, der um einen Job angefleht werden musste. Jedenfalls, wären die Dinge so gelaufen, wie es üblicherweise der Fall in dieser Welt war. Joe hatte einfach die Schnauze voll, seine kaum vorhandene Zeit diesen Schlunzen zu schenken, die sich mit einer Frechheit und Selbstverständlichkeit vor seinen Schreibtisch setzten, sich für den Nabel der Welt hielten und schon mal vorsorglich im gesamten Internet verbreitet hatten, dass sie ab sofort für den Anwalt und ehemaligen Tennis-Star Joe Baxter als persönliche Assistentin tätig seien.

All das kotzte ihn schlicht an.

Mitch hatte versprochen, sich der Sache anzunehmen, er war es auch, der den Telefondienst übernahm, der sich neben seiner Tätigkeit als Anwalt auch noch den Aufgaben einer Assistentin gestellt hatte – sofern es nicht um das Briefetippen ging. Mitch vergab die Termine, Mitch vereinbarte Joes … Mitch überwachte Joes Terminkalender, und Mitch hatte die Scheiße auch auszubaden!

Ende der Diskussion!

Vielleicht etwas zu harsch zog er die Akte zu sich heran, die Mitch – kraft seiner Stellung als Aushilfsassistent – heute Morgen dort deponiert hatte.

Ein neuer Fall, der Mandant befand sich derzeit in Untersuchungshaft – aus der Joe ihn nicht herausbekommen würde. Jedenfalls fürs Erste. Der Staatsanwalt hatte signalisiert, dass er zu keiner Kooperation bereit war. Dem Haftrichter würde Chester Williams morgen vorgeführt werden, womit Joe genau vierundzwanzig Stunden Zeit hatte, um sich in diesen brisanten Mordfall einzulesen.

Mister Wiliams wurde des Mordes an seiner Mutter bezichtigt, die mit gefesselten Händen erhängt an der Decke ihres Wohnzimmers aufgefunden worden war. Fingerabdrücke gab es nur von ihr und ihrem Sohn, der mit dreißig immer noch bei ihr gewohnt hatte. Nachbarn erzählten von regelmäßigen Streitigkeiten, in denen auch das eine oder andere Möbelstück zu Bruch gegangen wäre. Die Cops waren auch immer mal wieder vor Ort gewesen, wegen häuslicher Gewalt … vom Sohn an der Mutter. Und hier war der Knackpunkt, denn Joe hatte sich mit seinem Mandanten in der Untersuchungshaftanstalt unterhalten, und dessen Story klang ganz anders, als die der ermittelnden Beamten. Seiner Aussage nach war seine Mutter diejenige gewesen, die ihn jahrelang terrorisiert hatte, mit Worten und auch handfesten Argumenten. Wann immer er so mutig gewesen war, eine Freundin heimzubringen, war diese binnen weniger Stunden rausgemobbt worden … »Dabei war sie auch nie fein«, hatte sein Mandant erzählt. Es war die ruhige Art, die Joe davon überzeugt hatte, dass er die wahre Version bereithielt, nicht die Ermittler, die von seiner Schuld zweifelsfrei überzeugt waren. Diese unaufgeregte Art, von seinem dreißigjährigen Martyrium zu berichten, diese fast schon abwesende, neutrale Weise, als hätte ein Teil von ihm danebengestanden und all das Unfassbare beobachtet. Um es dann sehr detailliert, aber ohne jegliche Ausschmückungen wiedergeben zu können. Dies war insgesamt überzeugend. Chester ging davon aus, dass seine Mutter das wahr gemacht hatte, was sie seit Jahren angedroht hatte: Sich das Leben zu nehmen und dafür zu sorgen, dass es wie Mord aussah. Ein Mord, den er – der verhasste/geliebte Sohn – begangen hatte.

Den er eben *nicht* begangen hatte. Wenn es Joe gelang, die Jury davon zu überzeugen, dann hätte er den ersten spektakulären Mordfall seiner Laufbahn gewonnen und dann hätte er es fast geschafft.

Ganz ehrlich, seine Finger wurden feucht und der Mund trocken, wenn er an die Möglichkeiten dachte. Umso wichtiger war es, sich perfekt auf die Verhandlung vorzubereiten. Jeder Schritt, jede Geste, jedes Wort mussten stimmen, mussten die Jury für sich einnehmen, ganz besonders aber für Chester.

Schon grübelte er darüber nach, welche Kleidung sein Mandant anziehen würde. Ein Anzug wäre vielleicht zu unpersönlich, zu akkurat, zu … unnahbar. Er wollte die Jury auf der Seite des Angeklagten, wollte, dass dessen Schicksal wirklich wehtat, wollte, dass es ihnen ans Herz ging. Vielleicht Jeans und irgendein Hemd … Chucks. Chesters große, braune, so unschuldige und deutlich leidgeprüfte Augen würden ihr Übriges tun.

Als die Tür aufflog, ohne dass zuvor angeklopft worden war, schreckte er so zusammen, dass er fast das Vernehmungsprotokoll der Cops zerrissen hätte.

Sein »Was?«, blieb ihm im Halse stecken, als sie hereinrauschte. Wie ein gottverdammter Hurrikan brach sie mit einer Urgewalt über ihn herein, der man sich nicht entziehen konnte. Joe hatte es nie versucht, weil er sicher war, sowieso unterlegen zu sein. Binnen Sekunden legte sich der Duft ihres blumigen Parfüms über den Raum, sie vereinnahmte ihn sogar damit, und Joe wusste aus Erfahrung, dass er über Stunden, manchmal sogar Tage verweilen würde. Ihr blondes, immer glänzendes, seidiges Haar floss wie ein Goldregen über ihren schmalen Rücken, die blauen Augen gaben dem edlen, fast aristokratisch wirkenden Gesicht noch den letzten, etwas geheimnisvollen

Touch. Ihre Lippen waren grellrot geschminkt, die Nase klein und ebenmäßig, genau wie der Rest ihrer Züge – als hätte bei ihrer Erschaffung ein Meister gearbeitet. Die Figur war schlank, ohne jeglichen Makel, und wirkte in dem taubengrauen Jumpsuit, der mittels breiten weißen Gürtels tailliert worden war, noch etwas schlanker und größer. Obwohl sie Joe mit dem oberen Ende ihres Kopfes nur bis zur Schulter reichte. Sie war das, was man gemeinhin als Traumfrau bezeichnete, ohne jegliche Abstriche, und ihr Anblick stellte nichts mit Joe an.

Da waren keine warmen Gefühle – ähnlich jenen, die er in den Herzen der Jury für seinen unglücklichen Mandanten entfachen wollte. Von Liebe ganz zu schweigen. Sie sprach ihn an, er vögelte sie gern – wer hätte das nicht? –, aber es war kein Himmelssturm, bei dem er jedes verdammte Mal alles um sich herum vergaß, bei dem er meinte, einen kleinen, winzigen, seligen Tod zu erleiden, von dem er nur widerwillig wieder auferstand. Da gab es nicht das Bedürfnis, noch Stunden später mit ihr zusammenzuliegen, am besten noch in ihr zu sein, die Geschichte so oft wie möglich zu wiederholen, weil er das Gefühl hatte, nie genug von ihr zu bekommen. Es störte ihn nicht, in Wahrheit suchte er alles, nur kein Vergessen in einer Frau oder ein Abtauchen aus der Realität.

Das, was sie beide hatten, war so viel weltlicher, so wirklicher, so beständiger – eben weil es höchst irdisch und nüchtern gehalten war. Emotionen – darauf hatten sie beide sich geeinigt – gehörten nicht unbedingt in eine Beziehung, schon gar nicht in eine Ehe. In den allermeisten Fällen verursachten sie nur Ärger – auch Celicia hatte schon genug davon in ihrem dreißig Jahre währenden Leben erfahren. Er respektierte diese Frau, womöglich mehr, als jeden anderen Menschen auf diesem Planeten – jedenfalls, seitdem sein Dad tot war.

Und trotzdem hatte sie kein verdammtes Recht, einfach so in sein Büro zu stürmen.

»Anklopfen«, sagte er finster und lehnte sich zurück. »Schon mal was davon gehört?«

Ihr Lächeln war breit, offenbarte perfekt gepflegte, weiße, natürliche Zähne – keine Kronen. »Das würde die Überraschung nehmen«, gurrte sie und kam auf ihren schneeweißen Heels, die sich perfekt von ihrem Jumpsuit abhoben, auf ihn zu geschlendert. »Und ich weiß, wie sehr du Überraschungen magst.«

Mochte er nicht, und das war Celicia sehr genau bekannt. Ihr Lächeln erstarb, das Gurren ebenso; als sie abermals anhob, klang sie erstaunlich nüchtern. »Wir sind verlobt, werden bald heiraten. Anklopfen würde mich zu einem deiner Bürohäschen degradieren, zu einer deiner Untergebenen, die du klammheimlich vögelst, oder zu deinem Angestellten, der dir die Füße leckt, weil du ihm einen Hungerlohn zahlst. Ich wollte nur jeder Verwechslung vorbeugen.«

Sie lehnte sich mit ihrem Knackarsch an den Schreibtisch und musterte ihn, nun wieder lächelnd, während Joe sich entnervt durch die Haare fuhr. »Ich habe keine Angestellte, die ich vögeln kann, falls dir das nicht aufgefallen ist.«

»Noch nicht …«

»Dabei wird es auch bleiben, vertrau mir«, murmelte er und schlug die Akte zu, auch wenn seitens Celicia garantiert keine unangebrachte Neugierde drohte. Diese Frau mochte sich für vieles interessieren, für seine Arbeit ganz sicher nicht. Er lehnte sich zurück. »Was kann ich für dich tun?«

Sofort veränderte sich ihre Miene abermals, die Augen wurden groß, fast begeistert, sie schlug die beringten, feingliedrigen Finger ineinander. »Mir dein Ohr schenken, Darling«, gurrte sie. Ein Laut, den er eines Tages hassen lernen würde – wenn sie ihn sich nicht vorher abgewöhnte.

»Und was willst du mir erzählen?«

Eine perfekt gezupfte Augenbraue wurde erhoben. »Allein, dass du mich das fragst, zeigt mir wieder einmal, wie ignorant du doch in bestimmten Belangen bist. Wir haben noch immer keinen Hochzeitstermin.«

»Doch, in einem Jahr, etwa.«

»Das ist kein Termin, sondern eine vage Angabe, und damit kann ich nichts anfangen. Mein Hochzeitsplaner auch nicht.«

»Wir haben einen Hochzeitsplaner?« Das verblüffte ihn jetzt doch.

»*Ich*«, erwiderte sie ohne jegliches Gurren. »Ich habe einen Hochzeitsplaner. Und damit der tätig werden kann, brauchen wir ein Datum. Also werden wir jetzt ein Datum festlegen.«

Würden sie das? Joe musste sich beherrschen, um nicht laut zu gähnen. »Mach, was du willst, mir ist es egal.«

Sie funkelte ihn wütend an. »Du verstehst es, bei einem Mädchen für Herzklopfen und Schnappatmung zu sorgen.«

»Als würdest du danach suchen.«

»Suche ich nicht, richtig. Aber du könntest wenigstens so tun, als ob.«

»Und dann?« Endlich bemerkte Joe, dass er sich auf einem gefährlichen Pfad bewegte und wechselte blitzschnell die Spur. »Ganz ehrlich, ich habe mir noch keine Gedanken gemacht. Du schon, also, was schwebt dir vor?« Er bemühte sich sogar um eine interessierte Miene … hoffte, sie gelang ihm auch.

Celicias Mimik nach zu urteilen, hatte er leidlich Erfolg. Sie musterte ihn noch für einen weiteren Moment strafend, bevor sie tief Luft holte. »Ein Jahr ist zu lang.«

»Seit wann?« Auch das war wieder der falsche, nicht unbedingt diplomatische Beitrag gewesen, weshalb Joe sich beeilte, die wieder aufgewühlten Wogen zu glätten. »Sagtest du nicht, dass es für die Vorbereitung fast zu kurzfristig ist?«

»Schon richtig, aber den großen Saal gibt es nur am achtzehnten Juni.«

»Welchen großen Saal?«

Sie schnaufte ein bisschen, was für ihr mondänes Gehabe nicht unbedingt von Vorteil war. »Der große Saal im Plaza!« *Weißt du denn gar nichts?,* fügten ihre Augen hinzu.

»Ahhhh«, machte Joe wenig intelligent.

»Verstehst du?« Sie stieß sich vom Tisch ab und begann, im Raum auf und ab zu laufen. »Das wären etwas mehr als vier Monate für die Vorbereitungen. VIEL ZU KURZ! Aber der nächstmögliche Termin wäre erst wieder in eineinhalb Jahren, und so lange will ich nicht warten. Wir können froh sein, diesen bekommen zu haben.« Schwer atmend drehte sie sich zu ihm um. »Also gilt es?«

»Es gilt.«

»Der achtzehnte Juni?«

»Genau der.«

»Oh. Mein. Gott!« Er hatte sie noch nie so … tussimäßig gesehen. Sie raufte sich ungelogen das bisher perfekt liegende Haar und stöhnte. »Ich muss James anrufen, wir müssen uns heute noch treffen. Gott, ich muss die Gästeliste durchgehen, deine Gäste brauche ich auch, bis spätestens Ende der Woche. Alphabetisch geordnet mit genauer Angabe des Beziehungsgrades.«

»Natürlich.« Bisher hatte sich Joe nicht die geringsten Gedanken darüber gemacht, wen er zu seiner Hochzeit einladen wollte. Genau genommen hatte er sich über den mit einem Mal nicht mehr ganz so weit entfernten Event noch nicht die geringsten Gedanken gemacht. Und er hatte nicht vor, das demnächst zu ändern.

Celicia strebte bereits zum Ausgang und er erhob sich, um ihr zu folgen. »Wir werden sehen, wie viele Gäste überhaupt Platz finden. Eventuell müssen wir bei deinen Sauffreunden ein paar ausladen.« An der Tür angekommen, umfasste sie seine Krawatte und lächelte zu ihm hoch. »Du wirst es verschmerzen, denke ich.« Dann zog sie ihn zu sich herab und tupfte einen Kuss auf seinen Mundwinkel, bevor sie zu Joes Erleichterung verkündete: »Ich muss los!«

Als sie die Tür öffnete, wäre sie fast in Mitch hineingelaufen, der eben im Begriff war, das Teil von außen aufzuziehen.

»Wow!«, sagte Mitch überrascht.

»Passen Sie doch auf!«, knurrte Celicia im gleichen Moment. Ja, die Frau konnte tatsächlich knurren. Dann fiel ihr Blick auf Mitchs Begleitung und ihre Augen wurden schmal. »Worum geht es?«

»Nun …«, begann Mitch, der zu Joe sah. »Ich wollte eigentlich zum Chef. Ich denke, ich habe …«

»… die neue Assistentin gefunden«, vollendete Joe den Satz tonlos, der seinen Blick ebenfalls auf die Begleitung seines Angestellten gelegt hatte. Während er meinte, das schrille Gelächter des Schicksals zu hören, weil es den nächsten gigantischen Clou gelandet hatte.

44432522R00280

Printed in Poland
by Amazon Fulfillment
Poland Sp. z o.o., Wrocław